Peter Schwindt
Morland
Die Blume des Bösen

Peter Schwindt

Die Blume des Bösen

Teil 2 von 3

Ravensburger Buchverlag

Bibliografische Information der Deutschen Nationalbibliothek:

Die Deutsche Nationalbibliothek verzeichnet diese Publikation
in der Deutschen Nationalbibliografie.
Detaillierte bibliografische Daten sind im Internet
über **http://dnb.d-nb.de** abrufbar.

4 3 2 1   09 10 11 12

© 2009 Ravensburger Buchverlag Otto Maier GmbH

Umschlagillustration: Christopher Gibbs

ISBN 978-3-473-35312-5

www.ravensburger.de

Jan Mersbeck blinzelte durch das geöffnete Fenster in die tief stehende Morgensonne und nippte vorsichtig an seinem heißen Tee. Über den Wiesen stieg milchiger Dunst auf, während der Himmel, in dem die ersten Vögel ihre Kreise zogen, bereits blau erstrahlte. Die kühle Luft war satt vom Geruch frisch gemähten Grases und harziger Nadelbäume. Es würde ein perfekter Frühsommertag werden. Mersbeck seufzte. Er hätte am liebsten freigenommen, seine Angeltasche gepackt, um hinauf zu dem kleinen See zu wandern, der zwei Stunden von Vilgrund entfernt inmitten eines einsamen Tales lag. Aber er konnte sich heute keinen freien Tag leisten. Seine Aufgabe war zu verantwortungsvoll.

Mersbeck tunkte sein Milchbrötchen in den Tee und biss, leicht vornübergebeugt, vorsichtig hinein. Dennoch konnte er nicht verhindern, dass etwas von der Flüssigkeit auf seine Hose tropfte. Er stieß mit vollem Mund einen leisen Fluch aus, stellte Teller und Tasse auf den Küchentisch und ging ins Bad, um das Malheur zu beseitigen. Mersbeck hatte den Fleck schon fast entfernt, als sein Blick an dem Spiegel hängen blieb, der über dem Waschbecken angebracht war. Er hielt inne. Er schaute seinem Spiegelbild geradewegs in die müden Augen. Dabei versuchte er zu lächeln, so als wollte er einen alten Bekannten grüßen, doch sein Gegenüber brachte nur einen skeptischen, fast verächtlichen Ausdruck zustande. Mersbeck senkte wie ertappt seinen Blick, spülte den Lappen unter dem Wasserhahn aus und legte ihn zum Trocknen über den Rand des Beckens.

Die Reste des kargen Frühstücks rührte er nicht mehr an. Mersbeck knöpfte seine Weste zu, dann richtete er vor dem Garderobenspiegel das Halstuch über dem Hemdkragen. Dieses allmorgendliche Ritual schloss er mit dem Aufziehen der Taschenuhr ab. Schließlich nahm er die Jacke vom Kleiderbügel und griff sich die abgewetzte Aktentasche, die neben dem Schirmständer stand.

Mersbeck zog die Haustür hinter sich zu und überlegte kurz, ob er den Wagen anheizen sollte, der vor dem Holzschuppen stand. Doch er entschied sich dagegen. Stattdessen hängte er die Aktentasche an den Lenker seines Fahrrads und schwang sich auf den Sattel.

Auf den Feldern arbeiteten bereits die Bauern, um die anstrengendsten Verrichtungen noch vor den heißen Mittagsstunden zu erledigen. Mersbeck winkte ihnen im Vorüberfahren zu und sie erwiderten den Gruß freundlich, ja geradezu respektvoll. Er war in Vilgrund ein hoch angesehener Mann. Nicht nur, weil er der »Herr Doktor« war, sondern weil er sich trotz seiner Tätigkeit für die Regierung immer in Zurückhaltung übte und sich nicht in dörfliche Angelegenheiten einmischte.

Wenn man Teil des Kollektivs war, wurden andere Dinge wichtiger.

Die Straße zur Station 9 hatte man vor zwei Jahren ausgebaut, und Mersbeck war ein geübter Radfahrer. Er trat kräftig in die Pedale und bezwang die wenigen Steigungen mühelos im Sitzen, ohne dass sich sein Puls sonderlich beschleunigte.

Nein, er wollte nicht undankbar sein. Manche Dinge in seinem Leben hatten sich seit der Aufnahme ins Kollektiv wirklich zu seinem Nutzen verändert, obwohl er die Nachteile immer schwerer verdrängen konnte. Mersbeck holte tief Luft und ließ mit halb geschlossenen Augen das Spiel von Licht und Schatten der vorüberziehenden Bäume auf sich wirken. In konzentrierter Gelassenheit leerte er seinen Geist und dachte – an nichts. Darin war er gut. Es war der einzige Weg, sich dem Kollektiv zu entziehen: nicht fühlen, nicht denken.

Nach einer halben Stunde lichtete sich der Wald und gab den Blick auf die ersten Treibhäuser frei. Durch die leicht beschlagenen Scheiben sah Mersbeck eine Gruppe von Wissenschaftlern miteinander diskutieren, sattgrüner Weizen reichte ihnen bis an die Hüften.

Die Tarnung in Gestalt einer riesigen landwirtschaftlichen Anlage, die man für diese Station gewählt hatte, war kein reiner Selbstzweck. Die meisten Forscher waren Biologen, Chemiker und Botaniker. Sie arbeiteten mit Nachdruck an ertragreichen, dem nördlichen Klima angepassten Getreidesorten. Es hatte sich gezeigt, dass die Gegend östlich von Vilgrund für Züchtungen dieser Art besonders geeignet war, da hier die Mutationen, die von einer Pflanzgeneration zur nächsten immer wieder auftraten, das natürliche Maß bei Weitem übertrafen. Niemand hatte eine Ahnung, was die Ursache dafür war; man vermutete aber, dass es in der Nähe etwas geben musste, was diese beschleunigten Veränderungen in der Morphologie der Pflanzen auslöste.

Also hatte das Forschungsministerium vor einigen Jahren zunächst eine Gruppe von Geologen nach Vilgrund entsandt. Die ersten Artefakte aus der alten Zeit wurden gefunden und man ordnete daraufhin eine weitläufige Ausgrabung an. Für die groben Arbeiten zog man Zwangsarbeiter heran, in der Regel Staatsfeinde und Gewerkschaftler, die man dazu verurteilt hatte, den von ihnen an der Gesellschaft begangenen Schaden durch harte Arbeit wiedergutzumachen. In den letzten Jahren waren immer neue Arbeitslager errichtet worden, meist in der Nähe toter Zonen, wo die Böden besonders reich an Funden aus der alten Zeit waren. So hatte Vilgrund nun seit vier Jahren ein Arbeitslager, von dem zwar alle wussten, über das aber niemand sprach, denn dem kleinen Ort, der abseits von allen Verkehrswegen mitten im Nirgendwo lag, ging es seitdem blendend.

Der in Station 9 entwickelte Stickstoffdünger, der seit einiger Zeit auf die hiesigen Felder ausgebracht wurde, hatte die Erträge um mehr als das Vierfache in die Höhe schnellen lassen und so den Menschen Wohlstand gebracht. Einzig der noch immer fehlende Bahnanschluss trübte die Freude des Gemeinderates. Mersbeck wusste, dass man ihn niemals legen würde. Das Kollektiv hatte kein Interesse an Glücksrittern und anderen Fremden, die sich dann hier herumtrieben und nicht kontrollieren ließen. Was übrigens eine Meinung war, die auch Mersbeck vertrat. Zudem war er nicht auf die Eisenbahn angewiesen. Er konnte einfach das Luftschiff benutzen, das zur Station gehörte.

Mersbeck fuhr den schnurgeraden Weg entlang zu einem hellblau gestrichenen, dreigeschossigen Palais, in dem sich die Verwaltung befand. Mittlerweile stand die Sonne so hoch am Himmel, dass sie das Gelände in ein warmes Sommerlicht tauchte. Mersbeck schloss sein Fahrrad in einem kleinen Schuppen auf der Rückseite des Gebäudes ein. Er mochte die Atmosphäre von Station 9, sie erinnerte ihn an seine Studienzeit an der Universität von Lorick, Morlands Hauptstadt. Der Park, der sich hinter dem schlossartigen Haupthaus mit seinen fast zweihundert Hektar wie eine wohlkomponierte Gartenlandschaft erstreckte, war ein beliebter Treffpunkt der Wissenschaftler. Hier fanden sie sich in den verstreut liegenden Pavillons ein, um ihre aktuellsten Forschungsergebnisse zu diskutieren.

Durch die Bäume hindurch konnte Mersbeck die silbern glänzende Hülle der *Unverwundbar* erkennen, die an ihrem Ankermast befestigt war. Das Luftschiff der Station war knapp dreihundertdreißig Fuß lang und bot in seinen beiden Gondeln zwölf Fluggästen Platz. Entfernte man die Sitze, konnte die *Unverwundbar* über zweitausend Pfund Ladung aufnehmen.

Mersbeck nahm die Aktentasche vom Lenker, grüßte einige Wissenschaftler, die ihm entgegenkamen, und eilte die Treppe zum rückwärtigen Eingang hinauf. In der Halle wurde er schon von Mikelis Vruda, seinem Assistenten, erwartet.

»Doktor Mersbeck! Gut, dass Sie schon da sind!«, rief der hagere Mann erleichtert. Sein Haar war rot, die Haut blass wie bei einem Menschen, der nur selten das Tageslicht sah und sich dann – wie Vruda – mit einer dunkel getönten Brille vor ihm schützen musste. »Ich komme nicht mehr mit dem optischen Telegrafen zur Ausgrabungsstätte durch.«

Mersbeck stempelte in aller Ruhe seine Karte in der Stechuhr ab. »Ist ein Turm ausgefallen?«

»Nein. Alle Stationen arbeiten einwandfrei, bis auf die letzte im Lager.«

Mersbeck drehte sich zu seinem Assistenten um. Jetzt war er wirklich überrascht. »Ein Aufstand?«

Vruda schüttelte den Kopf. »Das ist nicht das erste Lager, das Oberst Arkotov leitet. Nach dem, was ich gehört habe, ist er sehr erfahren im Umgang mit aufsässigen Sträflingen. Ich befürchte, es ist etwas anderes.«

Mersbeck hörte die Angst in Vrudas Stimme.

»Die Koroba?«

Vruda nickte.

»Wie lange wird es dauern, die *Unverwundbar* startklar zu machen?«

»Ich habe alles für eine sofortige Abreise vorbereitet, Kapitän Stalling wartet schon auf Sie«, sagte Vruda.

Mersbeck schaute auf die Uhr. Es war jetzt kurz nach halb sieben. Wenn alles gut ging, würde er gegen acht Uhr die Ausgrabungsstätte erreichen. Er schloss die Augen und informierte das Kollektiv.

Die Fahrt mit einem Luftschiff war alles andere als ein stilles Gleiten, dafür sorgte das Dröhnen der vier gewaltigen Holzgasmotoren, die das silberne Ungetüm durch die Luft schoben. Der Kapitän der *Unverwundbar* hatte wie immer, wenn die Ausgrabungsstätte das Ziel war, eine niedrige Flughöhe gewählt, sodass man durch die Fenster sehen konnte, wie sich der riesige Auftriebskörper in tiefgrünen Waldseen spiegelte. Baumwipfel kratzten am Boden der Gondel, Elche flohen mit trägen Bewegungen ins Unterholz. Doch Mersbeck hatte keinen Blick für das, was sich unter ihm abspielte. Er starrte hinüber zum Horizont, wo die Wachtürme des Lagers die Bäume des Waldes überragten. Er biss die Zähne zusammen und versuchte den Abscheu zu unterdrücken, den er jedes Mal verspürte, wenn er an diesen Ort des Schreckens und der Hoffnungslosigkeit zurückkehren musste.

Die Koroba war keine Krankheit, mit der sich spaßen ließ. Sie konnte einen kerngesunden Mann in wenigen Wochen, manchmal sogar innerhalb von Tagen töten. Die Krankheit begann mit heftigem Erbrechen, das den Kranken in kürzester Zeit so sehr schwächte, dass er zusammenbrach. Dann kam es zu Durchfall und Darmblutungen, bis schließlich ein sengendes Fieber einen gnädigen Tod herbeiführte. Jeder, der diesen rasanten Verfall einmal miterlebt hatte, fürchtete die Koroba, denn es gab bis zum heutigen Tag kein Mittel gegen sie. Würde sie von einem Bakterium oder einem Virus ausgelöst, hätte Mersbeck sie heilen können. Doch bis jetzt hatte er noch keinen Erreger finden können, obwohl er vermutlich der beste Biologe des Landes, wahrscheinlich sogar der ganzen Welt war. Ihm standen Mittel zur Verfügung, von denen andere nur träumen konnten.

Mersbeck spürte, wie ein Ruck durch das Luftschiff ging, als Kapitän Stalling die Stellung der Propeller änderte, um den Landeanflug vorzubereiten. Wenige Minuten später gab

es einen Schlag, und die *Unverwundbar* machte am Ankermast fest. Eine Treppe wurde herangeschoben, dann öffnete
sich die Tür zur Gondel und der Kopf von Oberst Arkotovs
Adjutant erschien. Seine leichenblasse Haut schimmerte wie
Wachs, der Körper war ausgemergelt wie der eines Menschen, der kurz vor dem Hungertod stand. Der Mann hatte
zum Gruß die rechte Hand an den Schirm der Mütze gelegt.
»Sie können aussteigen, Doktor Mersbeck.« Seine Stimme
war schneidend, aber rau.

Mersbeck bemerkte, wie schwer ihm das zivile *Doktor*
über die Lippen kam. Ja, das waren die jungen Burschen von
der Militärakademie: Kadetten, die nichts als Drill und Gehorsam kannten, aber von der eigenen Überlegenheit so
überzeugt waren, dass sie Zivilisten im günstigsten Fall als
fremdartige Wesen aus einer anderen Welt betrachteten. Andere wie Arkotov vertraten eine etwas drastischere Meinung.
Und er hielt mit ihr nicht hinter dem Berg. Arkotov hatte
Mersbeck gegenüber ganz offen geäußert, dass er Begarell
und seine Regierung verabscheute und dass man die ganze
Brut so schnell wie möglich an die Wand stellen sollte.

»Oberst Arkotov erwartet Sie in seinem Büro«, sagte der
Adjutant. »Erlauben Sie mir, dass ich vorgehe.«

Mersbeck schaute sich um. Überall lungerten zerlumpte
Gestalten in Holzpantinen und grauen Sträflingsanzügen
herum. Niemand schien sich daran zu stören, dass sie nichts
arbeiteten, Mersbecks Begleiter schien einfach durch sie
hindurchzusehen. Jede der hinfälligen Gestalten trug eine
sechsstellige Nummer über der linken Brusttasche. Auf den
Rücken der Jacke hatte man ihnen mit weißer Farbe ein Ziel-

kreuz gemalt, damit die Wachen sie bei einem Fluchtversuch leichter treffen konnten. Als Mersbeck an ihnen vorüberging, nahmen sie demutsvoll die Kappen vom Kopf und verneigten sich tief. Der Adjutant würdigte sie keines Blickes. Stattdessen führte er den Besuch zu einem großen Blockhaus. Er klopfte an. Ohne eine Antwort abzuwarten, öffnete er die Tür und bedeutete Mersbeck einzutreten.

»Ah, mein lieber Doktor!«, rief Arkotov und stand auf. Sein Bauch, über dem sich ein fleckiges Unterhemd spannte, war aufgedunsen. Der Bart war seit Wochen nicht mehr gestutzt worden. Die spärlichen Haare, die eine schorfige Glatze umkränzten, standen wirr nach allen Seiten ab. Ein stechender Geruch nach vergorener Milch ging von ihm aus. Vor Arkotov stand ein Teller Suppe. »Kommen Sie, setzen Sie sich. Darf ich Ihnen etwas zu essen anbieten? Die Kohlsuppe ist wie immer äußerst vorzüglich! Oder sagen wir so: Sie ist das Einzige, was mein Magen noch bei sich behält.«

Mersbeck hob abwehrend die Hand und nahm in einem der Sessel Platz, die bei der Tür standen.

»Wenigstens einen Branntwein?« Arkotov ging zu einer Anrichte, um zwei Gläser zu füllen.

»Nein, besten Dank«, sagte Mersbeck. »Sie werden sich denken, dass ich nicht zum Vergnügen hier bin.«

Arkotov stellte die Flasche mit den Gläsern wieder hin. »Keiner ist hier zum Vergnügen«, sagte er. Seine Jovialität war schlagartig aus der Stimme verschwunden.

»Wie geht es Ihnen?«, fragte Mersbeck.

Arkotov schien nachzudenken, dann wiegte er abwägend den Kopf hin und her. »Ich glaube, heute geht es mir gut.

Doch. Das möchte ich behaupten.« Er lächelte. »Wissen Sie, wenn man stirbt, ist jeder Tag ohne Schmerzen ein guter Tag. Die Koroba ist heimtückisch. Manche holt sie schnell, macht kurzen Prozess mit ihnen. Mit anderen spielt sie und versucht herauszufinden, wie weit sie gehen kann, bevor ihr Opfer wahnsinnig vor Schmerzen wird. Meine Mutter sagte immer, die größte Prüfung im Leben eines Menschen ist der Tod. Nun ja, was soll ich sagen? Sie hatte Recht.«

Mersbeck stand nicht auf. Er hatte erlebt, wie dieser Kerl, ohne mit der Wimper zu zucken, eine Frau per Kopfschuss hingerichtet hatte. Sie hatte versucht, für ihr Kind, das an diesem Ort krank und missgestaltet zur Welt gekommen war, etwas Milch zu besorgen. Nachdem sie aufgrund der Hungerrationen, die die Häftlinge bekamen, selbst nicht stillen konnte, hatte sie in ihrer Verzweiflung Milch gestohlen. Und das war eine Tat, auf die in Arkotovs kleiner Welt die Todesstrafe stand, denn wo führte so etwas hin? Heute stahl man Milch, morgen ein Brot! Und was kam übermorgen? Eine Revolte? Nein, um die Ordnung zu wahren, musste man nach Arkotovs Logik hart durchgreifen. Dabei hatte er auch noch aus einem – wie er es nannte – Akt der Gnade das Kind von seinem Elend erlöst. Nein, Mersbecks Mitleid für dieses Monster hielt sich in Grenzen.

»Wo ist Professor Falun?«

»Na, wo soll er schon sein«, brummte Arkotov, der sich nun doch einen genehmigte. »In seinem Labor.« Er schaute nachdenklich das Glas an, stellte es schließlich weg und trank aus der Flasche.

Mersbeck stand auf und verließ die Kommandantur.

Er eilte über den Appellplatz und hielt auf einen schmucklosen, zweistöckigen Bau zu, von dem der weiße Putz abblätterte und die darunterliegenden porösen Backsteine freigab. Wie im Rest des Lagers schien auch hier niemand mehr dem Verfall Einhalt gebieten zu wollen. Professor Johann Faluns Labor befand sich im linken Flügel des Gebäudes. Die holzvertäfelten Wände des Korridors waren zerkratzt, der rote Teppich abgewetzt, stockfleckig und staubig. In den Anfangszeiten hatte hier die gediegene Atmosphäre eines akademischen Clubs geherrscht, aber nun hatte auch hier wie überall im Lager der schleichende Tod Einzug gehalten.

»Professor?«, rief Mersbeck. »Wo stecken Sie?«

»Hier!«, kam es ungeduldig aus einem der Räume, die sich am Ende des Flurs befanden. »Was ist denn?«

»Ich bin es. Mersbeck.« Er hob ein Blatt Papier auf, das jemand achtlos fallen gelassen hatte, und warf einen kurzen Blick darauf. Das Scharren eines Stuhles war zu hören, und Falun erschien im Türrahmen.

»Verdammt, warum haben Sie sich denn nicht angekündigt?« Er trat neben Mersbeck, nahm ihm das Blatt aus der Hand und warf es wieder auf den Boden.

»Ich habe Ihnen eine Nachricht über den optischen Telegrafen zukommen lassen«, sagte Mersbeck. »Haben Sie die nicht erhalten?«

Falun schüttelte den Kopf und verzog das Gesicht. »Arkotov, dieser Hund. Nur weil er das Ende unserer Tage kommen sieht, bricht hier alles zusammen. Der Kerl hat einfach kein Pflichtgefühl.«

»Warum sind Sie allein?«, fragte Mersbeck.

»Die anderen liegen auf dem Krankenrevier oder unter der Erde.« Falun ging zurück in sein Labor und ließ sich auf seinen kleinen Rollhocker fallen. Er sah zwar nicht ganz so schlimm aus wie Oberst Arkotov, aber es war nur eine Frage der Zeit, bis auch ihn die Koroba ins Grab stoßen würde. Die geröteten Augen blinzelten unentwegt. Wahrscheinlich war die Bindehaut entzündet, denn gelbes, eingetrocknetes Sekret klebte in den Augenwinkeln.

»Wie lange geht das schon so?«, fragte Mersbeck.

»Richtig schlimm ist es geworden, als wir vor Tagen in die tieferen Schichten vorgedrungen sind. Dort haben wir ein interessantes Objekt gefunden.«

»Kann ich es einmal sehen?«

»Sicher. Sie sollten nur darauf achten, dass Sie einen gebührenden Abstand einhalten.« Falun ging zu einer Kiste, deren schweren Deckel er jetzt anhob. Er holte etwas heraus, was die Form einer Art Pistole hatte.

»Das ist eine Waffe!«, sagte Mersbeck überrascht.

Falun nickte bedächtig. »Das denken wir auch. Wenn uns nicht alles täuscht, ist sie mindestens sechstausend Jahre alt. Die kleineren Teile sind alle korrodiert, aber man kann den Lauf, den Abzug und das Magazin für die Munition noch erkennen.« Falun legte das Fundstück wieder in die Kiste zurück und verschloss sorgsam den Deckel. »Wir haben versucht, eine Ambrotypie von ihr zu erstellen, aber es ist uns nicht gelungen. Egal, wie kurz die Belichtungszeit war, die Platte wurde schwarz, als hätte man sie eine Minute lang der direkten Sonnenstrahlung ausgesetzt.«

»Sie meinen, diese Waffe strahlt ein unsichtbares Licht aus?«, fragte Mersbeck vorsichtig.

»Nennen Sie es, wie sie es wollen, aber ich verwette den dürftigen Rest meines Lebens darauf, dass diese Strahlung die Ursache der Koroba ist.«

»Und sie ist überall?«

»Kommt darauf an, was Sie mit überall meinen«, sagte Falun. »Wissen Sie, das Problem ist, dass wir diese Strahlung nicht messen können. Wir bemerken sie erst, wenn wir an ihr erkranken.«

»Können Sie mir die Kiste mitgeben?«

Falun machte eine einladende Geste. »Nur zu. Aber ich sollte Ihnen helfen. Das Biest ist aus Blei und damit ganz schön schwer.«

»Warum aus Blei?«

»Nun, wir hätten natürlich auch Gold nehmen können, das hat eine ähnliche Dichte, aber das erschien uns dann doch etwas teuer«, sagte Falun sarkastisch. »Blei ist eine der wenigen Substanzen, die diese Strahlen abschirmen können. Jedenfalls fällt der Ambrotypietest negativ aus. Die Platte schwärzte nicht ein, wenn das Artefakt in der Kiste lag. Das unsichtbare Licht kann demnach eine Bleischicht nicht durchdringen.«

Mersbeck trat an die Kiste und versuchte sie an beiden Griffen hochzuheben. Überrascht riss er die Augen auf.

Falun schüttelte den Kopf wie ein Vater, dessen Kind partout keinen guten Rat annehmen wollte. »Ich sagte doch, das Ding ist schwer.«

Gemeinsam schleppten sie die Kiste hinaus auf den

Appellplatz. Obwohl mittlerweile die Sommersonne hoch am Himmel stand, schlug Falun den Kragen seines Kittels hoch. Erst hier im Tageslicht konnte Mersbeck sehen, wie krank der Leiter der Forschungsabteilung wirklich war. Sein Gesicht war ebenso grau wie das der Zwangsarbeiter. Und auch das Haar schien ihm auszugehen, jedenfalls war es unnatürlich dünn.

»Na, was ist?«, fragte Falun. »Warum zögern Sie? Ich an ihrer Stelle würde so schnell wie möglich von hier verschwinden. Glauben Sie mir, jede Minute zählt.«

Mersbeck schüttelte den Kopf. »Sie bleiben hier und passen auf die Kiste auf. Ich bin gleich wieder da.«

»Was haben Sie vor?«, fragte der Professor, doch Mersbeck gab keine Antwort. Er ging zurück zur Kommandantur, stieß die überraschte Wache beiseite und riss die Tür auf.

»Kommen Sie, Arkotov. Hoch mit Ihnen.«

Der Oberst lag auf dem Ledersofa, die nunmehr halb leere Flasche Branntwein in der Hand.

»Leck mich«, sagte er mit schwerer Zunge und hob den Kopf, um einen Schluck aus der Flasche zu nehmen. Mersbeck schlug sie Arkotov aus der Hand.

»Stehen Sie auf«, fuhr ihn Mersbeck an.

»Du Hurensohn!«, knurrte der Oberst und wuchtete sich hoch. »Was glaubst du eigentlich, mit wem du es zu tun hast?«

»Mit einem inkompetenten Säufer, der die Rolle des Offiziers nur noch spielt«, sagte Mersbeck trocken.

Arkotov machte einen Satz zu seinem Schreibtisch, auf dem seine Waffe lag. Doch als er die Hand nach ihr aus-

18

streckte, war sie fort. Stattdessen wehte ein Luftzug durch den Raum, als hätte jemand das Fenster geöffnet. Arkotov drehte sich einmal um sich selbst.

»Ich bin hier.« Wie durch Magie stand Mersbeck auf einmal in der entgegengesetzten Ecke, die Waffe auf den todkranken Mann gerichtet, der nun keuchte, als sei er gerannt.

»He!«, rief Arkotov atemlos. »Sie standen doch gerade noch neben mir!«

Mersbeck zielte mit dem Revolver auf den Bauch des Lagerkommandanten. »Ziehen Sie sich an, damit Ihre Leute nicht komplett den Respekt vor Ihnen verlieren.«

Arkotov ging langsam zur Garderobe neben der Tür und griff, ohne den Blick von Mersbeck zu wenden, vorsichtig nach seiner Jacke. Mersbeck spürte die Angst, die der fette Kerl wie ungesunden Schweiß ausdünstete.

»Sehr gut. Und nun werden Sie mich ins Lager zu den Gefangenen führen.«

»Soll ich vielleicht auch meine Hände über den Kopf nehmen?«

Mersbeck machte eine ungeduldige Bewegung mit der Pistole. »Machen Sie sich nicht lächerlich. Vorwärts.«

Sie traten hinaus.

Das Lager hatte man in zwei Ringen um die Ausgrabungsstätte angelegt. Im äußeren Bereich befanden sich die Unterkünfte für das Militär und die Wissenschaftler, der mit einem zehn Fuß hohen Metallgitterzaun vom mittleren Kreis getrennt war, in dem sich die zugigen Baracken der Zwangsarbeiter befanden. Der Mittelpunkt, das Zentrum, die Nabe, um die sich diese abgeschlossene Welt drehte, war jedoch das vierhundert Fuß breite und gut zweihundert Fuß tiefe Loch, das die Gefangenen hatten graben müssen. Dieser Schlund war Mersbecks Ziel.

Die Soldaten, die die Zwangsarbeiter bewachten, blickten irritiert auf. Mit jedem Schritt schwand Mersbecks Kraft. Übelkeit stieg in ihm hoch, sein Gesicht begann zu glühen. Um Himmels willen, dachte er. Wie hielten das diese Unglückseligen nur aus? Er war noch immer dreißig Schritte von der Quelle der Strahlung entfernt, und doch glaubte er, hier und auf der Stelle sterben zu müssen.

»Hört mit der Arbeit auf!«, keuchte er und griff sich an die Seite.

Die Gefangenen, die wie hohlwangige Leichen aussahen, hielten mit der Arbeit inne. Nur wenige der Wachen schien es zu beunruhigen, dass ihr befehlshabender Offizier mit einer Waffe bedroht wurde. Ein Soldat lud sein Gewehr durch. Das Geräusch klang seltsam unentschlossen.

»Hört mit der Arbeit auf!«, wiederholte Mersbeck mit rauer Stimme. Er wankte jetzt sogar ein wenig.

Arkotov drehte sich mit einem triumphierenden Grinsen um und breitete die Arme aus.

»Willkommen in meinem Reich!«, rief er. »Willkommen in der Hölle.«

Mersbeck musste sich nach vorne beugen, so schwer fiel ihm das Atmen. Arkotov trat auf ihn zu und strich ihm mit einer väterlichen Geste über den Kopf, als wollte er Mersbeck segnen. Dann nahm er ihm die Pistole aus der Hand und steckte sie wieder in sein Gürtelholster.

Jetzt erst begriff Mersbeck, dass es an diesem verfluchten Ort keine Wachen und Bewachte gab, sondern nur noch Todgeweihte. Er schüttelte Arkotovs Arm ab und richtete sich so gerade wie möglich auf. Wieso raubte diese Grube – oder das, was in ihr verborgen lag – ihm mehr als den anderen die Lebensenergie? Es dauerte einen Moment, bis er wieder die Kraft zu sprechen hatte.

»Das Lager ist aufgelöst«, sagte er schließlich.

Niemand reagierte auf diese Nachricht. Noch immer starrten die Männer und Frauen ihn an, als käme er aus einer Welt, die für sie schon lange untergegangen war.

»Ihr könnt gehen«, sagte er.

Keine Freude, kein Jubel. Nur dieser leere Blick in den stumpfen Augen, der Mersbeck langsam wütend machte.

»Habt ihr mich nicht gehört? Verschwindet von hier!« Krämpfe peinigten seinen Körper und pressten ihm die Luft aus den Lungen.

»Und welchen Platz zum Sterben haben Sie uns zugedacht?«, fragte Arkotov. »Wohin sollen wir gehen?«

Mersbeck konnte nicht mehr. Er musste fort von hier. Beinahe auf allen vieren kriechend entfernte er sich von dem Loch, in das er nicht hineinzuschauen wagte, aus Angst, es würde ihn töten.

»Wohin sollen wir gehen?«, schrie Arkotov ihm hinterher, aber Mersbeck hörte nicht mehr zu. Ihm war übel wie noch nie in seinem Leben. Er musste sich übergeben, wollte sich aber nicht vor den anderen diese Blöße geben.

Als Mersbeck das Tor erreichte, konnte er den Drang nicht mehr kontrollieren. Er würgte zweimal keuchend, dann kehrten seine Kräfte langsam zurück. Endlich konnte er sich wieder aufrichten, ohne das Gefühl zu haben, jemand bohrte ihm ein glühendes Schwert in die Seite.

»Um Himmels willen, was ist geschehen?«, rief Kapitän Stalling, als Mersbeck auf das Luftschiff zutaumelte. Stalling hatte, entgegen seiner üblichen Pflichtversessenheit, den Leitstand der *Unverwundbar* verlassen, um nach Mersbeck zu schauen.

»Wir müssen fort von hier«, sagte Mersbeck keuchend und wischte sich mit zitternder Hand den Mund ab. Er griff nach der Kiste und wollte sie hochheben, aber Stalling stieß ihn zur Seite.

»Lassen Sie mich das machen.«

»Sie ist schwer«, sagte Mersbeck. »Wir müssen sie zusammen tragen.«

Beruhigt stellte Mersbeck fest, dass die Motoren bereits liefen. Sie konnten also sofort starten. Mersbeck und Stalling schoben die Kiste mit dem Artefakt in eines der Lademagazine, die sich unter der Führergondel befanden, und sicherten sie mit zwei Spannriemen. Dann half der Kapitän Mersbeck beim Einstieg.

Mersbeck hatte kaum auf seinem Sitz Platz genommen, als die Ankerverbindung gekappt wurde und die Motoren aufheulten. Sofort hob die *Unverwundbar* ihre Nase in die Höhe und begann mit dem Aufstieg. Mersbeck musste sich an der Tischkante festhalten, damit er nicht von der Bank rutschte. Er nahm die Kappe von dem Sprachrohr, das an der Wand angebracht war, und blies hinein.

»Tut mir leid, wenn der Start ein wenig ruppig ist, Doktor

Mersbeck«, meldete sich der Kapitän. »Aber ich will zwischen diesem Ort und meinem Schiff so schnell wie möglich einige Meilen wissen.«

»Da werde ich Sie enttäuschen müssen, mein lieber Stalling. Ich möchte, dass Sie die Ausgrabungsstätte überfliegen.«

Schweigen am anderen Ende des Rohres. »An welche Höhe hatten Sie gedacht?«

»Je niedriger desto besser.«

»Und wenn sie auf uns schießen?«, fragte Stalling.

Mersbeck dachte nach. »Welche Höhe schlagen Sie also vor?«

»Achttausend Fuß.«

Mersbeck fluchte. »Also gut. Achttausend Fuß. Wenn wir uns über der Ausgrabungsstelle befinden, werden Sie unter allen Umständen die Position halten. Die *Unverwundbar* darf sich auf keinen Fall bewegen.«

Ohne eine Antwort abzuwarten, drückte er den Stöpsel wieder auf das Rohrende und rutschte von seinem Sitz, um eine Klappe zu öffnen, die sich im Boden verbarg. Ein Luftstrom blies ihm ins Gesicht und das Dröhnen wurde lauter. Mit aller Kraft riss er eine Kamera aus ihrer Halterung. Er schob eine mit Silberbromid beschichtete Platte in das Gehäuse und entfernte die Sicherheitsabdeckung. Schließlich befestigte er die Kamera wieder an ihrem alten Platz.

Mersbeck spürte, wie sich die *Unverwundbar* immer höher in den Himmel schraubte. Er konnte jetzt die Zufahrtsstraße zur Ausgrabungsstätte sehen. In dieser Höhe sah sie wie eine dünne, hellbraune Schlange aus, die sich durch den Wald wand. Mersbeck fluchte. Die Vergrößerung des Kameraobjektivs reichte kaum aus, um etwas zu erkennen. Er konnte nur hoffen, dass das Kameraobjektiv leistungsstärker als die Sucheroptik war. Er kniff leicht ein Auge zusammen und konzentrierte sich wieder auf das, was sich unter ihm abspielte. Langsam kam das kreisförmig angelegte Lager ins Blickfeld. Doch sosehr sich Mersbeck auch anstrengte, er konnte aus dieser Höhe keine Menschen erkennen. Selbst das Loch, das die Sträflinge gegraben hatten, sah unscharf aus. Doch dann schaut er genauer hin und spürte, wie ein kalter Schauer seinen Rücken hinunterlief.

»Alle Maschinen stopp!«, rief Mersbeck. Der Lärm der Motoren erstarb. Hastig drückte er auf den Auslöser, dann warf er einen erneuten Blick durch den Sucher. Mehrere Blitze zuckten fast gleichzeitig auf, Detonationswellen überzogen den Wald, um sich augenblicklich wieder zu verlieren. Schließlich hüllten Staubwolken die Ausgrabungsstätte ein.

Mersbeck hielt erschrocken die Luft an. Arkotov! Er hatte die Ausgrabungsstätte in die Luft gejagt! Und mit ihr alle Menschen, die sich dort unten befunden hatten. Weiß wie ein Leichentuch lehnte er sich gegen die Wand und starrte fassungslos auf die Kamera, die hoffentlich noch ein Bild von der Grube hatte machen können. Arkotov musste diese Sprengung von langer Hand geplant haben. Mersbeck konnte froh sein, dass der Oberst den Befehl zur Zündung der Bomben erst gegeben hatte, als sie schon gestartet waren.

Bevor die Sprengladungen explodiert waren, hatte Mersbeck auf dem Grund der Grube etwas erblickt. Etwas, von dem er hoffte, dass die Kamera es festgehalten hatte.

***

Zwei Tage waren sie nun schon unterwegs Richtung Lorick. Zwei Tage, in denen Hagen Lennart kaum ein Wort mit Tess gewechselt hatte. Anfangs hatte sie noch versucht, ihn in ein Gespräch zu verwickeln, es dann aber bald aufgegeben. Es war mühseliger, diesen Mann zum Sprechen zu bewegen, als stumm hinter ihm herzumarschieren. Also schwieg Tess einfach und überließ sich ihren Gedanken.

Es war erst wenige Tage her, seitdem Tess aus dem Waisenhaus geflüchtet war, in dem sie die meiste Zeit ihres knapp vierzehnjährigen Lebens verbracht hatte. Die Kinder hatten versucht, gegen den diktatorischen Direktor zu protestieren, doch ihr Aufstand war sofort brutal im Keim erstickt worden. Einzig Tess war es gelungen, einer grausamen Bestrafung zu entgehen. Tess konnte es bis jetzt selbst kaum glauben, aber sie war einfach gegangen, hatte die Wächter, die um ein Vielfaches größer und stärker als sie waren, wie Stoffpuppen beiseitegefegt und war mit einem gewaltigen Satz über die meterhohe Mauer in die Freiheit gesprungen. Tess hatte von einem Moment auf den anderen Kräfte entwickelt, die man nur als magisch bezeichnen konnte.

Hakon Tarkovski, ein Zirkusjunge, und York Urban, der Sohn des obersten Richters Morlands, hatten zur selben Zeit wie Tess übernatürliche Fähigkeiten entwickelt und durch einen Zufall waren sich die drei begegnet. York war ein Springer, der sich in Sekunden an jeden Ort teleportieren konnte, an dem er schon einmal gewesen war. Hakon hingegen war ein Telepath. Er konnte nicht nur Gedanken lesen, er war auch in der Lage, jeden Menschen so zu manipulieren, dass er Hakons Willen unterworfen war.

Außer ihren magischen Gaben hatten sie noch eine andere Gemeinsamkeit: Sie alle waren gleich nach der Geburt von ihren Eltern weggegeben worden. Tess war im Waisenhaus aufgewachsen, York und Hakon bei Adoptiveltern. Und sie alle drei schwebten in Lebensgefahr, denn Präsident Begarells Geheimpolizei war ihnen auf den Fersen.

Tess, Hakon und York hatten herausgefunden, dass sie Gist waren, magisch begabten Menschen, die seit einem großen, alles verheerenden Krieg vor vielen tausend Jahren im Verborgenen lebten. Es war ein Kampf zwischen magischen und nicht magischen Menschen gewesen, und seit dieser Zeit galten alle Magier als das Böse schlechthin. Die drei waren in die Stadt Morvangar, hoch im Norden, aufgebrochen, weil sie einerseits aus der Hauptstadt Lorick fliehen mussten, andererseits hofften sie, dort mehr über ihren Ursprung und ihre wahren Eltern zu erfahren. Tess und ihre Gefährten wussten inzwischen auch, dass es noch eine andere Gruppe von Magiern gab: die Eskatay. Im Unterschied zu den Gist waren ihre Fähigkeiten nicht ererbt, sondern sie wurden durch die Infektion mit einer Art Blume hervorgerufen. Außerdem waren die Eskatay alle in einem telepathischen Kollektiv miteinander verbunden. Der allmächtige Präsident Begarell, Kopf des Kollektivs der Eskatay, hatte irgendwie von der Existenz der Gist erfahren und jagte sie nun gnadenlos, um sich ihre Kräfte selbst zunutze zu machen. Oder sie zu töten.

Beinahe wäre ihm das auch gelungen. Erst im letzten

Moment schafften es Tess, Hakon und York, auf der Flucht im Zug nach Morvangar Swann, den Chef des Geheimdienstes, auszuschalten und zu entkommen. Dabei waren Lennarts Frau umgekommen und seine kleinen Töchter von einem Eskatay namens Egmont verschleppt worden.

Wenn sie ehrlich war, konnte sie Lennarts abweisende Haltung ihr gegenüber verstehen. Denn Tess, Hakon und York waren – ja, was denn eigentlich? Missgeburten? Monster? Jedenfalls keine normalen Menschen. Und musste Lennart nicht auch glauben, dass sie eine Mitschuld am Tod seiner Frau und der Entführung seiner kleinen Mädchen trugen? Der ehemalige Kriminalkommissar war ein hohes Risiko eingegangen, als er erst Hakon aus dem Staatsgefängnis befreit und ihm dann noch bei der Flucht geholfen hatte. Den Preis, den er dafür zahlen musste, war hoch. Er hatte alles verloren und hasste dafür alle Magischbegabten, egal ob es Gist oder Eskatay waren.

Nach den schrecklichen Ereignissen im Zug hatten sie sich getrennt. Hakon und York versuchten sich mit den überlebenden Mitgliedern einer Widerstandsgruppe, die sich Armee der Morgenröte nannte, nach Morvangar durchzuschlagen. Hagen Lennart lebte hingegen nur noch für eine Aufgabe: Er musste zurück nach Lorick, um seine Töchter zu befreien. Und Tess, die das Gefühl hatte, eine Schuld begleichen zu müssen, begleitete ihn.

Tess trug noch immer ihre Hose und das weite Hemd. Das schulterlang geschnittene hellrote Haar hatte sie unter einer Mütze verborgen, sodass sie auf den ersten Blick wie ein Junge aussah, der zusammen mit seinem Vater auf Wanderschaft war. Ihre Tarnung war jedoch nicht ganz perfekt. Zum einen fehlten ihnen die Rucksäcke für den Proviant und Kleidung zum Wechseln. Zum anderen wirkte Lennart mit seinem zerrissenen Stadtanzug, dem hohen, jetzt geöffneten Kragen und den leichten Halbschuhen recht unpassend angezogen für eine Gegend, in der die Bauern schwere Stiefel und grobe Arbeitskleidung trugen.

Am Abend des zweiten Tages, als Tess schon dachte, Hagen Lennart würde gar keine Rast mehr einlegen wollen, schlug er den Weg zu einem Dorf ein, das auf einer Anhöhe thronte, als wären seine Häuser geradewegs aus der Hügellandschaft gewachsen.

Västahol war ein kleiner Flecken, an dem die Entwicklung der letzten hundert Jahre spurlos vorübergegangen war. Es gab keine Gasbeleuchtung und keine Dampfautomobile.

Der einzige Gasthof des Dorfes, eine Kaschemme mit dem Namen *Zum frohgemuten Landmann*, war alles andere als ein heiterer Ort, der zum Verweilen einlud. Das merkte Tess sofort, als sie mit Lennart die Schänke betrat. Die Bauern, die am Tresen standen, blickten dumpf von ihren mit einem dunklen Gebräu gefüllten Gläsern auf.

»Guten Abend«, sagte Lennart mit fester Stimme. Tess nickte nur. Niemand erwiderte den Gruß. Lennart deutete auf einen Tisch bei der Tür und sie setzten sich.

»Was darf's sein?«, rief der Wirt. Seine rote, grobporige Nase war ein eindeutiger Hinweis darauf, dass er selbst sein bester Gast war.

»Ein Bier.«

»Und der Junge?«

Lennart sah Tess an.

»Ein Becher Wasser genügt«, antwortete Tess.

Einer der Bauern unterdrückte ein Prusten.

»Wasser«, sagte der Wirt. »Bist du dir sicher?«

Tess nickte nur gereizt. Sie hatte keine Lust, sich mit einem Bauerntrampel über ihre Trinkgewohnheiten zu streiten.

»Wir würden auch gerne etwas essen«, sagte Lennart.

»Ich habe noch ein Fuder Heu in meiner Scheune«, sagte einer der Bauern und nippte grinsend an seinem Glas.

»Halt den Mund, Tove«, brummte der Wirt und wandte sich dann wieder Lennart zu. »Ich kann euch eine Suppe aufwärmen. Ist nichts Besonderes, aber sie füllt den Bauch.«

Lennart zuckte die Achseln. Der Wirt warf sein Handtuch über die Schulter und verschwand.

Tess schaute sich um.

Die besten Tage dieser Gaststube, wenn es sie je gegeben hatte, mussten schon etliche Jahre zurückliegen. Die fleckige Farbe blätterte in den Ecken von der Wand. Der Tabakrauch hatte alles mit einer teebraunen Färbung überzogen. Die Fensterscheiben waren mit einem schmutzigen Film bedeckt, der Schuld daran war, dass wahrscheinlich selbst bei strahlendem Sonnenschein in der Schenke die Petroleumlampen entzündet werden mussten, die auch jetzt rußig blakend ein unruhiges Licht verbreiteten.

»Ich frage mich, wie der Wirt ein Geschäft machen kann«, flüsterte Tess, die es langsam ziemlich affig fand, dass sie und Lennart sich noch nicht einmal unterhielten. Sie scharrte mit den Füßen über den mit Sägespänen bestreuten Boden. »So eine üble Kaschemme habe ich noch nie gesehen.« Selbst die

Eiserne Jungfrau in Süderborg, wo sie nach ihrer Flucht aus dem Waisenhaus genau einen Tag gearbeitet hatte, war im Vergleich zu dieser Spelunke ein freundlicher Ort.

Doch Lennart schienen der Dreck und die Trostlosigkeit nicht zu stören. Er schaute gedankenverloren auf den Ring, den er an der rechten Hand trug, und schien nicht zu bemerken, dass sein Gesicht und mehr noch die Augen all die Erinnerungen widerspiegelten, die ihn quälten. Auch wenn Tess diesen Gedanken gleich als makaber verwarf, fand sie, dass Lennart ziemlich gut an diesen Ort passte.

Eigentlich empfand sie tiefes Mitleid mit dem Mann, der alles verloren hatte. Im Waisenhaus hatte sie viele Kinder kennengelernt, die ihre Familien durch ein Unglück verloren hatten. Tess wollte ihm schon die Hand auf den Arm legen, nur um ihm zu zeigen, dass er nicht alleine war, hielt sich dann aber doch zurück. Hagen Lennart war kein Mensch, der Wert auf Nähe legte, und nach allem, was geschehen war, schon gar nicht auf ihre.

Der Wirt brachte das Essen und die Getränke. Das Brot, das er dazu reichte, war ein harter Kanten, den Tess erst in der Suppe einweichen musste, bevor sie ihn kauen konnte. Auch Hagen Lennart aß. Zwar nicht mit sonderlichem Appetit, aber das konnte an dem Eintopf liegen, dessen Zutaten wie zerkochte Küchenabfälle aussahen und auch so schmeckten. Nachdem Lennart seinen Teller geleert hatte, legte er den Löffel beiseite.

»Wir sollten einen Plan schmieden«, sagte er leise. Er klang wach, doch sein Blick war leer und müde.

Tess atmete erleichtert auf. Pläne schmieden war gut, denn

das bedeutete, dass man an eine Zukunft glaubte und etwas unternahm. Sie schob den Teller beiseite und beugte sich zu ihm nach vorne.

»Zuerst müssen wir herausfinden, wohin dieser Egmont meine Kinder gebracht hat«, fuhr Lennart fort.

Tess erinnerte sich schaudernd an den Mann mit dem Habichtsgesicht, der Yorks Adoptivvater ermordet und den Jungen durch halb Morland verfolgt hatte. »Nun, er war Richter Urbans Sekretär. Ich würde vermuten, dass er sie auf dem Anwesen der Urbans versteckt.«

Lennart nickte. »Der Bastard weiß, wie wir aussehen«, sagte er. »Und mit Sicherheit hat er den Wachen eine genaue Beschreibung von uns gegeben. Wir benötigen also Hilfe.«

»Ich kenne einen Weg, wie wir mit der Armee der Morgenröte in Kontakt treten können«, sagte Tess.

»Die Armee der Morgenröte?« Lennart verzog verächtlich das Gesicht. »Sei mir nicht böse, aber ich denke, ich wende mich an jemanden, der mir vertrauenswürdiger erscheint.«

Tess zuckte mit den Schultern. »Natürlich. Man sollte ohnehin nicht alle Eier in einen Korb legen. Also werden wir uns in Lorick trennen.« Es war keine Frage, sondern eine Feststellung.

Lennart sah erst so aus, als wollte er widersprechen, nickte dann aber. »Ich glaube, von uns beiden bist du diejenige, die am besten alleine zurechtkommt. Du hast Kräfte, von denen ich nur träumen kann.«

»Und was haben sie uns genützt, diese Kräfte?«, sagte Tess niedergeschlagen. »Ihre Frau ist tot, Ihre Kinder wurden entführt …«

»Wir alle hätten das nicht überlebt, wenn ihr euch nicht gegen Swann und Egmont gestellt hättet«, sagte Lennart, doch es klang wie eine Deutung der Ereignisse, an die er selbst nicht ganz glaubte. »Die Dinge haben sich geändert. Die Welt, wie wir sie kennen, wird sehr bald nicht mehr existieren. Wenn du wissen willst, was uns erwartet, dann lies einmal in den alten Legenden nach. Die Eskatay haben vor vielen Tausend Jahren schon einmal versucht, die Macht an sich zu reißen. Damals ist es ihnen nicht gelungen, aber der Preis, den wir alle dafür bezahlen mussten, war gewaltig. Es hat beinahe den Untergang der Menschheit bedeutet. Wie hoch wird er sein, wenn der Krieg erneut ausbricht? Was wird mit uns Menschen geschehen, wenn die Magischbegabten diesmal gewinnen?« Seine Stimme war vor Aufregung immer lauter geworden und Tess bemerkte, wie sich einige der Dorfbewohner nach ihnen umsahen. Sie warf Lennart einen warnenden Blick zu und wisperte aufgebracht: »Das ist der Grund, warum wir Ihnen helfen möchten. Wir Gist haben denselben Feind, die Eskatay. Begarell macht Jagd auf uns und wenn er uns findet, wird er uns vermutlich umbringen!«

»Du verstehst mich nicht«, sagte Lennart beharrlich. »Natürlich sind die Eskatay eine tödliche Bedrohung. Aber was ist mit dir und deinesgleichen? Noch steht ihr auf unserer Seite. Wer garantiert uns, dass eure exklusive Gemeinschaft es sich nicht irgendwann anders überlegt und zu dem Schluss kommt, dass nicht die unterschiedlichen magischen Begabungen das Problem sind, sondern die Menschen, die über keine verfügen. Und das vielleicht auch gar nicht wollen.«

Tess war wie vor den Kopf geschlagen. »Wenn Sie sich diese Frage allen Ernstes stellen, haben die Eskatay schon gewonnen. Genau diese Zweifel werden zu unserem Untergang führen. Wir müssen einig sein. Und Sie müssen Vertrauen haben. Ohne Vertrauen gibt es keine Hoffnung. Und ohne Hoffnung ist alles verloren.«

Lennart rieb sich die Augen, dann wurde sein Gesicht wieder zu einer undurchdringlichen Maske, die keinerlei Gefühl ausdrückte. »Hör zu. Vermutlich war es ein Fehler, ausgerechnet jetzt diese Diskussion mit dir zu führen. Ich bin müde. Und ich habe Angst um meine Kinder. Ich will einfach nicht an die Zukunft denken, verstehst du?«

Tess nickte stumm. Sie spürte beinahe körperlich die Abneigung, die Lennart ihr gegenüber empfand. Ihr war klar, dass er sie nur als Leibwache mitgenommen hatte, weil ihre Kräfte ihm auf dem gefahrvollen Weg nach Lorick nützten.

Lennart bezahlte das Essen und sie bezogen das einzige Gästezimmer, das der Wirt zu bieten hatte. Es war eine kleine Kammer mit zwei Betten, die nicht frisch bezogen waren. Es gab eine Frisierkommode, eine Waschschüssel und zwei Nachtschränke, die wie die beiden Petroleumlampen nicht zueinanderpassten. Über den Betten hingen vergilbte Drucke mit kitschigen Schäferszenen.

Nachdem der Wirt gegangen war, schob Tess die beiden Betten auseinander, öffnete das kleine Fenster und starrte eine Weile in die Dunkelheit hinaus. Hagen Lennart hatte sich in der Zeit gewaschen und seine Kleidung fein säuberlich über einen Stuhl gelegt. Nun saß er auf der Kante des einen Bettes und zog seine Taschenuhr auf.

»Gute Nacht«, sagte er schließlich und blies sein Licht aus. Er drehte sich auf die Seite und wandte Tess den Rücken zu. »Gute Nacht«, erwiderte Tess genauso knapp. Sie ließ die Stiefel auf den Boden poltern, warf die Hose achtlos in die Ecke und warf sich so, wie sie war, einfach auf das andere Bett. Dann löschte auch sie das Licht und verschränkte wütend die Hände hinter dem Kopf. Sie wusste, diese Nacht würde sie kein Auge zumachen.

Und so war es auch. Immer wieder gab Hagen Lennart unverständliche Laute von sich, schluchzte, weinte, schrie und wimmerte, bis der Sonnenaufgang sie beide erlöste.

Lennart erwiderte ihren Morgengruß nicht. Keuchend saß er aufrecht in seinem Bett, das Haar klebte an seiner Stirn. Er machte einen verwirrten Eindruck und Tess vermutete, dass es dauern würde, bis er die Schrecken der Nacht abgeschüttelt hatte. Es war sicher besser, ihn einige Zeit alleine zu lassen. So zog sie sich an und stieg die enge Treppe hinunter, um aufs Klo zu gehen und frisches Wasser für die Morgenwäsche zu holen. Außerdem musste sie eine Entscheidung treffen.

Die Toilette erwies sich als ein heruntergekommenes Plumpsklo hinter dem Haus, das den wohlgenährten Spinnen nach zu urteilen sehr lange nicht gereinigt worden war. Tess warf die Tür wieder zu und suchte sich stattdessen einen Busch, hinter den sie sich hocken konnte. Frisches Wasser war das geringere Problem. Auf der Weide, die sich hinter der Herberge bis zum Saum eines dichten Waldes erstreckte, plätscherte eine Quelle.

Tess kletterte über den Zaun und spritzte sich etwas von

dem Wasser ins Gesicht, um dann den Krug zu füllen, den sie mitgenommen hatte.

Die Sonne kroch gerade über den Horizont und tauchte die sanfte Hügellandschaft in ein rotes Licht. Tess setzte sich auf einen moosigen, taufeuchten Stein und beschattete mit der freien Hand die Augen. Um sie herum erwachte das Leben, als würde die Natur ein Konzert nur ihr zu Ehren geben. Vögel zwitscherten, ein Hund bellte, Bienen summten. Ein seltsames Gefühl von Sicherheit, Ruhe und Zufriedenheit begann sie von innen heraus zu wärmen. Die Welt war ein guter Ort, und Tess fragte sich, wie sie wohl aussähe, wenn es die Menschen nicht gäbe. Waren nicht all dieser Reichtum und diese Vielfalt an Formen, Farben und Gerüchen eine maßlose Verschwendung, wenn es niemanden gab, der sich an ihm erfreuen konnte? Sie dachte an Hagen Lennart, seine Verzweiflung und seinen Hass auf alle magisch Begabten. Ein Krieg hatte gereicht, um die Menschheit beinahe auszurotten. Einen zweiten durfte es nicht geben.

Sie hatte eine Entscheidung getroffen. Tess hob den Krug hoch und eilte, so schnell sie konnte, zurück zum Gasthof.

Es stellte sich heraus, dass der Wirt sogar vor Tess aufgestanden war. So kamen sie zu dieser frühen Morgenstunde überraschenderweise zu Spiegeleiern mit Speck und frischer Milch, auf der der Rahm noch schwamm. Sogar ofenwarmes Brot hatte der Wirt auf den Tisch gestellt. Es war so frisch, dass es sich noch nicht einmal vernünftig schneiden ließ.

Hagen Lennart sprach nur das Notwendigste mit Tess, war aber dem Wirt gegenüber bei Weitem redseliger. Es gelang ihm sogar, den mürrischen Mann in ein Gespräch zu verwickeln, an dessen Ende Lennart ihm für eine beträchtliche Summe ein Gespann abkaufte. Das Pferd war zwar ein alter Klepper und die Kutsche ein einachsiger Karren, doch das Geld war gut investiert. Reisende, die in dieser dünn besiedelten Gegend zu Fuß und ohne Gepäck unterwegs waren, fielen auf.

Nach dem Frühstück machten sie sich wieder auf den Weg und nahmen die Landstraße Richtung Süden, die sie in vier Tagen nach Lorick führen würde. Tess saß hinten auf der kleinen Ladefläche. Als sie den ersten Hügel hinter sich gebracht hatten, zügelte Lennart das Pferd und sprang vom Bock. Tess sah neugierig zu, wie er aus der Brusttasche seiner Jacke ein zusammengefaltetes Blatt Papier zog, es mit einem Feuerzeug verbrannte und dann ein kleines Lederetui in hohem Bogen fortwarf. Lennart schien kurz zu überlegen, ob er sich auch seiner Waffe entledigen sollte, steckte sie aber wieder zurück in sein Gürtelfutteral.

»Was haben Sie da gemacht?«, fragte Tess überrascht.

»Ich habe gerade meinen Dienst quittiert«, antwortete Lennart lakonisch und griff nach den Zügeln. Rumpelnd setzte sich die Kutsche wieder in Bewegung. Auch Hagen Lennart schien seine Entscheidung getroffen zu haben.

Im Großen und Ganzen war es eine ereignislose Fahrt. Lennart schien sich immer weniger um seine Mitreisende zu scheren. Wenn Tess sich außerhalb der von ihm festgesetzten Pausen einmal in die Büsche schlagen musste, hielt er nicht an, sondern fuhr unbeirrt weiter, als zöge er alleine in eine Schlacht. Natürlich war es für sie kein Problem, wieder aufzuspringen, aber diese Form des Nicht-beachtet-Werdens war überaus verletzend. Am Morgen des dritten Tages, als er sie noch immer ignorierte, platzte ihr der Kragen. Sie kletterte von hinten auf den Bock, griff ihm in die Zügel und brachte das Pferd zum Stehen. Wütend funkelte sie Lennart an, der noch immer nach vorne starrte, die Lippen fest aufeinandergepresst.

»Was soll das?«, herrschte sie ihn an. »Ich kann ja verstehen, dass es Ihnen nach allem, was geschehen ist, nicht besonders gut geht. Aber das hier mache ich nicht länger mit! Ich lasse mich von Ihnen nicht wie eine Aussätzige behandeln. Sie wollen Ihre Kinder befreien? Dann sollten Sie sich langsam mit dem Gedanken vertraut machen, dass das ohne mich und meine Fähigkeiten nicht gehen wird! Sie fühlen sich von uns verraten, ist es nicht so? Hakon hat sie im Stich gelassen, obwohl er Ihnen versprochen hat, dass Ihnen und Ihrer Familie nichts zustößt, solange er bei Ihnen ist. Aber ist es nicht ein wenig ungerecht, ihm für all das Unglück die Schuld zu geben? Maura und Melina wurden von den Eskatay entführt, nicht von uns! Wir stehen auf derselben Seite! Geht das vielleicht in Ihren Dickschädel rein?«

Hagen Lennart antwortete noch immer nicht.

»Überlegen Sie es sich: Entweder stehen wir das gemeinsam durch, oder Sie sind von jetzt an allein!« Tess sprang vom Kutschbock, verschränkte die Arme vor der Brust und schaute den ehemaligen Kriminalkommissar herausfordernd an.

Tess erwartete nicht, dass er reumütig in Tränen ausbrechen würde, aber sie hatte gehofft, dass er nicken und ihr zumindest Recht geben würde. Doch Hagen Lennart starrte unbewegt geradeaus und schnalzte nur leise mit der Zunge. Das Pferd trabte los und die Kutsche setzte sich in Bewegung. Wie vom Donner gerührt starrte Tess ihm nach. Sie stieß einen wütenden Schrei aus und bückte sich nach einem großen Stein. Beinahe hätte sie ihn nach Lennart geworfen, doch dann schleuderte sie ihn gegen einen Baum, wo er mit einem lauten Knall ein großes Stück aus dem Stamm riss und dabei in tausend Stücke zersplitterte.

Dieser Sturkopf wollte in sein Verderben rennen? Bitte! Wenn es nach ihr ging, würde sie ihn nicht davon abhalten. Aber es ging nicht nach ihr, dazu stand zu viel auf dem Spiel. Tess stieß ein frustriertes Knurren hervor, verwünschte Lennart lautstark mit Worten, die selbst einem Hafenarbeiter die Schamesröte ins Gesicht getrieben hätten, und folgte der Kutsche in einiger Entfernung.

Es war gegen Abend, als sie die ersten Vororte von Lorick erreichten. Die Stadt hatte sich seit der Ausrufung des Ausnahmezustandes verändert. Überall hatte die Armee Kontrollposten errichtet. Die Menschen gingen zwar immer noch den alltäglichen Geschäften nach, doch hatten ihre Bewegungen nun etwas Getriebenes, so als bereite es ihnen Unbehagen, den Schutz der eigenen vier Wände zu verlassen. Überall klebten Plakate, die die Bevölkerung dazu aufforderten verdächtige Personen sofort zu melden.

Immer wieder passierten sie Kontrollposten, doch Tess, die in Jungenkleidern wie höchstens zwölf aussah, lief keine Gefahr, nach ihrem Ausweis gefragt zu werden. Ganz im Gegensatz zu Hagen Lennart.

Doch der stellte sich geschickt an. Offensichtlich war ihm dieser Stadtteil vertraut. Er hatte die Kutsche in einem Mietstall untergestellt und sich zu Fuß auf den Weg in die Innenstadt gemacht. Tess konnte nur raten, was er vorhatte. Wahrscheinlich war er klug genug, nicht seine Wohnung aufzusuchen, denn dort würden die Agenten des Ministeriums für Innere Sicherheit ganz bestimmt auf ihn warten.

Auf den ersten Blick schienen sich die Bewohner zumindest hier im Viertel mit dem Ausnahmezustand arrangiert zu haben. Die Vorgärten der Backsteinhäuser waren so gepflegt wie immer, ein paar Kinder spielten auf der Straße mit einer Promenadenmischung und eine alte Frau fegte das Trottoir. Ein bierbäuchiger Mann stand im Eingang seines Hauses und schaute zigarrerauchend dem Treiben zu. Aber auch wenn die Szene auf den ersten Blick völlig normal aussah, spürte Tess die Anspannung, die über allem lag.

Als Lennart am Haus des Dicken vorbeiging, musterte dieser ihn mit einem finsteren Blick. Tess blieb auf der anderen Straßenseite, immer darauf bedacht, Lennart nicht aus dem Blick zu verlieren, selber aber unentdeckt zu bleiben. Dennoch war sie wie der Mann, dem sie folgte, ein Fremdkörper in diesem Viertel, wo jeder jeden kannte und Fremde auffielen wie bunte Hunde.

Sie würde vorsichtig sein müssen.

Tess überlegte gerade noch, ob sie mehr Abstand zu Lennart halten sollte, als etwas Seltsames geschah. Zunächst war es nur ein entferntes Dröhnen, das die Luft erfüllte. Ein schriller Pfiff ertönte, ausgestoßen von dem Dicken, der nun seine Zigarre fortgeworfen hatte. Die Kinder hielten augenblicklich mit dem Spielen inne und rannten so schnell wie möglich in ihre Häuser. Türen wurden zugeschlagen, dann war außer dem anschwellenden Brummen nichts zu hören. Nur der Hund stand etwas verloren herum. Auch Hagen Lennart hatte das bedrohliche Geräusch wahrgenommen, doch anstatt fortzulaufen, blieb er wie angewurzelt stehen. Grau angestrichene Lastwagen bogen um die Ecken und blockierten von beiden Seiten die Straße. Ein Kommando ertönte und die Planen wurden zurückgeschlagen. Tess konnte nicht zählen, wie viele Soldaten von der Ladefläche sprangen, aber es waren auf den ersten Blick mehr als fünfzig. Lennart hatte jedenfalls keine Möglichkeit zur Flucht. Er steckte seine Hände in die Hosentasche, schaute der Razzia betont unbeteiligt zu und versuchte, einfach weiterzuschlendern. Beinahe wäre ihm das auch gelungen, denn die Soldaten waren zu sehr damit beschäftigt, mit ihren Gewehrkolben Türen aufzubrechen, die man ihnen nicht augenblicklich öffnete. Lennart war schon fast an einem der Lastwagen vorbei, als dessen Fahrer einen der Uniformierten auf ihn aufmerksam machte. Lennart lief augenblicklich los. Der Soldat gab einen Schuss in die Luft ab, der so laut war, dass Tess zusammenzuckte. Der ehemalige Polizist blieb stehen und hob langsam die Hände. Dann drehte er sich um und verschränkte die Arme hinter dem Kopf. Während ihm einer der Soldaten den Lauf seines Gewehres gegen die Schläfe drückte, durchsuchte ihn ein zweiter Uniformierter mit einigen geübten Handgriffen.

Es dauerte nicht lange und er fand die Pistole im Hosenbund. Tess konnte nicht verstehen, was der Soldat rief, aber

Lennart machte keine Anstalten, aufzusehen oder ihm gar eine Antwort zu geben. Plötzlich sauste ein Gewehrkolben auf ihn nieder. Es gab einen Schlag, den Tess selbst auf diese Entfernung hören konnte. Lennart brach nicht zusammen, sondern hielt sich taumelnd den Kopf, bis ihn ein zweiter Schlag endgültig zu Boden schleuderte.

Tess sprang auf und lief über die Straße. Das konnte sie nicht zulassen. Hakon hatte sein Versprechen nicht halten können, aber sie konnte eingreifen! Ihre Kräfte reichten aus, um mit fünfzig, nein sogar hundert bewaffneten Soldaten fertig zu werden. Sie brauchte nur zuschlagen, und keiner von ihnen würde jemals wieder aufstehen!

Sie spürte eine Hand auf der Schulter. »He, Kleiner! Was ist mit dir? Du hast wohl kein Zuhause?«, wisperte eine Stimme hinter ihr.

Tess wirbelte herum und ballte drohend die Faust, als sie den Dicken erkannte, der kurz zuvor noch mit seiner Zigarre im Türrahmen gestanden hatte. Im letzten Moment versuchte sie innezuhalten, konnte aber nicht mehr verhindern, dass sie den bierbäuchigen Kerl in der Magengrube traf. Mit Augen, die fast aus den Höhlen quollen, klappte er zusammen, das Gesicht hochrot.

»Oh verdammt«, flüsterte Tess erschrocken und fing den Mann auf, bevor er zu Boden ging. »Das war nicht meine Absicht! Bitte, das müssen Sie mir glauben!«

Der Mann gurgelte eine unverständliche Antwort. Tess schaute hastig über ihre Schulter und konnte gerade noch sehen, wie ein lebloser Hagen Lennart auf die Ladefläche eines der Lastwagen geworfen wurde. Dann legte sie sich den

Arm des Dicken um ihre Schulter und schleppte ihn durch die geöffnete Haustür.

In der Diele setzte sie ihn ab. Eine Frau kam aus der Küche gerannt, am Rocksaum zwei kleine Kinder, die verängstigt in der Nähe ihrer Mutter bleiben wollten.

»Um Himmels willen!«, rief sie und schlug die Hand vor den Mund. »Hektor, was ist geschehen?«

Tess schloss eilig die Haustür. »Verzeihen Sie mir, das war ein Missverständnis. Ihr Mann wollte mich von der Straße holen, und da habe ich wohl etwas fest zugeschlagen.«

Die Frau schaute Tess an, als wäre sie nicht mehr ganz richtig im Kopf.

»Lass gut sein, Eleonore«, keuchte der Mann und rieb sich mit schmerzverzerrtem Gesicht die Magengrube. Er schien nicht wütend zu sein, sondern blickte Tess nur ungläubig an. »Du bist ganz schön kräftig für dein Alter.«

»Das liegt daran, dass ich mit vier großen Brüdern aufgewachsen bin«, log Tess. »Was geht da draußen vor?«

»Das Militär macht Hausdurchsuchungen. Wie es heißt, sind sie auf der Suche nach umstürzlerischen Elementen.« Der Mann stand stöhnend auf und atmete noch einmal tief durch, als wollte er überprüfen, ob noch alle Organe an ihrem Platz waren.

Tess schob den kleinen Vorhang im Türfenster beiseite und spähte hinaus auf die gegenüberliegende Straßenseite, wo die Soldaten sich jedes Haus einzeln vornahmen.

»Wieso lassen sie diese Seite aus?«

»Oh, wir waren gestern an der Reihe«, sagte der Mann grimmig. »Meine Frau hat erst heute Morgen die letzten

Scherben aufgefegt. Warum fragst du? Hast du etwas ausgefressen?«

Tess schüttelte den Kopf.

»Das ist auch besser so«, fuhr der Mann fort. »Wenn sie dich nämlich einmal verhaftet haben, hast du verloren. Sie schicken dich in die Mühle.«

»Zum Arbeiten?«, fragte Tess, die nicht verstand.

Der Mann lächelte bitter. »So kann man es auch nennen. Kleiner, das ist das Staatsgefängnis. Kein schöner Ort. Früher steckten sie nur die ganz harten Jungs da rein. Jetzt landen dort auch diejenigen, die der Meinung sind, dass Begarell unser Land in den Abgrund reißt. Wer dort landet, der kommt so schnell nicht wieder raus.«

Tess schaute wieder hinaus zu den Soldaten, die noch immer die Häuser durchsuchten. Ihr Herz begann wie wild zu schlagen, nicht vor Wut, sondern aus Angst um Hagen Lennart. Denn wenn er erwachte, würde sein Albtraum erst richtig beginnen.

***

Es war ein Kampf gegen die Mücken, gegen die Natur und vor allen Dingen gegen die eigene Erschöpfung. Obwohl Hakon, York, Henriksson und Eliasson erst einen Tag unterwegs waren, versagten ihnen bereits die Kräfte, den Jungen sogar noch mehr als den beiden Älteren. Hakon, dessen ärmliche Kleidung zerrissen und schmutzig an seinem dünnen Körper hing, war zwar schwere Arbeit gewöhnt, doch die beschränkte sich auf das Errichten und den Abbau eines

Zirkuszeltes. Das erforderte Kraft, bestenfalls Geschick, aber keine Ausdauer. Schon nach der zweiten Anhöhe, die sie bewältigen mussten, lehnte er sich keuchend an einen Baum. Noch nie in seinem Leben hatte er Seitenstechen gehabt, aber diese neue Erfahrung schien sein Körper jetzt auskosten zu wollen, so bohrend war der Schmerz, der ihn daran hinderte, normal zu atmen.

Auch York, der kräftiger und gesünder als Hakon aussah, machte nicht den frischesten Eindruck. Ähnlich wie sein Freund war er mit seinem dunkelblauen Anzug und den eleganten, halbhohen Schuhen nicht besonders passend für dieses Abenteuer in der Wildnis gekleidet. Sie hatten die Wahl: Entweder zogen sie trotz der Hitze ihre Jacken über, oder sie wurden bei lebendigem Leib von den schmeißfliegengroßen Mücken ausgesaugt, die mit einem beunruhigend tiefen Brummen durch die schwüle Luft surrten und sich gierig auf die unverhofft üppige Mahlzeit stürzten. York hatte sich jedenfalls wie die anderen dazu entschieden, den Plagegeistern so wenig nackte Haut wie möglich zu präsentieren und sogar den Kragen seiner Jacke so hochgeschlagen, als wären die Geister des Winters wieder erwacht. Hakon hingegen wurde von ganz anderen Dämonen heimgesucht.

Er dachte an Boleslav und Vera Tarkovski, die er noch bis vor Kurzem für seine leiblichen Eltern gehalten hatte. Und an seine über alles geliebte Stiefschwester Nadja. Sie alle waren von den Eskatay verhaftet worden – und Hakon war schuld daran. Er hatte seine magische Gabe, statt sie zu verbergen, in der Manege eingesetzt, und so waren die Eskatay

44

auf ihn aufmerksam geworden. Swann, der Chef des Geheimdienstes höchstpersönlich, hatte ihn aufgespürt und in den Hochsicherheitstrakt des morländischen Staatsgefängnisses verschleppt. Dank seiner magischen Begabung und Hagen Lennarts Hilfe war ihm die Flucht geglückt, doch die Spur der Tarkovskis, die ebenfalls verhaftet worden waren, hatte sich verloren.

Hakon hatte seine magische Begabung erst vor kurzer Zeit entdeckt. Eigentlich waren es gleich zwei Gaben. Von seiner leiblichen Mutter hatte er die Fähigkeit geerbt, Gegenstände verschwinden und wieder auftauchen zu lassen. Das war sicher beeindruckend und äußerst nützlich, doch nichts gegen seine Fähigkeit, die Gedanken anderer Menschen zu lesen oder sich ganz und gar in sie hineinzuversetzen. Es war eine magische Gabe, die ihm schon einige Male das Leben gerettet hatte, die aber auch nicht ganz ohne Nebenwirkungen war. Denn wenn er sich einmal in einen Menschen hineinversetzte, wurden dessen Erlebnisse und Erinnerungen automatisch auch ein Teil von Hakons Bewusstsein. Das war anfangs eine irritierende, später eine geradezu beunruhigende Erfahrung. Zeitweise wusste er nicht mehr, wo seine eigene Persönlichkeit aufhörte und die der anderen begann. Hakon musste seine ganz Konzentration aufbieten, damit er in diesem Kampf, der sich unentwegt in seinem Kopf abspielte, die Oberhand behielt.

So gesehen war er dankbar für das quälende Seitenstechen. Es mochte zwar schmerzhaft sein, aber es lenkte ihn von den Szenen ab, die immer wieder vor seinem inneren Auge erschienen und sich aus fremden Bildern zusammensetzten, die seiner eigenen Gedankenwelt beängstigend fremd waren. Es waren Momentaufnahmen, keine zusammenhängenden Handlungsabfolgen, die in rasendem Tempo wechselten und manchmal so intim waren, dass sich Hakon schämte, ihr Zeuge zu sein. Hakon erfüllte der schier unkontrollierbare Jähzorn des Vilgrunder Bauern, dem er während einer Zirkusvorstellung auf den Kopf zu gesagt hatte, dass er seinen Nachbarn bei dem Verkauf einer kranken Kuh betrogen hatte. Er spürte Hagen Lennarts beinahe krankhaften Kontrollzwang, aber auch die grenzenlose Liebe zu seinen beiden Töchtern, die von den Eskatay entführt worden waren. Er durchlebte Silvetta Lennarts Angst um ihren Mann und ihre Kinder. Doch am schlimmsten waren die Erinnerungen Swanns, der ihn und die anderen Gist gnadenlos gejagt und fast zur Strecke gebracht hatte, ehe Lennart ihn erschossen hatte. Hakon verspürte Swanns sadistische Freude, wenn dieser mit eigenen Händen einen Verdächtigen foltern konnte oder wenn er wehrlose Menschen, Männer, Frauen und sogar Kinder ermordete. Dies alles waren Gefühle, die eine gefährliche Wirkung auf Hakon hatten. Hakon mochte zwar äußerlich ein Fünfzehnjähriger sein, aber seit seine magische Begabung in ihm erwacht war, vereinigte er das Leben mehrerer erwachsener Menschen in sich.

Hakon konnte sich vorstellen, dass mit Swanns gewaltsamem Ende, das Hagen Lennart im Zug nach Morvangar herbeigeführt hatte, auch das eine oder andere Mitglied des Kollektivs aufatmete, denn der glatzköpfige Mann mit dem Charakter eines giftigen Skorpions hatte dieselbe telepathische Gabe wie Hakon gehabt, nur war sie bei Swann noch wesentlich stärker ausgeprägt gewesen. Der mächtige Eskatay hatte nicht nur Gedanken lesen, sondern auch jeden Menschen in seiner Nähe kontrollieren und manipulieren können, ohne dass er selbst kontrolliert werden konnte. Hakon hatte mehrfach versucht, in Swanns Gedanken einzudringen, war jedoch bis auf ein einziges Mal stets mit Leichtigkeit von Swann abgeblockt worden.

Seine Verbindung zu Swann war nur kurz gewesen, was Hakon einerseits bedauerte, denn die Informationen, die er hatte anzapfen können, waren nur bruchstückhaft gewesen und hatten kein sinnvolles Gesamtbild ergeben. Auf der anderen Seite wusste Hakon jedoch, dass ein voller Kontakt mit Swanns krankem Verstand nur auf Kosten seiner eigenen geistigen Gesundheit gegangen wäre. Zu schrecklich waren die wenigen Szenen, die er zu sehen bekommen hatte und die ihn immer noch verfolgten.

Dies jedoch waren Gedanken, die Hakon in die entfernteste Ecke seines Kopfes verbannen musste. Flach atmend, um das Seitenstechen so erträglich wie möglich zu machen, stolperte er hinter den anderen durch einen Wald, der streckenweise so dicht war, dass sie weite Umwege gehen mussten. Hakon musste seine Gabe nicht einsetzen, um zu wissen, dass die anderen mit ihren eigenen düsteren Gedanken beschäftigt waren, die alle mit Verlust und Schuld zu tun hatten. Es bereitete ihm noch immer Schwierigkeiten, die telepathische Begabung im Zaum zu halten und sie dosiert einzusetzen, aber immerhin beherrschte er sie inzwischen so weit, dass er sie komplett ausschalten konnte.

Verstohlen warf er einen Seitenblick auf York, der stumm neben ihm herlief. Im Gegensatz zu Hakon, der schon von Kindesbeinen an hart gearbeitet hatte, war York wohlbehütet in einem reichen Haus aufgewachsen. Er war nicht so kräftig wie Hakon, dafür aber größer und drahtiger. Yorks dunkle Haare betonten die Blässe seiner Haut, die ahnen ließ, wie erschöpft er war.

Auch York war – genau wie Hakon und Tess – von einem Augenblick auf den anderen aus seinem normalen Leben gerissen worden. Sein Vater war der oberste Richter Morlands gewesen. York war von einem Versteck aus Zeuge geworden, wie die Eskatay seinen Vater ermordet hatten. Nachdem die Verschwörer entdeckt hatten, dass York ein Gist war, musste er fliehen. Durch Papiere, die Richter Urban für York hinterlegt hatte, hatte der Junge nach dessen Tod erfahren, dass er nach seiner Geburt vom Richter adoptiert worden war. Die Unterlagen hatten auch einen Hinweis auf einen Ort in der Nähe des Polarkreises, Horvik, enthalten; dorthin waren sie nun unterwegs.

Hakon holte tief Luft und versuchte sich wieder auf den Weg zu konzentrieren. Er hatte keine Ahnung, welche Richtung sie einschlagen sollten, um ihr Ziel zu erreichen. Nach seiner Flucht aus dem Gefängnis waren er und die Lennarts zusammen nach Norden geflohen. Dort waren sie auf Tess und York sowie Henriksson und Eliasson getroffen, beide Mitglieder der Armee der Morgenröte. Nach dem tödlichen Zusammenstoß im Zug mit Swann und Egmont, bei dem neben Hagen Lennarts Frau auch eine Mitstreiterin der beiden Männer ums Leben gekommen war, waren sie gezwungen gewesen, Straßen und Dörfer zu meiden, da das Innenministerium garantiert mit allen verfügbaren Mitteln an jedem Ort nach ihnen suchte.

Hakon holte tief Luft und versuchte, sich auf den Bewegungsablauf der Beine zu konzentrieren, immer einen Schritt nach dem anderen zu machen, ohne dabei zu weit nach vorne zu schauen.

Einatmen. Zwei. Drei. Vier. Ausatmen. Zwei. Drei. Vier. Das war der Rhythmus. Rhythmus war alles. Er musste nur versuchen, diesen Takt zu halten, und alles würde gut werden.

Ich werde dich verlassen, sagte Silvetta und lächelte ihn an.

Hakon schüttelte benommen den Kopf wie ein Boxer, der einen empfindlichen Treffer hatte einstecken müssen.

Einatmen. Zwei. Drei. Vier. Ausatmen. Zwei. Drei. Vier.

Ein Stall. Der Duft von Heu. Pferde, die nervös mit den Hufen scharrten. Eine Frau … Annegret …

Annegret schaute ihn mit einem verführerischen Lächeln an und ergriff seine Hand. Henning ist nicht da, sagte sie. Wir haben den Vormittag für uns. Komm, ich möchte dir etwas zeigen.

Hakon stöhnte und kniff die brennenden Augen zusammen. Einatmen. Zwei. Drei. Vier. Ausatmen. Zwei. Drei. Vier.

So habe ich mir mein Leben mit dir nicht vorgestellt, hörte er Silvettas Stimme in seinem Kopf.

Hakon gab ein würgendes Geräusch von sich. Einatmen. Und dann? Er konnte nicht mehr bis vier zählen! Herrgott, er wusste noch nicht einmal, was nach eins kam! Hakon bekam keine Luft mehr. Dann kippte die Welt und er schlug der Länge nach auf den mit abgestorbenen Kiefernnadeln bedeckten Waldboden.

»Hakon!«, hörte er York rufen, der sich erschrocken über ihn beugte.

Hakon versuchte zu antworten, brachte jedoch keinen Laut hervor. Dafür waren die Stimmen in seinem Kopf nicht mehr da. Nur die Mücken surrten an seinem Ohr. Endlich, als die Welt schon langsam eine rote Färbung angenommen hatte, konnte er wieder atmen.

»Es ist alles in Ordnung«, keuchte er und versuchte zu lächeln. »Mir geht es gut.«

»Ja, natürlich!«, fuhr ihn York an. »Henriksson! Kommen Sie! Schnell!«

Hakon spürte, wie sich schwere Schritte näherten, aber er konnte den Kopf nicht in die Richtung drehen, aus der sie kamen.

»Verdammt! Junge, warum hast du uns nicht gesagt, dass du nicht mehr kannst?«, fuhr ihn Henriksson an, konnte seine Besorgnis jedoch nicht verbergen.

Hakon musste trotz seines Zustandes lächeln. »Tut mir leid, aber ich war in eine Unterhaltung verstrickt, die meine ganze Aufmerksamkeit erforderte.«

»Was erzählst du denn da für einen Unsinn?«, fragte Henriksson.

Nun schob sich auch Eliasson in Hakons Sichtfeld und legte eine Hand auf seine Stirn. Besorgt schaute er auf.

»Er hat Fieber. Kommt, helft mir.«

Hakon spürte, wie er aufgerichtet wurde. Mit dem Blut wich auch etwas von der Hitze aus seinem Gesicht, das sich seltsam taub anfühlte. Eliasson öffnete eine Wasserflasche und gab ihm zu trinken. Als Hakon einige Schlucke genommen hatte, löste sich die Spannung ein wenig. Er bemerkte, wie York sorgenvoll seine Arme betrachtete. Dann öffnete ihm York das Hemd. Alle starrten ihn an.

»Oh verdammt«, murmelte Eliasson.

»Was ist los?«, fragte Hakon und versuchte dabei, so unbekümmert wie möglich zu klingen. »Wachsen mir plötzlich Haare auf der Brust?«

»Du bist vollkommen zerstochen, das ist los«, sagte York und knöpfte das Hemd wieder zu. »Du siehst wie ein Streuselkuchen aus. Du kannst froh sein, überhaupt noch einen Tropfen Blut in deinem Körper zu haben. Warum hast du deine verdammte Jacke ausgezogen?«

»Merkst du denn nicht, wie heiß es ist?«, entgegnete Hakon müde, doch jetzt spürte er auch, dass sein Rücken dumpf glühte.

Eliasson klatschte sich in den Nacken und verzog angewidert das Gesicht, als er seine blutverschmierte Hand betrachtete.

York knotete die Ärmel der Jacke auf, die sich Hakon um den Bauch geschlungen hatte, und half ihm hinein. »Ich denke, wir sollten eine Pause einlegen«, sagte er.

Henriksson schüttelte den Kopf. »Nein, da bin ich anderer Meinung. Wir sollten lieber zusehen, dass wir aus diesem Wald herauskommen. Dann haben wir auch das Problem mit den Mücken gelöst.«

York nickte nachdenklich und kratzte sich an der Hand, die genauso rot und zerstochen wie Hakons war. »Gut. Aber wie groß ist der Wald? Wo endet er? Haben Sie eine Karte?«

Eliasson schaute Henriksson gespannt an. »Der Junge zweifelt offensichtlich an deinen Fähigkeiten als Waldläufer.«

»Natürlich habe ich keine Karte«, gab Henriksson zu. »Aber auch wenn ich eine hätte, würde sie uns nicht viel nützen. Oder glaubst du, hier gibt es irgendwo Markierungen, an denen man sich orientieren kann? Ich kenne die Richtung, in die wir gehen müssen. Aber bitte, wenn du das Risiko eingehen möchtest, entdeckt zu werden, können wir auch die Bahnlinie entlanggehen.«

York wollte darauf etwas erwidern, aber Hakon fiel ihm ins Wort. »Was immer geschieht, wir werden uns nicht verlaufen.«

»Woher willst du das wissen?«, fragte York finster.

»Nun, wir haben unsere Rückfahrkarte immer dabei«, sagte Hakon und deutete dabei auf York.

York verstand erst nicht, dann verzog sich sein Mund zu einem schiefen Lächeln. »Du meinst, wenn alle Stricke reißen, springe ich mit euch einfach wieder nach Lorick zurück?«

»Ja, so ähnlich habe ich mir das vorgestellt. Und wenn uns das Essen ausgeht …«

»Schaue ich einfach mal zu Hause in die Vorratskammer«, vollendete York den Satz. »Zu dumm, dass ich nur an Orte springen kann, an denen ich schon einmal gewesen bin.«

»Aber du verstehst, was ich meine?«

»Ja, natürlich«, sagte York.

»Na also«, sagte Hakon. »Es kann für uns gar nicht so schlimm kommen, als dass die Situation aussichtslos wäre. Ein Gedankenblitz von dir, und wir sind alle wieder auf dem Brandenberg-Prospekt in Lorick. Wir sollten nur darauf achten, dass wir uns nicht zu weit voneinander entfernen.« Mühsam richtete er sich wieder auf. »So, und nun lasst uns weitergehen. Ich habe jedenfalls nicht vor, mich von einigen lästigen Mücken aufhalten zu lassen.«

Henriksson zuckte mit den Schultern. »Also gut, gehen wir weiter.«

York half Hakon auf die Beine und legte sich dessen Arm um die Schulter. Henriksson nahm seinen Rucksack wieder auf und ging mit Eliasson voran.

»Bilde ich mir das nur ein oder schwindet deine Zuversicht mit jedem Schritt, den wir machen?«, flüsterte Hakon.

York lächelte müde. »Du bist derjenige von uns, der Gedanken lesen kann. Sag du es mir.«

»Glaub mir, solange ich dieses Talent nicht besser beherrsche, werde ich es nicht mehr einsetzen«, erwiderte Hakon.

»Hast du eigentlich das Gefühl, dass es irgendwie … etwas anderes aus dir macht?«, fragte York leise und griff fester zu. »Lass dich nicht so hängen, du bist schwer.«

Hakon grinste und richtete sich ein wenig auf. »Etwas anderes aus mir macht? Das hast du schön gesagt, und es trifft die Sache ziemlich gut. Machen sich bei dir auch schon irgendwelche Nebenwirkungen bemerkbar?«

»Ich weiß nicht«, sagte York zögernd.

»Nun komm schon. Mir kannst du es erzählen.«

»Von einem Ort zum anderen zu springen, ist eine berauschende Erfahrung. Ich versuche mir die ganze Zeit vorzustellen, was sich dadurch für Möglichkeiten ergeben«.

»Du verspürst ein Gefühl der Überlegenheit. Der Macht. Du denkst, dass uns Henriksson und Eliasson aufhalten.«

York schien zu zögern, dann nickte er langsam. »Oh ja, das tue ich. Und das macht mir Angst.«

Hakon nickte. »Du glaubst, dass du den Kontakt zu normalen Menschen verlierst.«

»Nein, ich habe Angst, dass ich mich ihnen überlegen fühle.«

»Ja, ich verstehe«, sagte Hakon und schwieg eine Weile nachdenklich.

»Wir haben die Macht, die Welt zu verändern. Die Menschen werden sehr bald wissen, dass es uns gibt. Und sie werden uns fürchten, weil sie uns nicht kontrollieren.«

***

Mersbeck benötigte den ganzen Rückflug, um seine Gedanken zu sortieren. Der Schock, der die Vernichtung der Ausgrabungsstelle bei ihm hinterlassen hatte, saß ihm noch immer in den Knochen und ließ ihn zittern. Er konnte nicht verhindern, dass das Kollektiv die Bilder sah, die auch er gesehen hatte. Ein Chor von Fragen bedrängte ihn. Fragen, die er nicht beantworten konnte:

War es Sabotage?

Nein, flüsterte Mersbeck in sich hinein.

Dann ein Unfall?

Unmöglich, das waren kontrollierte Detonationen gewesen. Jemand hat die gesamten Hexogen-Vorräte so verteilt, dass das Loch verschüttet wurde.

Und mit ihm die Zwangsarbeiter, dachte Mersbeck.

Hören Sie auf, so sentimental zu sein. Die meisten von ihnen waren Schwerverbrecher, Schädlinge und Parasiten, die unsere Gesellschaft zersetzen wollten. Glauben Sie mir, um die ist es nicht schade.

Mersbeck war jetzt seit zwei Jahren Teil des Kollektivs, doch konnte er noch immer nicht die einzelnen Stimmen voneinander unterscheiden. Aber diese kleine Ansprache klang ganz nach General Nerta, dem Verteidigungsminister. Dass er mit Staatsfeinden kein Mitleid hatte, war nicht weiter verwunderlich, doch Mersbeck fand es überaus aufschlussreich, dass er auch über die Soldaten, die ebenfalls in der Explosion ihr Leben gelassen hatten, kein Wort verlor.

Was hat es mit diesem Artefakt auf sich?

Falun hatte gesagt, dass es strahlt.

Strahlt? Was meinte er damit?

Es ist wie ein unsichtbares Licht, das man nicht sieht, doch er vermutete, dass es die Koroba auslöst. Aber das wissen Sie doch alles. Sie waren doch dabei.

Hören Sie auf, so zynisch zu sein. Wissen Sie, dass Sie etwas von Swann haben, Mersbeck? Auch ihm gelang es immer wieder, sich von uns zu isolieren. Sie werden uns demnächst den Trick verraten.

Unverkennbar Nerta. Mersbeck konnte sich ein Lächeln nicht verkneifen. Er wusste, dass das Kollektiv ihm nicht zu hundert Prozent vertraute. Aber solange die restlichen zehn Mitglieder ihre Gedanken nicht vor ihm verschleiern konnten, war er auf der sicheren Seite. Sollte einmal seine Ermordung geplant werden, und die Möglichkeit war tatsächlich einmal – von Nerta natürlich – in Betracht gezogen worden, würde Mersbeck es als Erster erfahren. Seine mentalen Übungen zur Abschottung seines Verstandes hatten ihm einen Vorteil verschafft, den er immer wieder geschickt ausspielte und den er um keinen Preis verlieren durfte.

Hat Falun eine Möglichkeit gesehen, wie man sich vor dieser Strahlung schützen kann?

Nun, er hat das Artefakt in eine Bleikiste gepackt. Es ist neben Gold eines der Metalle, das die nötige Dichte hat, um dieses unsichtbare Licht nicht hindurchzulassen.

Schweigen; dann meldete sich eine Stimme, die Villem Strashok, dem Forschungsminister, gehören musste. *Sollen wir jetzt alle Bleirüstungen tragen?*

Wenn wir es noch einmal mit einer solchen Strahlung zu tun haben, würde ich das tatsächlich dringend empfehlen.

Können wir dieses unsichtbare Licht wenigstens messen?

Ich denke schon. Falun hatte vor seinem Tod einen vielversprechenden Ansatz entdeckt.

Mein Lieber, seien Sie doch so nett und teilen Sie Ihr Wissen mit uns allen.

Mersbeck verdrehte die Augen. Anders Magnusson und seine penetrant gönnerhafte Art. Wenn es jemanden gab, den er wirklich verabscheute, dann war es Innenminister Norwins rechte Hand. *Wenn ich Genaueres weiß, werden Sie es erfahren*, dachte er.

Wissen Sie, dass es Zeiten gibt, in denen wir es bereuen, Sie ins Kollektiv aufgenommen zu haben?

Natürlich. Das ist aber Ihr Problem, Präsident Begarell. Ich habe mich nicht darum gerissen, infiziert zu werden. Nun müssen Sie mit den Folgen leben.

Genau wie Sie. Wir sind miteinander verbunden, wie eine Familie, die hoffentlich bald größer wird.

Ich melde mich bei Ihnen, wenn ich mehr herausgefunden habe, dachte Mersbeck. Dann schloss er die Augen und versuchte für einen kurzen Moment, die Innenwelt von der Außenwelt zu trennen. Augenblicklich erfüllte das Nichts seinen Kopf. Seine Gedankenstimme verstummte und mit ihr auch das Gewisper der anderen Mitglieder des Kollektivs.

Auch wenn es so schien, als sei dieser Zusammenschluss magisch Begabter eine gleichberechtigte Gemeinschaft, glich ihr Aufbau vielmehr einem Wagenrad, wobei Begarell die Funktion der Nabe übernahm, um die sich alles drehte. Mersbeck hegte schon lange die Vermutung, dass der Präsident ebenfalls in der Lage war, sich vom Kollektiv zu isolieren, auch wenn er dabei subtiler vorging als Mersbeck oder Swann. Während Leute wie Magnusson in ihren schwachen Momenten, wenn sie zu viel getrunken hatten oder unter Stress standen, wie offene Bücher zu lesen waren, so blieb Begarells Bewusstsein seltsam diffus, fast als hätte er es mit falschen Erinnerungen überlagert, die wie Lügen waren, an die er selbst glaubte. Und doch gab es da immer wieder irritierende Bilder, die unerwartet auftauchten. Ein Wolf mit blutbesudelter Schnauze. Eine nächtliche Schneelandschaft.

Eine erschöpfte Frau. Und ein Kind, für das Begarell sehr viel empfand. Mersbeck war sich nicht sicher, ob es ein Mädchen oder ein Junge war, dazu war es zu dick angezogen gewesen. Soviel Mersbeck wusste, hatte der Präsident nie eine Familie gehabt. Woher kamen also diese Bilder?

Das waren Fragen, die zu stellen durchaus interessant gewesen wäre. Aber sie waren nichts im Vergleich zu denen, die die Artefakte aufwarfen, deren Funde immer zahlreicher wurden und ein Licht auf jene Zivilisation warfen, die vor ihrem Untergang diese Welt beherrscht hatte. Noch waren die Lücken in dem verwirrenden Puzzle zu groß, als dass sie ein schlüssiges Gesamtbild ergaben. Aber so viel war sicher: Die alten Legenden hatten einen wahren Kern. Der Krieg zwischen den Eskatay und den Menschen hatte tatsächlich stattgefunden und die Welt beinahe zerstört. Und die Blumen hatten dabei eine wichtige Rolle gespielt.

Mersbeck hatte sich eingehend mit ihnen beschäftigt, natürlich unter isolierten Bedingungen. Noch war ihre Existenz ein Geheimnis. Der Schrecken des Krieges, der nun schon so viele Jahrtausende zurücklag und über den es keine zuverlässigen Quellen gab, hatte sich tief ins kollektive Unterbewusstsein gegraben. Ohne es zu merken, lebte die Menschheit in einem traumatisierten Zustand. Im Laufe der Jahrhunderte hatten sich zwar viele Tabus verflüchtigt, doch eines war geblieben: das Verbot jeglicher Form von Magie, die seit Tausenden von Jahren mit dem Tod bestraft wurde. Mersbeck fragte sich, was passieren würde, wenn die Menschheit erfuhr, dass die Eskatay, die Verkörperung des Bösen, zurückgekehrt waren.

Nachdem die *Unverwundbar* gelandet war, wies Mersbeck Kapitän Stalling an, das Gelände wegen der gefährlichen Fracht weitläufig räumen zu lassen. Er wusste nicht, ob die Abschirmung der Bleikiste stark genug war, um alle vor den Folgen des unsichtbaren Lichts zu schützen. Mersbeck wollte unter keinen Umständen ein Risiko eingehen. Kapitän Stalling, der immer noch etwas blass um die Nase war, kehrte mit einem kleinen Rollwagen zurück und gemeinsam schoben sie ihn unter die Kiste.

»Ich möchte, dass Sie sich gründlich untersuchen lassen«, sagte Mersbeck.

»Was verstehen Sie unter gründlich?«, fragte der Kapitän.

»Sie bleiben mindestens eine Woche zur Beobachtung auf der Krankenstation.«

Stalling quittierte die Order mit einem knappen Nicken. Das war das Gute bei ehemaligen Offizieren: Sie waren es gewohnt, Befehlen zu folgen.

»Ich werde das Fundstück genauer untersuchen lassen, und sobald wir mehr über dieses unsichtbare Licht erfahren haben, werde ich Sie informieren.«

Stalling nickte erneut, salutierte und trat ab. Mersbeck betrachtete die Bleikiste, als würde sie den Teufel beherbergen. Schließlich gab er sich einen Ruck und schob den Wagen zu einem kleinen Pavillon, der wie ein Geräteschuppen aussah. Bewacht wurde er von zwei Soldaten, was dafür sprach, dass dort nicht nur Sensen und Heckenscheren aufbewahrt wurden. Tatsächlich barg das kleine Häuschen, das durch ein mechanisches Zahlenschloss gesichert war, einen Lastenaufzug, der weit hinab in den Untergrund führte. Offiziell verbarg sich dort unten das Kernstück von Station 9, ein Labor, zu dem es noch einen Zugang im Haupthaus gab und in dem die Artefakte gesichtet, katalogisiert und untersucht wurden. Nur wenige Institutsangehörige hatten vom Geheimdienst die Freigabe bekommen, dort unten zu forschen. Hier arbeiteten ausnahmslos von Swann überprüfte Wissenschaftler und Militärs, die loyal bis ins Mark waren.

Mersbeck grüßte den wachhabenden Soldaten, verriegelte das Gitter des Aufzugs und legte einen Hebel um. Mit einem Zischen öffnete sich das Ventil, mit dem der Korb festgehalten wurde, und mit einem Ruck setzte sich der Lift in Bewegung. Die Fahrt dauerte drei Minuten und vollzog sich in absoluter Dunkelheit. Erst als er das Tiefgeschoss erreichte, wurde es heller. Ein zweiter Ruck und der Korb stoppte. Mersbeck öffnete die Gittertür des Aufzugs und trat hinaus in einen langen Korridor, der in das blaugrüne Licht zahlreicher brummender Quecksilberdampfröhren getaucht war. Einige Männer und Frauen in weißen Kitteln drehten sich überrascht um, denn es kam selten vor, dass der Lastenaufzug benutzt wurde.

Mersbeck schlug mit der flachen Hand auf einen roten Knopf. Augenblicklich erloschen die Leuchtstoffröhren. Stattdessen flammten nun rote Glühbirnen auf, die in regelmäßigen Abständen an der Decke angebracht waren. Weit entfernt heulte eine Sirene auf.

Eilig, aber nicht überstürzt, entfernten sich die Wissenschaftler aus dem Flur. Erst als ihre Schritte verhallt waren und Mersbeck sicher war, dass sich niemand mehr in der Nähe aufhielt, schob er den Wagen mit quietschenden

Rädern vorsichtig in ein Labor der Sicherheitsstufe 4 – der höchstmöglichen. In diesem Raum, der baulich vom Rest des Komplexes abgetrennt war, wurde nicht nur die Zu- und Abluft gefiltert, sondern es herrschte dort auch ein leichter Unterdruck, damit keine Schadstoffe entweichen konnten. Um dieses Labor zu betreten, musste Mersbeck eine Schleuse aktivieren. Er wusste natürlich, dass diese Einrichtung nur bei der Untersuchung hoch ansteckender Krankheitserreger ihren Zweck erfüllte. Aber ein geringer Schutz war immer noch besser als keiner.

Mersbeck zog sich einen der Mehrschichten-Schutzanzüge an, der über einen Schlauch mit Atemluft versorgt wurde. Schließlich schob er den Wagen in die Schleuse und zog die Tür hinter sich zu. Er legte einen Hebel um, der den Druck ausglich. Mit einem Zischen öffnete sich die innere Tür. Mersbeck achtete darauf, dass er sich nicht in dem spiralförmig gewundenen Sauerstoffschlauch verhedderte, und schob den Wagen zu einem großen, blank polierten Arbeitstisch.

Mersbeck mochte diesen Arbeitsplatz. Er liebte die klaren Formen, die rechten Winkel, die bis ins Detail durchdachte Ausstattung. Alles hier war seiner Zeit weit voraus. Die Geräte wurden nicht mit Kohle oder Gas, sondern mit der erst vor wenigen Jahren entdeckten Delatour-Kraft betrieben. Es gab Kühlaggregate, die so stark waren, dass sie in wenigen Minuten eine Viertelgallone Wasser in Eis verwandeln konnten. Zusammen mit der Ventilation ergab sich daraus eine überaus effiziente Anlage, die für eine gleichbleibende Raumtemperatur sorgte. Betrieben wurde alles von einem mit Dampfgenerator, der an das Heizungssystem der Treibhäuser angeschlossen war und schon jetzt den Energiebedarf kaum decken konnte.

Dies alles basierte auf einer Technologie, die sich noch in der Erprobung befand und die ohne die vorgeschichtlichen Funde das theoretische Stadium niemals verlassen hätte. Vor zwei Jahren hatte man bei einer anderen Ausgrabungsstätte etwas gefunden, was wie ein verbackener Klumpen von oxidiertem Kupfer und schwachem Magnetit aussah. Dem leitenden Physiker von Station 11, Professor Frederik Wissdorn, war es gelungen, das Gerät zu rekonstruieren und er war überrascht gewesen, eine Maschine vor sich zu haben, die große Mengen von Wechselstrom erzeugen konnte.

Doch nicht immer hatten sie dieses Glück. Die Mehrzahl der Artefakte fand man tief unter der Erde zufällig beim Vortrieb neuer Bergstollen. Die meisten Funde waren nur unförmige Klumpen, die eine ungewöhnlich hohe Dichte exotischer Metalle aufwiesen. Nur selten war ein Objekt darunter, bei dem die Form Rückschlüsse auf ihre Funktion zuließ. Wie diese Waffe in der Kiste.

Mersbeck schob den Bleibehälter zu einer durch ein mechatronisches Zahlenschloss gesicherten Stahltür. Er drehte an dem Rad und bewegte die Riegel nach oben. Die beiden Flügel schwangen auf und gaben den Blick auf einen Tresorraum frei, der genauso groß wie das Labor war. Rechts und links der Tür standen brummende Kühlschränke mit biologischen Proben, die Mersbeck jedoch nicht interessierten.

Stattdessen öffnete er auf der anderen Seite des Raumes eine zweite Stahltür, hinter der sich ein Raum verbarg, zu dem nur er Zugang hatte. Auch hier gab er wieder einen

Zahlencode ein, der jedoch weitaus komplexer als der erste war und den er jeden Tag änderte.

Die Tür schwang auf und eine Leuchtstoffröhre erwachte flackernd zum Leben. Der schwarz gekachelte Raum war nicht besonders groß, er maß zehn mal zehn Fuß und seine Decke war beängstigend niedrig. Aber er beherbergte einen unbezahlbaren Schatz. Auf einem Sockel stand eine hölzerne Kiste, die wie der Behälter für eine Spieluhr aussah. Nur dass sie eines von einem halben Dutzend Eskatons enthielt, die das Kollektiv besaß.

Diese blumenartigen, anorganischen Lebensformen waren für die Transformationen verantwortlich, die aus einem ganz normalen Menschen einen magisch begabten Eskatay machten – vorausgesetzt, er überlebte den Kontakt mit den Sporen, die der Kelch dieser rätselhaften Blüten seinem Opfer ins Gesicht schleuderte.

Mersbecks Kontakt mit dem Eskaton war alles andere als freiwillig gewesen. Strashok hatte ihn nach der Agentenausbildung an der Blume riechen lassen und war dabei zweifellos ganz bewusst das Risiko eingegangen, eines der hoffnungsvollsten wissenschaftlichen Talente der Universität von Lorick zu töten. Mersbeck war ihm deswegen noch nicht einmal böse gewesen. Vom Standpunkt des Wissenschaftsministers aus gesehen war es die einzig mögliche Vorgehensweise gewesen, denn wer immer eines dieser Gebilde genauer untersuchte, wurde ohnehin irgendwann infiziert. Und zu diesem Zeitpunkt war das Kollektiv so verzweifelt gewesen, dass es keinen anderen Ausweg sah, als Mersbeck einzuweihen.

Nun, Mersbeck hatte Glück gehabt, wenn man es so nennen wollte. Er überlebte die Infektion und stieg ins Kollektiv auf, nur dass er davon zunächst einmal nichts mitbekam. Der Schock, den sein Nervenssystem bei der Infektion, dem *Aufstieg*, wie das Kollektiv es nannte, erlitt, hatte ihn erst einmal außer Gefecht gesetzt. Erst nach einer Woche war er in der Lage gewesen, die eigene Persönlichkeit von den Stimmen zu unterscheiden, die er fortan regelmäßig hörte. Weitere sieben Tage dauerte es, bis sich seine Gabe manifestierte. Oder vielmehr seine *Gaben* – er musste mittlerweile von ihnen in der Mehrzahl reden. Zunächst war Mersbeck in der Lage gewesen, die Zeit zu verlangsamen. Während alles um ihn herum aussah, als hätte man es in Aspik eingelegt, konnte er sich mit normaler Geschwindigkeit bewegen.

Die zweite Fähigkeit war von einer anderen, grundlegenderen Qualität. Im Kollektiv nannte man so etwas eine Schlüsselgabe. Es gab nicht viele, bei denen sie sich so deutlich ausdifferenzierte. Begarell war einer der Eskatay, der mit seiner Fähigkeit zur Heilung solch eine Schlüsselgabe beherrschte. Swann, der Meister der Telepathie und Manipulation, hatte auch zu diesem erlauchten Kreis gehört. Mersbecks Schlüsselgabe war hingegen etwas ganz Besonderes. Nachdem er die Infektion und die damit einhergehenden Veränderungen überstanden hatte, stieg sein Intelligenzquotient stetig an. War er vorher nur ein exzellenter Biologe gewesen, hatte er inzwischen ebenso geniale Fähigkeiten auf den Gebieten der Mathematik und Physik entwickelt. Ein großer Teil der Instrumente, die in den verschiedenen wissenschaftlichen Stationen entwickelt wurden, beruhten auf seinen Ideen. Dazu gehörte eine polynominale Rechenmaschine, ein Gaschromatograf zur Analyse von flüchtigen Stoffgemischen und ein Rotationsverdampfer – alles Geräte, die mit der Delatour-Kraft aus dem von Wissdorn nachgebauten Generator versorgt wurden. Doch selbst mit all diesen Hilfsmitteln war es ihm nicht gelungen, das Wesen dieser Blume zu ergründen, die sein Leben so nachhaltig verändert hatte.

Als er zum ersten Mal ein Eskaton unter dem Mikroskop untersuchte, war er überrascht gewesen, denn die äußere Form dieses blumenartigen Gebildes setzte sich aus einer unendlichen Zahl selbstähnlicher Elemente zusammen. Bei der Vergrößerung dieser Objekte hatte er festgestellt, dass sie wiederum aus weiteren Bausteinen zusammengesetzt waren, die die übergeordnete Form im verkleinerten Maßstab identisch widerspiegelten. Aber egal wie sehr er das Objekt vergrößerte, die ursprüngliche Struktur blieb immer erhalten, ohne dabei jemals zu einem Ende zu kommen. Auch die Sporen, die solch ein Eskaton produzierte, wiesen dieselbe perfekte, unendliche Selbstähnlichkeit auf. Mersbeck hatte die Welt bisher immer als einen Ort betrachtet, an dem die Funktion die Form bestimmte. Dass sich das Eskaton diesem Prinzip so erfolgreich entzog, ließ ihn schier verzweifeln.

Mersbeck schob den Wagen hinein und packte die Bleikiste an den Griffen. In seinem Rücken knackte es vernehmlich, als er sie anhob und auf den Boden poltern ließ. Dieser Tresorraum konnte nur eine Übergangslösung sein, bis sie ein Labor eingerichtet hatten, in dem sich das strahlende Artefakt gefahrlos untersuchen ließ.

Er wollte gerade gehen, als er aus dem Augenwinkel heraus eine Bewegung wahrnahm. Nein, es war keine Bewegung, es war ein Licht, das sowohl vom Behälter des Eskaton als auch von der Bleikiste ausging und durch deren Ritzen drang. Leuchtende Staubpartikel wanderten träge durch die Luft hinauf zu dem Podest.

Mersbeck erstarrte in seiner Bewegung, ein kalter Schauer lief ihm über den Rücken. Hastig öffnete er den Holzbehälter und klappte die Seitenteile herunter.

Das Eskaton pulsierte leicht, als es die schwebenden Teilchen in sich aufnahm. Mersbeck schluckte. Er hatte schon lange mit diesem blumenähnlichen Gebilde gearbeitet, aber so etwas hatte er noch nie beobachtet.

Mit zitternden Händen entriegelte er den Verschluss der Bleikiste und hob den Deckel. Wie ein Schwarm winziger Glühwürmchen stiegen die grünlich schimmernden Lichtpunkte auf und schwebten auf das Eskaton zu, wo sie mit der Blume verschmolzen. Dieser Vorgang, der träge begann, beschleunigte sich nun zusehends, nahm an Stärke zu, bis aus dem langsamen Strom ein eng gebündelter Bogen aus Licht wurde, der die Luft auflud und sie nach Ozon riechen ließ.

Zwei Dinge geschahen jetzt gleichzeitig: Das Artefakt schien im Zeitraffer zu altern, porös zu werden und gleichsam zu erodieren, während das Eskaton immer heftiger vibrierte und dabei die Amplitude vergrößerte, bis die Blume an zwei Orten gleichzeitig zu sein schien. Als der letzte Funke absorbiert worden war und sich das Artefakt aufgelöst hatte, verschwanden die verwaschenen Zwischenbilder. Das Eskaton hatte sich wirklich und wahrhaftig verdoppelt. Doch damit war es noch nicht zu Ende! Die beiden Blumen vibrierten weiter, teilten sich erneut, und diese vier teilten sich wieder, sodass plötzlich acht Blumen auf dem Podest lagen.

Mersbeck hatte die Augen weit aufgerissen. In seinem Kopf hob ein vielstimmiges Summen an. Er war so überrascht von diesem Ereignis gewesen, dass er die Abschirmung seines Geistes fallen gelassen hatte. Was immer gerade geschehen war, das Kollektiv hatte es miterlebt. Aus dem Summen wurde ein einziger Triumphschrei, der beinahe Mersbecks Schädel explodieren ließ. Sie waren gerade Zeugen eines Wunders geworden! Eines wirklichen und wahrhaftigen Wunders! All die hochfliegenden Pläne, die das Kollektiv geschmiedet hatte, waren an der mangelnden Reproduktionsrate der Blumen gescheitert. Doch das war jetzt anders! Noch nie hatte sich ein Eskaton so schnell geteilt!

Mersbeck verdrängte den Jubel in den hintersten Winkel seines Verstandes, damit er sich selbst wieder denken hören konnte. Er musste jetzt einen klaren Kopf behalten, wenn er herausfinden wollte, was gerade geschehen war. Vorsichtig ging er in die Knie, wobei sein Latexanzug quietschend protestierte, und untersuchte die Eskaton genauer. Es war absolut unmöglich, die ursprüngliche Blume von ihren Abkömmlingen zu unterscheiden. Mersbeck spürte, wie ihm unter dem Schutzanzug der Schweiß den Rücken hinablief. War das wirklich der Durchbruch? Stand die Revolution der Eskatay nun wirklich kurz bevor? Ein flaues Gefühl machte sich in seinem Magen breit. Wenn die Dinge jetzt endlich ihren lang erwarteten Gang nahmen, würde es Tote geben. Viele Tote. Männer. Frauen. Und Kinder.

Bisher hatte Mersbeck sein Gewissen immer damit beruhigt, dass er ein Wissenschaftler war, der nichts anderes tat, als seinen Beruf auszuüben. Und arbeitete er nicht unter geradezu paradiesischen Umständen, um die ihn jeder beneiden würde? In wenigen Jahren hatte er Dinge erreicht, von denen selbst seine ehemaligen Professoren an der Universität nur träumen konnten – wenn ihre Fantasie dazu ausreichte, sich Dinge wie dieses Labor vorzustellen. Doch der Stachel des Zweifels hatte sich schon früh in Mersbecks Fleisch gebohrt. Er kannte die Männer, die das Kollektiv beherrschten. Begarell und die anderen hielten sich für Götter, unangreifbar und den magisch unbegabten Menschen in jeder Hinsicht überlegen. Und sie kannten keinerlei moralische Skrupel. Bald würden sich die Verhältnisse nicht nur in Morland ändern. Ja, es stand in der Tat eine Revolution bevor, und Mersbeck fragte sich nun, was er tun konnte, um sie zu verhindern. Denn wenn er aufseiten des Kollektivs stand, würde auch er seine Hände mit Blut besudeln.

***

Nachdem die Razzia beendet war und Tess sich von der Familie verabschiedet hatte, die ihr Schutz vor den rücksichtslos vorgehenden Soldaten gewährt hatte, machte sie sich ohne Umwege auf den Weg nach Süderborg zu Nora Blavatskys kleinem Kramladen. Wenn die alte Frau, die Tess nach der Flucht aus dem Waisenhaus geholfen und den Kontakt zur Armee der Morgenröte hergestellt hatte, ebenfalls ein Gist war, wusste sie sicher, was Tess zu tun hatte.

Es war schwer, sich unauffällig in einer Stadt zu bewegen, die sich im Ausnahmezustand befand. Die einzigen Geschäfte, die noch geöffnet hatten, waren von Soldaten bewachte Lebensmittelläden und Bäckereien. Alle anderen Warenhäuser, Restaurants und Cafés hatten, wie ungelenk beschriebene Zettel erklärten, ohne Angaben von Gründen bis auf Weiteres geschlossen. Nun, jeder konnte sehen, was auf den Straßen geschah. Ansammlungen, die aus mehr als drei Menschen bestanden, wurden aufgelöst. Selbst Frauen mit kleinen Kindern mussten sich an den zahlreichen Kontrollpunkten durchsuchen lassen. Ein Mann, der auf der Mitte des nun nicht mehr ganz so befahrenen Brandenburg-Prospektes stand und ein Schild mit der Aufschrift »Warum?« um den Hals trug, wurde geschlagen, verhaftet und abtransportiert. Alles natürlich im Namen des Kampfes gegen staatsfeindliche Elemente.

Doch es gab nicht viele, die hinschauten. Die meisten ignorierten, was geschah, und passten sich an, machten sich unsichtbar. Tess versuchte, sich unauffällig in diese Schar einzureihen und so nach Süderborg zu gelangen.

Es gab zwei Möglichkeiten, um zum anderen Ufer der Midnar zu gelangen. Entweder benutzte Tess ein Stück flussaufwärts eine Fähre oder sie nahm die Brücke. Egal, für welchen Weg sie sich entschied, sie wurden beide streng kontrolliert. Tess wählte die Brücke, denn für ihre Benutzung musste sie wenigstens keinen Zoll entrichten. Im Vorübergehen wischte sie mit der Hand etwas von dem allgegenwärtigen teerartigen Dreck auf und rieb ihn sich ins Gesicht. Dann reihte sie sich selbstbewusst mit verschränkten Armen in die Schlange derer ein, die wie sie nach Süderborg wollten.

Die Männer vor ihr waren alles Hafenarbeiter, frühzeitig gealtert und nur daran interessiert, sich und ihren Familien ein Auskommen zu sichern. Was die Soldaten hier trieben, wen sie vor was zu beschützen vorgaben, war ihnen wohl ziemlich egal. Einige schwankten, als wären sie alkoholisiert, aber niemand roch nach Bier oder billigem Branntwein. Sie schienen einfach nur müde zu sein. Tess' Körperhaltung lockerte sich ein wenig. Sie schob die Schultern vor und ließ den Kopf ein wenig auf die Brust sinken, denn sie wollte nicht auffallen, indem sie ruhig und ausgeschlafen wirkte.

Aber auch die Soldaten machten einen erschöpften Eindruck. Das Einzige, was sich in ihren Augen spiegelte, war die Sehnsucht nach ein paar Stunden Schlaf und ganz entschieden nicht der Drang, Arbeiter auf dem Weg zum Hafen zu kontrollieren. Trotzdem ließen sie sich von jedem den Ausweis zeigen. Das dauerte natürlich und zerrte an den Nerven derjenigen, die in der Schlange ganz hinten standen und nun immer lauter gegen die Schikane protestierten.

Als nur noch drei Männer vor ihr waren, stockte die Überprüfung erneut. Tess konnte nicht erkennen, was der Grund dafür war, aber die Verzögerung reichte aus, um die Stimmung vollends kippen zu lassen. Aus dem Murren wurde ein Fluchen, das sich schnell in wüste Beleidigungen verstieg. Die beiden Soldaten wurden nervös, wichen ein Stück zurück und bliesen auf ihren Pfeifen, um ihre Kameraden am anderen Ende der Brücke zu alarmieren. Doch die brauchten keine Warnung, denn der Aufruhr erfuhr auf der anderen

Seite sein Echo. Ein Warnschuss wurde in die Luft abgegeben, und als wäre dies das Zeichen, auf das alle gewartet
hatten, brach der Sturm los.

Die Soldaten hatten der Woge nichts entgegenzusetzen,
die auch Tess mitriss. Weitere Schüsse peitschten auf und
gingen in den lauten Schreien der Getroffenen unter. Tess
wurde eingeklemmt. Man trat ihr auf die Füße, sie wurde
gestoßen und erhielt einen Schlag gegen die Schulter. Tess
war zu klein, als dass sie sehen konnte, was geschah. Als sie
dann noch einen, wenn auch unbeabsichtigten Schlag ins
Gesicht bekam, rempelte sie so lange zurück, bis sie genug
Platz hatte, um sich am Geländer festhalten zu können.

Von dort aus konnte sie sehen, wie die vier Soldaten von
der Brücke geworfen wurden, wild in der Luft zappelten und
nach einem Sturz von einhundert Fuß hart auf dem Wasser
aufschlugen; keiner von ihnen tauchte wieder auf. Jubel
brandete auf und Tess lief es eiskalt den Rücken hinab. Die
Menge hatte sich in einen mordenden Mob verwandelt. Sie
musste so schnell wie möglich das andere Ufer erreichen,
denn dies hier würde mit Sicherheit kein gutes Ende nehmen. Unter Einsatz ihrer Ellbogen kämpfte sie sich weiter,
stieß Männer beiseite, die die Statur von Gewichthebern
hatten, und arbeitete sich so über die Brücke, wo die Menge
nicht ganz so dicht zusammengedrängt stand.

Plötzlich hörte Tess über sich ein tiefes Brummen. Die
silberne Hülle eines Luftschiffes schob sich vor die milchig
trübe Sonnenscheibe und schwenkte die Propeller so, dass
das Gefährt reglos über ihnen in der Luft stand. Die Menge
verstummte und schaute wie Tess überrascht hinauf zu die-

ser fliegenden Zigarre, an deren Basis eine lang gezogene Gondel hing.

Eine dumpfe Bedrohung ging von dem Monstrum aus, das vielleicht zweihundert Fuß über ihnen schwebte. Von der Besatzung war nichts zu sehen. Stattdessen öffnete sich der Verschluss der Signallampe, die am Bug des Luftschiffes befestigt war, und sandte eine Reihe von Lichtblitzen in Richtung Regierungsviertel. Tess drehte sich um und sah, wie die Signale von der Spitze eines Hochhauses, das sich fünf Meilen entfernt an der westlichen Flussbiegung befand, beantwortet wurden. So ging das einige Zeit lang hin und her, ohne dass etwas von Bedeutung geschah. Dann sah sie aus den Augenwinkeln, wie einer der Arbeiter mit einem der erbeuteten Gewehre auf das Luftschiff zielte. Sie wollte etwas rufen, aber es war zu spät. Ein Schuss durchpeitschte die Stille, sodass alle zusammenzuckten. Die Motoren heulten auf und das Gefährt, das zwar riesig war, aber dennoch zerbrechlich wirkte, versuchte nach Norden abzudrehen. Doch alles passierte viel zu langsam. Ein zweiter und dritter Schuss fielen. Die Menge jubelte, aber Tess rannte, so schnell sie konnte.

Irgendwie musste eine Kugel an einem der tragenden Teile einen Funken geschlagen haben, denn augenblicklich brach das Inferno los. Das austretende Gas fing Feuer und dann ging alles ganz schnell. Es war keine laute Explosion, sondern klang eher wie das Fauchen eines gigantischen Gasbrenners. Die silberne Zigarre sackte nach hinten weg. Die Arbeiter reckten jubelnd ihre Fäuste in die Luft, verstummten aber, als alle merkten, dass dieser brennende Riese direkt auf sie niederging. Tess konnte sehen, dass der Mann, der so dumm gewesen war, die Waffe abzufeuern, nun das Gewehr fallen ließ und sich abwandte, um mit einem panischen Ausdruck in den Augen zu fliehen. Doch der Weg wurde ihm von der Menge versperrt. Das Luftschiff machte eine Drehung um neunzig Grad und steuerte auf den Fluss hinaus, wo es über der Brücke abstürzte. Dennoch fielen einige der brennenden Trümmerteile auf am Ufer gebaute Lagerhäuser, durchschlugen deren Dächer und setzten die eingelagerten Waren in Brand. Von irgendwoher ertönte auf einmal das nagende Leiern einer Sirene. Ein unbeschreibliches Chaos brach aus. Die Männer, die vor wenigen Sekunden noch den Abschuss des Luftschiffes bejubelt hatten und nun nicht schnell genug fliehen konnten, wurden zu Tode getrampelt. Jeder suchte kopflos das Weite.

Tess, die rücksichtslos herumgestoßen und getreten wurde, war plötzlich wie gelähmt vor Panik – bis ihr wieder einfiel, dass sie kein normales Mädchen war und ihr eigentlich nichts geschehen konnte. Sie musste nur ihre Angst überwinden. Tess schluckte und wischte sich zögernd die schweißnassen Hände an der Hose ab.

Tess stand in einem Strom Flüchtender wie ein Fels inmitten eines Flusses. Sie wurde angestoßen, aber sie rührte sich nicht, nahm die heftigen Rempler noch nicht einmal zur Kenntnis. Sie kniff die Augen zusammen und besann sich auf die zweite Gabe, die sich zum ersten Mal in dem Moment manifestiert hatte, als sie York aus den Händen Egmonts befreit hatte, der York nach seiner Flucht aus dem Haus des ermordeten Richters verfolgt hatte. Um sie herum schienen alle in ihren Bewegungen einzufrieren. Die Zeit stand still. Tess sah sich um und als sie sich in all dem Durcheinander orientiert hatte, rannte sie los.

Tess brauchte einige Minuten, bis sie sich wieder im Gewirr der kleinen Straßen zurechtfand. Die Zeit lief wieder in ihrer normalen Geschwindigkeit ab. Nur wenige Menschen liefen, aufgeschreckt durch den Lärm und die Qualmwolke, zu der Unglücksstelle. Tess musste sich beeilen. Es war nur eine Frage der Zeit, bis es in dem Viertel nur so von Soldaten wimmelte.

Sie kam an der *Eisernen Jungfrau* vorbei, deren Fenster und Türen nun mit dicken Brettern vernagelt waren. Phineas Wooster hatte seine Kneipe, an die Tess keine guten Erinnerungen hatte, wie so viele andere Wirte geschlossen. Noch vor einer Woche war Süderborg ein Viertel voller Leben gewesen, aber nun schien es wie ausgestorben. Doch Tess hielt sich nicht lange mit solchen Sentimentalitäten auf. Nach einigem Suchen fand sie endlich Noras Laden.

Die Enttäuschung war groß, als Tess feststellen musste, dass das Geschäft anscheinend ebenso aufgegeben worden war wie alle anderen Läden in Süderborg.

Tess wischte mit ihrem Ärmel den Dreck von der Fensterscheibe und spähte in das Innere. Alles sah noch immer so aus wie bei ihrem letzten Besuch, vollgestellt mit Trödel und Gerümpel, das auf den ersten Blick vollkommen nutzlos zu sein schien. Tess trat einen Schritt zurück und schaute die Fassade hinauf. Auch die Fensterläden im oberen Geschoss unter dem Giebel waren geschlossen.

Mittlerweile war es in der Straße totenstill geworden. Nur

ein paar alte Zeitungsfetzen tanzten im Wind. Dann begann der Boden zu vibrieren. Erst war es nur ein Kitzeln an den Fußsohlen, dann ein Zittern, das die Fensterscheiben klirren ließ. Etwas näherte sich. Etwas, was sich wie die Ahnung eines heraufziehenden Unheils anfühlte.

Es war ein gepanzerter Dampfwagen, auf dessen Dach sich ein kleiner Geschützturm drehte. Hinter dem kantigen, schwerfälligen Gefährt hatten Soldaten Deckung gesucht. Tess fluchte. Sie musste fort von hier und es später noch einmal versuchen – wenn es ein Später gab. Die Armee würde das Viertel besetzen und dabei wahrscheinlich die historischen fünfhundert Jahre alten Wehranlagen benutzen, um die Stellung zu sichern und dann die Gassen von aufrührerischen Elementen zu säubern. Sie war zwar stark, aber nicht stark genug für diese Übermacht. Außerdem musste sie vorsichtig sein, wenn sie ihre Kräfte einsetzte. Wenn die Eskatay erst einmal wussten, dass ein Gist in der Stadt war, würden sie gnadenlos Jagd auf sie machen.

Tess wandte sich gerade zur Flucht, als ein kleines Glöckchen klingelte. Die Tür zu Noras Laden stand offen.

»Rein mit dir, mein Kind«, flüsterte eine leise, rauchige Stimme.

Ohne zu überlegen, huschte Tess hinein. Hinter ihr klingelte das Glöckchen erneut, dann fiel die Tür ins Schloss. Sie schaute sich um, konnte aber im trüben Dämmerlicht niemanden erkennen.

»Nora?«, flüsterte Tess unsicher.

»Keine Angst«, sagte die Stimme. »Du bist in Sicherheit. Hier wird dich niemand finden.«

Tess drehte sich um und sah die alte blinde Frau gestützt auf ihren Stock im Schatten stehen. Tess war so froh, Nora wiederzusehen, dass sie sie erleichtert in die Arme schloss.

»Sei vorsichtig«, sagte Nora und tätschelte Tess den Rücken. »Meine Knochen sind nicht mehr die stabilsten.«

Lachen mischte sich unter Tess' Tränen und sie drückte die alte Dame noch einmal. Dann trat sie einen Schritt zurück. Im Licht, das durch die schmutzigen Fenster fiel, sah Nora längst nicht so gebrechlich aus, wie Tess sie in Erinnerung hatte. Zwar ähnelten die Finger noch immer knotigen Vogelkrallen, aber der Körper machte einen strafferen, geradezu verjüngten Eindruck. Die Augen schimmerten noch immer milchig, schauten aber wach.

»Lass mich gerade noch die Türe abschließen«, sagte Nora und kramte einen Schlüsselbund aus der Kitteltasche. Dann drehte sie sich zu Tess um.

»Du siehst hungrig aus. Ich habe mir gerade eine Suppe zubereitet. Komm.«

Tess, die daran gewöhnt war, dass Nora zwar blind war, ihr jedoch nichts zu entgehen schien, folgte Nora, blieb aber an der Schwelle zur Küche stehen.

»Oh«, machte sie nur.

Die Küche war im Gegensatz zum staubigen, unübersichtlich eingerichteten Laden sauber und aufgeräumt. Alles hatte seinen Platz, nichts lag herum. Auf der Fensterbank standen verschiedene Blumentöpfe mit wohlriechenden Kräutern, blank gescheuerte Kupfertöpfe baumelten an Haken über einem blitzsauberen Gasherd. Das Geschirr, ausreichend für eine große Abendtafel, befand sich in einem schlichten Vitrinenschrank, dessen Holz ungewöhnlich hell und feinmaserig war. Mittelpunkt des Raumes war ein großer Tisch, auf dem bereits zwei tiefe Teller und ein Brotkorb standen, so als hätte Nora mit Tess' Besuch gerechnet. Warmes Sonnenlicht fiel durch das halb geöffnete Fenster und verursachte, hervorgerufen durch das Blätterwerk eines weit ausladenden Baumes, ein beruhigendes Schattenspiel.

»Du solltest dich beeilen und die Tür hinter dir schließen«, drängte Nora.

Tess nickte verwirrt und tat, was man ihr sagte.

»Löffel findest du in der rechten Schublade.« Die alte Frau drehte die Gasflamme herunter, stellte den Topf auf den Tisch und setzte sich auf einen Stuhl. Sie wies ihren Gast mit einem Fingerzeig an, auf der Eckbank Platz zu nehmen.

»Das ist eine Gemüsesuppe«, sagte Nora, als sie die Teller füllte. »Kohlrabi, Möhren, Kartoffeln, Zwiebeln, Lauch, Knoblauch und Sellerie – wächst alles in meinem Garten. Na ja, bis auf das Stück Suppenfleisch. Das hole ich mir immer beim Fleischer um die Ecke. Iss, solange die Suppe heiß ist. Kalt schmeckt sie nicht.«

Tess probierte vorsichtig. Überrascht riss sie die Augen auf. »Sie ist hervorragend!«

»Ich weiß«, sagte Nora nur. »Ein Stück Brot?«

»Gerne«, sagte Tess und riss sich einen Kanten ab, den sie in die Brühe tunkte. Schwelgerisch verdrehte sie die Augen. »Wie machen Sie das?«

»Was? Die Suppe? Das ist keine große Kunst.«

»Nein«, sagte Tess. »Ich meine, Sie sind blind. Wie können Sie das alles alleine machen? Den Tisch decken. Kochen.«

»Das habe ich dir doch schon erzählt: Ich sehe auch mit den anderen Sinnen, vor allen Dingen mit meinen Ohren. Die Suppe zum Beispiel. Ich höre es, wenn sie kocht, und weiß so, wo sich der Topf befindet. Damit ich mich nicht verbrenne, habe ich ihn so gedreht, dass sich die beiden Griffe genau links und rechts an der Seite befinden. Dann nehme ich meine Topflappen, die sich immer am selben Platz befinden. Sobald ich sie nicht mehr brauche, hänge ich sie wieder zurück. Blind sein erfordert Disziplin und ein gutes Gedächtnis.«

»Und Ihre Gabe hilft Ihnen dabei«, sagte Tess mit vollem Mund.

Nora runzelte die Stirn, als müsste sie über diese Worte erst einmal nachdenken. »Nicht wirklich«, sagte sie dann. »Genau genommen ist meine Gabe ein wenig … verwirrend.« Nora machte eine bedeutsame Pause, dann stand sie auf und trat ans Fenster. »Wundert es dich nicht, dass die Luft hier so sauber riecht?«

Tess drehte sich auf ihrer Bank um und sah wieder hinaus zu dem Garten, wo der riesige Baum sich langsam im Wind wiegte. In der Tat war der Himmel so blau, wie sie ihn über Lorick noch nie gesehen hatte.

»Sie haben Recht«, sagte sie. »Und mir fällt noch etwas auf.« Tess stand auf. »Ich höre keinen Lärm. Nach dem Absturz des Luftschiffes müsste draußen der Teufel los sein, aber ich höre sogar die Vögel singen.«

Nora nickte. »Das liegt daran, dass sich dieser Raum und dieser Garten nicht mehr in Lorick befinden. Zumindest nicht in dem Lorick, das wir beide kennen.«

Tess ließ den Löffel sinken, den sie gerade zum Mund führen wollte. »Ich verstehe nicht, was Sie meinen.«

»Nun, ich kann in die Zukunft schauen«, sagte Nora mit einem schmalen Lächeln, als müsste sie sich die Ironie, die dieser Satz hatte, auf der Zunge zergehen lassen. Sie legte ein wenig den Kopf schief und drehte sich zu Tess um. »Das heißt jetzt nicht, dass alle zukünftigen Ereignisse ganz klar vor mir lägen. Ich erkenne vielmehr Muster.« Tess atmete hörbar aus und Nora lächelte nun noch mehr. »Die Zukunft ist nicht fest gefügt. Ihre Gestalt ist abhängig vom freien Willen der Menschen. Manche haben die Macht, große Veränderungen herbeizuführen. Andere sind schwächer.«

»Und wie stark sind Sie?«, fragte Tess. Sie legte den Löffel beiseite und schob den Teller von sich fort.

»Ich bin nur eine Beobachterin.« Noras Worte klangen bescheiden. »Ich habe eine Ahnung, welchen Weg wir einschlagen müssen, um unser Ziel zu erreichen.« Sie zeigte aus dem Fenster. »Und manchmal bin ich in der Lage, ein Stück vorauszugehen.«

»Wissen Sie, was sich jenseits der Mauern befindet?«, fragte Tess.

»Wie gesagt, ich habe eine Ahnung, mehr aber nicht.«

»Sie waren noch nicht in dieser Welt da draußen?« Tess reckte den Kopf in die Höhe, um vielleicht doch mehr als nur ziegelrotes Mauerwerk zu sehen.

»Oh nein. Den Garten habe ich nie verlassen. Das wäre zu gefährlich. Ich würde den Weg niemals zurückfinden.« Nora legte die Hand auf die Schulter des Mädchens. »Du vergisst, dass ich blind bin.«

»Ja, das vergesse ich in der Tat manchmal«, murmelte Tess. Sie war ganz aufgeregt. Lag hinter diesen Mauern wirklich die Zukunft wie ein unentdecktes Land? Eine Zukunft, die sich so gründlich von der tristen Gegenwart unterschied, dass sogar der Himmel anders aussah? Tess hätte viel dafür gegeben, sie zu sehen. Sogar ihre magische Gabe.

»Nun, wie auch immer«, sagte Nora. »Jedenfalls bist du sicher. Niemand wird uns hier finden. Noch nicht einmal dieser Swann.«

»Swann ist tot«, sagte Tess.

Nora erstarrte. »Was sagst du da?«

»Er ist von einem Polizisten erschossen worden, als Swann uns mit einem anderen Eskatay nach Morvangar gefolgt ist.«

»Bist du dir sicher?«, fragte Nora mit angespannter Stimme. »Dies ist keine Sache, mit der man Späße macht.«

»Ich bin dabei gewesen. Der Name des Polizisten ist Hagen Lennart. Er hat bei unserer Flucht seine Frau verloren. Seine Kinder wurden entführt. Deswegen ist er nach Lorick zurückgekehrt. Ich habe ihn begleitet, bis er in eine Kontrolle geriet und verhaftet wurde.«

Nora sackte zusammen und begrub das Gesicht in ihren Händen. Tess sprang auf und legte ihr beruhigend einen Arm um die Schulter.

»Ich wusste nicht, dass dies eine solch schlechte Nachricht ist«, flüsterte sie.

Nora kramte aus ihrer Kittelschürze ein zusammengeknülltes Taschentuch und wischte sich die Augen.

»Kind, das ist keine schlechte Nachricht. Im Gegenteil! Ganz im Gegenteil!« Sie schnäuzte sich herzhaft, faltete das

Taschentuch umständlich zusammen und steckte es dann wieder weg. »Swann war unser gefährlichster Gegenspieler unter den Eskatay. Sie wissen, dass es die Gist gibt, und seit Begarells Wahl zum Präsidenten suchen sie uns.«

»Um sich mit uns zu vereinigen?«, fragte Tess.

Nora lachte trocken. »So könnte man es auch nennen. Die Eskatay haben ein Problem. Damit ein Mensch in ihr Kollektiv aufsteigt und einer von ihnen wird, muss er sich infizieren lassen. Mehr als die Hälfte von ihnen stirbt dabei. Und die, die diese Prozedur überleben, können keine Kinder mehr bekommen. Sie sind unfruchtbar, Männer wie Frauen.«

Jetzt verstand Tess. »Deswegen verfolgen sie uns! Sie wollen herausfinden, was die Eskatay von den Gist unterscheidet!«

»Und wie sie so wie wir werden können!«, ergänzte Nora. »Einigen von uns war Swann sehr dicht auf der Spur. Sie konnten sich nur vor ihm retten, indem sie den Tod wählten.«

»Die Serienmorde!«, sagte Tess atemlos, die sich an die kopflosen Leichen erinnerte, die vor dem Ausnahmezustand die Schlagzeilen der Zeitungen beherrscht hatten. Hagen Lennart war Leiter der Sonderkommission gewesen, die die Verbrechen aufklären sollte.

»Das, was uns von den Eskatay unterscheidet, befindet sich hier oben.« Nora tippte sich an den Kopf. »Glaub mir, wenn sie dich oder irgendjemand anderen von uns fangen, werden sie da oben hineinschauen. Und wenn du dabei noch lebst – nun, umso besser für sie. Und umso schlechter für dich.«

Tess spürte, wie ihr auf einmal kalt wurde. Ein Gedanke nahm Gestalt an, der so ungeheuerlich war, dass sie ihn kaum auszusprechen wagte. »Haben Sie die Gist, die sich getötet haben, gekannt?«, fragte sie so leise, dass es einem Flüstern gleichkam.

Nora nickte.

»Waren …« Tess schluckte. Sie hatte auf einmal einen ziemlich trockenen Mund. »Waren meine Eltern unter ihnen?«

Nora holte tief Luft. »Ja«, sagte sie schließlich und ergriff die Hand des Mädchens. »Es tut mir leid.«

Tess senkte den Blick. »Ich verstehe.«

»Sie waren gute Menschen. Sie haben alles gegeben, um dich zu schützen.«

»Sogar ihr Leben«, sagte Tess mit erstickter Stimme.

»Sogar ihr Leben«, bestätigte Nora. Sie wollte Tess in den Arm nehmen, aber die schob sie weg.

»Wie kann ich herausfinden, was mit ihnen geschehen ist?« Sie wischte sich mit dem Handrücken die Tränen aus den Augen.

»Nun, es gibt da einen Weg. Er führt dich an einen speziellen Ort, den du aber nur erreichst, wenn du die Kunst des Klarträumens beherrschst. Hast du schon einmal geträumt und dabei gewusst, dass du träumst?«, fragte Nora.

Tess schüttelte verwirrt den Kopf. »Von so etwas habe ich noch nie gehört.«

»Und doch ist es möglich. Es verlangt ein wenig Übung, aber du kannst diesen Zustand bewusst herbeiführen. Dazu musst du nur jeden Morgen nach dem Erwachen versuchen dich an deine Träume zu erinnern. Schreibe sie auf. Versuche, sie im Wachen noch einmal zu durchleben. Wenn du das lange genug übst, wirst du irgendwann in der Lage sein, deine Träume zu steuern.«

»Das würde ich gerne tun«, sagte Tess. »Aber mir fehlt die Zeit. Ich habe versprochen, Hagen Lennart bei der Suche nach seinen Töchtern zu helfen, und ich möchte nicht die Zweite sein, die ihr Versprechen ihm gegenüber bricht.«

»Kind, du hast alle Zeit der Welt«, sagte Nora und lächelte. »Du vergisst, dass du dich an einem ganz besonderen Ort befindest.«

***

Es war ein schmerzhaftes Erwachen für Hagen Lennart. Er lag auf dem Bauch, die Hände auf dem Rücken gefesselt. Sein Kopf dröhnte wie eine Glocke, die einen kräftigen Schlag erhalten hatte und nun mit einem dumpfen Klang nachhallte. Noch wollte er nicht die Augen öffnen, denn er hoffte, wieder in diese wunderbare, alles betäubende Ohnmacht zu fallen. Aber sein Körper tat ihm den Gefallen nicht. Er roch den schimmeligen Geruch feuchten Mauerwerks, gemischt mit einer scharfen Note, die typisch war für abgestandenen Urin.

Noch bevor er die Augen öffnete, wusste Hagen Lennart, dass er sich in einem Gefängnis befand. Die Frage war nur, in welchem.

Mühsam richtete er sich auf und lehnte sich gegen den gemauerten Sockel der Pritsche. Irgendwo fiel eine Tür schwer ins Schloss. Das Geräusch genagelter Stiefel näherte sich und ein Schlüsselbund klirrte. Hagen richtete sich mühsam auf. Wer immer ihn eingesperrt hatte, er wollte ihm aufrecht begegnen. Aber es war die Nachbarzelle, die aufgeschlossen wurde. Zwei Männer unterhielten sich in einem ruhigen, geschäftsmäßigen Tonfall, dann wurde die Tür wieder zugeworfen und verriegelt. Die Schritte entfernten sich. Hagen Lennart sank auf das harte Lager, stützte sich auf die Kante und legte mit angezogenen Schultern stöhnend den Kopf in den Nacken. Noch nie in seinem Leben hatte er sich so leer gefühlt, obwohl jede Faser seines geschundenen Körpers vor Schmerz wie eine straff gespannte Saite vibrierte. Er tastete mit den schmutzigen Fingern seinen Kopf ab und zuckte zusammen, als er eine dick verschorfte Stelle berührte. Irgendetwas hatte ihn dort getroffen, vermutlich der Kolben eines Gewehres.

Lennart erinnerte sich nicht mehr, was geschehen war, nachdem er in die Razzia der Armee geraten war. Nur das Bild des Mädchens, das ihm so hartnäckig gefolgt war, konnte er nicht vergessen. Sie lebte, während Silvetta tot war und seine beiden Töchter wer weiß wo steckten – in den Händen von Menschen, die alles Menschliche verachteten. Und Tess war eine von ihnen. Oder etwa nicht? Lennart wusste, dass sie ihm nur helfen wollte und dass er sie schäbig behandelt hatte, aber er hatte ihre Gegenwart einfach nicht mehr ertragen. Mit Logik oder gar Vernunft hatte das nichts zu tun, doch das war ihm egal. Lennart hasste sie alle, egal ob Gist oder Eskatay. Gäbe es sie nicht, dann wären Maura und Melina noch bei ihm. Er würde sie trösten können. Er hatte in den letzten Tagen, als er auf der Landstraße nach Süden unterwegs war, immer wieder ihre Gesichter gesehen, den verzweifelten Blick in den Augen, die nach ihm ausgestreckten Arme. Aber er hatte ihnen nicht helfen können. Das würde er sich nie verzeihen.

Er war da gewesen, keine zwei Schritte von ihnen entfernt, und doch hatte er sie im Stich lassen müssen. Genauso wie Hakon Tarkovski ihn im Stich gelassen hatte. *Solange ich bei Ihnen bin, wird Ihnen und Ihrer Familie nichts geschehen.* Hatte ihm Hakon das nicht geschworen? Doch was war es wert, das Ehrenwort eines verfluchten Gist?

Immer wieder stellte sich Lennart die Frage, ob Silvetta durch ihren Tod nicht Schlimmeres erspart geblieben war. Egmont hatte versucht, sie auf seine Seite zu ziehen, aber sie hatte die Infektion durch die Blume nicht überlebt. Was wäre gewesen, wenn sie in diesem Kollektiv aufgegangen wäre? Nun, sie wäre zu seinem Feind geworden. Wäre sie nicht gestorben, hätte er sie vor den Augen der Kinder töten müssen. Und das hätte ihm wahrscheinlich nicht nur das Herz gebrochen, sondern ihn in die Arme des Wahnsinns getrieben, dessen bedrohlicher Schatten seit den Ereignissen im Zug nach Morvangar immer dunkler auf ihm lastete.

Plötzlich wurde der Schlüssel in das Schloss der Zellentür gesteckt und umgedreht. Lennart zuckte zusammen, denn dieses Geräusch hatte sich nicht durch die Schritte genagelter Stiefel angekündigt. Augenblicklich richtete er sich auf.

Die Tür ging auf und ein Mann von vielleicht dreißig Jahren trat ein. Über seinem Hemd, dessen Ärmel hochgekrempelt waren, trug er eine braune Weste, an der eine Uhrkette baumelte. Die Hose war aus demselben Stoff und man konnte annehmen, dass die passende Anzugjacke an einem Haken in seinem Büro hing. Unter den Arm hatte er eine Papiertüte geklemmt.

»Ah, Sie sind wach«, sagte der Mann und machte einen Schritt auf ihn zu. Er zeigte auf die Kopfwunde. »Das sieht übel aus. Vielleicht sollte ich einen Arzt rufen, der sich darum kümmert.«

»Das ist nicht nötig«, sagte Lennart leise.

»Wie Sie wünschen.« Der Mann streckte seine Hand aus. »Mein Name ist Grimvold.«

Lennart ergriff sie nicht, sondern starrte Grimvold nur ausdruckslos an.

Grimvold zuckte mit den Schultern und trat beiseite. »Ich muss Sie bitten mitzukommen.«

»Keine Fesseln? Keine Eskorte?«, fragte Lennart verwundert, als er von der Pritsche rutschte.

»Sie sehen nicht so aus, als hätten Sie das nötig«, sagte Grimvold und wies ihm den Weg.

Er führte Lennart zu einem Korridor, in dem sich die Büros der Verwaltung befanden. Sie passierten weder Sicherheitsschleusen noch musste Lennart eine Leibesvisitation über sich ergehen lassen. Nur in einem kleinen Raum, der als Wachstube diente, lümmelten sich einige uniformierte Polizisten auf unbequemen Holzstühlen herum. Grimvold schloss sein Büro auf und sie traten ein.

»Nehmen Sie Platz«, sagte er zu Lennart, während er zwei Teller aus einem Schrank holte. Einen drückte er seinem überraschten Gefangenen in die Hand.

»Schinken oder Käse?«, fragte er.

»Entschuldigung?«, erwiderte Lennart verwirrt.

Grimvold hielt ihm abwechselnd zwei belegte Brote unter die Nase. »Schinken oder Käse?«, wiederholte er. »Sie haben doch bestimmt Hunger.«

Lennart zeigte auf die rechte Hand und Grimvold legte ihm das Schinkenbrot auf den Teller. Dann setzte er sich hinter seinen Schreibtisch und füllte zwei große Tassen mit Tee.

»Ich hoffe, er ist noch heiß«, sagte er und schob eine zu Lennart hinüber. Fragend hielt Grimvold ihm eine Zuckerdose entgegen.

»Zwei Stücke«, sagte Lennart und Grimvold lächelte.

»Wie geht es Ihrem Kopf?«, fragte der Beamte.

»Wie ich Ihnen bereits sagte: Mir geht es gut«, antwortete Lennart.

»Wollen Sie Anzeige erstatten?«

Lennart schaute Grimvold an, als hätte er nicht richtig gehört.

»Na, Sie haben sich doch bestimmt nicht an einer Tür den Kopf gestoßen. Vermutlich hat ein Soldat den Kolben seines Gewehrs in nicht ganz vorschriftsmäßiger Weise benutzt. Ist doch so? Oder haben Sie bei Ihrer Verhaftung Widerstand geleistet?«

Lennart zögerte. Er wusste nicht, ob sich der Mann über ihn lustig machte oder es tatsächlich ernst meinte. »Das weiß ich nicht mehr«, antwortete er wahrheitsgemäß.

»Verstehe«, sagte Grimvold. Er biss in sein Brot und forderte Lennart mit einer etwas gönnerhaften Geste auf, es ihm gleichzutun. »Essen Sie! Die Brote sind von der Bäckerei am Arsenalplatz. In ganz Lorick gibt es keine besseren.«

»Ich weiß«, sagte Lennart, riss ein Stück von dem Brot ab und schob es sich in den Mund.

»Ach, dann leben Sie hier?«

»Nicht mehr«, entgegnete Lennart ausweichend.

»Dann sind Sie wahrscheinlich wie die meisten raus in einen der Vororte gezogen. Habe ich mir auch schon mal überlegt. Die Luft ist besser und für die Kinder ist es fantastisch. Haben Sie Kinder?«

Lennart schwieg.

»Hier in der Stadt würde ich sie nicht alleine auf den Straßen spielen lassen.« Grimvold nahm einen Schluck aus seiner Tasse. »Zu gefährlich.«

Als Lennart noch immer nichts sagte, zog Grimvold die Schreibtischschublade auf und legte eine Pistole auf den Tisch. »Kennen Sie die?«

Lennart legte sein Brot zurück auf den Teller.

»Das ist eine Polizeiwaffe«, fuhr Grimvold fort. »Und zwar eine ganz besondere.« Er beugte sich nach vorne und präsentierte Lennart die Unterseite des Knaufs. »Normalerweise können wir alle Waffen anhand einer Seriennummer ihrem Besitzer zuweisen. Nur, dass diese Pistole diese Nummer nicht aufweist.«

»Vielleicht wurde sie abgefeilt?«, fragte Lennart.

»Sehen Sie irgendwelche Kratzspuren? Ich nicht. Nein, Waffen wie diese werden ausschließlich an Angehörige des Geheimdienstes ausgegeben. Arbeiten Sie für die Innere Sicherheit?«

Lennart faltete die Hände in seinem Schoß und schaute Grimvold unbeeindruckt in die Augen.

»Nun, dann muss ich davon ausgehen, dass Sie sie einem Agenten abgenommen haben. Mussten Sie ihn dafür töten?«

Lennart kannte die Verhörtechnik, die dieser Grimvold auf seine plumpe Art anwandte. Ein Meister seines Faches konnte damit so ziemlich jede Information aus einem Verdächtigen herausholen. Doch dazu bedurfte es Geduld, Fingerspitzengefühl und Menschenkenntnis. Grimvold schien entweder diese Eigenschaften nicht zu besitzen, oder aber er stand unter Druck. Lennart war bestimmt nicht der Einzige, der in den Wirren des Ausnahmezustandes verhaftet worden war. Dass man Verdächtige erst verhörte, bevor man ihnen den Prozess machte, war wohl noch der letzte Rest einer rechtsstaatlichen Ordnung, die sich ansonsten in einem atemberaubenden Auflösungsprozess befand.

»Mussten Sie ihn dafür töten?«, wiederholte Grimvold, jetzt eindringlicher. Lennart nahm einen Schluck Tee und musste unwillkürlich schmunzeln.

»Wie schön, dass dieses Verhör für Sie so unterhaltsam ist, aber ich glaube, Sie sind sich des Ernstes der Lage nicht bewusst.«

Doch, Lennart war sich dessen durchaus bewusst. Wenn Grimvold oder irgendein anderer herausbekam, dass Anders Magnusson ihn für den Geheimdienst rekrutiert hatte, war sein Leben nicht mehr viel wert. Das Kollektiv wusste bestimmt längst, dass er Swann erschossen hatte. Aber auch hier im Gefängnis behielt er es besser für sich, dass er ein

Polizist war. Der eine oder andere Insasse mochte noch eine offene Rechnung mit Männern wie ihm haben. Denn Lennart machte sich da keine falschen Hoffnungen. Wenn kein Wunder geschah, würde er hier im Staatsgefängnis sterben. Er musste vorsichtig sein. Solange die Hoffnung bestand, dass seine Kinder am Leben waren, durfte er kein Risiko eingehen. Was aber nicht hieß, dass er nun mit diesem Möchtegern-Ermittler kooperieren musste.

Auch Grimvold schien zu merken, dass er bei Lennart nicht weiterkam. »Schade«, sagte er und erhob sich. »Sie hätten sich mit einem Geständnis einige Jahre an diesem Ort ersparen können.« Er trat hinaus auf den Flur und winkte einen der Soldaten heran, die in der Wachstube auf der gegenüberliegenden Seite des Flures ihren Dienst versahen.

»Block 1«, sagte Grimvold.

Der Soldat verdrehte Lennart die Hände auf den Rücken und legte ihm Handschellen an. Ohne ein weiteres Wort zu verlieren, wandte sich Grimvold wieder einer neuen Akte zu. Vielleicht, so dachte Lennart, hätte er das Schinkenbrot doch essen sollen. Ihn beschlich der Verdacht, dass er in der nächsten Zeit mit weniger schmackhaften Mahlzeiten Vorlieb nehmen musste.

Block 1 war der Teil des Gefängnisses, in dem die Neuzugänge aufgenommen wurden. Das Ritual war immer das gleiche: Man musste sich in einem kahlen Raum nackt ausziehen und eine erniedrigende Leibesvisitation über sich ergehen lassen. Sie schauten einem in die Ohren, die Nase, den Mund. Dann musste man sich nach vorne beugen, damit auch die letzte Körperöffnung untersucht werden konnte. Schließlich gab es eine neue Kluft: Hose und Jacke aus einem gestreiften, kratzigen Stoff sowie ein paar Holzschuhe. Dazu händigte man ihm in einem Holzkistchen ein Stück Seife, ein Tütchen Zahnpulver sowie eine Zahnbürste aus, deren Griff abgesägt worden war, damit er keinen Unsinn damit anstellte. Lennarts Zivilkleidung wurde in einem Karton verstaut, die mit seiner Häftlingsnummer versehen war. Als er fertig war, führte man ihn einen Raum weiter, wo man ihn anwies, auf einem Stuhl Platz zu nehmen. Ein Mann trat an ihn heran und ohne mit Lennart, der jetzt Häftling 176671 hieß, ein Wort zu wechseln, rasierte er ihm mit einer Maschine das Haupthaar ab. Hatte die grobe Wolle der Sträflingsmontur vorher schon gekratzt, so taten die abgeschnittenen Haare nun ihr Übriges, Lennart das Gefühl zu vermitteln, er hätte Flöhe.

Man führte ihn zu einem weiteren Stuhl, der vor einer weißen Wand stand und mit einem Mechanismus versehen war, sodass man ihn um neunzig Grad drehen konnte, ohne dass der Gefangene aufstehen musste. Eine Tafel mit der Häftlingsnummer und dem Tagesdatum wurde ihm in die Hand gedrückt. Lennart musste sie so halten, dass sie mit auf die Ambrotypie kam, die man sowohl von vorne als auch im Profil machte. Dann war er fertig. Zwei Wachen erschienen und brachten ihn in Block 2.

»Öffnet Zelle 54!«, rief eine der Wachen. Mit einem lauten Zischen glitt das Gitter beiseite und Lennart erhielt einen Stoß.

»Schließt Zelle 54!« Es zischte erneut und das Gitter bewegte sich wieder zurück, bis das Schloss einrastete. »Streck die Hände durch die Essensöffnung.«

Lennart drehte sich um und präsentierte der Wache seine Handschellen, die nun abgenommen wurden. Ohne ein weiteres Wort zu verlieren, ließen ihn die beiden Männer zurück.

Die Zelle, in die man ihn gesteckt hatte, war außer einer Pritsche leer – wenn man einmal von dem Holzeimer absah, der in der Ecke unter dem Fenster stand und in den er seine Notdurft verrichten konnte. Als Klopapier dienten einige Blätter des *Morländischen Abonnentenblattes*. Einzige Lichtquelle war ein kleines, vergittertes Fenster. Es war so hoch angebracht, dass Lennart nicht hinausschauen konnte, selbst wenn er sich auf die Pritsche stellte.

Lennart massierte seine Handgelenke und schaute durch die Stäbe hinaus in den Korridor. Er kannte das Gefängnis aus seiner Zeit als Polizist und zum letzten Mal hatte er es betreten, als er Hakon befreit hatte. Diese Festung war ein Ort, an dem man getrost jede Hoffnung aufgeben konnte. Eine Verurteilung zu zehn Jahren kam einem Todesurteil gleich. Niemand überlebte diese Hölle länger als sechs Jahre, mit Ausnahme vielleicht von den Großmeistern der Boxvereine. Diese Bünde hatten wenig mit Sport, dafür aber sehr viel mit dem organisierten Verbrechen zu tun. Ihre Anführer betrieben vom Gefängnis aus weiter ihre Geschäfte. Ihnen war es egal, ob sie im Knast saßen oder die Welt draußen unsicher machten. Sie und ihr Hofstaat genossen alle erdenklichen Vergünstigungen, denn die armselig besoldeten

Wärter waren käuflich wie Hafendirnen. Gegen Geld besorgten sie alles, mit Ausnahme von Waffen und Drogen. Doch dafür gab es andere Bezugsquellen.

Im Gegensatz zu den Gefangenen in den Nachbarzellen, die vor Angst und Ungewissheit schluchzten und jammerten, wusste Lennart also, was ihn erwartete. Dies hier war nur die Vorhölle, ein besseres Wartezimmer. Morgen, spätestens übermorgen würde eine Kommission unter dem Vorsitz des Direktors entscheiden, in welchem Trakt er die nächsten Jahre verbringen würde. Lennart kannte sich mit den Gesetzen aus. Nachdem Präsident Begarell den Ausnahmezustand ausgerufen hatte, gab es keine rechtsstaatliche Gerichtsbarkeit mehr. Man würde ihn im Eilverfahren verurteilen und wegen Aufruhrs, Verrats oder was auch immer wegschließen, um dann den Schlüssel fortzuwerfen. Er konnte froh sein, wenn man ihn nicht gleich an die Wand stellte.

Dennoch beschlich Lennart beim Gedanken an seine Gerichtsverhandlung ein Gefühl der Unruhe. Wenn ihr nämlich der Direktor vorsaß, dem er bei der Befreiung Hakons schon einmal begegnet war, dann hatte er ein Problem. Zum einen würde es nicht lange dauern, bis die Eskatay wussten, wo er war. Zum anderen würde die Nachricht, dass ein ehemaliger Chefinspektor der Polizei und Agent des Geheimdienstes unter den Gefangenen weilte, Lennarts Leben nicht gerade einfacher machen. Wie auch immer, er konnte nichts weiter tun als abwarten, was der morgige Tag bringen würde. Er legte sich auf die Pritsche und lauschte den Schreien der Verzweifelten, während er an seine beiden Kinder dachte.

Das Tribunal hatte sich schon früh am anderen Morgen ein-
gefunden. Lennart besaß zwar keine Uhr mehr, aber als ihn
die Wache weckte und ihm Handschellen anlegte, war die
Sonne noch nicht aufgegangen. Er wurde in einen kleinen
Raum geführt, an dessen Stirnseite unter dem von zwei Fah-
nen flankierten morländischen Wappen ein lang gezogener
Tisch stand, hinter dem vier Männer und eine Frau Platz
genommen hatten. Links befand sich das Pult des Staatsan-
waltes, rechts das des Verteidigers, hinter dem aber niemand
stand. Lennart glaubte nicht, dass der Anwalt verschlafen
hatte. Vermutlich war er, um dieses Verfahren zu beschleunigen, noch nicht einmal vorgesehen gewesen. Das war die
schlechte Nachricht.

Die gute war, dass auf dem Platz des Vorsitzenden ein
Mann saß, den Lennart nicht kannte, obwohl das Schild auf
dem Tisch ihn als Direktor dieser Anstalt auswies. Vermutlich hatte man seinen Vorgänger nach Hakons Flucht, bei der
Lennart ihm geholfen hatte, suspendiert. Man konnte vom
System halten, was man wollte, Ineffizienz gehörte jedenfalls
nicht zu seinen Schwächen. Wer einen Fehler machte, wurde
sofort zur Rechenschaft gezogen.

Lennart stellte sich in die Mitte des Raumes hinter ein
kleines Geländer. Die Handschellen wurden ihm nicht abgenommen.

»Häftling 176671?« Der Direktor setzte seine randlose
Brille ab und schaute von seinen Akten auf. »Haben Sie auch
einen Namen?«

Lennart verzog keine Miene. Der Vorsitzende seufzte und
warf seinen Beisitzern einen vielsagenden Blick zu, den diese

mit einem Stirnrunzeln quittierten. Dann schaute er wieder zu Lennart.

»Sie wissen, was man Ihnen zur Last legt?«

»Nein, das weiß ich nicht.«

»Unerlaubter Waffenbesitz und Verschwörung mit dem Ziel eines Umsturzes«, sagte der Staatsanwalt. »Außerdem wurden Sie ohne Ausweis aufgegriffen.«

Lennart schnaubte nur und schüttelte belustigt den Kopf, sagte aber nichts.

»Haben Sie den Vorwürfen sonst noch etwas hinzuzufügen?«, fragte der Vorsitzende kühl.

»Nein.« Lennart konnte ein Grinsen nicht unterdrücken. Das Ganze hier war lächerlich, eine Farce. Das Urteil stand ohnehin schon fest und über die Höhe der Strafe machte er sich keine Illusionen.

Der Vorsitzende hob mit ausdrucksloser Miene das kleine Holzhämmerchen, das vor ihm lag. »Der Gefangene bleibt so lange in Gewahrsam, bis er sich dazu herablässt, dem Gericht seine Identität zu offenbaren. Bis dahin wird er in Flügel A untergebracht. Der Nächste.« Das Hämmerchen knallte auf den Tisch.

Die Wache packte Lennart grob beim Arm und zerrte ihn weg. Ein Kichern kitzelte in seiner Kehle und er konnte nicht anders, als dem Drang nachzugeben. Es platzte heraus, erst leise und ein wenig atemlos, dann verwandelte es sich in ein dröhnendes Lachen, das den Saal noch erfüllte, als er ihn bereits verlassen hatte.

Flügel A unterschied sich in seinem Aufbau kaum von dem Untersuchungsblock, in dem Lennart die erste Nacht verbracht hatte. Es war ein dunkler Bau, der mehr an eine verkommene Fabrikhalle als an ein Gefängnis erinnerte und dessen Zellen in umlaufenden Galerien untergebracht waren, die sich über fünf Stockwerke erstreckten. Die einzige natürliche Lichtquelle war ein walmdachartiges Oberlicht, dessen Glas so trübe und verschmutzt war, dass man die Farbe des Himmels nicht mehr ausmachen konnte. Damit keiner der Gefangenen auf die Idee kam, seiner gerechten Strafe durch einen beherzten Sprung in den Tod zu entkommen, hatte man in jeder Etage relativ weitmaschige Netze gespannt, sodass der Trakt wie ein riesiger Vogelkäfig aussah. Die Zeit des Aufschlusses war noch nicht gekommen und so hockten einige der Gefangenen jetzt in ihren Zellen und rüttelten laut grunzend wie Affen vor der Fütterung an ihren Gittern. Andere schlugen laut heulend mit ihren Holzpantinen gegen die Stäbe, wobei die eisernen Geländer den Lärm noch verstärkten.

Als Lennart hinauf in den fünften Stock geführt wurde, streckten sich zahllose Hände nach ihm aus, um ihn zu greifen oder zu schlagen. Die Wache machte keinerlei Anstalten einzuschreiten. Jeder beschimpfte Lennart mit Ausdrücken, die selbst er nicht kannte. Und das sollte etwas heißen, denn er war lange als Polizist auf der Straße gewesen. Plötzlich schnellte ein Arm vor. Die Bewegung war so überraschend, dass Lennart nicht ausweichen konnte. Ein Gefangener schüttete ihm etwas ins Gesicht, und Lennart hoffte, dass es nur Wasser war.

Was für ein Empfang, dachte er und schluckte trocken. Zum ersten Mal seit seiner Verhaftung verspürte er echte, nackte Angst.

»Zelle 513 öffnen!«, rief die Wache laut. Tief unter ihnen wurde ein schwerer Hebel umgelegt und das Gitter schob sich mit einem pneumatischen Zischen auf. Lennart trat ein und blieb stehen.

»Zelle 513 schließen!«

Das Gitter fiel wieder ins Schloss. Lennart, der die Prozedur kannte, trat einen Schritt zurück und streckte seine Hände durch die kleine Öffnung in der Tür. Die Fesseln wurden ihm abgenommen. Ohne ein weiteres Wort zu verlieren, ging die Wache wieder fort.

Lennart massierte seine Gelenke und schaute sich um. Die neue Bleibe unterschied sich nur unwesentlich von der Untersuchungszelle, in der er die erste Nacht verbracht hatte. Auf seiner Pritsche lagen eine Kluft zum Wechseln, ein Handtuch, ein Stück Seife, eine neue Zahnbürste, deren Griff ebenfalls abgesägt war, und eine Tüte mit Zahnpulver. Für die Mahlzeiten gab es eine Holzschüssel ohne Besteck. Entweder musste er mit den Fingern essen oder aber es würde fortan nur Suppe auf dem Speiseplan stehen. An der Wand über der Pritsche hing eine Gefängnisordnung, die jedes Detail der Haft regelte. Lennart überflog die einzelnen Absätze und blieb schließlich bei Paragraf 26 hängen.

Zuwiderhandlungen gegen die Anstaltsordnung werden wie folgt bestraft:
a. mit Entziehung der dem betreffenden Gefangenen zugestandenen Erleichterungen bis zu 4 Wochen;

b. *mit Entziehung der warmen Kost bis zu 8 Tage;*
c. *mit erschwerten Arbeiten bis zu 4 Wochen;*
d. *mit Isolationshaft bis zu 2 Wochen;*
e. *mit dem Anlegen von Fesseln bis zu 4 Wochen;*
f. *mit dem Anlegen doppelter Fesseln und Kugeln bei gefesselten Gefangenen für den gleichen Zeitraum;*
g. *mit körperlicher Züchtigung bis zu 25 Stockhieben.*
Die Strafen unter a. und b. können unter erschwerenden Umständen mit denen ad c., d., e. und f. verbunden werden.

Diese Anordnungen waren in ihren Formulierungen deutlich und unmissverständlich. Sie bedeuteten vor allen Dingen eins: Der Gefangene hatte keinerlei Rechte. Immerhin galt es, eine Schuld an der Gesellschaft abzutragen. Hagen Lennart fragte sich, welche Verrichtungen ihm zur Sühne seiner begangenen Tat auferlegt wurden.

»Häftling 176671«, schnarrte eine Stimme hinter ihm.

Lennart drehte sich um. Es war sicher vorteilhaft, sofort zu antworten: »Ja?«

»Als Insasse dieser Anstalt bist du zur Arbeit verpflichtet. Ich werde dich jetzt in die Wäscherei bringen. Dort wird dich der Vorarbeiter einweisen. Zelle 513 öffnen!«

Die Wäscherei. Das Schlimmste, was einem hier passieren konnte.

Lennart trat hinaus auf die Galerie und wartete, bis der Befehl zum Schließen der Zelle gegeben worden war. Dann folgte er dem uniformierten Mann hinab in den Keller.

Lennart kannte das Innere des Staatsgefängnisses von Besuchen als ermittelnder Beamter. Er wusste, dass die beengten Verhältnisse zu einer ganz besonderen Dynamik zwischen den Gefangenen führten. Es gab eine Hierarchie, an deren Spitze die oberen Chargen der Boxvereine standen, straff organisierter Verbrecherorganisationen, die ihre Rivalitäten auch hinter Gitter austrugen. All dies geschah nach streng festgelegten Regeln und unter stillschweigender Duldung der Wärter. *Teile und herrsche* war die Maxime, und die Rechnung war bisher gut aufgegangen. Lennart fragte sich, wo sein Platz in dieser Gleichung sein würde.

Ein wenig fühlte Lennart sich wieder wie damals, als er ein zwölfjähriger Junge war, der die Schule wechseln musste, weil seine Familie vom Land in die Stadt gezogen war. Ohne die Unterstützung von Freunden hatte er in der neuen Gemeinschaft seinen Platz finden müssen. Lennart gehörte nicht zu denjenigen, die losschlugen, um nicht zuerst geschlagen zu werden, was ihm dann die schmerzhafte Erfahrung einer gebrochenen Nase eingehandelt hatte.

Die Wache öffnete die Tür zur Wäscherei und Lennart schlug die heißfeuchte Luft wie eine alles erdrückende Woge entgegen. Fast augenblicklich perlte der Schweiß auf der Stirn. Sein Bewacher gab ihm einen unsanften Stoß und Lennart stolperte nach vorne.

»He, Stuart!«, rief der Wächter. Ein massiger Mann mit vor Schweiß glänzender Glatze, auf dessen Hinterkopf die böse funkelnden Augen eines Totenschädels tätowiert waren, blickte von einem Klemmbrett auf.

»Was gibt's?«

Lennart überraschte der Tonfall. So sprachen zwei Männer miteinander, die sich auf Augenhöhe befanden und nicht die Rolle von Wärter und Gefangener spielten.

»Ich hab hier einen Neuzugang.«

Stuart runzelte die Stirn und legte das Klemmbrett auf ein Stehpult. Ein dünner, fast magersüchtiger Mann, der die Mangel bediente, schaute neugierig auf.

»Kümmere dich um deinen eigenen Scheiß«, raunzte ihn Stuart an.

»Jawohl«, entgegnete der Mann, der zu Lennarts Verwunderung jedoch keine Angst vor Stuart zu haben schien, sondern eher belustigt wirkte.

Stuart schnaubte und brummte etwas, was zu Lennarts Erstaunen wie eine Bemerkung zur Arbeitsmoral der Gefangenen klang.

»Wie heißt du?«, fragte Stuart.

»Wir kennen seinen Namen nicht«, sagte der Wächter, noch bevor Lennart etwas entgegnen konnte.

Stuart, der einen halben Kopf größer als Lennart war, musterte sein Gegenüber, ohne dass sein Gesichtsausdruck seine Gedanken verriet.

»Wie soll ich dich nennen?«, fragte Stuart schließlich.

Lennart zuckte mit den Schultern.

»Ich könnte dich einfach nur ›Hund‹ rufen«, sagte Stuart mit ausdrucksloser Miene. »Aber das würde dein Leben nur unnötig erschweren. Also, wie willst du heißen?«

Lennart dachte nach. »Aram«, sagte er schließlich. Er hatte damals, als er mit seinen Eltern noch auf dem Land gelebt hatte, tatsächlich einmal einen Hund mit diesem Namen gehabt.

»Aram.« Stuart nickte. »Leicht zu merken. Also gut, Aram. Ich setze dich an der Mangel ein. Es gibt keine härtere Tätig-

100

keit hier unten. Sieh es als Prüfung. Wenn du sie ohne zu klagen bestehst, wirst du aufsteigen.«

Bei dem Wort zuckte Lennart zusammen.

Stuart grinste. »Ich sehe, du hast Angst. Das ist gut. Angst ist ein weiser Ratgeber. Höre auf sie, und du wirst keinen Ärger bekommen.« Er nickte dem Wächter zu, der daraufhin abzog.

»Du hast die Anstaltsordnung gelesen?«, fragte Stuart wieder zu Lennart gewandt.

»Ja.«

»Dann weißt du, dass du nur reden darfst, wenn ich oder einer der Wächter dich dazu auffordert?«

»Ja.«

»Dann komm mit.«

Stuart führte Lennart zu einer Maschine, deren Walzen so riesig waren, dass sie ohne Weiteres einen Mann verschlingen konnten, wenn der nicht aufpasste und ihnen zu nahe kam.

»Das ist die Mangel«, sagte Stuart und schob den dürren Mann beiseite, den er kurz zuvor so rüde angefahren hatte. »Sie besteht aus zwei Teilen. Dort hinten wird aus der frisch gewaschenen Wäsche das Wasser gepresst. Ist sie so trocken, dass sie nicht mehr weiter ausgewrungen werden kann, wird sie ausgebreitet und durch die beiden anderen Walzen geschickt. Danach legst du sie da vorne auf dem Tisch zusammen. Du wirst einige Markierungen bemerken. Sie dienen dazu, die Wäsche auf das richtige Maß zusammenzulegen. Abweichungen werden nicht geduldet, Nichterfüllung des Solls wird mit dem Entzug von Privilegien bestraft. Da du dir noch keine erarbeitet hast, wird man dir die Essensrationen kürzen. Hast du verstanden?«

Lennart nickte.

»Dann an die Arbeit.« Stuart zog den Mann an der Wäschepresse ab und Lennart nahm sofort dessen Platz ein. Das Laken, das schon einige Male durchgelaufen war, konnte nach einem weiteren Durchlauf in die Heißmangel. Er packte es und warf es auf den Haufen der anderen Wäschestücke, die darauf warteten, weiterverarbeitet zu werden.

»He!«, zischte ihm eine Stimme zu. Es war der dürre Kerl. »Warum bist du hier?«

Lennart presste die Lippen zusammen und schwieg. Er vermutete, dass der Mann am unteren Ende der Hierarchie stand, womöglich sogar ein wenig minderbemittelt war. Irgendwie erinnerte er Lennart mit seinem kleinen, fast kahlen Kopf und den glänzenden schwarzen Augen an ein Wiesel. Lennart empfand Mitleid für ihn, ahnte aber instinktiv, dass es an diesem Ort nicht klug war, die Nähe solcher Verlierer zuzulassen.

»Ah, ich verstehe«, sagte der Mann mit einer Mischung aus Abscheu und Enttäuschung, nachdem er ihn einen Augenblick erwartungsvoll angeschaut hatte. Er versteifte sich und zwang sich zu einem Lächeln, das jedoch bitter war. »Ich verstehe.«

Lennart holte tief Luft und traf eine Entscheidung. »Ich bin wegen unerlaubten Waffenbesitzes und Verschwörung hier«, sagte er leise.

Die Miene des Dürren hellte sich auf. Er warf hastig einen Blick über die Schulter, um sich zu vergewissern, dass Stuart nicht in der Nähe war. »Ein Politischer bist du also. Von euch gibt es hier jetzt viele, und es werden jeden Tag mehr. Ich heiße übrigens Pavo.«

»Aram«, erwiderte Lennart und fädelte ein neues Laken in die Presse ein. »Gibt es etwas, worauf ich hier achten muss?«

Pavo grinste und entblößte dabei eine Reihe kariöser Zähne. Er strich sich mit der Hand das schweißnasse Haar aus der hohen Stirn. »Halte still und mach dich unsichtbar. So hab ich die letzten Jahre überlebt. Das hier ist ein böser Ort, hörst du? Auf Recht und Gerechtigkeit wartest du hier vergebens.« Er setzte eine eifrige Miene auf und schmatzte grinsend, als hätte er plötzlich Appetit auf irgendetwas bekommen.

Lennart nickte nur und konzentrierte sich wieder auf seine Arbeit. Er bereute es bereits, dass er Pavo angesprochen hatte. Die Jahre hinter Gittern hatten ihn mit Sicherheit verrückt wie ein Eichhörnchen werden lassen. Das war auch wahrscheinlich der Grund, warum er überlebt hatte. Er war vielleicht ein wenig lästig, stellte aber keine Gefahr dar. Dennoch musste er auf der Hut sein. An Flucht war im Moment nicht zu denken. Zuerst musste er eine Strategie entwickeln, wie er an diesem verfluchten Ort die nächsten Tage überlebte. Und das würde seine ganze Energie erfordern.

***

Der Wald, durch den sie sich schon seit zwei Tagen kämpften, veränderte sich, je weiter sie nach Norden vordrangen. Die Blätter der Bäume verlor erst seinen Glanz und dann seine Farbe. Das Gras war, obwohl der Sommer vor der Tür stand, gelb und raschelte wie im Winter trocken unter ihren Füßen. Es war, als hätte ein schleichendes Gift das Land befallen.

Anfangs waren es nur Kleinigkeiten, die Hakon durch den Schleier seiner Kopfschmerzen hindurch auffielen: ein toter Baum hier, ein vertrockneter Bach da. Dann wurde der Gesang der Vögel immer leiser, bis er ganz verstummte. Als sie die ersten mumifizierten Kadaver entdeckten, wussten sie, dass etwas nicht stimmte.

Eliasson hatte sich über etwas gebeugt, was wie die Überreste eines verhungerten Hundes aussah. Die Läufe waren angewinkelt und die gelben Zähne gefletscht. Die Augen lagen wie zwei verschrumpelte Rosinen in den Höhlen. Vorsichtig drehte Eliasson den steifen Tierkörper mit einem Stock um.

»Keine Würmer, keine Maden«, murmelte er.

»Was meinst du, wie lange liegt das Tier hier schon herum?«, fragte Henriksson.

Eliasson zuckte mit den Schultern und stand wieder auf. Er warf den Stock in die Büsche und wischte sich die Hände an der Hose ab, obwohl er das vertrocknete Etwas gar nicht angefasst hatte. »Schwer zu sagen. Normalerweise bleiben von solch einem Kadaver nach drei oder vier Tagen nur die Knochen übrig – wenn überhaupt. Dass der Hund aber nicht verwest ist, beunruhigt mich. Es kann nur bedeuten, dass es hier weder Würmer noch Maden gibt, und so etwas ist eigentlich unmöglich. Wir sollten schleunigst von hier verschwinden.«

Hakon, der schon seit einiger Zeit von York mehr getragen als gestützt wurde, sah, wie Henriksson sich besorgt nach ihnen umsah.

»Soll ich dich einmal ablösen?«, fragte er York.

Der schüttelte den Kopf. »Es geht schon«, keuchte er. »Er sieht schwerer aus, als er ist.« Er hatte den Satz kaum zu Ende gesprochen, als Hakons Beine einknickten, er zu Boden sank und York dabei mit nach unten zog. Beide fielen in einen Haufen trockenen Laubes.

Hakon war speiübel. Er hatte seine ganze Kraft darauf verwandt, gegen die anderen Persönlichkeiten anzukämpfen, die in seinem Kopf ein immer beängstigenderes Eigenleben entwickelten. Er spürte, wie ihm langsam die Kontrolle entglitt. Die Welt war ein Spiegel, der in tausend Stücke zu zerspringen drohte. Hakon legte den Arm über die Augen und stöhnte laut auf.

»Er kann nicht mehr weiter«, hörte er York eindringlich sagen.

»Dann müssen wir ihn tragen«, entgegnete Henriksson. »Wenn es sein muss, abwechselnd.«

Hakon öffnete mühsam die Augen. »Wollen Sie sich das wirklich antun? Ich bin schwer«, krächzte er.

»Nein, das bist du nicht.« Henriksson ließ seinen Rucksack fallen und hob ihn wie eine Marionette hoch, der man die Fäden durchtrennt hatte. Erneut erfasste Hakon ein übelkeitserregender Schwindel, als er den Kontakt zum Boden verlor.

»Versuch zu schlafen«, sagte York, der nicht von seiner Seite wich.

105

Hakon drehte mühsam den Kopf in Richtung seines Freundes. »Schlafen wäre schön. Aber was ist mit dir?«

York wischte sich den Schweiß von der Oberlippe. Auch sein Gesicht hatte eine graue Farbe angenommen. »Was soll mit mir sein?«

»Du siehst auch nicht gerade wie das blühende Leben aus«, wisperte Hakon.

Eliasson, der die ganze Zeit besorgt geschwiegen hatte, runzelte nun die Stirn. »Wir müssen verschwinden. Irgendetwas stimmt hier nicht.«

York nickte zustimmend. »Als ob etwas in der Luft läge, was Hakon mehr als mir die Kräfte raubt. Aber auch mir ist übel wie noch nie in meinem Leben.«

Eliasson raffte die Sachen auf, die Henriksson abgelegt hatte. »Gut. Bleibt also immer noch die Frage, ob wir umkehren oder weitermarschieren. Ich habe keine Ahnung, wie groß diese Todeszone ist.«

»Ich glaube, du hast Recht, Paul«, sagte Henriksson. »Wir dürfen kein Risiko eingehen. Wir kehren um.«

»Nein«, mischte sich nun Hakon ein. »Das sollten wir nicht tun. Ich glaube nicht, dass diese *Todeszone*, so groß ist.«

»Wie kommst du darauf?«, fragte Eliasson.

»Das sagt mir meine Intuition. Sie wissen doch, ich habe da diese besondere Gabe.« Er tippte sich gegen die Stirn.

»Das schaffst du niemals!«, sagte Henriksson.

»Doch, das tue ich. Was ist mit dir, York?«

Sein Freund zuckte stumm mit den Schultern und nickte schließlich.

»Na, dann los«, brummte Eliasson.

Hakon schloss die Augen. Er hatte gelogen. Natürlich hatte er keinen blassen Schimmer, wie groß dieses verseuchte Gebiet war, das sie durchqueren mussten. Aber umkehren war mindestens genauso gefährlich. Etwas folgte ihnen. Etwas, was tödlicher war als die unsichtbare Gefahr, die hier in der Luft hing. Aber, so dachte er dämmerig, noch war der Vorsprung groß genug, als dass sie sich Sorgen machen mussten. Dann schlief er ein.

Und träumte von einem majestätischen Grandhotel.

***

Es geschah selten, dass Jan Mersbeck die Erlaubnis erhielt, mit der *Unverwundbar* am Ankermast des Präsidentenpalastes festzumachen, aber die Neuigkeiten, die er zu überbringen hatte, waren zu gewichtig – und das Kollektiv zu ungeduldig –, als dass eine mehrere Tage dauernde Fahrt mit dem Dampfautomobil oder einer Kutsche infrage gekommen wäre.

Die Windverhältnisse waren schwierig, sodass es dem Kapitän erst beim zweiten Versuch gelang, das Gebäude im richtigen Winkel anzusteuern, damit die Bodenmannschaft die Landeseile greifen und der Bugkegel im Fangtrichter festgezurrt werden konnten. Augenblicke später schoben zwei Männer eine Treppe heran und öffneten von außen die Gondeltür.

»Geben Sie mir Ihr Gepäck!« Der Soldat, der Mersbeck die Hand entgegenstreckte, musste gegen das Dröhnen der

Motoren anbrüllen. Es war Kramfors, Begarells persönlicher Adjutant. Mersbeck, der eine große Kiste unter den Arm geklemmt hatte, schüttelte energisch den Kopf.

»Auf gar keinen Fall«, rief er. »Das hier gebe ich erst aus der Hand, wenn ich den Präsidenten gesehen habe.«

»Wie Sie wünschen!« Kramfors musste mit einer Hand seine Schirmmütze festhalten, da der Wind sie fortzuwehen drohte. »Kommen Sie! Sie werden schon erwartet!«

Sie eilten auf eine offen stehende Tür zu, die in ein marmorgetäfeltes Treppenhaus führte, über das man direkt zum Verwaltungstrakt des Palastes gelangte. Kramfors geleitete Mersbeck an zahllosen Büros vorbei zu einem Konferenzsaal, der groß genug war, um zweihundert Menschen aufzunehmen. Doch Mersbeck fand nur zehn Personen vor. Das Kollektiv hatte sich zum ersten Mal seit seiner Entstehung vollständig versammelt.

Da war natürlich zunächst Leon Begarell, ein unscheinbarer, schmächtiger Mann in den späten Fünfzigern, der eine Vorliebe für schlecht sitzende Anzüge und zerschlissene Schuhe zu haben schien. Sein sommersprossiger Kopf war kahl, nur am Kinn wuchs ihm ein grauer Bart. Auf den ersten Blick machte Begarell einen freundlichen, beinahe sogar naiven Eindruck. Aber wer ihm in die kalten Augen schaute, der merkte sehr schnell, dass dies nur eine Fassade war, um sein Gegenüber zu täuschen.

Innenminister Jasper Norwins Charakter hingegen war von anderer Natur. Mit einer Miene, die Erhabenheit und Würde ausdrücken sollte, dabei aber eher einen Ausdruck unbeschreiblicher Arroganz vermittelte, schaute die Nummer zwei im Staate missbilligend zu Mersbeck. Norwin war ein Graviton. Er konnte mithilfe seiner Gedanken Dinge zum Schweben bringen.

Staatssekretär Anders Magnusson, zuständig für Innere Sicherheit, hatte sich in seinem Stuhl zurückgelehnt und die Hände über dem Bauch verschränkt, der die enge Weste zu sprengen drohte. Er lächelte vor sich hin, als wäre er der alleinige Hüter eines für alle peinlichen Geheimnisses. Tatsächlich hatte Magnusson psychometrische Fähigkeiten. Er brauchte nur einen Gegenstand zu berühren und erfuhr so alle erdenklichen Dinge über den Menschen, der das Objekt als Letzter in der Hand gehabt hatte. Nur im Fall der kopflosen Leichen, der das ganze Kollektiv aufgeschreckt hatte, hatte ihn seine Gabe seltsamerweise im Stich gelassen.

Dann fiel Mersbecks Blick auf Severin Egmont. Der ehemalige Privatsekretär von Richter Urban war noch hagerer geworden. Irgendwie, so stellte Mersbeck belustigt fest, sah diese habichtartige Gestalt ihrem Herrn Jasper Norwin immer ähnlicher, wobei Egmonts abstoßende Unterwürfigkeit etwas Erbärmliches hatte. Egmont war nicht nur ein Springer, der sich an jeden beliebigen Ort teleportieren konnte, sondern er besaß auch die Fähigkeit der Omnipräsenz. Er konnte zur selben Zeit an verschiedenen Orten physisch anwesend sein – zumindest theoretisch. Denn um diese Gabe anzuwenden, musste er sich in mehrere Erscheinungen seiner selbst aufteilen. Nur einmal hatte Egmont dies getan und war aufgrund dieser mehrfachen Persönlichkeitsspaltung beinahe wahnsinnig geworden. Die Wellen, die dieser Zusammenbruch durch das Kollektiv geschickt hatte, waren höchst unangenehm gewesen. Vermutlich hatte Egmont diese Gabe deswegen kein zweites Mal eingesetzt.

Villem Strashok war von anderem Kaliber als der kriecherische Sekretär. Er strotzte vor Selbstsicherheit und scherte sich ansonsten überhaupt nicht um seine magischen Fähigkeiten. Der Forschungsminister hatte nämlich von allen Mitgliedern des Kollektivs die bizarrste Gabe: Er konnte unter Wasser atmen. Es hatte lange gedauert, bis er sich dieser Fähigkeit bewusst geworden war. Zu Beginn hatte es sogar die Befürchtung gegeben, dass er ohne besondere Befähigung ins Kollektiv aufgestiegen war. Erst als er bei einem Badeunfall beinahe ertrunken war, hatte sich sein wenig spektakuläres Talent gezeigt. Mit einem Schulterzucken hatte er es seinerzeit zur Kenntnis genommen und sich nicht weiter darum geschert. Ohnehin war es ihm wichtiger gewesen, zum engeren Führungszirkel von Präsident Begarell zu gehören, als fliegen zu können oder über andere besondere Kräfte zu verfügen.

Strashok nickte Mersbeck knapp zu, bevor er sich wieder den Unterlagen widmete, die vor ihm lagen. Der Forschungsminister, der immer etwas Gehetztes an sich hatte, konnte sich selbst bei solch einem wichtigen Treffen das Aktenstudium nicht verkneifen. Wenn es einen Mann gab, der absolut pflichtversessen war, dann ihn. Strashok hatte frühzeitig ergrautes Haar, was wohl der nervenaufreibenden Arbeit geschuldet war, denn er war nicht nur Mitglied der Regierung, sondern auch Leiter der geheimen Station 11, die sich ganz der Erforschung der verloren gegangenen Technologien aus der alten Zeit widmete.

General Maximilian Nerta zu Strashoks Rechten war der Erste gewesen, den Begarell mit der Blume infiziert hatte. Dass sich der Präsident den gewissenlosen Verteidigungsminister als engsten Mitstreiter auserwählt hatte, lag auf der Hand. Mit Nerta an seiner Seite konnte Begarell sicher sein, dass ihm die Armee nicht eines Tages in den Rücken fiel.

Die anderen vier Mitglieder waren erst relativ spät zum Kollektiv gestoßen und spielten wegen ihres ungeplanten Beitritts eine eher untergeordnete Rolle. Unter ihnen befand sich auch die einzige Frau in der ansonsten von Männern beherrschten Runde. Linda Östersund, war Immunbiologin und hatte in Station 11 das erste wissenschaftliche Team geleitet, das die Wirkungsweise der Sporen untersuchen sollte, mit denen die Blume normale Menschen entweder tötete oder in einen Eskatay verwandelte. Trotz aller Sicherheitsvorkehrungen war es zu einem Unfall gekommen, den neben Linda Östersund nur drei Männer überlebt hatten: der Physiker Johann Evertsberg, mit knapp dreißig Jahren ein Mann in Mersbecks Alter, sowie Mogens Stortjärnen und Simon Älvdalen, beides wissenschaftliche Assistenten, die Mersbeck auf Mitte zwanzig schätzte. Sie waren die einzigen Überlebenden dieses Desasters, das Mersbeck nur schwer hatte vertuschen können. Nachdem die vier wieder zu Kräften gekommen waren, hatte man sie von Station 11 abgezogen und auf die einzelnen Ministerien verteilt, die noch nicht vom Kollektiv infiltriert waren. Östersund und Evertsberg hatten sich leidlich in ihre neue Rolle gefügt, doch die beiden jungen Burschen litten noch immer an dem, was Mersbeck als Eskatonsyndrom bezeichnete. Man musste nicht über das

Kollektiv mit ihnen kommunizieren, um ihre Schwierigkeiten zu erahnen, sich in diesem neuen Leben zurechtzufinden. Stortjärnen und Älvdalen waren für Mersbeck der lebende Beweis, dass sich nicht jeder für einen Aufstieg in das Kollektiv eignete. Nur gefestigte Persönlichkeiten wurden mit den Folgen einer erfolgreichen Infektion fertig. Stortjärnen und Älvdalen hatten bis heute nicht ihr neues Talent ergründet, worauf gerade Begarell sehr gereizt reagierte. Jedenfalls ließ er keine Gelegenheit aus, die Angst der beiden als kindliche Schwäche zu diffamieren.

»Danke, Kramfors«, sagte der Präsident jetzt und schenkte sich aus einer Karaffe etwas Wasser in ein Glas ein. »Sie können gehen.«

Die Tür wurde von außen geschlossen und Mersbeck schaute in die Runde des Kollektivs. Er beschloss, seinen Auftritt ein klein wenig zu zelebrieren, und hängte erst einmal sein Jackett über die Lehne des Stuhls, der vor ihm stand und das andere Kopfende des Tisches bildete. Dann nahm er langsam Platz. Und lächelte.

»Oh, bitte!«, rief Magnusson und rollte mit den Augen. »Verschonen Sie uns mit Ihrer theatralischen Art.«

»Nein, lassen Sie ihn«, sagte Begarell beschwichtigend und lächelte milde. »Ich denke, er hat es verdient, seinen Erfolg auszukosten.«

»Danke, Herr Präsident«, sagte Mersbeck und strich mit der Hand über die große Kiste, die neben ihm auf dem Boden stand. »Wie Sie ja alle wissen, hat unsere Gruppe in den letzten Jahren an einem gewissen Nachwuchsmangel gelitten. Ein Grund dafür war die enttäuschende Reproduktionsrate jener anorganischen Lebensform, die wir Eskaton nennen und deren Ursprung noch immer im Dunkel liegt.«

Mersbeck stand auf und hob die schwere Kiste auf den Tisch. Ohne aufzublicken, klappte er den Deckel hoch und legte eine Blume auf die Tischplatte.

»Im Umgang mit den Blumen haben wir einen entscheidenden Fehler gemacht: Wir haben Sie isoliert. Als ich von der Ausgrabungsstätte in der Nähe von Station 9 zurückkehrte, hatte ich ein Artefakt im Gepäck, das einmal eine Waffe gewesen sein muss. Diese Waffe wies zwei besondere Eigenschaften auf. Erstens: Sie bestand aus einer Legierung recht ungewöhnlicher Metalle, wie sie nicht sehr oft in unseren Breiten vorkommen. Darunter sind einige, für die wir noch nicht einmal einen Namen haben. Zum anderen wies dieses Artefakt eine tödliche Strahlung auf, die sich wie ein unsichtbares Licht verhält. Es durchdringt alle Metalle von niedriger Dichte.«

»Woher wollen Sie das wissen, wenn Sie dieses Licht nicht sehen können?«, fragte Innenminister Norwin.

»Es schwärzt ambrotypische Platten, selbst wenn sie noch in ihren Magazinen liegen.«

Ein Raunen ging durch das Kollektiv.

»Haben Sie eine Ahnung, wie diese Strahlung entsteht?«, fragte Strashok.

»Nein«, sagte Mersbeck. »Wir wissen auch nicht, woher sie ursprünglich kommt. Doch ich habe eine Vermutung, die sich auf die Ergebnisse unserer Ausgrabungen stützt. Sie ist das Produkt einer Waffe, die vor über sechstausend Jahren entwickelt wurde.«

»Was für eine Waffe?«, fragte General Nerta.

»Ich habe keine Ahnung. Sie muss aber sehr mächtig gewesen sein, wenn diese Strahlung noch heute imstande ist, Leben auszulöschen. Ich tippe auf eine Bombe. Oder vielmehr unzählige Bomben.«

»Die Koroba«, sagte Begarell. Es war keine Frage, sondern eine Feststellung.

»Ja. Die Koroba ist eine Krankheit, die durch unsichtbare Strahlen verursacht wird«, sagte Mersbeck. »Ich bin mir sicher, dass sie ein Andenken an den Krieg ist, der unsere Welt vor gut sechstausend Jahren beinahe vernichtete.«

Angespannte Stille lastete jetzt im Raum. Mersbeck leitete zum zweiten Akt über.

»Ich möchte Sie jetzt um größte Aufmerksamkeit bitten.«

Sie standen auf. Mersbeck konnte es nicht fassen. Alle anwesenden Minister und Staatssekretäre erhoben sich, um nun wie im Physikunterricht den besten Blick auf den Lehrer zu haben. Einzig Begarell blieb sitzen und verfolgte das Spektakel von seinem Platz aus.

Mersbeck legte etwas auf den Tisch, was wie ein Klumpen patinierten Metalls aussah.

»Wir wissen nicht, was dieses Artefakt früher einmal war. Es ist unter einer unglaublichen Hitzeeinwirkung zu diesem unansehnlichen Brocken zusammengeschmolzen. Wie die meisten anderen Fundstücke auch verstrahlt es dieses unsichtbare Licht.« Seine Zuschauer wichen einen Schritt zurück. »Keine Angst, die Strahlung ist relativ gering. Sie können also ruhig wieder näher kommen.«

Mersbeck schob den Klumpen dicht neben die Blume und

trat mit auf den Rücken verschränkten Händen einen Schritt zurück. Gespannt schaute er in die Gesichter der anderen Mitglieder des Kollektivs. Er wusste, dass das, was jetzt passieren würde, selbst einen beherrschten Mann wie Professor Strashok vor Erregung zittern lassen würde.

Zunächst geschah nichts. Dann, als bereits ungeduldiges Räuspern aufkam, begannen die ersten Lichtpunkte von dem Klumpen Metall zur Blume zu wandern. Wieder kam es zu dieser pulsierenden Unschärfe, die eine knappe Minute anhielt. Die Amplitude verstärkte sich, dann war die Teilung perfekt. Aber damit war der Prozess nicht beendet. Nun begannen die Tochterblumen zu oszillieren und sich zu teilen, bis auf einmal acht Blumen auf dem Tisch lagen. Der Klumpen Metall hatte sich aufgelöst.

Strashok blickte auf. Seine Augen flackerten. Vermutlich brütete sein kranker Verstand gerade fiebrige Allmachtsfantasien aus, die auch die anderen spürten. Magnussons befremdlicher Blick ließ jedenfalls darauf schließen.

»Das ist unglaublich«, sagte Egmont und schaute um Zustimmung heischend von einem zum anderen. »Das ist …«

»… noch nicht alles«, fiel ihm Mersbeck ins Wort. »Das Experiment ist noch nicht beendet. Schauen Sie.«

Tatsächlich begannen sieben der acht Blumen auf einmal die Farbe zu verlieren. Dann zerfielen sie mit einem leisen Seufzer zu Asche. Auch die Blume, von der sie abstammten, durchlief schließlich denselben Prozess und verging.

Norwins Kopf ruckte hoch. »Was war das?«

»Das Ende«, sagte Mersbeck ungerührt. »Ich habe einen Weg gefunden, das Eskaton zu zerstören.«

»Sind Sie verrückt? Das ist unmöglich! Das Eskaton kann nicht zerstört werden«, kreischte Norwin. Jede Farbe war aus seinem Gesicht gewichen. Schweiß stand auf seiner Stirn.

»Oh doch. Und nicht nur das Eskaton. Wie fühlen Sie sich, Innenminister?« Mersbeck schaute in die Runde. »Und Sie meine Herren?«

General Nerta, Magnusson, Egmont, Strashok und die anderen sahen aus, als wären sie seekrank. Mersbeck wusste, wie sie sich fühlten. Auch ihm war hundeelend zumute. Es war genau die Wirkung, die er beabsichtigt hatte.

»Meine Herren«, fuhr Mersbeck fort und wischte sich mit einem Taschentuch über die feuchte Stirn. »Wir sind angreifbar geworden. Und ich finde, es ist eine Erfahrung, die wir genau zur rechten Zeit machen. Wir fühlen uns zu selbstsicher. Zu erhaben. Den anderen Menschen überlegen.«

»Wir haben eine magische Begabung! Wir sind die Eskatay!«, schrie Norwin mit sich vor Aufregung überschlagender Stimme. »Wir *sind* den Menschen überlegen.«

»Nein, sind wir nicht«, sagte Mersbeck kühl. »Als ich die Ausgrabungsstätte besuchte, hatte die dort herrschende Strahlung die Menschen über einen relativ langen Zeitraum erkranken lassen. Es ging ihnen schlecht, aber sie lebten. Mich hingegen hätte sie binnen Stunden getötet. Und ich glaube, Ihnen wäre es nicht anders ergangen, wie dieser kleine Versuch zeigt. Und dabei war die Anordnung noch harmlos. Die Strahlung, die von diesem Artefakt ausging, hätte kaum Auswirkung auf einen normalen Menschen gehabt. Er hätte nichts gespürt. Uns jedoch zwingt schon diese Dosis in die Knie.«

»Gestatten Sie eine Frage«, meldete sich jetzt Magnusson. »Wie viele der Blumen sind Ihrem Forscherdrang bereits zum Opfer gefallen?«

Mersbeck dachte nach. »Neun oder zehn?«

Norwin sprang auf. »Wie bitte? Sind Sie wahnsinnig?« Wutentbrannt wollte er Mersbeck an die Gurgel, aber ihm fehlte die Kraft dazu. Er stolperte und wäre beinahe zu Boden gestürzt, wenn Egmont ihn nicht aufgefangen hätte.

Plötzlich war ein leises, erstaunlich heiteres Lachen zu hören. Magnusson und die anderen Mitglieder des Kollektivs drehten sich zu Präsident Begarell um, der amüsiert Beifall klatschte. »Sehr gut, mein lieber Mersbeck. Sie schaffen es immer wieder, mich zu überraschen. Manchmal sind Sie ein wenig schwer zu durchschauen, aber gerade das finde ich so faszinierend.« Begarell stand auf und schlenderte zu Mersbeck herüber. »Neun oder zehn der Blumen haben dran glauben müssen, sagten Sie? Wie viele haben wir denn im Moment auf Lager?«

Mersbeck grinste. »Als ich heute Morgen die Station verließ, waren es um die sechshundert.«

»Und das sagen Sie uns jetzt erst?«, fuhr ihn Magnusson an, der ebenfalls entgegen seiner sonst so überaus jovialen, geradezu großväterlich behäbigen Art schrecklich hektisch geworden war.

Mersbeck kehrte die Asche in den kleinen Bleibecher, aus dem er den Metallklumpen geholt hatte, und verschraubte fest den Deckel.

»Sie haben den Versuch natürlich auch mit nicht strahlendem Material gemacht, nicht wahr?«, fragte Begarell.

»Ja«, sagte Mersbeck und setzte sich. »Obwohl es schwierig war, die adäquaten Metalle aufzutreiben.«

»Wie viele Blumen können wir mit den uns zur Verfügung stehenden Rohstoffen herstellen?«, fragte Begarell.

»Ich schätze eintausendzweihundert. Plusminus zweihundert«, sagte Mersbeck.

»Aber das ist doch hervorragend«, rief Egmont. »Brauchen wir denn mehr?«

»Mindestens hundertmal so viel«, sagte General Nerta verächtlich und kratzte sich am Kinn. »Zwölftausend reichen noch nicht einmal für Lorick aus, geschweige denn für ganz Morland oder den Rest der Welt.«

»Uns fehlen vor allen Dingen Rhodium und Ruthenium«, erklärte Mersbeck. »Offensichtlich reagiert normales Platin nicht genügend mit einem Eskaton.«

Begarell dachte nach. »Gut«, sagte er schließlich. »Wir werden unsere Pläne ein wenig ändern. Egmont, seien Sie doch so nett und besorgen Sie uns eine Weltkarte.«

Der ehemalige Sekretär Richter Urbans sprang ohne zu zögern auf und eilte aus dem Raum.

Begarell fuhr fort. »Wir werden zweigleisig fahren müssen. Zuerst hatten wir geplant, so viele Morländer wie möglich ins Kollektiv aufzunehmen, doch dazu reichen im Moment die Mittel nicht aus. Deswegen werden wir zunächst versuchen, die Länder zu übernehmen, zu denen wir diplomatische Beziehungen pflegen. Erst einmal werden wir das morländische Botschaftskorps auf unsere Seite ziehen. Sobald unsere Diplomaten Teil des Kollektivs geworden ist, schicken wir sie auf eine besondere Mission.«

»Sie wollen die Regierungen möglichst vieler Länder übernehmen«, stellte Mersbeck fest. »Das wird eine internationale Krise auslösen. Bedenken Sie, dass die Hälfte der Infizierten sterben wird. Mitunter wird also jedes zweite Staatsoberhaupt vorzeitig aus seinem Amt abberufen, von den restlichen Regierungsmitgliedern ganz zu schweigen.«

Begarell lächelte unbeirrt. »Das haben Sie sehr umständlich ausgedrückt, aber es stimmt.«

»Einmal davon abgesehen, dass es vielleicht unethisch ist, unschuldige Menschen zu töten: Glauben Sie nicht, solch ein Massenexitus von politischen Führern könnte Konsequenzen haben, die wir uns heute noch nicht einmal im Entferntesten vorstellen können?«

»Aber es wird kein Vakuum entstehen. Wir sind da und füllen es sofort aus. Wir ersetzen die alte Ordnung durch eine neue, viel effizientere«, sagte Begarell.

»Warum?«, fragte Mersbeck.

»Entschuldigung?«, fragte Begarell verwirrt.

»Warum das alles?«, insistierte Mersbeck. »Warum wollen Sie wahllos Menschen für diese neue Ordnung töten? Männer. Frauen. Kinder.«

»Weil wir den besseren Menschen erschaffen wollen«, sagte Begarell ungerührt.

»Die meisten Menschen haben sich damit begnügt, eine bessere Welt zu erschaffen. Ich kann mich daran erinnern, dass Sie auch einmal zu ihnen gehört haben.«

»Und? Habe ich damit Erfolg gehabt?«

»Schauen Sie sich Morland an. Wie sah es hier aus, als die Morstal AG noch das Land beherrschte? Der Konzern kontrollierte damals das ganze Land: Wirtschaft, Politik, den ganzen Staatsapparat. Und Sie haben ihn entmachtet und schließlich zerschlagen. Ich finde, Sie haben einiges erreicht, auf das Sie stolz sein können.«

Begarell lächelte nicht mehr und Mersbeck fragte sich nicht zum ersten Mal, was sich wohl hinter diesem meist ausdruckslosen Gesichtsausdruck des Präsidenten verbarg.

»Wissen Sie, was ich glaube?«, fuhr er fort. »Ihnen geht es um etwas ganz anderes. Etwas viel Persönlicheres.«

»Wie bitte?«, fragte Begarell schmallippig. Mit einem Mal war die Atmosphäre in dem Konferenzsaal aufgeladen wie kurz vor einem Gewitter. Niemand sagte ein Wort. Jeder schaute Mersbeck an, als erwarteten sie etwas zu erfahren, von dem sie als Kollektiv noch nichts wussten.

Mit einem lauten Schlag flog die Tür auf.

»Entschuldigung«, ächzte Egmont, der nun mit mehreren Karten beladen in den Konferenzraum stolperte. »Es hat einen Moment gedauert, bis man mir den Schlüssel zum Lagerraum geben konnte.« Er eilte noch einmal hinaus, um einen Ständer hereinzutragen und aufzustellen. Dann klemmte er eine große Übersichtskarte ein und fuhr die Halterung nach oben aus.

Begarell musterte Mersbeck einen Moment scharf, als wollte er ihm quer durch den Raum signalisieren, dass er eine Grenze erreicht hatte, die er besser nicht überschritt. Dann trat er vor die Karte.

»Unsere Welt. Ein überschaubarer Ort. Fünf Kontinente, ein Dutzend Länder. Haben Sie sich schon einmal überlegt, warum es nur so wenige sind? Weil kleine Staaten wegen der angespannten Rohstofflage nicht überleben können. Die Länder, die an das Ladinische Meer grenzen, sind verkarstet, da in den letzten Jahrzehnten ohne Rücksicht auf Verluste alle Wälder gerodet wurden. Über kurz oder lang werden sie sich aus der Not heraus zu einem Staatenbund zusammenschließen, der spätestens in zehn Jahren für uns zu einer ernst zu nehmenden Konkurrenz erwachsen wird. Morland ist eine Insel der Glückseligen. Im Gegensatz zur südlichen Hemisphäre haben wir ein gemäßigtes Klima mit weitläufigen Wäldern und nennenswerten Rohstoffvorkommen. Uns geht es gut. Noch. Seit Menschengedenken hat es keinen Krieg mehr gegeben. Ich bin mir aber sicher, dass sich das bald ändern wird. Andere Länder befinden sich in einer schwierigeren Situation als wir. Thanland steht schon jetzt mit dem Rücken zur Wand. Doktor Mersbeck?« Begarell war nun wieder so freundlich wie zuvor, als er sich an den Leiter der Forschungsstation 9 richtete. »Ich kann mir vorstellen, dass Ihre kleine Präsentation Teil einer größeren Inszenierung ist. Oder täusche ich mich?«

»Nein, Sie täuschen sich in der Tat nicht«, antwortete Mersbeck.

»Also.« Begarell trat beiseite. »Wir sind schon sehr gespannt, was Sie uns noch zu sagen haben.«

Er kann meine Gedanken lesen, schoss es Mersbeck wie ein Blitz durch den Kopf, und als wäre es eine Antwort auf diese Erkenntnis, verwandelte sich der leere Ausdruck im Gesicht des Präsidenten in ein breites Lächeln. Mersbeck spürte, wie sein Herz den Pulsschlag erhöhte. Seine Souveränität schwand, aber er durfte sich diese Schwäche nicht anmerken lassen. Nicht vor den anderen Mitgliedern des Kollektivs. Er räusperte sich.

»Ihr Ausführungen treffen den Sachverhalt ziemlich genau. Die uns vorliegenden Geheimdienstberichte kommen zu denselben Schlüssen. Und Sie haben Recht. Wenn Morland überleben soll, muss es zu einem Präventivschlag ausholen, der nicht als kriegerischer Akt gedeutet werden darf. Die stillschweigende Übernahme fremder Regierungen sollte dabei ein Kernelement dieser Strategie sein.« Mersbeck sprach nun im neutralen Tonfall eines Wissenschaftlers, der kühl über die Lösung eines Problems referierte. »Eintausendzweihundert Blumen klingt nach einer hohen Zahl. Sie reicht aber noch lange nicht aus, um unsere Pläne in die Tat umzusetzen. Und ich muss noch einmal erwähnen, dass wir noch immer nicht das Problem der Unfruchtbarkeit sowie der Mortalitätsrate gelöst haben. Wir müssen daher unbedingt einen Gist finden.«

Magnusson massierte seine Nasenwurzel, als plagten ihn auf einmal heftige Kopfschmerzen. »Moment. Jetzt haben Sie es geschafft, mich komplett zu verwirren. Vorhin haben Sie noch gesagt, dass Sie den Einsatz der Blumen aus ethischen Gründen ablehnen, und nun wollen Sie sie zu einem Präventivschlag gegen die Staatengemeinschaft dieser Welt einsetzen. Das müssen Sie mir erklären.«

Mersbecks Magen zog sich zusammen. Magnusson hatte seinen fetten Finger genau in die Wunde gelegt, die Mersbeck schon seit Langem nicht mehr schlafen ließ. Erstaunlicherweise war es Begarell, der ihm beistand.

»Ich glaube, Doktor Mersbeck steht seit geraumer Zeit in

dem Zwiespalt, wem seine Loyalität gilt: der Menschheit oder dem Kollektiv? Ich kann diesen Zwiespalt verstehen. Er plagt mich auch. Aber die Frage lässt sich leicht beantworten. Wenn die Menschen wüssten, dass wir Eskatay sind, würden sie uns töten. So einfach ist das. Wir sollten nicht vergessen, dass wir den alten Legenden nach die Inkarnation des Bösen sind, nicht wahr? Es waren die Magischbegabten, die die alte Welt ausgelöscht haben. Die Menschheit ist ein Auslaufmodell. Wir sind ihre natürliche Weiterentwicklung. Noch sind wir etwas Besonderes. Aber wenn alle eine magische Begabung haben, wird das, wozu wir in der Lage sind, nichts Beeindruckendes mehr sein. Dann sind wir alle eine große Gemeinschaft, die eine großartige Zukunft vor sich hat. Und das weiß auch Jan Mersbeck. Ist es nicht so?«

Mersbeck nickte zögernd. Er spürte die Lüge hinter Begarells Worten. Der Kreuzzug des Präsidenten hatte persönliche Gründe, dessen war er sich jetzt absolut sicher. Doch welche Motive den Mann, der harmlos tat, aber so gefährlich war, tatsächlich antrieben, blieben weiterhin verborgen.

»Auch ich bin der Meinung, dass eine fünfzigprozentige Sterblichkeitsrate bei der Infektion durch ein Eskaton absolut inakzeptabel ist. Hier müssen wir eilig eine Lösung finden. Deswegen werde ich die Anstrengungen, einen Gist zu finden, weiter vervielfachen. Aber wir kämpfen auch noch an einer zweiten Front. Um die Zahl der Blumen zu erhöhen, benötigen wir Rhodium und andere Edelmetalle. Doktor Mersbeck, wie groß sind die Vorkommen, mit denen wir in Morland rechnen können?«

»Mit weniger als einem Teil in einer Milliarde.«

Strashok fluchte zischend. »Das heißt, um ein Kilogramm Rhodium zu gewinnen, müssen wir uns durch eine Million Tonnen Dreck wühlen.«

»Nein, denn die Vorkommen verteilen sich nicht gleichmäßig. Rhodium findet sich auch dort, wo Platin ist. Die Alternative wären Artefakte, die nicht strahlen«, sagte Mersbeck.

»Haben Sie denn mittlerweile ein Verfahren entwickelt, mit dem wir die Stärke dieses unsichtbaren Lichtes messen können?«, mischte sich nun Strashok ein.

»Nicht die Stärke, aber seine Anwesenheit. Es funktioniert mit einer Plakette, die mit einer Silberbromidemulsion behandelt ist. Wird sie schwarz, können Sie davon ausgehen, dass sich irgendwo in der Nähe eine Strahlenquelle befindet. Wir beginnen erst langsam die Prozesse zu verstehen, die die Koroba auslösen.«

»Also werden wir alle Bergwerke genauer untersuchen müssen, in denen auch Platin gefunden wurde«, sagte Begarell und trat vor die Karte. Nachdenklich betrachtete er einen Flecken nördlich des Polarkreises. Er streckte seine Hand aus, überlegte es sich dann aber anders und zog sie wieder zurück. »Das ist alles«, sagte er schließlich. »Sie wissen, was zu tun ist. An die Arbeit meine Herren.«

∗∗∗

Es war ein gewaltiger, in der Dunkelheit weiß strahlender Palast, sechs Stockwerke hoch und so erhaben, dass Tess der Atem stockte. Das Dach, auf dem in großen Buchstaben der

Schriftzug *Grand Hotel* angebracht war, schimmerte mit seiner grünen Patina wie ein gigantisches Mausoleum. Aus den hohen Bogenfenstern fiel warmes, gedämpftes Licht. Vor einer großen, in Messing eingefassten Tür wartete ein livrierter Portier, um neuen Gästen Einlass zu gewähren. Leise Klaviermusik, in die sich heiteres Gelächter mischte, drang zu Tess hinaus, die mitten im schwarzen Nichts schwebte und verzweifelt versuchte, wenigstens einen Blick in die Empfangshalle zu werfen. Aber sie kam nicht von der Stelle. Egal wie sehr sie sich anstrengte, die Dunkelheit schien eine zähe, klebrige Konsistenz zu haben, die ihre Bewegungen verlangsamte und sie wie in einen Kokon einhüllte. Dann begann das, was an dieser Stelle immer passierte. Die Fassade bekam Risse, Ornamente brachen ab und stürzten in die Tiefe, wo sie zerschellten. Das Licht flackerte wie bei einem untergehenden Schiff, nur dass sich Tess nicht auf hoher See befand, sondern in einem Niemandsland nächtlicher Fantasien, die das *Grand Hotel* langsam in ihr altes Kinderheim verwandelten. Mit einem lauten Schrei fuhr Tess aus dem Schlaf.

Keuchend starrte sie auf das Bettlaken. »Verdammt«, sagte sie schließlich. »Verdammt, verdammt, VERDAMMT! Ich war *so* kurz davor!« Sie zeigte einen Abstand zwischen dem Daumen und Zeigefinger ihrer rechten Hand, ließ sie aber wieder sinken, als ihr einfiel, dass Nora, die neben ihr in einem hohen Lehnstuhl saß, natürlich nicht sehen konnte, um wie viel Tess ihr Ziel verfehlt hatte.

»Geduld ist nichts für Mädchen in deinem Alter, nicht wahr?«, sagte Nora, die Hände auf den Stock gestützt. »Ich habe fast ein Jahr gebraucht, um meine Träume zu kontrollieren.«

Tess schlug das Laken beiseite und stand auf. »Ich muss mal«, brummte sie.

»Nur zu«, sagte Nora vergnügt. »Du weißt ja, wo die Toilette ist.«

Tess schlüpfte in ein paar Filzhausschuhe und zog sich einen Morgenrock über, den die alte Dame noch in ihrem Ladenbestand hatte. Erst hatte sich Tess geweigert, dann aber festgestellt, dass dieses mit rosa Blümchen bedruckte Ungetüm in der Nacht ganz praktisch war, denn die Toilette befand sich draußen im Garten. Dem echten Garten. Nicht dem, den man von der Küche aus sehen konnte.

Um leichter in den Zustand des Klarträumens zu gelangen, hatte sie auf Noras Empfehlung einen Trick angewandt. Am Abend hatte Tess mehrere Gläser Wasser getrunken, sodass sie am frühen Morgen der Drang einer vollen Blase aus dem Tiefschlaf hob.

Tess verriegelte die Tür mit einem Haken, da sie schief in den Angeln hing und immer wieder von alleine aufschwang. Fliegen summten in der stechenden Luft, als sich Tess auf das Loch setzte. Sie hasste Plumpsklos. Der Teufel wusste, was da unten in der Dunkelheit hocken mochte und sich von menschlichen Exkrementen ernährte.

Es war ein zwielichtiger Tag, der da gerade anbrach. Der Himmel hatte eine graue Farbe, die noch nicht ahnen ließ, ob sie sich in einen etwas optimistischeren Ton verwandeln würde. In der Ferne war ein dumpfes, rhythmisches Pochen zu hören, immer drei Schläge in Folge, dann eine kurze

Pause. Es klang wie bei einem Feuerwerk, nur dass hier wohl keine Raketen in den Himmel geschossen wurden, um das Ende eines Festes einzuläuten.

Tess fröstelte nicht nur wegen der morgendlichen Kühle. Sie zog den Kragen des Morgenrocks enger zusammen und schaute hinauf in den Himmel, den jetzt ein nur allzu bekanntes Dröhnen erfüllte. Kurz darauf schob sich ein Luftschiff in ihr Blickfeld. Der Anblick war majestätisch und bedrohlich zugleich. Obwohl es seit der Explosion über der Midnarbrücke klar sein musste, dass die mit Wasserstoff gefüllten Riesen alles andere als unverletzlich waren, hatte man nicht auf den Einsatz der Luftschiffe verzichtet. Der taktische Vorteil schien offenbar das Risiko wert zu sein. Tess bemerkte, dass man die Gondeln mit mehreren Maschinengewehren bestückt hatte. Mehr als einen Glücksstreffer würde ein Angreifer nicht landen können, bevor die Mannschaft das Feuer eröffnete.

Tess und Nora hatten lange in der Küche gesessen, diesem Refugium, das sich außerhalb der Welt Morlands befand. Wenn sie durch das Fenster hinauf zum blauen Himmel blickte, hatte Tess das Gefühl, sich an einem magischen Ort zu befinden, der eine seltsame Geborgenheit ausstrahlte. Und auch Nora schien förmlich aufzublühen, wenn sie gemeinsam an dem blank polierten Tisch saßen, Tee tranken und durch das geöffnete Fenster dem fremdartigen Gesang der Vögel lauschten, die in der Krone des weit ausladenden Baumes saßen, der den Garten wie ein gutmütiger Riese zu schützen schien. Sie konnten in der Küche einen Tag verbringen, während vor der Ladentür in Süderborg nur eine

Stunde verstrich. Oder umgekehrt. Tess wusste nicht, ob Noras Gabe die Ursache dafür war. Gott, sie wusste ja noch nicht einmal, über welche Begabung die alte Frau genau verfügte – wenn man einmal davon absah, dass sie trotz ihrer blinden Augen sehr gut sehen konnte. Nur eines spürte Tess ganz genau: Die alte Frau war stärker als sie zu sein vorgab.

Tess war nach dem nächtlichen Fehlschlag zu enttäuscht gewesen, als dass sie Lust auf Konversation verspürte. Nora schien das zu ahnen, denn sie sagte kein Wort. Sie räumte sogar den Tisch alleine ab, damit Tess sich in ihre Kammer zurückziehen konnte, wo sie sich wusch und wieder in ihre Sachen schlüpfte, die an einem Bügel an der Tür ihres Zimmers hingen.

Sie war es leid gewesen, immer in Hosen herumzulaufen, und hatte sich von Nora ein dunkelblaues, knielanges Kleid mit schmalem weißen Spitzenkragen aus ihrem schier unermesslichen Fundus geben lassen. Es saß perfekt und sie fand, dass die kurzen Haare in einem interessanten Widerspruch zu ihrer weiblichen Aufmachung standen.

»Unsere Vorräte gehen zur Neige«, sagte Nora, als Tess die Treppe herunterkam. »Wir haben nur noch ein halbes Brot und einige Äpfel. Dazu etwas Mehl und Honig, aber keine Milch.«

»Ich werde schauen, ob die Geschäfte geöffnet haben.«

»Braves Kind«, sagte Nora und lächelte. Sie wollte Tess gerade eine Tasche geben, als plötzlich jemand laut gegen die Glasscheibe der Ladentür klopfte.

Tess und Nora sahen sich an.

Erneutes Klopfen, diesmal lauter und begleitet von einer

schnarrenden Stimme, die ihnen befahl, sofort zu öffnen. Tess wollte aufstehen, aber Nora kam ihr zuvor und legte eine Hand auf ihren Arm, um ihr zu bedeuten, dass sie sitzen bleiben sollte.

»Du bleibst hier«, flüsterte sie Tess zu und schlurfte auf ihren Stock gestützt durch den Laden. Wieder wurde gegen die Scheibe geklopft, diesmal so heftig, dass Tess Angst um das Glas bekam.

»Aufmachen, verdammt noch mal!«, rief die Stimme. »Sonst schlagen wir die Tür ein.«

»Ist ja gut«, sagte Nora vollkommen unbeeindruckt. »Ich bin schon da.« Sie kramte aus ihrer Kittelschürze einen Schlüssel, steckte ihn in das Schloss und drehte ihn um. Sofort sprang die Tür auf und sechs Soldaten drängten die alte Frau beiseite. Der Anführer, der im Unterschied zu seinen Kameraden Schulterklappen und zwei gelbe Winkel auf der grauen Uniformjacke trug, zog eine Pistole aus dem Halfter und fuchtelte wild mit ihr herum, als sei der kleine Trödelladen in Wahrheit die geheime Kommandozentrale einer Untergrundarmee.

»Zwei Mann hoch in die obersten Stockwerke, zwei Mann in den Keller.«

»Dieses Haus hat keinen Keller«, sagte Nora.

Der Soldat reagierte nicht. »Beeilt Euch. Ryskov, Sie bleiben bei mir.«

»Sie verschwenden Ihre Zeit«, sagte Nora ruhig.

Erst jetzt ließ sich der Offizier – wenn er überhaupt einer war, Tess kannte sich mit Rangabzeichen überhaupt nicht aus – dazu herab, Noras Anwesenheit mit einem Blick zur

Kenntnis zu nehmen, der eine Mischung aus Verachtung und Überlegenheit widerspiegelte.

»Sie setzen sich bitte wieder auf Ihren Platz und stören uns nicht.«

»Noch einmal: Sie verschwenden Ihre Zeit. Hier gibt es nichts, was für Sie von Interesse wäre. Oder das Sie verstehen könnten.«

Tess sah, dass der Mann Nora am liebsten rüde weggestoßen hätte, doch er schien noch einen Rest von Anstand bewahrt zu haben. Dann machte er einen Schritt beiseite, reckte das Kinn vor und begann mit einer Ernsthaftigkeit die Sachen aus den Regalen zu reißen und auf den Boden zu werfen, die Nora ganz offensichtlich belustigte, denn sie lächelte nur milde.

Tess fand die Durchsuchung alles andere als lustig. Zu gegenwärtig waren ihr noch die Erinnerungen an das Leben im Waisenhaus, wo Razzien wie diese an der Tagesordnung waren und in erster Linie dazu dienten, die Kinder einzuschüchtern und gefügig zu machen. Unruhig rutschte sie auf ihrem Stuhl hin und her und schaute der Durchsuchung mit einem unbehaglichen Gefühl im Magen zu.

Über ihr hörte sie das Poltern schwerer Stiefel. Aus den Ritzen zwischen den Dielen rieselte sogar etwas Staub, als ob im ersten Stock ein schwerfälliges Ungetüm Möbel verschob, um nach Personen zu suchen, die sich hinter Schränken oder unter den Betten versteckt hatten. Die Wut griff kalt nach ihrem Herzen. Mit welchem Recht drangen die Soldaten in diese Welt aus staubigen Erinnerungen und zauberhaften Überraschungen ein? In den Gesichtern der beiden Soldaten, die den Laden so akribisch wie rücksichtslos durchsuchten, sah sie nur müde Gleichgültigkeit.

Dann fiel Tess plötzlich ein, dass sie keinerlei Angst haben musste. Womit konnten die beiden Männer sie schon beeindrucken? Mit ihrem sicheren Auftreten? Ihren Waffen? Ihrer Überlegenheit?

Tess atmete langsam aus. Nichts auf der Welt konnte sie schrecken. Sie hatte gegen Swann, den Chef der Geheimpolizei, einem mächtigen Eskatay, gekämpft, da würde sie nicht vor Menschen zurückweichen, die keine magische Begabung aufweisen konnten. Die Soldaten mochten zwar wissen, wie man möglichst brutal und einschüchternd auftrat, aber sie hatten keine Ahnung, in welcher Gefahr sie sich im Augenblick befanden.

Tess stand langsam auf und drückte ihren Rücken durch, bis ihre Wirbel knackten. Sie spürte, wie diese Kraft, herbeigerufen durch die Wut, sie erfüllte, ihr die Haare wie bei einem Gewitter zu Berge stehen ließ und nun nach einem Ventil suchte, durch das sie entweichen konnte. Tess tat einen schweren Schritt nach vorne, um so einen sicheren Stand zu finden und ballte langsam die Fäuste. Die Welt versank in Dunkelheit, als hätte sich eine Sturmwolke vor die Sonne geschoben.

Nora wirbelte herum. Ihre Gestalt war plötzlich in ein helles Licht gehüllt und schien einige Zoll über dem Boden zu schweben. Für einen Moment hatte Tess das Gefühl, eine junge und vor allen Dingen erschreckend machtvolle Frau vor sich zu haben. Wie Tag und Nacht standen sie einander gegenüber.

»Tu es nicht«, flüsterte Nora.

Tess erschrak. Ihre Hände, die sie zu Fäusten geballt hatte, lockerten sich und die Dunkelheit schwand.

»Hier oben ist nichts!«, rief eine Stimme. Die beiden Soldaten, die der Offizier hinaufgeschickt hatte, kamen die Treppe hinuntergepoltert.

»Die Alte hat die Wahrheit gesagt«, meinte ein anderer Soldat, der sich mit einem Bart wohl den Anschein geben wollte, älter zu sein, als er war. Abgesehen von dem dünnen Bewuchs an Kinn und Oberlippe hatte er das weiche Gesicht eines Jungen, der noch nicht lange ein Mann war. »Dieses Haus hat keinen Keller, aber da ist etwas anderes.«

Tess schrak zusammen. Der Teller, auf dem das angebissene Brot lag, fiel zu Boden und zersprang. Die Soldaten wirbelten herum. Einer richtete sogar reflexhaft seine Waffe auf Tess, doch sie wusste, dass er nur Angst hatte. Eine Welle des Mitgefühls hüllte sie wie eine warme Woge ein. Ihre Knie wurden weich und sie musste sich setzen.

»Da hinten ist eine Tür, die sich nicht öffnen lässt«, fuhr der junge Bursche fort, wobei er seinen Blick nicht von Tess abwenden konnte.

Der Offizier baute sich vor Nora auf. »Also?«

»Das ist nur die Küche«, antwortete sie. »Möchten Sie vielleicht einen heißen Tee? Ich kann Ihnen und ihren Männern gerne eine Kanne aufbrühen. Wahrscheinlich haben Sie noch einen harten Tag vor sich, und da tut so ein Tässchen Tee vielleicht ganz gut.« Sie setzte ihr charmantestes Lächeln auf, das aber ein wenig verloren wirkte, da es wegen Noras Blindheit ins Leere ging.

»Gehen Sie voraus«, sagte der Offizier. Der Ton, den er anschlug, war immer noch scharf.

Nora führte ihn und den Jungen mit dem dünnen Bart den Korridor entlang. Sie drückte ohne Anstrengung die Klinke nach unten und stieß die Tür auf.

»Aber ...«, stotterte der Milchbart. »Das verstehe ich nicht! Die Tür war verriegelt! Und wir haben sie auch nicht aufbrechen können!« Er bemerkte den vorwurfsvollen Blick seines Vorgesetzten und schwieg.

Tess war den dreien gefolgt und spähte jetzt neugierig an Nora vorbei in die Küche. Was sie sah, verschlug ihr den Atem.

Der ganze Raum hatte sich verändert. Sicher, es war noch immer eine Küche, aber sie sah völlig anders aus. Die Möbel waren alt und abgestoßen, der Herd ein gusseisernes Ungetüm. Sonst war alles verschwunden: der Tisch, die Stühle und das Becken, in dem das Geschirr gespült wurde. Stattdessen stand dort ein großer hölzerner Zuber auf einem Hocker.

Doch dieses Bild war auf eine grundlegende Weise falsch. Als würde es nicht hierher gehören. Sie konnte es nicht anders beschreiben, obwohl ihr alles seltsam vertraut vorkam. Wieder überkam Tess ein leichter Schwindel und sie hielt sich an der Wand fest, um nicht umzukippen.

Auch die Gesichter der beiden Soldaten waren blass geworden. Keiner von beiden hatte den Mut, das Zimmer zu betreten. Etwas schien sie davon abzuhalten und sie mit einer Angst zu erfüllen, die sich in ihren Gesichtern widerspiegelte.

Der Offizier trat einen kleinen Schritt zurück. »Es ist gut«, sagte er leise. Dann drehte er sich um und eilte mit schweren Schritten davon. Der Soldat folgte ihm, ohne zu zögern. Stumm gab er den anderen Männern ein Zeichen und sie verließen den Laden. Die Tür fiel zu, nur das kleine Glöckchen, das sonst das Kommen und Gehen der Kundschaft ankündigte, klang noch eine Zeit nach.

»Was haben sie gesehen?«, fragte Tess mit rauer Stimme.

»Du musst lernen, dich zu beherrschen«, entgegnete Nora. »Wir sind anders als die anderen. Und wir dürfen es ihnen nicht zeigen. Wenn wir etwas aus den Ereignissen gelernt haben, die vor langer Zeit zum Untergang der alten Welt geführt haben, dann das.« Sie begann aufzuräumen.

»Was haben sie gesehen?«, wiederholte Tess ihre Frage, diesmal eindringlicher.

Nora stellte eine gesprungene Tasse zurück ins Regal.

»Was hast *du* gesehen?«

»Eine Küche, aber nicht Ihre.«

»Sondern?«

Tess fiel jetzt ein, was mit dem Raum nicht gestimmt hatte. Er war, gemessen am Grundriss des Hauses, viel zu groß gewesen. Und nicht nur das. »Es war die Küche des Waisenhauses«, sagte sie atemlos.

»Ach wirklich? Das ist interessant.«

»Was haben die anderen gesehen?« Tess' Stimme hatte jetzt eine Eindringlichkeit gewonnen, die sie zittern ließ.

Nora zuckte mit den Schultern. »Wenn du das wissen möchtest, solltest du am besten hinter ihnen herlaufen und sie fragen.«

In Tess' Kopf wirbelten die Gedanken durcheinander. Sie sagte kein Wort mehr.

Nora holte tief Luft und ergriff ihre Hand. »Wir sind Gist. Und um zu verstehen, was das bedeutet, musst du mehr von unseresgleichen treffen.«

»Hakon und York …«

»Hakon und York befinden sich in derselben Situation wie du. Sie wissen nicht, wer sie sind. Sie kennen ihre Wurzeln nicht. Die müssen wir aber kennen, sonst wird es ein Unglück geben. Ich habe bemerkt, wie du deine Kräfte einsetzen wolltest.«

»Gegen Soldaten!«

»Gegen *Menschen*! Wir dürfen nicht den Fehler begehen, diese Männer auf das Bild zu reduzieren, das wir von ihnen haben.«

»Aber das tun sie doch auch! Für sie sind alle Magischbegabten das Böse schlechthin!«, sagte Tess.

»Umso schlimmer. Nur weil manche Menschen einen Fehler begehen, entsteht daraus nicht die Rechtfertigung, denselben Fehler auch machen zu dürfen. Wir haben eine Verantwortung. Uns gegenüber. Und der Welt gegenüber, in der wir leben. Und außerdem sind nicht alle Menschen gleich, das hast du selbst gelernt. Morten Henriksson, Paul Eliasson und die anderen Mitglieder der Armee der Morgenröte haben, genau wie wir alle, ihre Schwächen. Aber sie stehen für eine bessere Welt ein. Sie betonen nicht das Trennende, sondern das Verbindende. Ihnen müssen wir im Kampf gegen die Kräfte helfen, die alles zerstören wollen, was uns wichtig ist. Diese Menschen sind unsere Hoffnung.

Wenn sie in diesem Kampf unterliegen, werden wir ihn alle verlieren.«

Tess setzte sich nachdenklich auf einen Stuhl. In ihrem Kopf summte es wie in einem Bienenstock. Bisher hatte der Lauf der Ereignisse sie so sehr beschäftigt, dass sie sich die entscheidende Frage noch nicht gestellt hatte. Und die lautete: *Wer bin ich?* Bis zu ihrer Flucht aus dem Waisenhaus glaubte sie, ein normales Mädchen zu sein, das zwar seinen Vater und seine Mutter nicht kannte, dafür aber Mitglied der großen Familie derer war, die keine Eltern und keine Vergangenheit hatten. Sie hatte nicht zurückschauen müssen, weil es nichts zum Zurückschauen gab. Das hatte sich mit der Entwicklung ihrer Begabung schlagartig geändert.

»Was kann ich tun?«, fragte sie schließlich.

»Wir brauchen Verbündete«, sagte Nora. »Du musst Kontakt zur Armee der Morgenröte herstellen.«

∗∗∗

Obwohl Lennart nach dem Ende seiner Schicht erschöpft war wie noch nie in seinem Leben, hatte er in dieser Nacht nicht schlafen können. Die schwere körperliche Arbeit in der Wäscherei war ihm wie eine Knochenmühle vorgekommen. Die Krämpfe in Händen und Beinen, die ihn heimsuchten, sobald er sich hingelegt hatte, waren in den dunklen Stunden vor Sonnenaufgang eine quälende Plage gewesen. Doch er war nicht der Einzige, der Schmerzen litt. Die ganze Nacht hatte ein Mann in einer anderen Zelle seine Qualen hinausgeschrien. Und je mehr man ihm zurief, er solle damit aufhören und sich endlich umbringen, umso lauter heulte der Kerl. Der Wächter, der auf der Galerie seine Runden drehte, war nicht eingeschritten. Er kannte wohl derlei Ausfälle und störte sich im Gegensatz zu den Gefangenen nicht daran, dass da jemand langsam in den Wahnsinn hineinrutschte.

Um sechs Uhr ertönte die Sirene, die pünktlich zum Sonnenaufgang den Morgen auch endlich offiziell ankündigte. Hagen Lennart gelang es erst beim dritten Versuch aufzustehen. Seine Hände und Finger waren steif wie totes Treibholz. Er versuchte, eine Faust zu machen, gab es aber auf, als der Schmerz seine Handgelenke zu sprengen drohte. Er richtete seine Pritsche, so gut es ging, her, nahm den Eimer, der ihm als Toilette gedient hatte, und stellte sich an die Zellentür.

Der für die Notdurft zuständige Kalfaktor schob seinen großen Wagen mit dem Fäkalienkübel an den Zellen vorbei, die einzeln geöffnet und geschlossen wurden. Damit keiner der Gefangenen auf dumme Gedanken kam, begleitete den Kalfaktor eine Wache – natürlich in sicherem Abstand, denn der Gestank, den der Fäkalienkübel verströmte, war atemberaubend.

Zehn Minuten später quietschte der nächste Wagen über die Galerien an den Zellen vorbei. Das Frühstück wurde ausgegeben, bestehend aus dünnem Haferbrei und wässrigem, lauwarmem Tee ohne Zucker. Das Tablett wurde kommentarlos durch den Spalt im Gitter durchgereicht. Lennart wusste nicht, wie viel Zeit ihm für diese Mahlzeit blieb, deswegen schlang er alles möglichst schnell hinunter.

Etwas Gutes hatte diese durchwachte Nacht für ihn gehabt. Er wusste, dass er nicht mehr tiefer sinken konnte. Ihm blieben zwei Möglichkeiten: Entweder er nutzte die nächstbeste Gelegenheit zum Selbstmord oder aber er setzte alles daran, hier möglichst schnell herauszukommen. Ersteres kam für ihn nicht infrage. Nicht solange seine beiden Töchter noch lebten. Immer wenn er die Augen schloss, sah er ihre angsterfüllten Augen, die Arme nach ihm ausgestreckt. Nichts auf Erden konnte schlimmer sein als dieses Bild. Und deswegen hatte er sich dazu entschlossen, seinem Leben kein Ende zu setzen, sondern einen Plan zu entwickeln, diesem Vorhof der Hölle zu entkommen.

Auf ein faires Verfahren oder gar einen Freispruch konnte er nicht hoffen, ebenso wenig auf einen Gnadenerlass. Lennart blieb nur eine Möglichkeit: Er musste fliehen. Dabei musste er mit einigen nicht unerheblichen Widrigkeiten zurechtkommen. Von außen konnte er keine Hilfe erwarten, und hier drinnen konnte er niemandem trauen. Wenn seine Mitinsassen herausbekamen, dass er Polizist gewesen war, war sein Leben keinen Pfifferling mehr wert. Hinzu kam der Zeitdruck, unter dem er stand. Lebenslänglich Verurteilte konnten sich in aller Ruhe auf einen Ausbruch vorbereiten und das nötige Netzwerk innerhalb wie außerhalb der Mauern aufbauen, doch dazu fehlte ihm die Zeit. Er musste es also alleine versuchen.

Dazu war es wichtig, sich möglichst schnell ein Bild von dem Gefängnis und seinen Abläufen zu machen. Eine Flucht war möglich, das wusste er aus seiner Zeit als Polizist. Andere hatten das bereits vorgemacht, obwohl es jedes Mal ein halsbrecherisches Unterfangen war. Und obwohl das Staatsgefängnis seit dieser Zeit mehrmals umgebaut worden war, wusste er, dass man niemals alle Lücken im System schließen konnte. Wo Menschen arbeiteten, da wurden Fehler gemacht.

»He, was ist?«, fragte eine müde Stimme vor seiner Zelle. »Brauchst du eine Extraeinladung?«

Lennart blickte von seinem leeren Teller auf und trank den letzten Schluck Tee. Der Kalfaktor wartete schon darauf, sein benutztes Geschirr einzusammeln und dann weiterzuziehen.

Lennart schloss den obersten Knopf seiner Sträflingsuniform und setzte die Kappe auf. Zeit für den Appell. Pavo mochte zwar lästig sein, aber die Informationen, die er Lennart gegeben hatte, waren Gold wert gewesen. Es gab viele Verhaltensregeln und Vorschriften, gegen die Lennart zwangsläufig verstoßen hätte. Dazu gehörte zum Beispiel, dass immer alle Knöpfe der Sträflingsjacke geschlossen sein mussten, ansonsten drohten drakonische Strafen. So gesehen musste er dem Mann mit dem Wieselgesicht dankbar sein. Dennoch konnte er ihn nicht ausstehen.

Mit einem lauten Zischen glitten die Zellengitter beiseite. Lennart machte einen Schritt vor und stellte sich mit leicht gespreizten Beinen, die Hände auf dem Rücken verschränkt, auf die Galerie.

»Zug 1 zum Appell!«, dröhnte es durch das Gebäude, und die Gefangenen des Erdgeschosses machten sich im Gleichschritt auf den Weg in den Hof.

»Zug 2 zum Appell!« Durch die Streben des Laufgitters konnte Lennart sehen, wie sich die Sträflinge unter ihm in Bewegung setzten.

»Zug 3 zum Appell!« Hagen machte eine Vierteldrehung nach rechts und senkte den Blick. Tat er das nicht, würde die Wache ihn wegen provozierenden Benehmens mit dem Knüppel schlagen. Ohnehin sah man einem Wächter nie direkt in die Augen, es sei denn, man wurde von ihm angesprochen. Dann jedoch blinzelte man am besten noch nicht einmal.

Trotz des militärischen Drills marschierten die Gefangenen nicht im Gleichschritt, da die Stahlkonstruktion die Erschütterungen nicht verkraftet hätte. Erst als sie steinernen Boden unter den Füßen hatten, richteten sich die Gefangenen neu aus.

Der Hof, der sich vor ihnen öffnete, war ein baumloser, quadratischer Platz von sechshundert Fuß Seitenlänge. Dem Auge bot sich keine Abwechslung. Die Fenster waren alle mit weißer Farbe durchnummeriert, sodass sich die Gefangenen noch nicht einmal den Spaß machen konnten, sie zu zählen. Fünfhundertsechzig war die letzte Zahl. Obwohl der kahle Hof, der einhundertfünfzig mal einhundertfünfzig Schritt messen mochte, nur eine staubige, unmarkierte Fläche war, sah Lennart sofort, dass er in Reviere unterteilt war. Die Westecke war fest in der Hand der Todskollen, die Ostecke wurde von den Wargebrüdern beherrscht. Im Norden standen jene Capos, die keinem der Boxvereine angehörten. Pavo hatte Lennart erzählt, dass die Größe der Gruppen auf den ersten Blick ziemlich ausgeglichen war. Tatsächlich hatten die freien Capos eine nicht zu unterschätzende Macht, da die beiden Boxvereine Todfeinde waren. So waren sie bei Auseinandersetzungen zwischen den beiden Gruppen immer der entscheidende Faktor. Lennart vermutete, dass die freien Capos von der Gefängnisleitung eingesetzt worden waren, um die Verhältnisse wenigstens zu einem gewissen Maß zu kontrollieren.

Jede dieser Gruppen hatte ein System der Hierarchie etabliert, dessen Regeln festlegten, wie nah man den jeweiligen Anführern kommen durfte. Häftlinge, die in der Gefängnishierarchie ganz unten standen, trieben sich in der Hofmitte herum. Einfache Wasserträger, also die niederen Ränge der Vereine, die noch keine vollwertigen Mitglieder waren, hatten Zugang zum äußeren Kreis, während bewährte Bandenmitglieder, sogenannte Soldaten, bis zu den Subs durften, die die Rolle von Offizieren übernahmen und die wiederum den Großmeister abschirmten. Alles war genau festgelegt: von der Art der Kleidung über die komplizierten Begrüßungsgesten bis hin zu den streng geregelten Faustkämpfen, die darüber entschieden, welchen Rang der jeweilige Boxer bekleidete. Waren der Einfluss und die Macht groß genug, konnte auch ein Stellvertreter in den Kampf geschickt werden. Diese Stellvertreter, die man auch Professionelle nannte, waren durchtrainierte Söldner, die sich ihre Kampfstärke gut bezahlen ließen. Je besser der Professionelle, desto leichter konnte sein Auftraggeber aufsteigen. Und je reicher der Auftraggeber, desto besser waren die Professionellen. Manche von ihnen verdienten so gut, dass sie wiederum selbst eine kleine Armee zu ihrem eigenen Schutz anheuern konnten. Es ging natürlich meist um Geld, aber auch um Ehre und Ansehen. Lennart war zehn Jahre auf der Straße gewesen. Eigentlich konnte man sagen, dass er ein Experte auf diesem Gebiet war, aber den Ehrenkodex der Boxvereine verstand man nur, wenn man dazugehörte und einen geheimen Initiationsritus durchlaufen hatte, über den nur bekannt war, dass ihn nicht jeder überlebte.

Die Stellung eines Boxers innerhalb des Vereins konnte man sofort erkennen. Novizen der Todskollen scherten sich eine Glatze. Hatten sie ihren ersten Kampf gewonnen, wurden ihnen die Augenhöhlen eines Totenkopfes auf die Rückseite des Schädels tätowiert. Dann folgten nach und nach Nase, Zähne und Jochbein. Nur wenn diese Tätowierung vollendet war, konnte man sich Mitglied eines Boxvereins nennen. Diese Mitgliedschaft endete erst mit dem meist gewaltsamen Tod des Boxers. Entweder wurde er von einem gegnerischen Verein oder aber von seinen eigenen Sportsfreunden getötet. Gründe dafür gab es viele. Meist ging es um Geld, Opium oder gekränkte Ehre. Es gab unzählige Möglichkeiten, wie man einen Boxer beleidigen konnte. Lennart hatte jedenfalls noch nie davon gehört, dass einer von diesen Kerlen an Altersschwäche gestorben war. Wie auch immer. Für Lennart ging es nun erst einmal darum herauszufinden, welche Position er in diesem gleichseitigen Dreieck einnehmen sollte. Jedenfalls nicht in der Mitte wie Pavo, der wie ein Idiot den Arm hochgerissen hatte und ihn zu sich heranwinkte. Lennart drehte sich um, aber es war zu spät. Pavo eilte bereits auf ihn zu.

»He, Aram! Was ist? Hast du mich nicht bemerkt?« Obwohl es nicht kalt war, hatte er den Kragen seiner Jacke hochgeschlagen und tänzelte von einem Fuß auf den anderen, als müsste er dringend aufs Klo.

»Nein, tut mir leid«, sagte Lennart. »Ich hab dich glatt übersehen.«

Entweder spürte Pavo nicht, wenn man ihn zu ignorieren versuchte, oder aber er überhörte es einfach. Lennart musterte den Kerl, der so dünn war, dass er selbst in der frühsommerlichen Morgensonne zu frieren schien, genauer. Bisher hatte er ihn nur im dämmerigen Licht der Wäscherei zu Gesicht bekommen.

»Das kann leicht passieren«, sagte Pavo, in dessen Augen das ängstliche Flackern eines geprügelten Hundes lag. Selbst wenn er wie jetzt lächelte, sah es aus, als kämpfte er mit den Tränen. Jemand wie er würde alles tun, um ein wenig Anerkennung und Zuwendung zu erfahren. In seinem früheren Leben hätte Lennart sicher Mitleid mit ihm gehabt.

Doch dies war ein neues Leben, in dem es keinen Platz gab für derartige Sentimentalitäten. Es gab Macher wie die Großmeister der Boxvereine und Opfer wie Pavo. Lennart hatte sich in dieser Nacht vorgenommen, auf der Seite der Macher zu stehen. Auch wenn er dafür seine Ideale verraten musste.

Für Maura und Melina, dachte er. Und für Silvetta. Wenn er erst seine Töchter in die Arme schloss, würde er wieder ganz der Alte sein. Aber jetzt musste er auf seinen eigenen Vorteil bedacht ein. Wenn man unter Wölfen war, musste man selbst zum Wolf werden. Er würde das schaffen, ohne daran zu zerbrechen.

»Wie lange bist du schon hier?«, fragte er Pavo.

»Lass mich nachdenken.« Pavo zählte seine Finger ab und murmelte dabei leise vor sich hin. »Im Winter sind es zehn

Jahre«, sagte er und zeigte dabei grinsend seine gelben Zähne.

Zehn Jahre! Gott, der Kerl musste ein echter Überlebenskünstler sein.

»Wenn du schon so lange hier bist, wieso arbeitest du dann immer noch in der Wäscherei?«

»Weil es mir da gefällt. Im Winter ist das der einzige geheizte Ort in diesem Scheißknast.«

»Hast du Freunde?«, fragte Lennart.

Wieder dieses nervöse Lächeln. »Freunde? Wenige. Aber dafür viele Geschäftspartner. Wenn du willst, kann ich dir alles besorgen. Schnaps. Tabak. Opium. Oder Bilder von nackten Frauen. Die sind hier sehr begehrt.«

»Ich könnte dich gar nicht bezahlen.«

»Oh, ich verlange kein Geld. Du kannst mir stattdessen etwas geben, was hier drinnen viel wertvoller ist.«

»Und was könnte das sein?«, fragte Lennart.

»Informationen.«

Jetzt war es an Lennart zu lächeln. So überlebte Pavo also. Er war der Nachrichtenhändler und somit einer der wichtigsten Männer im Getriebe dieses Gefängnisses. Er hatte ihn offensichtlich unterschätzt.

»Ich habe auch keine wertvollen Informationen.«

»Wann haben sie dich verhaftet?«

»Vor zwei Tagen.«

»Weißt du, Nachrichten aus der Welt da draußen sind wie Fische. Sind sie älter als drei Tage, fangen sie an zu stinken. Du solltest sie also jetzt loswerden, sonst sind sie wirklich nichts mehr wert.«

»Die Regierung hat den Ausnahmezustand verhängt.«

»Oh, bitte. Erzähl mir was Neues. Das ist ein alter Hut.«

»Kerkoff von den Todskollen ist umgebracht worden.«

Pavo winkte ab. »Machte hier schon die Runde. Einar Gornyak hat getobt.«

»Der Großmeister der Todskollen ist hier?«, fragte Lennart überrascht. »Seit wann?«

»Seit gestern. Sie haben ihn zusammen mit dem Chef der Wargebrüder eingeliefert. Offensichtlich räumt da draußen jemand kräftig auf. Aber Gornyak hat immer noch die Kontrolle. Er hat von hier drinnen die Liquidierung von Kerkoffs Mörder angeordnet.«

»Wer soll das sein?«, fragte Lennart.

»Ein Wirt aus Süderborg, Phineas Wooster. Ging wohl um Schutzgelder.«

Lennart runzelte die Stirn. Das klang im ersten Moment plausibel. Jemand wollte sich nicht mehr erpressen lassen und schlug zu. Aber bei genauerer Überlegung ergab das keinen Sinn. Süderborg war komplett in der Hand der Boxvereine. Wenn sich ein einziger Mann gegen diese Herrschaft auflehnte, war es nur eine Frage der Zeit, bis man seine Leiche aus der Midnar zog. Und trotzdem hatte jemand Kerkoff erledigt. Lennart hatte im Laufe seiner Karriere einiges über ihn gehört. Der Kerl hatte sich vom Professionellen zum Sub hochgearbeitet. So einer ließ sich doch nicht von einem Kneipenwirt die Nase ins Hirn drücken!

»Oh, jetzt habe ich tatsächlich eine Information verschenkt«, sagte Pavo. »Na, sieh es als Einstand an.«

»Swann ist tot«, sagte Lennart plötzlich.

»Der Chef der Inneren Sicherheit?« Pavo hob die Augenbrauen. »Woher weißt du das?«

»Aus erster Hand.«

Pavo schnaubte nur.«

Lennart schloss die Augen und holte tief Luft. »Ich weiß es, weil ich dabei war, als er erschossen wurde«, sagte er.

»Wo?«, fragte Pavo knapp.

»In einem Zug nach Morvangar.«

»Hat man dich deswegen eingebuchtet?«

Lennart schüttelte den Kopf.

Jetzt verschwand das selbstsichere Lächeln aus Pavos Gesicht. »Du weißt, dass du in enormen Schwierigkeiten steckst, wenn ich das an die große Glocke hänge.«

Lennart versuchte so gleichgültig wie möglich mit den Schultern zu zucken. »Es gibt immer noch einen feinen Unterschied zwischen einem Informanten und einer Ratte. Ich vermute, du willst hier weiter deine Geschäfte treiben. Sollten Zweifel an deiner Vertrauenswürdigkeit aufkommen, wäre dein Leben keinen Pfifferling mehr wert.«

Pavo grinste über beide Ohren. »Gut. Ich werde das überprüfen. Wenn es stimmt, hast du etwas gut bei mir.«

»Ich muss hier raus«, sagte Lennart.

»Oh, dann kannst du dich gleich in eine lange Reihe stellen. Wahrscheinlich bin ich der Einzige, der überhaupt nicht scharf darauf ist, diesen Mauern den Rücken zu kehren. Draußen geht alles den Bach runter, nur hier drin gibt es noch so etwas wie eine Ordnung.« Pavo schlug den Kragen seiner Jacke höher und ging. »Wir sehen uns bei der Arbeit.«

Es war natürlich riskant, was Lennart da machte. Er begab sich in die Hand eines Mannes, der eigentlich ein von allen verachteter Parasit war, obwohl Pavo sich vermutlich eher als Symbiont bezeichnen würde, denn schließlich gab er dem System auch wieder etwas zurück. Dieser dürre Kerl, der aussah wie ein Opiumsüchtiger auf Entzug, war wohl neben den Großmeistern der Boxvereine einer der mächtigsten Insassen in Loricks Staatsgefängnis.

Wie mächtig er war, zeigte sich, als Lennart seine Schicht in der Wäscherei antrat. Pavo war nicht an seinem Platz. Das konnte nur zwei Gründe haben: Entweder war er so krank, dass man ihn aufs Krankenrevier gebracht hatte. Oder aber er blieb mit Duldung des Direktors von seiner Arbeit fern, was in Anbetracht des Gesprächs, das sie im Hof geführt hatten, eine etwas beunruhigende Vorstellung war.

Doch Pavo kam, allerdings ohne eine Wache, die ihn zu seinem Platz führte. Er zog seine Jacke aus und schickte den Mann fort, der an seiner Stelle die Mangel bedient hatte. Beim Anblick des rachitischen Brustkorbs und der dünnen Arme fragte sich Lennart erneut, wie dieser Kerl die schwere körperliche Arbeit ertrug.

»Was brauchst du?«, fragte Pavo Lennart. Offensichtlich hatte er Lennarts Information überprüfen können und hatte Lennart für würdig befunden, Teil von Pavos kleinem Nachrichtendienst zu werden.

»Informationen darüber, wie ich von hier abhauen kann.«

»Alleine wirst du es nicht schaffen«, sagte Pavo.

»Das dachte ich mir bereits.«

»Außerdem wirst du unter deinen Mitgefangenen keinen finden, dem du trauen kannst. Oder der dir traut. Es sei denn, ich bahne das Geschäft an.«

Lennart zog eine weitere Ladung Wäsche aus der Trommel und wrang sie aus. »Vermutlich hast du dir schon überlegt, wer alles dabei sein soll.«

»In der Tat, ich habe da so eine Vorstellung. Doch bevor ich weiter für dich tätig werde …«

»Brauchst du mehr Informationen, ich weiß. Kürzen wir die Sache ab. Was willst du wissen?«

»Warst du alleine in dem Zug?«

»Nein. Ich war in Begleitung dreier Personen, die von der Polizei gesucht werden. Morten Henriksson, Solrun Arsælsdottir und Paul Eliasson.«

»Oh, die Armee der Morgenröte. Du hast Kontakte zum Widerstand«, sagte Pavo.

Lennart ließ diese Aussage unkommentiert. »Wir wurden von Swann und seinen Leuten verfolgt. Vor Morvangar kam es zu einer Auseinandersetzung im Zug.«

»Drei Menschen starben. Offiziell hieß es, sie seien Opfer eines Überfalls der Armee der Morgenröte.«

»Die Toten sind Hendrik Swann, Solrun Arsælsdottir und eine unbeteiligte Frau, deren Name ich nicht kenne.«

Pavos Augen blitzten kurz auf, als hätte er die Lüge erkannt. »Warum hat sich der Chef der Sicherheitspolizei höchstpersönlich an eure Fersen geheftet?«

»Henriksson und Eliasson sind schließlich die Köpfe des Widerstandes.«

Pavo machte eine wegwerfende Handbewegung. »Diese

Armee der Morgenröte wird völlig überschätzt. Ein paar ihrer Mitglieder sind schon länger hier. Harmlose Weltverbesserer durch und durch.«

»Weil sie keine Kriminellen sind, sondern grundanständige Menschen, die sich um ihre Familien sorgen.«

»Wie rührend. Ich heule gleich. Noch einmal: Was wollte Swann von euch?«

»Wir wissen, dass Begarell einen Staatsstreich plant. Er destabilisiert das Land, um gegen die Verfassung ein zweites Mal gewählt zu werden.«

»Hör mir mit Politik auf. Das interessiert hier drinnen niemanden.«

»Sollte es aber. Begarell ist ein Eskatay.«

Der Ausdruck, den diese Nachricht auf Pavos Gesicht zauberte, hätte Lennart gerne auf einer Ambrotypie festgehalten. Er war eine Mischung aus Belustigung, Irritation – und Angst.

»Wen willst du verarschen?«, fragte Pavo aufgebracht. »Die Eskatay gibt es nicht und hat es nie gegeben.«

»So? Hier sitzen doch bestimmt einige, die das Vergnügen hatten, Bekanntschaft mit Swann zu schließen. Sprich mit ihnen. Sie werden dir erzählen, was er ihnen angetan hat. Denn Swann war einer von ihnen, ein Eskatay.«

Pavo schwieg. Wütend bearbeitete er die Wäsche und sagte kein Wort. Lennart wusste nicht, ob er etwas Falsches gesagt hatte, doch er bereute es mittlerweile, überhaupt mit Pavo gesprochen zu haben. Er hatte sich einem Mann mitgeteilt, dem er im normalen Leben nicht von hier auf die andere Straßenseite getraut hätte. Doch was war schon normal in-

149

nerhalb der Mauern eines Gefängnisses, das die gefährlichsten Verbrecher Morlands beherbergte? Hatte Pavo nicht gesagt, dass auch Anhänger der Armee der Morgenröte hier eingesperrt waren? Vielleicht war es besser, zu ihnen Kontakt aufzunehmen, anstatt sich einem windigen Burschen wie ihm anzuvertrauen? Oder er versuchte es doch einfach auf eigene Faust? Oh Gott, er musste hier raus, sonst würde er wahnsinnig werden!

Plötzlich überkam ihn diese abgrundtiefe Verzweiflung, von der er gehofft hatte, sie einigermaßen gezähmt zu haben. Doch dieses Gefühl der Verlorenheit war ein heimtückisches Tier, das sein Haupt dann erhob, wenn er am schwächsten war. In der Nacht, wenn es dunkel war und er alleine mit seinen Gedanken kämpfte. Oder jetzt, wenn ihm die Hoffnungslosigkeit seiner Situation in all ihrer Dramatik bewusst wurde.

Den Rest des Tages sprach Pavo kein Wort mit Lennart und ging ihm aus dem Weg, wenn es die Situation erlaubte. Erst am Abend, als sie im großen Saal das Abendessen einnahmen, setzte sich das Frettchen mit seinem Tablett zu ihm.

»Ich kannte Swann«, sagte Pavo. »Er hat mich persönlich verhört. Es war, als ob er mit einem kalten Messer mein Hirn in hauchdünne Scheiben zerlegte, um zu sehen, wie ich ticke. Ich habe Bilder gesehen, von denen ich hoffte, dass sie nicht existierten. Schon damals hatte ich den Verdacht, dass er mir einen einmaligen Blick in seine Welt gewährt hatte, obwohl das natürlich absolut unmöglich war. Aber wenn er mich verhörte, sah ich die Welt durch seine Augen. Und diese Welt war öde und leer. Sie wurde beherrscht von einem Mann, der wie ein König auf dem Berg verächtlich auf die anderen Menschen hinabsah. Swann ekelte sich regelrecht vor Menschen. Ich hätte jede körperliche Folter über mich ergehen lassen, wenn diese Qual dafür ein Ende gefunden hätte.« Er zerkrümelte sein Brot in kleine Stücke. »Sein Tod ist eine gute Nachricht.«

»Was hast du getan? Du hast selbst gesagt, dass Swann sich nicht mit kleinen Fischen abgibt.«

»Ich sagte doch bereits: Ich handle mit Informationen. Das war nicht nur so dahergesagt. In meinem früheren Leben habe ich für eine Zeitung gearbeitet.«

Lennart blickte überrascht von seinem Tablett auf.

»Ein Journalist? Entschuldige, ich hätte gedacht, du bist ein … ein …«

»Spinner, Irrer, Außenseiter«, sagte Pavo trocken.

»So wollte ich es nicht ausdrücken.«

»Doch, doch. Ist schon in Ordnung. Ich fasse das als Kompliment auf. An diesem Ort muss man sich verstellen können. Obwohl das mit dem Außenseiter stimmt.« Er tunkte ein Stückchen Brot in den undefinierbaren Brei in seiner Schüssel, der nach Bohnen roch. »Hier im Knast kann es unangenehme Folgen haben, wenn man zu klug ist. Du bist ein Bulle, nicht wahr?«

Lennart hätte sich beinahe an seinem Essen verschluckt.

»Du stellst dich sehr geschickt an«, fuhr Pavo fort. »Aber es gibt ein paar Dinge, an denen du arbeiten musst. Deine Körpersprache verrät dich. Du bist zu selbstsicher. Ohne eigenes Gefolge solltest du dich ein wenig kleiner machen.

Zieh die Schultern hoch und beug dich beim Gehen ein wenig nach vorne. Schreite nicht ganz so energisch aus, sondern bewege dich überhaupt etwas langsamer. Hier hat es niemand eilig.«

Lennart nickte. Er war noch immer zu schockiert, als dass er etwas erwidern konnte.

»Wie lange weißt du schon, dass die Eskatay zurückgekehrt sind?«, fragte Pavo.

»Seit einer Woche.«

»Begarell und Swann sind die Einzigen?«

Lennart schüttelte den Kopf. »Ich bin mir sicher, dass auch Anders Magnusson dazugehört, vielleicht auch Innenminister Norwin. Vermutlich ist das ganze Kabinett infiziert.«

Pavo griff nach dem Salzfässchen und würzte sein Essen nach. »Klingt, als sei es eine Seuche.«

»So könnte man es ausdrücken«, sagte Lennart.

Pavo schob seinen Teller beiseite und schwieg nachdenklich, wobei er mit dem Zeigefinger kleine Kreise auf den Tisch malte. »Was ist dein persönlicher Anteil an der Geschichte?«, fragte er schließlich.

»Die dritte Tote im Zug war meine Frau.«

Pavo hörte mit den Kreisen auf und ballte die Finger zu einer Faust.

»Außerdem haben die Eskatay meine Kinder entführt«, fuhr Lennart fort.

»Du bist sicher, dass sie noch leben?«, flüsterte Pavo.

»Natürlich nicht«, entgegnete Lennart mit vor Zorn bebender Stimme. »Für die Eskatay haben Maura und Melina keine Bedeutung. Sie könnten also genauso gut tot sein!«

»Es gibt einen Weg hinaus. Aber er ist gefährlich«, sagte Pavo.

»Das ist mir egal. Glaub mir, Hindernisse schrecken mich nicht ab. Und wenn ich mich alleine auf den Weg machen muss, dann ist es so.«

»Oh nein, du wirst nicht allein sein«, sagte Pavo. »Du wirst im wörtlichen Sinne einen Pakt mit dem Teufel schließen müssen.«

✳✳✳

Der Plan des Kollektivs war bestechend einfach. Als Erstes musste eine Anlage errichtet werden, in der sich die Blumen in der gewünschten Rate vervielfältigen konnten. Dazu bedurfte es einiger technischer Voraussetzungen, die nur die Station 11 erfüllte. In diesem Punkt hatte Mersbeck mit Strashok übereingestimmt.

Die Gesetzmäßigkeit, die der Nummerierung der einzelnen Forschungseinrichtungen zugrunde lag, hatte Mersbeck nie so ganz nachvollziehen können. Angeblich gab es zwölf von diesen Einrichtungen. Er selbst hatte bis jetzt nur sechs persönlich besucht. Station 9, die er leitete, beschäftigte sich mit Botanik und wertete die Funde der nahe gelegenen Ausgrabungsstätte aus. Sie war nun aber zur Sonderzone erklärt worden, die man auf Mersbecks Drängen erst wieder betreten durfte, wenn die nötigen Schutzanzüge entwickelt worden waren und das Bild ausgewertet worden war, das er kurz vor der Explosion von der Ausgrabungsstätte hatte machen können.

Station 3 befand sich an der Grenze zu Thanland, dem südwestlichen Nachbarn Morlands, und widmete sich Forschungen auf dem Gebiet der organischen wie anorganischen Chemie. Station 4 war eine Abteilung der Universitätsklinik. Die Stationen gehörten zur Morland-Gesellschaft für Wissenschaft und Lehre, die lose mit den Universitäten des Landes verbunden waren, aber im Gegensatz zu den Hochschulen über ein eigenständiges Budget verfügten. Wer etwas auf sich hielt, strebte keine Universitätskarriere an, sondern versuchte an eine der Stationen versetzt zu werden, obwohl sie sich meist in den entlegensten Ecken des Landes befanden. So lag die geologische Station 6 in den Bergen und hatte die Aufgabe, neue Techniken für das Aufspüren von Rohstoffquellen zu entwickeln. Ihr Leiter, Professor Gustav Haxby, war ebenfalls zur Station 11 einbestellt worden und man würde ihn unterwegs einsammeln, bevor die Reise weiter nach Norden ging. Mersbeck freute sich schon darauf, den alten Mann wiederzusehen.

Der Anflug auf den Silfhöppigen, dem höchsten Berg der Vaftruden, war für Mersbeck noch immer ein grandioses Ereignis. Selten kam man den beeindruckenden, bläulich schimmernden Gipfeln so nahe wie an Bord eines Luftschiffes. Die Station 6 bestand aus einem weitläufigen, flachen Gebäudekomplex auf einem Plateau vor dem eigentlichen Berggipfel. Versorgt wurde die Kolonie mit ihren einhundertzwanzig Wissenschaftlern und deren Familien über eine eigens dafür gebaute Seilbahn. Die Talstation war gleichzeitig ein Bahnhof, der über ein Nebengleis mit der Nord-Süd-Trasse der morländischen Eisenbahn verbunden war.

Der etwas abseits gelegene Landeplatz der Station 6 war mit einem weißen X markiert. Ein Windsack mit einem Schalenkreuzanemometer, das die Windgeschwindigkeit in einer großen uhrenähnlichen Skala anzeigte, waren die wichtigsten Hilfsmittel, die der Kapitän beim Anflug auf den Landemast benötigte. Die Bodenbesatzung stand schon bereit, um die Seile aufzufangen und das Schiff zum Ankermast zu ziehen. Unter dem Dach eines kleinen Häuschens konnte Mersbeck die Gestalt eines älteren Mannes erkennen, die mit Hut, Mantel und Aktentasche darauf wartete, dass die Treppe zum Einstieg geschoben wurde.

Es gab einen vernehmlichen Ruck, als die Nase des Luftschiffes im Haltetrichter arretiert wurde. Mikelis Vruda, Mersbecks Assistent, eilte zum Eingang und half der Bodenmannschaft, die Treppe mit einem Haken im Rahmen der Tür zu befestigen. Als alles bereit war, winkten sie den neuen Passagier heran.

Professor Haxby eilte zum Luftschiff, wobei er mit der freien Hand seinen Hut festhielt, der sonst von den Propellern des Antriebs davongeweht worden wäre.

»Willkommen an Bord, Herr Professor«, sagte Vruda und schloss die Tür. »Darf ich Ihnen aus dem Mantel helfen?«

»Da wäre ich Ihnen dankbar«, sagte der Mann, der mit seinem weißen Spitzbart und der runden Brille in allem dem Klischee eines fanatischen Wissenschaftlers glich, der Tag und Nacht in seinem Labor verbrachte. Er reichte Vruda den Hut und schob sich durch den schmalen Gang zum Passagierbereich, wo an einem Tisch die beiden anderen Fluggäste saßen.

Mersbeck stand auf und umarmte den alten Mann herzlich. »Mein lieber Haxby! Schön, Sie bei uns zu haben.«

Minister Strashok machte keine Anstalten, sich zu erheben, sondern nickte dem Professor nur einen stummen Gruß zu. Mersbeck wusste, dass sich die beiden auf den Tod nicht ausstehen konnten. Haxby hielt den Minister für einen inkompetenten Schwachkopf und zeigte ihm dies auch bei jeder Gelegenheit. Zu seinem Glück war der Geologe so gut wie unantastbar. Er war eine Kapazität auf seinem Gebiet und hatte während der Herrschaft der Morstal AG den Posten des Wissenschaftsministers bekleidet, den Strashok Professor Haxbys Meinung nach nur jämmerlich ausfüllte. Haxby wusste natürlich nicht, dass der hagere, immer leicht verbittert wirkende Mann ein Eskatay war. Genau genommen glaubte der Professor noch nicht einmal an die alten Geschichten. Magie war für ihn ein Thema, das allerhöchstens in Kinderbüchern seinen Platz hatte, in denen es von Elfen, Orks und Trollen nur so wimmelte. Haxby war ein Mann der Fakten. Alles, was sich nicht beweisen ließ, war für ihn von geringem Interesse.

Mersbeck rutschte auf seiner Bank durch, sodass sich der Leiter von Station 6 neben ihn setzen konnte. Vruda verschwand in der Bordküche, wo er ein Tablett mit Tee und Gebäck holte. Er schenkte Strashok und Haxby eine Tasse ein, doch Mersbeck bestand darauf, sich selbst zu bedienen.

»So, und nun erzählen Sie mir einmal, warum mir die große Ehre zuteilwird, diese mysteriöse Station 11 betreten zu dürfen«, fragte Haxby und stopfte sich einen Keks in den Mund.

Strashok warf Mersbeck einen Blick zu, der bedeutete, dass er antworten sollte.

»Das werde ich Ihnen gerne verraten. Sie haben meine telegrafische Nachricht erhalten?«

»Natürlich«, sagte Haxby. Er öffnete seine Tasche und holte einen schmalen Ordner hervor. »Hier ist die aktuelle Prognose. Sie werden feststellen, dass solche Dinge wie Eisen, Kupfer und Zinn vermutlich noch zwei-, dreihundert Jahre reichen. Vorausgesetzt natürlich, unsere industrielle Produktionsrate reißt nicht nach oben aus. Dann ist es natürlich weniger.«

»Das sind jetzt aber nur die morländischen Ressourcen?«, fragte Strashok.

»Ja«, sagte Haxby.

»Wie sieht die Lage in anderen Ländern aus?«

»Unseren Nachbarländern geht es nicht besser. Eher im Gegenteil. Thanland muss schon jetzt die Produktion von Maschinen drosseln, weil sie die Preise an den Rohstoffbörsen nicht mehr zahlen können.«

»Was ist mit Öl und Gas?«, fragte Mersbeck.

»Genau dasselbe. Es gibt zwar noch einige Ölschiefervorkommen in den nördlichen Territorien von Neu-Hibernia sowie die bekannten Quellen am Regenmeer. Aber es hat in den letzten hundert Jahren keine neuen Fundstätten mehr gegeben. Wir haben zwar ein Geofon entwickelt, mit dessen Hilfe wir eventuell neue Lager finden könnten, aber wir sollten uns keiner Illusion hingeben: Unsere Welt ist eine ausgeplünderte Kugel.«

»Wieso ausgeplündert?«, fragte Vruda.

»Nehmen wir einmal die Ölquellen. Öl ist in der Regel ein ziemlich zähes Teufelszeug, das sich nicht wie Wasser einfach aus den Tiefen des Erdreichs pumpen lässt. Man muss es entweder dünnflüssiger machen oder den Druck erhöhen. Wir arbeiten nach der zweiten Methode und pressen Stickstoff, Kohlendioxid oder heißes Wasser in die unteren Schichten und drücken so das Öl an die Oberfläche. Das Dumme ist nur, in den meisten Fällen war schon jemand vor uns da und hat sich reichlich an den Ölvorkommen bedient. Und hat dabei eine Technologie angewandt, die unseren weit überlegen ist.«

»Welche Schlüsse ziehen Sie daraus?«, fragte Mersbeck.

Haxby lachte humorlos. »Dass wir die Überlebenden einer untergegangenen Zivilisation sind.«

»Na ja«, sagte Strashok. »Das ist nicht unbedingt eine neue Erkenntnis.«

»Aber sie frustriert einen immer wieder.« Haxby nahm einen Schluck aus seiner Tasse. »Auf unserer Welt leben, wenn es hochkommt, zwanzig Millionen Menschen. Das ist nicht viel, wenn man bedenkt, wie groß sie ist. Aber seit Jahrhunderten liegt die Geburtenrate unverändert bei 2,2 Prozent. Die Säuglingssterblichkeit ist hoch, besonders auf dem Land. Die angeborenen Missbildungen sind erschreckend. Viele Männer und Frauen sind unfruchtbar. Sie glauben gar nicht, wie mich das umtreibt. Die Menschheit stirbt mit einer sich beschleunigenden Rate aus.«

»Sie übertreiben«, sagte Strashok.

Haxby holte ein anderes Papier aus der Tasche. »Ich vermute, Sie können Statistiken lesen, Herr Minister«, sagte er und schob es ihm über den Tisch zu. »So, und nun müssen Sie mir verraten, was in aller Welt Sie ausgerechnet mit Rhodium wollen.«

»Wir benötigen das Metall für den Bau von Katalysatoren«, log Mersbeck.

Haxby dachte nach und runzelte die Stirn. »Arbeiten Sie an einer neuen Methode der Wasserstoffgewinnung?«

»Auch. Aber in erster Linie versuchen wir unser Treibstoffproblem zu lösen.«

»Mit Ethanol?«, fragte Haxby.

Mersbeck nickte. »Wir arbeiten bei der Lösung des Energieproblems zweigleisig. Wie Sie wissen, ist es uns gelungen, einen Generator zu bauen.«

Die Augen des alten Mannes begannen zu leuchten. »Die Delatour-Kraft. Wunderbar. Endlich beschäftigt sich einmal jemand damit.«

»Dieser Generator ist mittlerweile so ausgereift, dass meine Station 9 komplett mit Strom versorgt wird. Wir haben auch bereits einige Geräte entwickelt, die mit der neuen Energieform angetrieben werden.«

Haxbys Augen funkelten. »Darf ich die einmal sehen?«

»Natürlich. Deswegen haben wir Sie abgeholt. Station 11 ist unsere Ideenschmiede«, sagte Mersbeck.

»Dort können Sie erleben, wie die Welt von morgen aussieht«, sagte Strashok.

»Oder wie sie vor sechstausend Jahren war«, ergänzte Mersbeck. »Wir werden Sie mit einigen Wissenschaftlern zusammenbringen, die sich Ihre Ideen zur Seismik sehr aufgeschlossen anhören werden.«

Der Flug über die Vaftruden dauerte vier Stunden, bis der Kapitän, der Stalling vertrat, seine Passagiere darüber informierte, dass die *Unverwundbar* nun zum Landeanflug auf Station 11 ansetzte. Mersbeck hatte Haxby in die Pilotenkanzel eingeladen, von wo aus sie einen besseren Blick auf die Forschungsanlage hatten.

Die Sonne ging bereits unter, als sie die Landelichter des Luftschiffhafens sahen. Sie waren kreuzförmig angeordnet, wobei die Lichtpunkte wie ein unübersehbarer Fingerzeig nach innen zu pulsieren schienen. Die umzäunte Anlage selbst war in das helle Licht von Scheinwerfern getaucht. Haxby schien es die Sprache verschlagen haben.

Mersbeck erlag der Versuchung, ihn noch mehr zu beeindrucken. »Das Licht stammt übrigens von Gasentladungslampen. Wir benutzen dazu Quecksilberdampf, der durch Strom zum Leuchten angeregt wird. Sehr effizient.«

»Äußerst interessant«, bemerkte Haxby, geschickt seine Verblüffung überspielend. »Und woher bekommen Sie die nötige Delatour-Kraft?«

Mersbeck zeigte auf ein Backsteingebäude, das durch den hoch aufragenden Kamin wie eine Fabrik aussah. »In diesem Kraftwerk liefern drei Generatoren die Energie. Aber das reicht schon nicht mehr aus. Wenn Sie genau hinschauen, werden sie dort hinten den Neubau eines weiteren Blocks erkennen.«

»Womit werden die Kraftwerke betrieben?«, fragte Haxby.

»Kohle«, antwortete Mersbeck beinahe entschuldigend. »Bis jetzt haben wir noch keine Alternative dazu gefunden.«

»Wie hoch ist der Wirkungsgrad?«

»Nicht so, wie wir uns das erhoffen. Die Abwärme ist ziemlich hoch.«

Haxby nickte. »Sieht so aus, aus würde die Kerze an zwei Enden brennen.«

»Weil wir nun noch mehr Ressourcen verbrauchen?«, sagte Mersbeck. »Wir haben keine andere Wahl. Wenn wir nicht möglichst schnell die nötigen Methoden und Geräte entwickeln, wird unser Ende langsamer kommen, aber dafür unausweichlicher sein. Deswegen benötigen wir so dringend das Rhodium.«

»Wir setzen also alles auf eine Karte«, schloss Haxby nachdenklich.

»Wir brauchen die Delatour-Kraft. Ohne sie werden wir niemals die Technologie der alten Welt verstehen.«

»Wenn wir das überhaupt jemals tun werden«, sagte Haxby skeptisch.

»Dessen bin ich mir sicher. Ich denke, wir liegen nur knapp zweihundert Jahre in der Entwicklung zurück.«

»Haben Sie den Rohstoffmangel einberechnet?«

»Ja, und wir sind zu dem Schluss gekommen, dass dieser Mangel durch den Technologievorsprung wieder ausgeglichen wird, den uns die Artefakte verschaffen.«

Haxby holte tief Luft. »Zweihundert Jahre. Das ist ein Wettlauf, den wir verlieren könnten.«

»Wir hätten ihn schon verloren, wenn wir nicht antreten würden.« Mersbeck erhob sich von seinem Sitz. »Ich muss noch einmal zum Minister. Bleiben Sie doch so lange hier und genießen Sie die Aussicht.«

Mersbeck verließ die Pilotenkanzel, ging zurück in das Passagierabteil und warf seinem Assistenten Vruda einen Blick zu, den dieser sofort richtig deutete.

»Ich werde mich um Professor Haxby kümmern«, sagte er und verschwand.

»Und?«, fragte Strashok. »Hat er den Köder geschluckt?«

»Natürlich«, sagte Mersbeck und er klang dabei nicht so erfreut, wie es Strashok vielleicht erwartete. »Mit Haken, Leine und Angel.«

Ein kleiner mit Strom betriebener Wagen wartete bereits am Landeplatz auf sie. Haxby zwängte sich auf einen der schmalen Sitze und schlug den Kragen seines Mantels hoch. Neben ihm nahm der Minister Platz, eine Reihe dahinter Mersbeck und Vruda. Sie alle froren. Obwohl es Frühsommer war, blies ein empfindlich kalter Wind hier oben in den Bergen. Der Fahrer vergewisserte sich mit einem Blick in den Rückspiegel, dass alle saßen, dann fuhr er los. Das einzige Geräusch, das der Wagen von sich gab, war das hohe Sirren des Delatour-Motors.

Die Fahrt war kurz. Vor einem hell erleuchteten Eingang hielten sie an. Noch immer schaute sich Haxby mit leuchtenden Augen um, als befände er sich in einem Wunderland. Glühbirnen strahlten, Entladungslampen flackerten, alles war hell erleuchtet.

»Sie haben die Nacht zum Tag gemacht«, sagte er beeindruckt.

»Das macht uns produktiver. Wir arbeiten hier in drei Schichten rund um die Uhr. Eigentlich ist Station 11 eine richtige kleine Stadt. Die Geschäfte haben vierundzwanzig Stunden auf, und Sie werden hier Sachen finden, die es selbst in Lorick nicht zu kaufen gibt. Kommen Sie.« Mersbeck machte eine einladende Geste und ließ Haxby vorangehen. Strashok berührte ihn am Arm. »Wenn Sie mich suchen, ich bin in meinem Büro.«

»Natürlich, Herr Minister«, sagte Mersbeck.

»Ansonsten sehen wir uns morgen beim Frühstück.« Strashok gab Vruda ein Zeichen, ihm zu folgen. Vruda zögerte, aber als Mersbeck hilflos mit den Schultern zuckte, folgte er dem Minister. Das war eins von den kleinen Spielchen, die Strashok mit Mersbeck trieb. Er wusste zwar, dass Mersbeck ihm von seinen Fähigkeiten her überlegen war, aber in der Hierarchie stand Strashok über ihm. Immerhin war er nicht nur der Wissenschaftsminister, sondern auch der Leiter von Station 11. Dabei ließ Strashok keine Gelegenheit aus, Mersbeck dies zu zeigen, selbst wenn es nur darum ging, ihm den Assistenten auszuspannen und als persönlichen Diener zu missbrauchen.

Mersbeck wandte sich wieder Haxby zu, der noch immer, den Hut in der Hand und den Mantel über dem Arm, verloren in der Eingangshalle stand.

»Sie müssen sich anmelden«, sagte Mersbeck.

Haxby zuckte kurz zusammen, nickte und ging zur Rezeption, wo ihm eine junge Dame mit ungewöhnlich kurzen Haaren ein reizendes Lächeln schenkte. Haxby lächelte zurück.

»Darf ich um Ihren Namen bitten?«

»Gustav Haxby.«

Sie drehte sich um und tippte etwas in die Tastatur einer analytischen Maschine.

»Adresse?«

Haxby sah hilflos zu Mersbeck herüber. »Entschuldigen Sie, aber ich weiß nicht, was für eine Adresse die Station 6 hat. Unsere Korrespondenz wird immer postlagernd an die Talstation geliefert.«

»Schreiben Sie einfach: Station 6, Silfhöppingen«, sagte Mersbeck zu der Empfangsdame.

»Dann sind Sie Mitglied der Morland-Gesellschaft?«, fragte sie.

»Ja.«

»Wie lange werden Sie bei uns bleiben?

»Ich dachte, ich reise morgen wieder ab.«

Die Dame sah zu Mersbeck hinüber, der nur nickte. Haxby konnte froh sein, wenn er genügend Unterwäsche zum Wechseln dabeihatte, denn Strashok würde ihn nicht so schnell gehen lassen. Mersbeck hatte sich ohnehin gewundert, warum Haxby nur eine dünne Aktentasche als Gepäck mit sich führte.

»Haben Sie eine Sicherheitseinstufung?«, fragte sie nun wieder den Leiter von Station 6.

»Ja, sicher. Einen Moment.« Haxby begann hektisch erst die Hosen-, dann die Jackentaschen zu durchsuchen. Schließlich hatte er seine Brieftasche gefunden, aus der er eine Ausweiskarte zog. Mersbeck sah ihm über die Schulter. Haxby hatte die Einstufung 2a und damit einen geringeren Status als er selbst mit 1b.

Als die junge Frau die Eingabe beendet hatte, drückte sie

eine Taste, auf der »Ausführen« stand. Irgendwo begann auf einmal eine Maschine zu rattern, dann wurde aus einem Schlitz eine Karte gespuckt.

»Wenn Sie mir dann bitte folgen würden?«, sagte die Empfangsdame und stand auf.

»Was geschieht jetzt?«, fragte Haxby.

»Wir machen eine Ambrotypie von Ihnen. Geben Sie mir Ihren Mantel und den Hut.«

Haxby verteilte hektisch mit der flachen Hand sein spärliches Haar über die beginnende Glatze, so gut das ohne Spiegel ging, zog sein Halstuch zurecht und setzte sich auf einen Drehstuhl, der vor einem dunklen Vorhang am Boden festgeschraubt war.

»Wie heißen Sie eigentlich?«, fragte Haxby die junge Frau.

»Natascha.« Sie schob ein kleines Filmmagazin in eine winzige Kamera und richtete sie auf Haxby aus. »Könnten Sie den Stuhl ein wenig hochdrehen, sonst habe ich leider nur ihre Stirn im Bild.«

»Oh, natürlich«, sagte Haxby beflissen und stand auf, um zu tun, was die Frau ihm sagte.

Mersbeck konnte sich ein breites Grinsen nicht verkneifen. Natascha war für einen Mann im gesetzten Alter, wie Haxby es war, reines Herzgift. Natascha war vielleicht dreiundzwanzig oder vierundzwanzig Jahre alt. Und sie trug auch noch einen Anzug, der ihre überaus weiblichen Formen sehr dezent betonte. Im Gegensatz zur Welt jenseits des Zauns dieser Station trugen die Arbeiter und Wissenschaftler eine Kleidung, die vor allen Dingen zweckmäßig war. Das traf besonders auf die Frauen zu. Keine von ihnen trug natürlich weit ausladende Röcke oder hochaufgesteckte Frisuren, sondern kinnlang geschnittene Haare und eng anliegende dunkelgraue Hosenanzüge, die mit einer Vielzahl von Taschen versehen waren. Darin unterschieden sie sich kaum von ihren männlichen Kollegen.

»Besser so?«, fragte Haxby und Natascha schenkte ihm wieder ihr reizendes Lächeln. Dann schraubte sie in einen umgekehrt aufgestellten Silberschirm eine Lampe.

»Achtung«, sagte sie. Sie drückte auf einen Knopf und mit einem leisen »Puff« flammte ein Blitz auf. »Das war es schon. Wenn ich Sie bitten dürfte, einen Moment in der Eingangshalle zu warten? Die Fertigstellung Ihres Hausausweises wird nicht lange dauern.«

»Ein Blitz ohne Magnesium! Ich bin erstaunt«, sagte Haxby, als Mersbeck ihn zu einer kleinen Sitzgruppe führte.

»Sie werden sich wundern, wie das Resultat aussehen wird.«

Beide setzten sich.

»Warum hat diese reizende Dame eigentlich den Ausweis nicht mit der Hand ausgefüllt?«, fragte Haxby. »Das wäre viel schneller gegangen. Solche Typenmaschinen sind doch schrecklich umständlich.«

»Das war keine Typenmaschine, sondern ein Erfassungsgerät. Ihre Daten wurden auf eine Lochkarte gestanzt, die automatisch archiviert wird. Sie werden feststellen, dass Ihr Ausweis ebenfalls einige Löcher aufweisen wird. Diese haben die Funktion eines Schlüssels. Viele Türen haben eine Art Stechuhr als Schloss. Nur wenn Ihr Ausweis die richtige

Kombination von Löchern aufweist, werden sie sich öffnen. Jeder Einsatz Ihres Ausweises wird genau registriert und archiviert. So wissen wir jederzeit, wo Sie sich gerade aufhalten und wo Sie vorher waren.«

Haxby, der die ganze Zeit wie gebannt zu Natascha hinübergeschaut hatte, blinzelte jetzt, als erwachte er aus einem Traum. »Sie können also ein automatisches Tagebuch über mich führen?«

»So könnte man es nennen.«

»Ich weiß nicht, ob mir das gefallen soll«, sagte Haxby ernst. »Wissen Sie, ich mag es nicht gerne, wenn man mich so kontrolliert.«

»Wir alle haben diese Ausweise, auch Minister Strashok.« Jan Mersbeck holte seine Karte heraus. Sie bestand aus dickem, laminiertem Karton, war mit einer Ambrotypie und einem willkürlich erscheinenden Muster rechteckiger Löcher versehen. »Wir forschen hier an sehr sensiblen Dingen, die wir vor unbefugtem Zugriff schützen müssen.«

»Hat es etwas mit den Artefakten zu tun?«

»All das, was Sie hier sehen, würde ohne diese archäologischen Funde nicht existieren«, erklärte Mersbeck. »Kein anderes Land dieser Welt hat etwas Ähnliches aufzuweisen. Sie können sich vorstellen, wie neidvoll unsere Nachbarn reagieren würden, wenn sie sähen, welche Technologien wir beherrschen. Vieles, was in unseren Laboratorien untersucht wird, ist so einzigartig, dass es noch Jahre dauern wird, bis wir es verstehen.«

»Und wieso teilen wir diese Dinge dann nicht mit dem Rest der Welt?«

»Oh, das werden wir tun. Sehr bald sogar.« Mersbeck stand auf. »Schauen Sie. Ihr Ausweis ist fertig. Ich zeige Ihnen jetzt Ihre Unterkunft.«

Haxby wurde in einem der Gästequartiere der Station 11 untergebracht, die wie alle anderen Räume keine herkömmlichen Schlösser aufwiesen, sondern mit dem Ausweis geöffnet wurden. Es war ein geschmackvoll eingerichtetes kleines Appartement bestehend aus Schlafzimmer, Wohnzimmer und Bad mit fließendem Wasser. Mersbeck warf einen Blick in die Regale. Es kam selten vor, dass er eines der Gästequartiere einmal von innen sah, musste aber feststellen, dass man sogar die neuesten Bücher angefordert hatte, um den Aufenthalt so angenehm wie möglich zu gestalten. Sogar an eine kleine Bar hatte man gedacht, doch das schien Haxby nicht zu interessieren. Nachdem sich der Leiter von Station 6 umgeschaut hatte, verstaute er seine schmale Aktentasche in einem der viel zu großen Wandschränke und trat ans Fenster. Draußen war die Nacht bereits hereingebrochen, sodass man bis auf die Scheinwerfer des Schutzzaunes nicht viel sehen konnte.

»Kommen Sie«, sagte Mersbeck. »Ich führe Sie ein wenig herum, danach, würde ich vorschlagen, essen wir eine Kleinigkeit.«

Haxby reagierte nicht und starrte weiter aus dem Fenster. Mersbeck spürte, dass dem alten Mann dieser Ort so fremd war wie die Rückseite des Mondes.

»Ich glaube, das ist eine gute Idee«, sagte Haxby schließlich.

»Im Gegensatz zu den meisten anderen Stationen ist diese hier ein kompletter, noch nicht abgeschlossener Neubau«, erklärte Mersbeck, als sie durch die langen, künstlich beleuchteten Korridore schlenderten. »Man muss sich das Zentralgebäude wie ein riesiges, nach Osten offenes C vorstellen. Wir haben vorhin den Hintereingang genommen. Der Haupteingang ist natürlich ein wenig repräsentativer, obwohl wir nur sehr selten Besuch von draußen erhalten.«

Doch Haxby schien ihm gar nicht zuzuhören. Er untersuchte die Glühbirnen und Leuchtstoffröhren genau. Besonders angetan war er jedoch von seltsamen kniehohen gusseisernen Ringen, die man so verbunden hatte, dass eine Röhre entstand, die wie das Gerippe einer Schlange aussah.

»Das ist unser Heizungssystem«, erklärte Mersbeck. »Wie Sie wissen, betreibt die Station ein eigenes Kraftwerk, dessen Abwärme wir auf diese Weise nutzen.«

»Es ist unglaublich«, sagte Haxby zum wiederholten Mal. »All dies sind Erfindungen, die das Leben aller Menschen einfacher gestalten würde.«

Mersbeck lächelte. »Nur dass wir nicht alle daran teilhaben lassen können, denn sonst gehen bei uns wirklich sehr bald die Lichter aus. Station 11 ist eine riesige Versuchsanordnung. Einige der erfolgreicheren Entwicklungen habe ich für meine Station übernommen. Alle anderen, wie auch Ihre, werden nach und nach umgebaut. Beinahe wöchentlich machen wir weitere Fortschritte. Alles entwickelt sich in einem atemberaubenden Tempo. Kommen Sie, ich will Ihnen etwas zeigen, was Sie wirklich staunen lässt.«

Sie steuerten einen Apparat an, der in einer Wandnische

hing und aus zwei kleinen Trichtern bestand, die über einen Kasten mit einem Kabel verbunden waren.

»Das ist ein Fernsprecher«, sagte Mersbeck stolz. »Wir haben das System erst letzte Woche in Betrieb genommen. Diese Kurbel am Rand lädt einen Induktor auf, der die nötige Spannung aufbaut. Wenn Sie die Kurbel drehen, werden Sie mit der Zentrale verbunden.« Mersbeck trat beiseite. »Probieren Sie es aus! Wir sollen zwar nicht damit herumspielen, aber Sie haben ein echtes Ansinnen. Lassen sie sich mit Herrn Lansing verbinden. Er führt den Laden der Station 11.«

Haxby nahm den Hörer von der Gabel und hielt sie fragend an sein Ohr. Mersbeck nickte ihm aufmunternd zu.

»Und nun kurbeln.«

Haxby wartete, als es plötzlich in der Leitung knackte und sich eine deutlich vernehmliche Stimme meldete.

»Zentrale. Womit kann ich Ihnen dienen?«

Haxby hob die Augenbrauen. »Natascha?«

»Ah, Professor Haxby. Wie schön, man hat Sie mit unserem Fernsprecher vertraut gemacht. Mit wem darf ich Sie verbinden?«

»Mit Herrn Lansing«, stotterte Haxby.

»Apparat 152«, flüsterte Mersbeck.

»Apparat 152«, brüllte Haxby in die Muschel.

»Die Verbindung ist hervorragend, Herr Haxby. Es reicht aus, wenn Sie ganz normal mit mir sprechen.«

»Oh, Entschuldigung.«

»Keine Ursache. Ich verbinde.«

Es knackte erneut in der Leitung, dann trat Stille ein.

»Und jetzt?«, fragte Haxby.

»Und jetzt klingelt im Laden von Herrn Lansing der Apparat. Wenn er abhebt, wird Natascha die Verbindung mit diesem Fernsprecher herstellen.«

»Ah«, machte Haxby, als würde er verstehen. Er hielt den Ohrtrichter so, dass Mersbeck mithören konnte.

»Lansing, Apparat 152«, meldete sich schnarrend eine Stimme.

»Mein Name ist Gustav Haxby«, sagte der Professor, stockte dann und sah hilflos zu Mersbeck herüber. »Bitte machen Sie das. Ich habe noch nie mit einer Maschine gesprochen.« Haxby trat beiseite und gab den Hörer weiter.

»Albert? Schönen guten Abend. Ich bin es, Jan. Wir haben ein kleines Problem. Heute ist ein wichtiger Gast angekommen, der überraschenderweise länger als geplant bei uns bleiben wird. Hast du vielleicht noch Sachen zum Anziehen? Vor allen Dingen Unterwäsche und Hemden? Bestens, wir kommen vorbei. Bis gleich.« Er legte den Hörer auf.

»Albert Lansing hat seinen Laden schon geschlossen, aber für Sie wird er ihn noch einmal öffnen.«

»Wunderbar«, sagte Haxby erleichtert. »Müssen wir weit laufen?« Er zuckte zusammen, als neben ihnen eine Jalousie hochgezogen wurde, hinter der die Auslage eines Schaufensters zu sehen war.

»Ich höre, es gibt Kundschaft?«, fragte ein gemütlich aussehender Mann mit Halbglatze und gezwirbeltem Schnurrbart.

»Hätte es nicht gereicht, wenn wir geklopft hätten?«, fragte Haxby.

»Natürlich. Aber dann hätte ich niemals diesen wunderbaren Ausdruck auf Ihrem Gesicht gesehen«, sagte Mersbeck grinsend.

»Mein Herr, womit kann ich Ihnen dienen?«, fragte der Ladeninhaber.

»Ich benötige eine Zahnbürste, etwas Zahnpulver, drei Garnituren Unterwäsche und zwei Hemden«, sagte Haxby.

»Darf ich fragen, welche Größe Sie haben?«

»Das kann ich Ihnen leider nicht sagen. Mein Schneider wüsste das.«

Albert Lansing trat einen Schritt zurück, kniff sein linkes Auge zusammen und legte den Kopf schief. Dann hob er den Zeigefinger als Zeichen dafür, dass seine Kundschaft sich nicht von der Stelle bewegen sollte, und eilte davon. Kurz darauf kam er mit einigen flachen Paketen zurück.

»Bitte sehr, Professor Haxby. Ich denke, die Sachen müssten passen. Wenn nicht, tauschen Sie sie einfach morgen um.«

»Wir haben auch noch einen Reinigungsdienst«, sagte Mersbeck. »Sie werden also nicht jedes Mal bei Herrn Lansing vorstellig werden müssen, wenn Sie neue Kleidung brauchen.«

»Wie lange, glauben Sie denn, dass ich hierbleibe?«, fragte Haxby argwöhnisch.

»Das liegt ganz im Ermessen des Ministers«, sagte Mersbeck und versuchte dabei möglichst sorglos zu klingen.

Haxby schnaubte. »Kann ich wenigstens meine Familie unterrichten? Nicht dass meine Frau noch denkt, ich sei mit meiner Sekretärin ins Wochenende gefahren.«

»Ich glaube, ein Agent der Inneren Sicherheit hat sie schon aufgesucht und davon unterrichtet, dass Sie länger verreist sind. Ich weiß nicht, welche Ausrede er benutzt hat, aber glauben Sie mir: Was das Lügen angeht, ist unser Geheimdienst unschlagbar. Wir werden Ihnen noch einen Bericht zukommen lassen, damit Sie sich bei Ihrer Rückkehr nicht in Widersprüche verwickeln.«

Haxby betrachtete ihn stirnrunzelnd. »Sie nehmen den Geheimstatus dieser Station wirklich ernst, nicht wahr?«

»Sehr sogar.«

»Dann muss ich womöglich noch aufpassen, dass ich nicht aus dem Weg geräumt werde, wenn meine Dienste hier nicht mehr benötigt werden.«

»Ich verspreche, wir lassen es wie einen Unfall aussehen. Sie werden eine schöne Leiche abgeben«, sagte Mersbeck und zwinkerte ihm zu.

Haxby lachte nicht. Ganz im Gegenteil, er wurde bleich wie ein Handtuch.

»Das war ein Scherz!«, sagte Mersbeck erschrocken. »Gustav, wir stehen auf derselben Seite. Sie haben einen 2a-Sicherheitsstatus. Sie dürfen hier sein. Sie hätten im Gegenteil ein echtes Probleme, wenn Sie nicht gekommen wären.«

Haxby sah zu dem Ladeninhaber von Station 11 hinüber, der nur mit den Schultern zuckte. »Ich habe Jan schon immer gesagt, dass sein Sinn für Humor sehr fragwürdig ist.«

»Das ist er in der Tat«, sagte Haxby leise. »Was bin ich Ihnen schuldig?«

»Die Kosten übernimmt das Ministerium«, sagte Mersbeck. »Wenn wir Sie vorgewarnt hätten, wären Sie wahrscheinlich mit etwas umfangreicherem Gepäck angereist.« Er zog aus seiner Jackentasche einen Dienstausweis, der sich von dem Besucherdokument nur farblich unterschied. Haxbys Ausweis war hellgrün, Mersbecks von einem verwaschenen Rosa.

Lansing ging zur Kasse und steckte die Karte in einen Schlitz. Dann gab er die Summe ein und drehte an einer Kurbel. Ein Beleg wurde ausgespuckt, den Mersbeck abzeichnen musste.

»Wir haben hier oben kein Bargeld«, sagte er, als er mit einem Tintenstift seine Signatur auf eine gestrichelte Linie setzte. »Jeder bezahlt mit seinem Dienstausweis. Am Ende des Monats wird der entsprechende Betrag dann einfach vom Gehalt abgezogen.«

»Sehr praktisch«, sagte Lansing eifrig.

»Und sehr gefährlich. Man verliert sehr schnell den Überblick, was die Ausgaben angeht«, sagte Mersbeck augenzwinkernd in einem verschwörerischen Tonfall.

Doch Haxby hatte seine gute Laune noch immer nicht wiedergefunden.

»Kommen Sie!«, sagte Mersbeck, der sich wegen seines unbedachten Scherzes verfluchte, mit dem er Haxby über die Maßen verunsichert hatte. »Ich denke, wir sollten auf den Schreck erst einmal einen trinken. Dann kann ich Ihnen etwas über die Geschichte der Station erzählen.«

Anders als die Kantinen der übrigen Forschungsstationen, die so ungemütlich wie der Wartesaal eines Vorortbahnhofs waren, glich der Speisesaal von Station 11 einem Restaurant gehobener Klasse. Tagsüber konnte man durch ein Oberlicht hinauf zum Himmel schauen, was einem das Gefühl vermittelte, im Freien zu sitzen. Schien die Sonne zu stark, wurden einfach einige Blenden wie Segel vor die Scheiben gezogen. Die Wände waren holzgetäfelt und strahlten in einem rötlichen Ton. Hinter dem Tresen stand eine ansehnliche Batterie von Flaschen in dezent ausgeleuchteten Glasregalen. Im Hintergrund spielte leise ein pneumatisch gesteuertes Reproduktionsklavier. Obwohl die Zeit für das Dinner eigentlich vorbei war, gab es nur wenige freie Tische. Überall saßen Wissenschaftler, die sich angeregt unterhielten und die Neuankömmlinge nicht weiter beachteten. Mersbeck und Haxby nahmen am Fenster Platz, woraufhin sofort eine junge Frau mit der Speisekarte erschien.

»Darf ich Ihnen schon etwas zu trinken bringen?«

»Eine Karaffe Wasser wäre schön. Wie ist es, Gustav? Darf ich Sie zu einem Glas Wein einladen?«

»Gerne.« Haxby klappte die Speisekarte zu.

»Sie haben sich schon für ein Essen entschieden?«, fragte ihn die Bedienung.

»Ich nehme das Tagesmenü.«

»Dann schließe ich mich dem an«, sagte Mersbeck und die Kellnerin schwebte lautlos davon.

Mersbeck rückte das Besteck zurecht und räusperte sich. »Was wissen Sie über die Geschichte von Station 11?«, fragte er schließlich.

»So gut wie gar nichts«, gab Haxby zu, dessen Gesicht wieder an Farbe gewonnen hatte. »Sie war immer ein Gerücht, mehr nicht. Man spekulierte darüber, wusste aber nichts Genaues.«

»Obwohl sie die Nummer 11 trägt, ist sie die erste Station, die errichtet worden ist. Vor zehn Jahren wurde von einer Expedition unter der Leitung von Villem Strashok, der damals ein kleiner Doktorand der Physik war, die Überreste einer Anlage gefunden, die man noch zu Zeiten der alten Welt errichtet hatte. Diese Anlage befand sich inmitten eines Berges, der nur auf den ersten Blick eine ganz normale Erhebung ist. Tatsächlich ist der Jätterygg vollkommen entkernt. Diese steinerne Hülle beherbergt einen riesigen, von Menschenhand geschaffenen Kuppeldom. Es ist die größte Ausgrabungsstätte, die ich jemals gesehen habe, und sie ist der Kern von Station 11. Alle Artefakte, die wir hier finden, werden an Ort und Stelle ausgewertet. Das, was Sie bis jetzt an Neuerungen kennengelernt haben, ist das direkte Resultat dieser Forschungen.«

Ein Kellner schob einen kleinen Wagen heran und entkorkte eine Flasche Wein, um Mersbeck kosten zu lassen. Der nahm einen kleinen Schluck und nickte, woraufhin beider Gläser gefüllt wurden.

»Es ist eigentlich affig, den Wein vorher zu probieren«, flüsterte Mersbeck, als der Kellner gegangen war. »Wir haben nur einen roten und einen weißen.«

»Er könnte korken«, gab Haxby zu bedenken.

»Ich denke, wir versuchen durch diese kindischen Rituale hier am Ende der Welt den Anschein von Kultur zu wahren. Zum Wohl«, sagte Mersbeck und sie stießen an. Dann fuhr er fort. »Wir sind weitestgehend Selbstversorger. Fast alle Nahrungsmittel produzieren wir selbst. Etwas weiter außerhalb, aber noch innerhalb der Umzäunung stehen Treibhäuser, die wie die Viehställe mit der Abwärme des Kraftwerkes beheizt werden. Wild bereichert ebenfalls die Speisekarte.«

»Und woher bekommen Sie die anderen Güter?«, fragte Haxby und ließ den Wein im Mund hin- und herrollen.

»Es führt keine Straße und keine Eisenbahnlinie hier herauf. Im Winter könnten uns Hundeschlitten erreichen, aber wir ziehen den Luftweg vor. Die Station 11 hat eine Flotte von fünf Luftschiffen.«

»Zu denen auch die *Unverwundbar* gehört?«

»Nein, die *Unverwundbar* ist mein persönliches Fortbewegungsmittel.«

»Warum hat die Station 9 ein eigenes Luftschiff und ich nicht?«, fragte Haxby und klang fast ein wenig beleidigt.

Weil ich dem Kollektiv angehöre und du nicht, dachte Mersbeck, sprach es aber natürlich nicht aus. »Beantragen Sie eins bei der nächsten Direktoriumssitzung«, schlug er stattdessen vor. »Wenn jemand so ein Vehikel dringend braucht, dann Sie. Immerhin sind Sie Geologe. Reisen gehört sozusagen zu Ihrem Berufsbild. Ich würde Sie in Ihrem Antrag unterstützen.«

»Dürfte ich die Ausgrabungsstätte einmal sehen?«

»Natürlich. Sie haben den dafür vorgeschriebenen Sicherheitsstatus. Erzählen Sie mir aber vorher noch etwas über Ihr neues seismisches Verfahren«, sagte Mersbeck.

»Wir arbeiten mit Sprengladungen und einem Seismografen. Das ist ein Gerät, das im Prinzip aus zwei Teilen besteht: einer Federkonstruktion und einer eingehängten Masse wie zum Beispiel einem Bleikörper. Kommt es zu Bodenschwingungen, so bewegt sich auch das Gehäuse, während die

Masse aufgrund ihrer Trägheit in einem relativen Ruhezustand bleibt. Die Bewegungsdifferenz zwischen Gehäuse und Bleikörper messen wir dann.«

Mersbeck dachte nach. »Das heißt, je schwerer der Bleikörper, desto genauer die Messung.«

»Richtig. Deswegen sind der Genauigkeit Grenzen gesetzt«, sagte Haxby.

Die Kellnerin erschien und servierte den ersten Gang, eine klare Gemüsesuppe.

»Erinnern Sie sich noch an den Fernsprecher?«, fragte Mersbeck, während er etwas Brot in kleine Stücke brach und in seinen Teller krümelte.

»Natürlich, seine Funktionsweise war sehr beeindruckend«, sagte Haxby.

»Ich habe mir überlegt, dass die Mikrofontechnik des Fernsprechers auch in einem Seismografen funktionieren könnte.«

»Dann klären Sie mich einmal auf.«

»Ganz einfach. Auch hier hätten wir zwei Teile: eine Spule und einen Permanentmagneten, die beide durch eine Feder miteinander verbunden sind. Auch hier würde eine Erschütterung zu einer relativen Bewegung zwischen Spule und Magnet führen, die in der Spule eine gewisse Spannung induziert. Diese Spannung müsste …«, Mersbeck dachte nach, »… müsste proportional zur Geschwindigkeit der Relativbewegung sein.«

Haxby hatte den Löffel zum Mund geführt, hielt jetzt aber in der Bewegung inne. Einen langen Augenblick schaute er ihn mit großen Augen an, dann ließ er die Hand sinken.

Mersbeck war kein eitler Mensch. Er war nicht besonders stolz auf seine ins übermenschliche gesteigerte Intelligenz, die sich seit der Infektion mit der Blume ständig erhöhte. Meist setzte er die Gabe nur ein, wenn er alleine war. Ganz selten ließ er sie vor normalen Menschen aufblitzen, und dann freute er sich wie ein Kind über die meist sehr überraschten Reaktionen.

»Das könnte in der Tat funktionieren«, sagte Haxby mit der gebührenden Verblüffung.

»Natürlich wird es das. Und es würde Ihr Masseproblem lösen. Verstehen Sie jetzt, was ich vorhin meinte? Wir benötigen die Delatour-Kraft in Mengen, wie wir sie heute noch nicht produzieren können, um unsere Effizienz zu steigern«, sagte Mersbeck und aß genüsslich seine Suppe.

Haxby war plötzlich ganz aufgeregt. »Ich nehme an, Sie arbeiten schon seit geraumer Zeit daran.«

»Seit ich …«, dem Kollektiv beigetreten bin, wollte Mersbeck schon sagen, korrigierte sich dann aber. »Seit mich das Wissenschaftsministerium angeworben hat.«

»Wann darf ich die Laboratorien sehen?«, fragte Haxby begierig.

Mersbeck zog seine Uhr aus der Westentasche. »In einer Stunde ist ein hochinteressantes Experiment zum Delatour-Magnetismus geplant. Wenn Sie möchten, können Sie zugegen sein.«

Haxbys Gesicht begann zu leuchten, und das war nicht nur auf den Genuss des schweren Weines zurückzuführen. »Oh, nichts würde ich lieber tun.«

»Wie schön, dass ich Ihnen damit eine Freude machen

kann. Ich glaube, es wird eine Veranstaltung, die Sie Ihr Lebtag nicht vergessen werden«, sagte Mersbeck und prostete seinem Gegenüber zu.

Eigentlich gehörte die große Halle, in der die Experimente zur Delatour-Kraft unternommen wurden, nicht zu Mersbecks bevorzugten Orten dieser Station. Er wusste nicht, woran es lag, vielleicht an dem höllischen Geräuschpegel oder dem strengen Geruch nach Ozon. Die Halle, die beinahe die Ausmaße eines Luftschiffhangars hatte, war vollgestopft mit höchst beängstigenden Apparaturen, die aussahen wie mechanische Kraken und Kugelmonster, die tatsächlich Feuer spucken konnten. Man musste aufpassen, wohin man trat, denn überall schlängelten sich armdicke Kabel auf dem Boden, die die Ungeheuer mit Energie versorgten. Irgendetwas lag in der Luft, was Mersbeck kalte Schauer den Rücken hinabjagte. Etwas, was ziemlich unberechenbar war und unsichtbare Zähne hatte. Dennoch durfte die Angst nicht die Oberhand gewinnen, denn auch wenn es ihm gelang, die meiste Zeit über seinen Geist abzuschirmen, gab es Momente der Unachtsamkeit, der mangelnden Konzentration, die das Kollektiv nutzte, um Einblicke in seine gut behütete Gedankenwelt zu nehmen. Und das durfte er auf keinen Fall zulassen. Je weniger das Kollektiv über ihn wusste, desto sicherer war sein Leben. Also setzte er sein breitestes Lächeln auf, als er Gustav Haxby dem Leiter der Versuchseinrichtung vorstellte, ein hagerer Mann mit mächtigem Bart und dicker Brille, der seine Hände wie Mersbeck in den Taschen eines weißen Kittels vergraben hatte.

»Mein lieber Wissdorn! Darf ich Sie mit Gustav Haxby bekannt machen, Leiter der Station 6? Gustav, das ist Frederik Wissdorn, unser Experte für Delatour-Dynamik.«

»Sehr angenehm«, sagte Haxby und streckte seine Hand aus.

Wissdorn lachte grimmig und ließ die Hände in den Taschen seines Laborkittels. »Die würde ich an Ihrer Stelle ganz schnell wegpacken. Hier steht alles unter Strom. Wenn Sie stolpern und sich dabei abstützen, sind Sie innerhalb von Sekunden nur noch ein Häufchen Asche.«

»Oh«, machte Haxby und steckte seine Hände hastig in die Hosentaschen.

»Dennoch freue ich mich über jeden Besuch. Station 6, sagten Sie? Biologie?«

»Geologie.«

»Ah«, sagte Wissdorn nur, als sei Haxby nur einer unter vielen, die seine Arbeit nicht verstehen würden, so sehr dieser sich auch anstrengte, sie zu erklären. Mersbeck kannte den Mann nicht sonderlich gut. Er war kein Mensch, dessen Nähe er suchte, dazu war Wissdorn zu besessen von seiner Arbeit. Das konnte man an seinen Händen sehen, die über und über mit Brandnarben bedeckt waren, wie Mersbeck jedes Mal schaudernd bemerkte. Auf den Trick mit den Taschen war er offenbar aus leidvoller Erfahrung gekommen.

»Was möchten Sie wissen?«, fragte er Wissdorn.

»Ich möchte verstehen, wie die Delatour-Kraft funktioniert«, sagte Haxby begierig.

Wissdorn schnaubte. »Delatour! Delatour war ein Schwachkopf, der lediglich das nur allzu Offensichtliche erkannt hat. Jeder Physikstudent im Erstsemester könnte das. Diese Energie Delatour-Kraft zu nennen, ist vollkommen unangebracht.«

»Welchen Namen haben Sie ihr gegeben?«

»Elektrizität«, sagte Wissdorn.

Haxby legte den Kopf schief, als habe er nicht richtig gehört.

»Elektron ist ein anderes Wort für Bernstein. Tatsächlich handelt es sich hierbei um ein fossiles Harz. Mit ihm wurden die ersten Experimente mit Energieladungen dieser Art vorgenommen.«

»Ein anderes Wort für Bernstein?«, fragte Haxby. »Aus welcher Sprache?«

Wissdorn wollte diese Frage schon beantworten, als ihm Mersbeck hastig ins Wort fiel.

»Ich denke, unser Kollege hat kein Interesse an historischer Linguistik. Erzählen Sie uns lieber, woran Sie gerade arbeiten.« Er warf Wissdorn einen warnenden Blick zu, den dieser mit einem Schulterzucken quittierte.

»Also gut«, sagte Wissdorn. »Unser großes Thema ist zurzeit Elektromagnetismus. Sie haben doch bestimmt Bekanntschaft mit unserem Fernsprecher gemacht, nicht wahr?«

»Ein Wunderwerk, wie ich zugeben muss.«

»Dann wird Ihnen das hier gefallen. Kommen Sie mit.«

Er führte Mersbeck und Haxby zu einem Tisch, auf dem eine Holzkiste stand. Darauf war so etwas wie eine Holzscheibe angebracht, die über zwei Drähte mit einem weiteren Kasten verbunden war.

»Seit Jahren arbeiten wir mit optischen Telegrafen, die aber einen entscheidenden Nachteil haben: Bei Nebel oder schlechtem Wetter lassen sich keine Nachrichten übermitteln. Deswegen haben wir den Prototyp eines elektrisch betriebenen Telegrafen entwickelt, der über den hier angeschlossenen Akkumulator mit Strom versorgt wird. Mit ihm können wir elektromagnetische Impulse zu einem Zwillingsgerät schicken, das diese Impulse auf einem Streifen Papier sichtbar machen kann. Vorstellbar ist dabei eine spezielle Übertragungsschrift, die aus Punkten oder Strichen besteht.«

»Aber warum benutzen Sie nicht Ihren Fernsprecher für die Nachrichtenübermittlung?«, sagte Haxby. »Das wäre doch viel einfacher.«

»Wenn wir ein Verbindungskabel haben. Unser Telegraf hingegen arbeitet drahtlos«, erklärte Wissdorn.

»Drahtlos?« Haxby machte ein ungläubiges Gesicht. »Wie soll das gehen? So einfach durch die Luft?«

»Ja. Jeder Tastendruck ruft einen Hochspannungsimpuls aus, der über diese Antenne als elektromagnetische Welle seine Reise antritt. Jeder Sender ist auch gleichzeitig ein Empfänger, der die Welle wieder umwandelt.«

Jetzt war es an Mersbeck, überrascht zu sein. »Das heißt, wir können Nachrichten über große Entfernungen versenden, ohne wie bei einem optischen Telegrafen Relaistürme errichten zu müssen?«

»In der Tat, ja.«

»Wie groß ist die Reichweite?«, fragte Haxby.

»Mit diesen beiden Geräten? Etwa zwanzig Meilen.«

Mersbeck stieß einen leisen Pfiff aus.

»Je nach Leistung können wir die Reichweite aber auch erhöhen.« Wissdorn schaute seine beiden Besucher an. »Wollen Sie es einmal ausprobieren? Das Empfangsgerät steht da drüben. Nur zu, sie können nichts kaputt machen.«

Mersbeck und Haxby traten an die Geräte, die an den entgegengesetzten Enden der Halle standen.

»Also, Gustav«, rief Mersbeck. »Legen Sie los.«

Es machte »Klack« und die Papierrolle setzte sich in Bewegung, wobei auf dem Papierstreifen ein feiner Strich erschien. Das Ganze wurde von einem unangenehm schrillen Geräusch begleitet. Dann folgten ein Punkt, wieder ein Punkt und dann ein Strich. Und jedes Mal ertönte dieses schrille Quietschen.

»Stopp!«, rief Mersbeck. »Das machen meine Ohren nicht mehr mit.«

Wissdorn kam zu ihm herüber. Mit seinen Händen in den Kitteltaschen sah er seltsam unbeteiligt, beinahe gelangweilt aus.

»Das Gerät ist wunderbar, aber es macht einen Heidenlärm«, erklärte Mersbeck und räumte seinen Stuhl, damit Wissdorn Platz nehmen konnte. Der untersuchte den Telegrafen genauer, konnte aber offensichtlich keinen Fehler finden.

»Versuchen Sie es noch einmal«, rief er Haxby zu. Erneut setzte sich der Telegraf in Bewegung und wieder verzog Mersbeck das Gesicht, als bohrte ihm ein Zahnarzt den Backenzahn auf.

»Ich höre nichts«, sagte Wissdorn ratlos.

»Aber das bilde ich mir doch nicht ein!«, sagte Mersbeck. »Es ist ein hohes, schrilles Kreischen.«

Wissdorn hob die Hand und Haxby schickte diesmal eine Reihe von Punkten auf die Reise. Mersbeck fühlte sich, als würde jemand mit glühenden Nadeln in seinem Innenohr herumstochern. Gleichzeitig begann aber eine andere Apparatur erst dumpf, dann immer heller aufzujaulen. Wissdorn verzog das Gesicht.

»Ein wenig mehr Ruhe, wenn ich bitten darf!«

»Professor, wir haben hier ein Problem«, rief eine Stimme panisch. »Die Hochspannungskondensatoren am Sekundärgenerator sind ausgefallen. Wir können eine unkontrollierte Entladung nicht mehr ...«

... verhindern, dachte Mersbeck noch, da spürte er schon nichts mehr.

Im ersten Moment glaubte er, ein Blitz habe ihn getroffen. Nur: Er hatte kein Licht gesehen. Verdammt, er fühlte noch nicht einmal seinen Körper. Er wusste gerade noch, wer er war, aber dann verließ ihn auch diese Erinnerung. Sie rieselte davon wie der Sand in einem Stundenglas.

Ich sterbe, dachte er.

Dann gab es einen Stoß, er riss die Augen auf und holte gierig Luft. Strashok beugte sich über ihn. Er sah beinahe mitfühlend, in jedem Fall besorgt aus.

»Schlafen Sie. Wir kümmern uns um Sie.«

Dann dämmerte Mersbeck wieder weg.

***

Hakon hatte jegliches Zeitgefühl verloren. Ihm war so elend wie noch nie in seinem Leben. Die anderen hatten aus Ästen und Jacken eine von Gürteln zusammengehaltene Trage gebaut. Seltsame, beunruhigende Träume suchten ihn heim. Immer wieder kam ein großes, weißes Haus darin vor, das er aber nicht betreten durfte oder konnte, weil ihn seine Beine nicht dorthin trugen. Und das obwohl er wusste, dass sein Überleben davon abhing, durch die große messingbeschlagene Tür zu gehen.

Henriksson und Eliasson mühten sich redlich ab, obwohl auch sie am Ende ihrer Kräfte waren.

Dieser tote Wald, dachte Hakon. Er saugt uns aus, raubt unsere Lebenskraft. Er öffnete die Augen und sah York neben sich hergehen. Auch dessen Augen waren mittlerweile rot unterlaufen, als litte er an einer Bindehautentzündung. Die Haut war fahl. Das Haar klebte am Kopf. Und trotzdem ließ er die Hand seines Freundes nicht los. Hakon drückte sie, um York zu signalisieren, dass er erwacht war.

»Wie geht es dir?«

»Nicht so schlimm, wie du aussiehst«, antwortete York.

»Das wird sich vermutlich bald ändern, mein Junge«, sagte Henriksson, der vorne ging.

»Aber was haben wir, York und ich?«

»Man nennt es die Koroba. Eigentlich müssten Paul und ich uns genau so dreckig fühlen, aber irgendwie scheint ihr beiden für diese Krankheit besonders empfänglich zu sein.«

»Vielleicht liegt es ja an unserer Begabung«, wisperte Hakon.

»Wie auch immer«, keuchte Henriksson. »Wir sind jetzt drei Tage unterwegs, und noch immer scheint diese Todeszone kein Ende zu nehmen.«

»Drei Tage?«, fragte Hakon entsetzt und versuchte sich aufzurichten, was dazu führte, dass seine beiden Träger beinahe stürzten.

»Hehehehe!«, rief Henriksson. »Halt still.«

Hakon ließ sich wieder zurücksinken. Ihm war speiübel, und auch York sah aus, als ginge es ihm nur unwesentlich besser.

»Wovon haben wir eigentlich die ganze Zeit gelebt?«

»Na ja, von dem, was wir dabeihatten. Oder glaubst du etwa, irgendeiner von uns wäre auf die Idee gekommen, hier auch nur einen Schluck Wasser aus einem Bach zu trinken?«

»Oh«, sagte Hakon nur und es klang wie ein heiseres Stöhnen. Jetzt fiel ihm wieder der Durst ein, der seine Zunge schwer am Gaumen kleben ließ und das Sprechen erschwerte. Er versuchte zu schlucken und etwas Speichel zu sammeln, aber er hatte keinen Erfolg. Himmel, was würde er jetzt für ein Glas eiskaltes Wasser geben! Die Sonne schien gleißend von einem fahlen Himmel. Hakon schloss die Augen und legte den Arm übers Gesicht.

»Wir werden verfolgt«, sagte er schließlich. Henriksson blieb abrupt stehen und drehte sich zu ihm um.

»Von wem? Von Agenten der Inneren Sicherheit?«

»Nein, ich befürchte, es ist etwas Schlimmeres.«

Sie setzten Hakon ab.

»Weißt du das schon länger?«, fragte Eliasson.

Hakon nickte.

»Aber warum hast du uns denn nichts gesagt?«, rief York.

Hakon verzog schmerzlich das Gesicht, eine neue Welle von Übelkeit stieg in ihm hoch. Er schluckte, dann presste er hervor: »Was hätte das gebracht? Wir waren in keiner unmittelbaren Gefahr.«

»Ich springe wieder zurück«, sagte York auf einmal entschlossen.

»Und dann?«, fragte Hakon.

York zuckte hilflos mit den Schultern. »Und dann lasse ich mir etwas einfallen.«

»Toller Plan.«

»Hast du einen besseren Vorschlag?«

»Nein«, gab Hakon kleinlaut zu.

York hielt die Luft an und schloss die Augen. Dann öffnete er sie wieder.

»Na, hast du es dir doch anders überlegt?«

»Nein«, antwortete York und Hakon hörte das Entsetzen in seiner Stimme. »Es geht nicht mehr.« York schloss noch einmal die Augen, schüttelte dann aber schließlich den Kopf. »Es ist zwecklos.«

»Paul«, bat Hakon Eliasson, »könnten Sie sich bitte einmal zu mir herunterbeugen?«

»Natürlich, aber warum ...«

»Hakon, nein!«, schrie York.

Aber es war zu spät. Hakon hatte schon die Hand des Mannes ergriffen. Erschrocken ließ er sie los.

»Verdammt noch mal, was soll das? Willst du dich umbringen? Reichen dir die Stimmen im Kopf noch nicht aus? Brauchst du noch mehr Gesellschaft?« Henriksson schien außer sich vor Zorn.

»Sie ist weg«, hauchte Hakon.

»Wer ist weg?«, fragte Henriksson irritiert.

»Meine Gabe. *Unsere* Gabe. Sie ist weg.« Hakon bekam es mit der Angst zu tun. Er mobilisierte seine letzten Kräfte und stand auf. »Wir müssen diesen Wald augenblicklich verlassen. Sonst sterben wir. Erst ich. Dann York. Und dann Sie beide.«

Hakon machte einen Schritt nach vorne, stürzte der Länge nach hin, stand aber sogleich wieder auf. Taumelnd rannte er durch das Dickicht der toten Bäume, ohne darauf zu achten, ob die anderen ihm folgten. Schließlich knickte er ein, rollte einen Hang hinab und blieb schließlich am Ufer eines Baches liegen. Plötzlich war es, als hätte das plätschernde Wasser einen Schalter in ihm umgelegt. Jede Faser seines ausgedörrten Körpers flehte ihn an, in die Knie zu gehen und zu trinken. Nur einen Schluck, einen winzigen Schluck! Hakon stieß einen Schrei grenzenloser Frustration aus. Neben ihm sank York ins tote Laub und nahm seine Hand.

»Komm, steh auf«, sagte er flehend.

»He!«, rief auf einmal jemand, Hakon wusste nicht, ob es Eliasson oder Henriksson war, ihre Stimmen waren sich so ähnlich. »He, dort drüben ist eine Hütte!«

York packte Hakon unter die Arme und zog ihn hoch. »Los, wir haben es fast geschafft.«

Die Hütte verdiente wohl eher die Bezeichnung Baracke

und war eine lang gezogene halbrunde Röhre aus Wellblech. Nur die Front und die rückwärtige Wand waren gerade. Die Tür war angelehnt. Vorsichtig streckte Henriksson die Hand aus und öffnete sie. Mit einem leisen Quietschen schwang sie nach innen auf.

Das Licht, das von außen durch die geöffnete Tür und die schmutzigen Fenster fiel, reichte aus, um eine grausige Szenerie zu beleuchten.

Links und rechts standen jeweils drei Betten, auf denen mumifizierte Leichen lagen. Nur eines war leer. Einige der Toten sahen aus, als seien sie friedlich eingeschlafen, doch drei von ihnen mussten einen entsetzlichen Todeskampf durchlitten haben. Ihre Münder waren weit aufgerissen, die Hände hatten sich um den Hals gekrallt.

Eliasson stieß einen erstickten Schrei aus. York wandte sich ab, lehnte sich gegen einen Baum und übergab sich. Hakon war so entkräftet, dass er im ersten Moment gar nicht verstand, was er sah. Einzig Morten Henriksson behielt die Fassung. Vorsichtig trat er in das Innere der Wellblechhütte.

»Was ist mit ihnen geschehen?«, fragte Hakon heiser.

Henriksson antwortete nicht. Er nahm eine Petroleumlampe vom Haken und schüttelte sie, doch sie war leer. Er durchsuchte die Regale und Schränke, bis er endlich zwei Grubenlampen fand. Er zog aus seiner Hosentasche ein Heftchen Streichhölzer und entzündete sie mit zitternden Händen.

»Was ist mit ihnen geschehen?«, wiederholte Hakon die Frage.

»Ich weiß es nicht«, sagte Henriksson und näherte sich

zögerlich einer der Leichen. Erst jetzt konnte man sehen, dass sie wie das spärliche Mobiliar mit einer dicken Staubschicht überzogen war. »Aber ich befürchte, dass sie genau das durchgemacht haben, was uns auch bevorsteht.« Er zog dem armen Kerl die Decke über den Kopf.

Eliasson hatte wohl seinen ersten Schreck überwunden, denn er tat dasselbe mit den anderen Leichen. Dann atmete er tief durch.

»Was für ein Ort«, sagte er und stöhnte. »Ich hoffe, es kommt keiner von euch auf die Idee, hier übernachten zu wollen.«

York stand jetzt mit wackeligen Beinen neben Hakon und wischte sich mit dem Handrücken den Mund ab. »Keine Angst. Keine zehn Pferde würden mich dazu bringen.«

Henriksson nickte und nahm eine der Karbidlampen, um die Regale zu untersuchen.

»Das war eine bestens ausgerüstete Expedition. Hier liegen Karten, ein Kompass, Rucksäcke, Zelte und Schlafsäcke. Ich denke, die werden wir gut gebrauchen können.« Henriksson nahm eine Konserve aus dem Regal und drehte sie so, dass er die Beschriftung lesen konnte. »Fleisch in Dosen. Nicht unbedingt das, wonach mir gerade der Sinn steht, aber wenigstens werden wir nicht verhungern.« Er begann einen der Rucksäcke mit Proviant vollzustopfen.

»Wir brauchen unbedingt etwas zu trinken«, sagte Hakon.

»Das Wasser dürfte längst verdorben sein«, sagte Henriksson mit einem Blick auf die Feldflaschen, die an einem Haken hingen. »Versucht es mal hiermit.«

Er warf York zwei Konserven zu.

»Aprikosen im eigenen Saft! Lecker!«

Eliasson hatte sich inzwischen an den langen Tisch gesetzt und blätterte in einem Buch.

»Was ist das?«, fragte Henriksson und stellte den Rucksack ab.

»Sieht wie ein Tagebuch aus«, sagte Eliasson und zog aus seiner Jackentasche eine Brille. »Hier, lest das!«

Hakon und York beugten sich gemeinsam mit den anderen über die Kladde.

2. Tag

Die Wagemut *ist heute zu Station 11 zurückgekehrt. In vier Wochen soll sie uns wieder abholen. Ich befürchte, das wird der längste Monat unseres Lebens. Es ist ein trostloses Land, lebensfeindlich und verdorrt. Und dennoch gibt es Hinweise auf Artefakte aus der alten Zeit. Beginnen heute mit dem Bau der Hütte. Noch eine Nacht möchten wir nicht im Freien verbringen.*

5. Tag

Der Bau der Hütte hat länger gedauert, als uns lieb war. Die Nächte waren schrecklich. Oleg klagt seit gestern über heftige Kopfschmerzen. Wahrscheinlich ist er dehydriert. Müssen darauf achten, mehr zu trinken.

7. Tag

Haben heute die nähere Umgebung erkundet. Keine Hinweise auf Leben, nirgendwo. Die Pflanzen, die hier wachsen, sind alle verkrüppelt. Nur Pilze scheinen hier prächtig zu gedeihen. Haben heute in einer Senke mit Probegrabungen begonnen, doch nichts Relevantes zutage gefördert. Stephan zweifelt am Sinn unserer Exkursion, und ich schließe mich seiner Meinung langsam an. Olegs Kopfschmerzen werden schlimmer und auch Jewgenij klagt über Unwohlsein.

8. Tag

Sind heute Nacht aus dem Schlaf hochgeschreckt, weil irgendetwas um die Hütte geschlichen ist. Bei Sonnenaufgang nach Spuren gesucht, aber nichts gefunden. Zu Olegs Kopfschmerzen kommen nun auch noch Erschöpfungszustände. Strashok hätte uns einen Arzt mitgeben sollen. Die Apotheke, die wir dabeihaben, ist nutzlos. Haben es mit Acetylsalicylsäure versucht. Oleg musste sich daraufhin übergeben.

10. Tag

Die Arbeit kommt nur mühsam voran. Wenigstens lassen sich die Berichte leicht schreiben. Einziger Eintrag: keine Funde. Oleg ist heute im Bett geblieben. Wir befürchten, dass es die Koroba ist. Wenn das stimmt, wird sie uns bald alle erwischen. Und noch zwanzig Tage bis zur Rückkehr des Luftschiffs.

11. Tag

Heute Nacht hat etwas an unserer Tür gekratzt. Keiner außer mir hat es gehört, aber ich bin sicher, dass ich es mir nicht eingebildet habe. Eines der Gewehre, die wir draußen liegen gelassen haben, ist verschwunden.

14. Tag
Mittlerweile zeigen alle Anzeichen der Koroba. Oleg hat Blut im Stuhl. Jewgenij isst seit zwei Tagen nur noch dünne Suppe. Stephan liegt apathisch in seinem Bett. Marius und Aras hat es jetzt auch erwischt. Noch zwei Wochen bis zur Rückkehr der Wagemut.

»Die Schrift wird fahriger«, stellte Hakon nachdenklich fest.

»Ja, die Männer müssen schon früh am Ende ihrer Kräfte gewesen sein«, erwiderte York düster.

Sie lasen weiter.

18. Tag
Unser Lager wurde verwüstet, und wir haben nichts gehört. Erschöpfung und Resignation. Gott sei Dank reichen unsere Vorräte noch. Oleg geht es besser, er hat sogar wieder etwas Appetit bekommen. Hat die Umgebung unseres Camps abgesucht, aber keine Hinweise auf den nächtlichen Besucher gefunden. Will heute Nacht Wache beziehen.

19. Tag
Oleg ist tot. Etwas hat seine Kehle durchgebissen. Es muss so schnell gegangen sein, dass er noch nicht einmal einen Schuss abfeuern konnte. Haben ihn hinter der Hütte begraben. Verzweiflung.

22. Tag
Kaum einer schafft es noch, das Bett zu verlassen. Selbst das Tagebuch zu führen, ist eine Qual. Noch vier Tage.

27. Tag

Gestern hätte die Wagemut *kommen sollen. Warteten auch heute vergebens. Große Niedergeschlagenheit.*

30. Tag

Haben die Hoffnung aufgegeben. Stephan hat das Bewusstsein verloren, Aras schreit vor Schmerzen. Jewgenij denkt an Selbstmord. Habe daraufhin die Waffen versteckt.

31. Tag

Jewgenij heute Nacht gestorben. Keiner hat die Kraft, ihn zu begraben.

33. Tag

Aras und Stephan gestorben. Man hat uns vergessen.

34. Tag

An diesem Morgen durch lautes Motorengeräusch geweckt. Ein Luftschiff überfliegt das Lager, sieht uns aber nicht. Kann keinen Signalschuss abgeben. Habe vergessen, wo ich die Waffen versteckt habe.

35. Tag

Eigentlich sollten die Leichen verwesen, aber der Geruch bleibt aus. Marius ist tot. Ich bin der einzige Überlebende.

38. Tag

Ich habe keine Angst.
Johan Lukasson

Sie schwiegen erschüttert, als sie den letzten Eintrag lasen. Hakon klappte langsam das Tagebuch zu und starrte auf die Leichen.

»Wenn sie wirklich von der Koroba dahingerafft worden sind, müssen wir sofort aufbrechen«, sagte York.

»Wenn sie von der Koroba dahingerafft worden sind, haben wir sie auch schon längst«, entgegnete Henriksson.

»Ich habe jedenfalls keine Lust, mich zu diesem Johan Lukasson zu legen und einfach abzuwarten, bis ich sterbe«, sagte Hakon. »Die Aussichten sind nicht rosig, aber ich werde nicht aufgeben. Außerdem glaube ich nicht, dass die Koroba eine Krankheit wie jede andere ist. Tollwut wird durch ein infiziertes Tier übertragen. Eine Erkältung bekomme ich nur, wenn mich jemand anniest. Hier ist aber niemand, der mich beißen könnte oder einen Schnupfen hat. Und wie es aussieht, sind die armen Teufel hier mutterseelenallein gestorben.«

»Mutterseelenallein?«, sagte Eliasson. »So sicher wäre ich mir da nicht. Ihr habt ja selbst das Tagebuch gelesen. Etwas hat sie belauert.«

»Aber nicht angegriffen!«, sagte Henriksson.

»Einem Mitglied der Expedition wurde die Kehle durchgebissen.«

»Die Koroba hatte sie schon vorher im Griff gehabt«, wandte Hakon ein.

»Sie glauben also, dass es keine Infektion ist?«, fragte York Henriksson.

»Es gibt keine Übertragung«, sagte dieser. »Es muss also etwas sein, was sich in der Luft oder im Wasser befindet.«

»Ein Gift?«, fragte Hakon.

»Kann sein. Wobei ich mich frage, warum ihr beide stärker betroffen seid als Paul und ich.«

»Vermutlich liegt es an unserer Begabung«, sagte Hakon.

»Wie dem auch sei, wir müssen fort von hier.« Eliasson steckte das Tagebuch in den Rucksack zu den Vorräten. »Ich schaue, ob draußen noch etwas ist, was wir gebrauchen können.«

»Dann werde ich in der Zwischenzeit nach den Waffen suchen«, sagte Henriksson und stapfte mit schweren Schritten hinaus.

»Komm, Hakon«, sagte York. »Wir öffnen in der Zeit einige Konserven. Aprikosen im Saft klang sehr gut. Ich bin vollkommen ausgedörrt.« Er drehte die Dose in der Hand, fand aber keine Lasche, an der man sie öffnen konnte. »Weißt du, wie man diesem Ding hier zu Leibe rückt?«, fragte er schließlich ratlos.

»Noch nie etwas von einem Büchsenöffner gehört?«

York, der sein bisheriges Leben in einer Villa mit einem Heer von Bediensteten verbracht hatte, sah ihn verwirrt an. »Nein. Was ist das?«

Hakon ging hinüber zur provisorischen Küchenecke und durchsuchte den Besteckkasten.

»*Das* hier ist ein Büchsenöffner«, sagte er schließlich und hielt einen Doppelhaken mit Holzgriff in die Höhe.

»Oh«, sagte York nur, als er sah, was Hakon meinte. »Tut mir leid, aber du weißt ja, ich bin sozusagen in einem goldenen Käfig aufgewachsen. Ich bin froh, dass ich wenigstens alleine meine Schuhe zubinden kann.«

Hakon schleppte sich zurück an den Tisch und ließ sich neben York auf die Bank fallen. Dabei versuchte er die ganze Zeit möglichst keinen Blick auf die Betten zu werfen, auf denen die Leichen unter ihren Decken lagen. Eigentlich müsste man sie begraben, dachte er. Aber ihm persönlich fehlte die Kraft dazu. Er schaffte es ja noch nicht einmal, eine Büchse zu öffnen. Als er zum dritten Mal abgerutscht war, nahm ihm York das Werkzeug aus der Hand.

»Du musst den unteren Haken am Dosenrand ansetzen und dann den oberen Haken in den Deckel drücken«, sagte Hakon.

»Was du nicht sagst«, brummte York und setzte den Dosenöffner ein paarmal falsch an, aber dann hatte er den Dreh raus. »Tadah!«, sagte er schließlich, als wäre ihm ein besonders beeindruckender Trick gelungen.

»Wunderbar.« Hakon zwang sich zu einem Lächeln. »Wenn wir dieses Abenteuer überstehen, können wir ja zusammen im Zirkus meines Vaters auftreten. Tarkovski und Urban! Das wäre eine Nummer, die alle von den Stühlen reißt …« Dann erlosch sein Lächeln und er verfiel in dumpfes Schweigen.

»Du musst an deine Familie denken, nicht wahr?«, fragte York.

»Hellsehen ist *mein* Metier, schon vergessen?«, sagte Hakon und seufzte. »Tut mir leid, war nicht so gemeint. Tatsächlich kreisen meine Gedanken die ganze Zeit um zwei Dinge: Werden wir diesen tödlichen Wald überleben? Oder werden wir dorthin gehen, wo meine Familie schon ist?«

»Du glaubst, sie sind tot?«

»Ich habe Swann in den Kopf geschaut. Ich konnte zwar nicht alles sehen, aber ich glaube, sie wurden an einen schrecklichen Ort gebracht.«

»In ein Lager«, vermutete York, der von seinem Vater wusste, dass es überall im Land verstreut Strafkolonien gab, in denen Menschen einfach weggesperrt wurden. »Vielleicht hatten deine Eltern ja Glück und man hat sie woanders hingebracht«, versuchte er seinen Freund zu trösten.

»Wohin denn? In eines der vielen Gefängnisse vielleicht? Das ist auch nicht besser. Glaub mir, ich habe eines von innen gesehen.«

York schwieg betroffen und fischte nachdenklich mit den Fingern eine Aprikose aus der Büchse. Hakon legte die Hand auf seine Schulter.

»Du bist mir ein guter Freund. Wahrscheinlich der einzige, den ich habe, denn im Gegensatz zu Henriksson und Eliasson verstehst du mich. Ich befürchte, die beiden nehmen das Tagebuch nicht ernst genug. Das Ding, das uns verfolgt, ist dasselbe, das diesen Oleg getötet hat. Eigentlich meidet es den toten Wald. Die Koroba bringt nicht nur Menschen um, sondern jedes andere Lebewesen auch. Es stirbt. Aber noch ist es gefährlich. Ich weiß, es klingt merkwürdig, aber ich kann es spüren.«

Hakon sah seinen Freund ernst an.

»York, wenn es uns findet, wird es uns töten. Dieses Wesen hat bereits vor Tagen unsere Witterung aufgenommen. Und es kommt immer näher.«

***

Es war Dienstag, und die Lage in den Straßen von Lorick hatte sich ein wenig entspannt. Zwar herrschte nach Sonnenuntergang noch immer eine Ausgangssperre, aber da es um diese Jahreszeit ohnehin erst relativ spät dunkel wurde, waren die von der Regierung verfügten Beschränkungen allenfalls ärgerlich, jedoch kein großes Hindernis. Die Menschen gingen wieder ihren Beschäftigungen nach. Es bestand laut der überall angeschlagenen amtlichen Bekanntmachungen sogar eine Pflicht zur Arbeit. Wer unentschuldigt fernblieb, hatte mit drakonischen Strafen zu rechnen.

Tess verließ am späten Nachmittag Noras Laden und machte sich auf den Weg nach Schieringsholm, einem Viertel am anderen Ende der Stadt, das sie nur mit dem Bus erreichen konnte. Sie verkleidete sich diesmal nicht als Junge, da Egmont mit Sicherheit ihre Beschreibung weitergegeben hatte. Der gefälschte Ausweis, den ihr Nora gegeben hatte, wies sie als eine Elizaveta Blavatsky aus, die in Lorick ihre Großmutter besuchte. Im Prinzip stimmten alle Angaben in dem Dokument: Noras Adresse in Süderborg, das Alter und selbst die Größe. Da Tess erst dreizehn war, benötigte sie auch keine Ambrotypie für den Ausweis, was die Sache erleichtert hatte. Einen Stapel Blankoformulare, eine Typenmaschine zum Ausfüllen sowie das obligatorische Dienstsiegel der Meldebehörde hatte Nora in einem Küchenschrank versteckt. Tess hatte die alte Frau nicht gefragt, wie sie an derlei Dinge gekommen war, vermutete aber, dass die Armee der Morgenröte entweder hervorragende Beziehungen zur Stadtverwaltung oder aber einen begnadeten Dieb in ihren Reihen hatte. Zusätzlich hatte sie noch fünfzig Kronen eingesteckt. Die Vorräte gingen zur Neige, und Tess hatte den Auftrag erhalten, auf dem Rückweg etwas einzukaufen. Als wäre ihre Reise nach Schieringsholm ein ganz normaler Einkaufsbummel, wie Tess belustigt festgestellt hatte.

Schieringsholm war ein Ort, an dem sich wegen der niedrigen Mieten vor allem Studenten niederließen, die in der nahe liegenden Universität von Lorick ihre Vorlesungen besuchten. Es war ein lebendiges Viertel, in dem zu normalen Zeiten bis spät in die Nacht das Leben pulsierte. Diese Leichtigkeit war selbst jetzt noch zu spüren, als Tess den Bus an der Pauletstraße verließ, wo an einer Ecke die Gastwirtschaft *Zum fassbeinigen Rappen* stand, eine der vielen typischen Bierschwemmen dieses Viertels. Vor knapp vierzehn Tagen hatte Tess in Henrikssons Auftrag eine verschlüsselte Anzeige für die Mitglieder der Armee der Morgenröte aufgegeben, in der Ort und Zeitpunkt der Treffen angegeben waren: im *Fassbeinigen Rappen*, jeden Dienstag- und Donnerstagnachmittag. Sie öffnete die Tür und betrat die Schankstube.

Um diese Tageszeit waren die Kneipen der Stadt nicht besonders gut besucht. Die Mittagspause war seit zwei Stunden auch für die letzten Nachzügler beendet und die Teestunde war noch nicht angebrochen.

Hinter dem Tresen stand eine junge Frau, das rote Haar aufgetürmt zu einer kunstvollen Steckfrisur. Sie war eine Spur zu stark geschminkt, woraus Tess schloss, dass die Mehrzahl der Gäste männlich war. Ihr Kleid war dunkel und praktisch geschnitten. Sie polierte gerade die frisch gespülten Gläser und schaute auf, als sie Tess bemerkte.

»Na, Liebchen? Wen suchst du?«

»Ich bin wegen der Anzeige hier.«

»Ah, der Liederkranz. Letzten Donnerstag waren einige da. Haben aber nicht viel gesungen.« Die Wirtin stellte das saubere Glas zurück in das Regal. »Du bist ohnehin ein wenig früh.«

Tess dachte einen Moment nach. »Kann ich noch etwas zu essen bekommen?«

»Sicher. Die Mittagskarte gilt noch.« Die Frau zeigte auf eine mit Kreide beschriebene Tafel, auf der vier Gerichte angeboten wurden.

»Ich hätte gerne das Hühnchen.«

Die Wirtin nickte. »Was willst du dazu haben? Du hast die freie Auswahl: Gemüse, Reis mit Soße oder einen Auflauf.«

»Reis mit Soße klingt gut. Dazu bitte ein Glas Wasser.«

Die Wirtin lächelte und wischte sich die Hände an der grauen Schürze ab. »Bring ich dir.« Sie verschwand in der Küche.

Tess kletterte auf einen Hocker und legte die Arme auf den Tresen. Im Vergleich zum *Fassbeinigen Rappen* war Phineas Woosters *Eiserne Jungfrau* eine heruntergekommene, dunkle Kaschemme gewesen. Hier waren die Räume hell und hoch. Auf den Fensterbänken standen Topfpflanzen, die augenscheinlich mit viel Liebe gepflegt wurden, denn sie gediehen prächtig. Die Tische waren mit Wachs poliert, die Stühle sahen trotz der fehlenden Polster sehr bequem aus. An den weiß gestrichenen Wänden hingen Spiegel, die den

Raum größer erscheinen ließen, als er tatsächlich war. Aus der Küche erklang das Scheppern von Töpfen und Pfannen.

Tess hörte, wie hinter ihr die Tür geöffnet wurde und der Lärm der Straße für einen kurzen Moment in die Gaststube drang. Ein Mann brummelte einen Gruß, hängte Jacke und Hut an einen Garderobenhaken und setzte sich an einen der freien Tische. Tess blickte hoch in den Spiegel, der über dem Tresen hing. Der Mann hatte die Hände vor sich auf dem Tisch gefaltet und wartete nun geduldig auf die Bedienung.

Tess musterte ihn eindringlich. Er machte einen in sich gekehrten Eindruck, als ob ihn etwas bedrückte. Seine Augen deuteten auf einen hellen Verstand hin, obwohl sie müde in ihren tiefen Höhlen lagen.

Die Uhr schlug halb fünf. Hinter Tess ging erneut die Tür auf. Eine rundliche Frau, den kleinen, mit roten Kirschen verzierten Hut keck nach vorne geschoben, betrat den Raum. Die Entschlossenheit ihres Gesichtsausdrucks wurde durch die rosigen Wangen ein wenig gemildert. Tess runzelte die Stirn. Sie wusste nicht woher, aber sie kannte diese Frau.

Die Dame schaute sich kurz um und für einen kurzen Moment glaubte Tess, dass sie und der Mann sich kannten. Es war nur ein Blinzeln, eine knappe, kaum merkliche Geste der Vertrautheit, dann setzte sich die Dame an den Nebentisch, wo sie ihre kleine Handtasche öffnete, um sich die Nase zu pudern.

Tess kramte fieberhaft in ihrem Gedächtnis. Irgendetwas war ihr an dieser Frau dermaßen vertraut, dass Tess nicht anders konnte, als sie durch den Spiegel unverhohlen anzustarren. Und das wohl ziemlich auffällig, denn die Dame erwiderte den Blick und runzelte die Stirn.

Schließlich nahm sich Tess ein Herz und drehte sich auf ihrem Stuhl um.

»Entschuldigung?«, fragte sie. »Sind Sie auch wegen des Liederkranzes hier?«

»Oh ja«, sagte die Dame mit einem Lächeln. »Und ich kenne dich. Du hast vorletzte Woche die Anzeige bei mir aufgegeben. Obwohl du damals noch ein Junge warst.«

Richtig! Jetzt wusste Tess, wo sie das Gesicht einordnen musste. Sie rutschte von ihrem Stuhl und ging zu der Frau hinüber.

»Guten Tag. Mein Name ist Tess.«

Die Frau hob die Augenbrauen, dann lächelte sie über das ganze Gesicht. »Und ich bin Edith. Edith Ansdottir.«

»Nun, dann können wir ja wenigstens ein Terzett singen«, sagte jetzt der Mann und stand ebenfalls auf. »Mein Name ist Anton Diffring.« Er reichte Tess die Hand.

»Sie beide kennen sich schon«, stellte Tess fest.

»Oh ja. Schon länger. Wir haben schon manches Lied gemeinsam gesungen«, sagte Diffring und lächelte Edith an.

»Werden noch andere kommen?«, fragte Tess.

»Nein«, sagte Diffring leise. »Sie sind alle verhaftet worden. Es ist im Moment ein wenig gefährlich für uns.« Er blickte auf, als die Wirtin erschien und Tess das Essen servierte, redete aber weiter. »Wir wissen nicht, wie uns der Geheimdienst aufspüren konnte, aber die Armee der Morgenröte ist stark dezimiert worden. Das sieht vorzüglich aus. Was ist das, Morna?«

»Huhn«, sagte die Wirtin. »Es ist noch genug da.«

»Dann hätte ich auch gerne eine Portion«, sagte Edith.

»Wird gemacht«, antwortete Morna und wollte gerade wieder in die Küche gehen, als sie innehielt und das Schild an der Tür von *Geöffnet* auf *Geschlossen* drehte.

»Wo ist Henriksson?«, fragte Edith.

Tess stutzte zunächst, doch dann fiel ihr ein, dass Edith Henriksson natürlich kannte. Sie waren alle Mitglieder der Armee der Morgenröte. »Irgendwo auf halbem Weg nach Morvangar. Zusammen mit Eliasson und zwei Freunden von mir, Hakon und York.«

»York?«, fragte Diffring ungläubig. »Etwa York Urban, der Sohn des Richters?«

»Ja«, sagte Tess verwirrt. »Kennen Sie ihn?«

»Das will ich wohl meinen. Ich war sein Hauslehrer. Als ich vorletzte Woche kam, um ihn zu unterrichten, war er nicht da. Egmont, der ehemalige Sekretär seines Vaters, teilte mir mit, dass er krank sei und man mir eine Nachricht zukommen ließe, wenn er wieder gesund sei. Ich habe mir schon gedacht, dass da etwas nicht stimmt. York hatte mir erzählt, dass der Innenminister den Richter umgebracht hat. Ich habe ihm geglaubt. York ist ein sehr ernsthafter Junge, der mich noch nie angelogen hatte. Geht es ihm gut?«

»Ja. Ich denke schon.«

»Was ist geschehen?«, fragte Edith.

Tess berichtete, was sich im Zug nach Morvangar zugetragen hatte, vermied es aber, die Eskatay und die Gist zu erwähnen. Sie wusste nicht, inwieweit die Armee der Morgenröte die wahren Hintergründe des Ausnahmezustandes kannte, den Präsident Begarell ausgerufen hatte. Doch diese Frage beantwortete Diffring für sie.

»Wie ist es diesem Hagen Lennart gelungen, den Chef der Inneren Sicherheit auszuschalten? Immerhin war Swann ein Eskatay.«

Tess sah in den Augen des Lehrers etwas Abwägendes, so als wollte er sehen, wie sie auf seine Enthüllung reagierte.

»Wir haben ihm dabei geholfen, Hakon, York und ich.«

Diffring machte auf einmal ein Gesicht, als würden sehr viele Dinge auf einmal einen Sinn für ihn ergeben. »York hat geholfen, Swann aus dem Verkehr zu ziehen? Sieh mal einer an.« Er lachte und schüttelte den Kopf.

»Aber ihr gehört nicht zu den Eskatay?«, fragte Edith misstrauisch.

»Würde ich sonst hier sitzen?«, antwortete Tess.

»Sie ist ein Gist. Genau wie York und dieser Hakon«, sagte Diffring und ließ den Satz förmlich auf der Zunge zergehen.

Edith sah ihn überrascht an.

»Wir haben bis jetzt nur von einem Gist gewusst«, fuhr der Lehrer fort. »Henriksson hatte den Namen nicht herausrücken wollen.«

»Und das war auch gut so«, sagte Edith. »Wenn wir Swann in die Hände gefallen wären, hätten wir dieses Geheimnis unweigerlich verraten. Gut zu wissen, dass uns nun vier Gist zur Seite stehen.«

»Was ist aus dem Polizisten geworden?«, fragte Diffring.

Tess seufzte. »Ich habe ihn zurück nach Lorick begleitet, weil er seine beiden entführten Töchter befreien wollte. Leider ist er verhaftet worden.«

»Dann wird man ihn wie die meisten von uns ins Staatsgefängnis gebracht haben«, sagte Edith.

»Können Sie Kontakt mit den Verhafteten aufnehmen?«, fragte Tess.

»Nein. Sie werden vollkommen isoliert. Noch nicht einmal Anwälte dürfen mit ihnen sprechen.«

»Also ist auch eine Flucht aussichtslos«, sagte Tess.

Diffring nickte. »Betrüblicherweise ja. Wir wüssten auch nicht, wie wir sie von draußen unterstützen könnten. Es gibt aber eines, was ich tun kann. Ich werde noch einmal zum Anwesen des Richters gehen und mich ganz unschuldig nach Yorks Befinden erkundigen. Vielleicht kann ich ja etwas über die beiden Kinder herausfinden.«

Die Wirtin kam und brachte zwei weitere Portionen Huhn. Sich selbst hatte sie eine Tasse Tee aufgebrüht. Sie setzte sich zu Edith an den Tisch.

Tess hatte ein Stück Fleisch auf die Gabel gespießt und betrachtete es eingehend. »Wie groß ist die Armee der Morgenröte?«, fragte sie schließlich.

»Das lässt sich nicht so genau sagen«, sagte Morna. »Wir sind in Zellen organisiert, die nach dem Schneeballprinzip miteinander kommunizieren.«

»Aber Sie wissen doch, wie erfolgreich die Verhaftungen der letzten Tage waren.«

»Sie waren sehr erfolgreich«, gab Diffring zu. Er wischte sich mit der Serviette den Mund ab und schob den halb leer gegessenen Teller von sich fort. »Ich persönlich kenne kein Mitglied, das noch auf freiem Fuß ist.«

»Unsere Zelle natürlich ausgenommen«, sagte Edith.

Armee der Morgenröte! Tess stöhnte innerlich auf. Vielleicht sollte man aus dieser Untergrundbewegung doch lieber einen Gesangsverein machen, dachte sie entsetzt. Wie sollte man auf dieser Grundlage den Widerstand organisieren? Und wie sollte ausgerechnet sie diesen Widerstand anführen?

»Von wievielen Gist weißt du noch?«, fragte Edith.

»Ich kenne nur uns vier«, sagte Tess. »Es dürfte aber noch mehr geben.«

»Wo sind sie?«, fragte Diffring.

»Keine Ahnung«, gab Tess zu. »Sie sind vermutlich untergetaucht.«

»Deine Eltern?«

Tess senkte den Kopf und schwieg einen Moment. »Sie sind tot«, sagte sie schließlich. »Ihre Leichen gehörten zu denen, die man ohne … die man …« Weiter kam sie nicht, denn sie merkte, wie ihr die Tränen in die Augen stiegen.

Edith legte eine Hand auf Tess' Schulter. »Das tut uns leid.«

»Jedenfalls habe ich keine Ahnung, wie groß die Gruppe der Gist ist«, sagte Tess und wischte sich eine Träne aus dem Augenwinkel. Sie hielt in der Bewegung inne und musterte Diffring genauer. »Moment! Denken Sie das, von dem ich vermute, dass Sie es denken? Dass die Gist auf der Seite der Menschen gegen die Eskatay in den Krieg ziehen?«

»Nun … ja!«, sagte Diffring ein wenig hilflos.

»Warum sollten sie das tun?«

»Vielleicht weil wir die Guten sind?«, schlug Edith vor.

»Ich glaube, wir dürfen nicht in diesen Kategorien denken«, fiel ihr Diffring ins Wort. »Es geht hier um etwas viel Fundamentaleres. Wenn die Gist und die Eskatay einander an die Gurgel gehen, kann es nur einen Verlierer geben: die Menschen. Niemand braucht uns. Wir sind ein Mühlstein um den Hals dieser Welt. Ich glaube, wenn wir die Gist um Hilfe bitten, lassen wir einen Geist aus der Flasche, den wir nie wieder dahin zurückbekommen.«

»Gibt es denn überhaupt eine Möglichkeit, wie wir mit ihnen in Kontakt treten können?«

»Bitte, Edith!«, sagte Diffring.

Sie hob abwehrend die Hand. »Nein, im Ernst! Ich finde, wir sollten es versuchen. Wenn die Eskatay gewinnen, ist unser Leben ohnehin nichts mehr wert.« Sie ergriff Tess' Hand. »Kannst du mit ihnen in Kontakt treten oder nicht?«

Tess schwieg nachdenklich. Natürlich hatte Diffring Recht. Wer garantierte ihnen, dass die Gist nicht alles schlimmer machten? Vermutlich waren die Eskatay im Vergleich zu ihnen auch das geringere Übel, denn die konnten sich wenigstens nicht fortpflanzen und waren auch sonst auf normale Menschen angewiesen. Immerhin brauchten sie ein sich ständig erneuerndes Reservoir an potenziellen Eskatay, auch wenn die Hälfte den Aufstieg ins Kollektiv nicht überlebte. Doch Tess machte sich nichts vor. Die Eskatay arbeiteten bestimmt mit Hochdruck an einer Lösung dieser Probleme.

»Es ist eine Angelegenheit der Menschen«, sagte Diffring beschwörend. »Wenn sie wüssten, was auf dem Spiel steht, würden sie von sich aus den Widerstand organisieren.«

»Aber vielleicht täuschen wir uns ja auch alle«, sagte Morna. »Vielleicht wollen die meisten Menschen ja das

Leben eines Eskatay führen, auch wenn es bedeutet, dafür unter Umständen sein Leben zu verlieren. Wenn es den Eskatay irgendwann gelingt, die Nebenwirkungen zu beseitigen, glaube ich auch, was Anton sagt.« Morna stand auf und begann, die Teller abzuräumen. »Dann wird die Menschheit untergehen.«

Vier große Gläser Wasser hatte sie schon getrunken. Ihr Magen war so prall gefüllt, dass er bei der leichtesten Bewegung gluckerte wie eine Wärmflasche, und dennoch zwang sich Tess, ein fünftes zu trinken.

»Puh«, sagte sie und stieß geräuschvoll auf, als sie das leere Glas Nora in die Hand drückte. »Eigentlich bin ich Bauchschläferin.«

Nora lächelte und deckte Tess liebevoll zu. »Du musst dich einfach entspannen. Wahrscheinlich werden dir die ersten Träume diese Nacht verschlossen bleiben.«

»Ich habe das Gefühl, sie bleiben mir alle verschlossen«, brummte Tess. »Außerdem bin ich noch gar nicht müde.«

»Es ist elf Uhr in der Nacht. Du solltest müde sein.«

»Vielleicht liegt es ja auch an dem enttäuschenden Tag«, sagte Tess. »Ich hatte mir so viel mehr von diesem Treffen erhofft.«

»Begarell hat es geschickt angestellt«, sagte Nora. »Er hat erfolgreich einen Keil zwischen die Menschen getrieben. Die einen haben Angst, bei seiner Abwahl alles zu verlieren, auch wenn es nicht viel ist. Aber das macht es noch viel schmerzhafter. Die anderen, die Wohlhabenden, packt die Angst, dass sie am Ende des Tages genauso arm sind wie die, auf die sie hinabschauen. So gesehen ist es ihm leichtgefallen, die Armee der Morgenröte zu zerschlagen. Sie hatte nur bei den Schwachen Rückhalt gehabt. Außerdem war sie ziemlich schlecht organisiert.«

»Aber sie war unsere einzige Hoffnung.«

»Ich hatte mir auch mehr von ihr versprochen, das muss ich zugeben. Aber ich glaube, Anton Diffring hat Recht: Die Menschen werden diesen nun heraufziehenden Krieg nur als Opfer miterleben. Sie werden uns mehr denn je dafür hassen.«

»Sie meinen die Eskatay«, sagte Tess.

»Nein, du hast schon richtig gehört, als ich *uns* sagte. Die Menschen werden keinen Unterschied zwischen Gist und Eskatay machen. Wir sind die Magischbegabten. Welcher Gruppe wir genau angehören, ist für sie zweitrangig. Wir sind anders. Wir sind eine Bedrohung, denn wir haben die Welt schon einmal an den Rand des Untergangs gebracht. Das hat man uns bis heute nicht verziehen.«

»Aber warum unterscheiden wir uns von den Eskatay?«, fragte Tess. »Wie kommt es, dass wir die magische Begabung an unsere Kinder weitergeben können?«

»Ich glaube, es hat mit den Nachwirkungen des Krieges zu tun«, sagte Nora. »Schlaf jetzt.«

»Ich muss mal.«

»Untersteh dich. Mach die Augen zu und denke an etwas Schönes.« Nora legte sanft eine Hand auf Tess' Gesicht, und es war, als ob jemand eine dunkle, warme Decke über sie ausbreitete.

Tess verlor wie jedes Mal, wenn sie einschlief, das Bewusstsein für die Zeit und den sie umgebenden Raum, sah wirre und zusammenhangslose Bilder, die sich auflösten und immer wieder neu arrangierten. Sie schlief, und doch war sie wach, denn sie fragte sich, wie nah der Schlaf dem Tod war, ob er wirklich sein kleiner Bruder war. Und als sie das dachte, wusste sie, dass sie eigentlich schlief.

Tess öffnete die Augen.

Vor ihr stand der Portier des *Grand Hotels* und hielt ihr die blank polierte, messingbeschlagene Tür auf.

»Guten Abend«, sagte er. »Ich wünsche Ihnen einen schönen Aufenthalt.«

»Danke«, sagte Tess und betrat die große Eingangshalle. Warme, leicht parfümierte Luft umschmeichelte sie. Irgendwo spielte jemand auf einem Klavier eine Melodie, die Tess zu kennen glaubte. Der Boden war mit rötlichem, fein geädertem Marmor ausgelegt, die Kuppeldecke strahlte wie die mit abstrakten Mustern verzierten Säulen in einer Mischung aus Creme und Gold. Üppige Blumengebinde verströmten einen betörenden Duft. Vor dem Kamin waren verschwenderisch bequeme Sessel um einen niedrigen Tisch angeordnet. In einigen saßen elegant gekleidete Männer und Frauen, die sich entweder angeregt miteinander unterhielten oder in einem Buch lasen und dabei Wein tranken.

Langsam drehte sich Tess im Kreis, um wirklich jedes Detail in sich aufzunehmen, denn sie wusste: Sie war heimgekehrt. Noch nie in ihrem Leben hatte sie solch ein Gefühl der Sicherheit erfüllt. Alles, was sie in der wachen Welt belastete, war hier ohne Belang, als hätte sie den Standpunkt verändert, von dem aus sie ihr Leben betrachtete und sich in eine Höhe geschwungen, die sie zum ersten Mal das große Ganze erkennen ließ. Tess strahlte über das ganze Gesicht. Alles war perfekt, wenn sie nur nicht so dringend auf die Toilette gemusst hätte.

»Darf ich Ihnen helfen?«, fragte ein freundlich lächelnder Herr, der so elegant gekleidet war, dass Tess vor lauter Ehrfurcht kein Wort herausbrachte. Noch nie war sie von einem Mann so respektvoll und verbindlich angesprochen worden. Er vermittelte ihr das Gefühl, nur für sie auf der Welt zu sein, um all ihre Wünsche zu erfüllen.

»Junge Dame?«, fragte er erneut und hatte dabei einen belustigten Zug um den Mund, der keinesfalls abschätzig war, sondern freudige Anteilnahme ausdrückte. »Es ist Ihr erster Besuch im *Grand Hotel*, nicht wahr?«

Tess nickte.

»Kein Grund, nervös zu sein«, sagte er. »Glauben Sie mir, wenn Sie sich einmal an diesen Ort gewöhnt haben, werden Sie ihn nicht mehr verlassen wollen. Darf ich Ihnen etwas zu trinken bringen?«

Trinken? Oh Gott. Tess schüttelte den Kopf. »Ich müsste einmal ganz dringend auf die Toilette. Könnten Sie mir bitte den Weg zeigen?«

Der Empfangschef – Tess wusste plötzlich, dass die beiden gekreuzten Schlüssel auf dem Revers des schwarzen Anzugs nichts anderes bedeuteten – machte ein bedauerndes Gesicht. »Ich fürchte, dass Ihnen der Besuch dieser Örtlichkeit keinerlei Erleichterung verschaffen wird. Sie haben vor dem Einschlafen wahrscheinlich eine gehörige Menge Flüssigkeit zu sich genommen, um in den Zustand des Klartraums zu gelangen. Das ist eine besonders bei Novizen beliebte Technik, die aber ihre Nachteile hat, leider. Aber vielleicht möchten Sie ja Ihr Zimmer beziehen?«

»Mein Zimmer?«

»Ihr Domizil für die Dauer Ihres Besuches. Jeder Gast hat ein Zimmer, auf das er sich zurückziehen kann, wenn er es möchte.«

»Gerne«, sagte Tess und versuchte, nicht an ihre volle Blase zu denken.

»Dann folgen sie mir bitte an die Rezeption, wo Sie sich in das Empfangsbuch eintragen möchten. Diese lästige Prozedur müssen Sie nur einmal durchlaufen. Danach werden wir Sie als Stammgast führen.«

Tess folgte dem Empfangschef und schaute sich noch immer um, als würde sie träumen – nur um gleich darauf zu lachen. Natürlich träumte sie! Darum ging es ja bei der Sache! Aber dass die Illusion so perfekt war, konnte sie noch immer nicht fassen. Alle ihre Sinne wurden auf das Angenehmste angesprochen, als ob sich jemand die allergrößte Mühe gemacht hätte, den Aufenthalt der Gäste so schön wie möglich zu gestalten.

»Wie heißen Sie eigentlich?«, fragte Tess.

Der Mann blieb stehen und drehte sich zu ihr um. »Oh, bitte entschuldigen Sie vielmals. Ich hätte mich natürlich schon längst vorstellen müssen. Mein Name ist Armand.«

»Sind Sie auch … na, Sie wissen schon.«

»Ein Gist? Natürlich. Jeder, den Sie hier sehen, gehört zu uns. In unseren Träumen finden wir an diesem Ort zusammen.«

»Und Sie heißen auch Armand, wenn Sie wach sind?«

»Nein, natürlich nicht. Wir pflegen hier ein wenig das Spiel der Illusion. Jeder gibt sich so, wie er gerne gesehen werden möchte. Wollen Sie Ihren Namen beibehalten?«

»Tess? Ja. Ich habe mich an ihn gewöhnt und finde ihn ganz nett. Eigentlich könnte ich mir keinen anderen Namen für mich vorstellen.«

»Und er passt zu Ihnen, in der Tat.« Armand öffnete eine kleine Tür an der Rezeption und holte ein in blaues Leder geschlagenes Buch mit Goldschnitt hervor und schlug es in der Mitte auf. Er drehte es so, dass Tess es lesen konnte, und hielt ihr einen schwarz lackierten Füllfederhalter entgegen. »Wenn Sie sich hier bitte eintragen würden?«

»Dieses Buch ist alt, nicht wahr?«, sagte Tess, als sie ihren Namen hineinschrieb.

Armand schaute auf. »Sehr alt. Fast sechstausend Jahre.«

Tess dachte fieberhaft nach. Sechstausend Jahre! Dann existierte dieser Ort seit dem Ende des großen Krieges der Menschen gegen die Eskatay. »Darf ich einmal die erste Seite aufschlagen?«, fragte sie vorsichtig und streckte die Hand aus, aber Armand kam ihr zuvor.

»Tut mir leid«, sagte er bedauernd. »Wissen Sie, im Wortschatz eines Empfangschefs existiert das Wort ›Nein‹ eigentlich nicht. Aber Informationen über unsere Gäste geben wir in der Regel nicht weiter. Das müssen Sie verstehen. Umgekehrt wird über Sie nur dann jemand etwas erfahren, wenn Sie ihm selbst diese Informationen geben wollen. Es ist eine Vorsichtsmaßnahme, die unserem Schutz dient. Später werden Sie verstehen, warum wir das so handhaben.« Armand setzte wieder sein gewinnendes Lächeln auf. »So, dann werde ich Ihnen Ihr Zimmer zeigen.« Er nahm den Schlüssel mit der Nummer 313 vom Haken und ging vor zu den Fahrstühlen, wo bereits ein Liftboy darauf wartete, die Gittertür zu öffnen.

»Dritter Stock bitte«, sagte Armand und der Junge in der roten Uniform eines Hotelpagen tippte sich zur Antwort an sein Hütchen. Er zog das Gitter zu und legte vorsichtig den Hebel um. Tess beugte sich vor, um den Jungen genauer zu betrachten.

»Er ist natürlich auch einer von uns«, raunte ihr Armand zu, der, ganz den Stil wahrend, noch immer geradeaus schaute. »Morgen wird er vielleicht in der Küche arbeiten oder der Geschäftsführung zur Seite stehen.«

Jetzt beugte sich der Page vor. »Vielleicht bin ich aber auch einfach nur ein Gast und lade Sie auf ein Stück Kuchen ein«, sagte er. »Hier macht jeder alles.«

Tess nickte bedeutsam, als hätte sie verstanden, was aber nicht stimmte. Dies war mit Abstand der seltsamste Ort, den sie jemals besucht hatte.

Der Liftboy zog den Hebel zurück und der Aufzug bremste sanft ab. Mit einer Bewegung, die wie einstudiert wirkte, öffnete er die Tür und trat beiseite.

Tess betrat einen Korridor, der in das warme Licht mehrerer Gaslampen getaucht war, die in Lüstern von der Decke hingen. Der Boden war mit einem schweren weinrot-blauen Teppich bedeckt, dessen Flor so tief war, dass sie das Gefühl hatte, bis zu den Knöcheln darin zu versinken. Armand öffnete die Tür zu Zimmer 313.

»Bitte sehr, junge Dame.«

Tess verschlug es den Atem, als sie den Raum betrat. Noch nie in ihrem Leben hatte sie so etwas Luxuriöses gesehen. Die Tapeten waren aus mintgrüner Seide und zeigten je nach Lichteinfall ein changierendes Muster. Die schweren Brokatvorhänge passten farblich exakt zur gesamten Farbgebung des Zimmers. Auf einem Tisch stand eine Schale mit Obst, vornehmlich Limetten, grüne Äpfeln und weiße Birnen. Im Bad setzten sich die Farben fort, wurden allerdings durch die weiß-goldenen Armaturen variiert. Weiße Frottiertücher, die so weich waren, dass sich Tess am liebsten sofort in sie eingewickelt hätte, hingen fein säuberlich zusammengelegt über einer Stange.

»Ich hoffe, die Farbwahl trifft Ihren Geschmack«, sagte Armand. »Ansonsten können Sie sie natürlich jederzeit ändern.«

»Und wie?«

»Dies ist ein Traum, das sollten Sie nie vergessen. Ein Traum, der Ihren Regeln folgt. Nun, an diesem Ort natürlich mit gewissen Einschränkungen.«

»Ich denke, ich lasse alles so, wie es ist«, sagte Tess und nickte zufrieden.

»Sehr wohl.« Armand trat an einen Schrank und öffnete ihn. »Da hier jeder ohne Gepäck anreist, halten wir immer eine Auswahl an Kleidung der passenden Größe bereit. Ich denke, Sie werden etwas nach ihrem Geschmack finden.«

»Und wo ist das Schlafzimmer?«, fragte Tess.

Armand lächelte nachsichtig. »Sie haben keines, weil Sie es nicht benötigen. Sie schlafen bereits.«

»Oh«, sagte Tess und musste kichern. »Richtig. Das hätte ich beinahe vergessen.«

»Dann lasse ich Sie jetzt alleine«, sagte Armand und gab ihr den Schlüssel. »Wenn Sie etwas benötigen, ziehen Sie bitte einfach an der Klingel neben der Tür.« Er verneigte sich leicht und schloss die Tür hinter sich.

Tess blieb erst einmal wie betäubt stehen. Dies war in der Tat ein Traum, und zwar der beste, den sie jemals in ihrem Leben gehabt hatte. Noch einmal unterzog sie das Zimmer einer genaueren Untersuchung. In einem Vitrinenschrank standen Bücher, die genau ihrem Geschmack entsprachen und schon in der Bücherei des Waisenhauses ganz oben auf ihrer Wunschliste gestanden hatten. Tess legte den Kopf schief und sah die Bücher genauer an. Wenn das wirklich ihr Traum war, mussten zwischen den Deckeln leere Seiten sein. Immerhin kannte sie die Geschichten nicht, die auf ihnen erzählt wurden. Sie öffnete die Glastür und zog *Das Glasherz* von Margret Linder hervor, eine Liebesgeschichte, die Frau Hamina, die Leiterin der Waisenhausbibliothek, wegen einiger anzüglicher Passagen in ihren Giftschrank gesperrt hatte. Vorsichtig schlug Tess den Deckel auf und las die Widmung *Für Eduard Linder – Freund, Ehemann und Geliebter.*

Tess musste grinsen. Das Wort Geliebter hatte wahrscheinlich schon ausgereicht, um der Bibliothekarin Pickel wachsen zu lassen. Tess schlug willkürlich eine Seite auf und begann zu lesen. Nach zwei Zeilen kam sie zu dem Schluss, dass sie *Das Glasherz* wirklich noch nicht kannte, und stellte es wieder zurück. Wahrscheinlich verband das Hotel all die Erfahrungen, Gedanken und Erinnerungen aller Gist, die jemals hier ein Zimmer bezogen hatten, zu einer großen perfekten Illusion. Die Frage war nur, wer oder was sie zusammenhielt.

Erst jetzt fiel ihr auf, dass in einer Ecke auf einem kleinen Teetisch etwas stand, was wie eine riesige Blume aussah. Als sie es genauer in Augenschein nahm, stellte sie fest, dass es sich dabei um einen Trichter handelte, der mit einem Gelenkarm verbunden war, der wiederum in einer spitzen Nadel mündete. Tess drehte an einer Kurbel und eine schwarze Scheibe begann sich zu drehen. Vorsichtig setzte Tess die Nadel auf. Aus dem Trichter klang erst ein hohles Kratzen, dann schmetterte ein Orchester los. So laut, dass Tess einen Satz zurückmachte. Sie stellte fest, dass unter den Büchern noch mehr von diesen Platten standen. Sie las die Titel, aber keiner von ihnen sagte ihr etwas. Dennoch klang das, was aus dem Trichter kam, ganz nett.

Was sollte sie jetzt tun? Ein Bad nehmen war vielleicht keine schlechte Idee. Sie ließ heißes Wasser in die Wanne und suchte eines von einem halben Dutzend unterschiedlicher Schaumbäder aus. Sie entschied sich für eine rosa Flasche. Nervös trippelte sie von einem Fuß auf den anderen. Zu dumm, dass es hier keine Toilette gab. Sie versuchte, den Harndrang zu ignorieren, zog sich aus und glitt in die Wanne, während eine der Stimme nach zu urteilen ziemlich dicke Sängerin von unerfüllter Liebe zu einem Matrosen sang. Tess seufzte wohlig und tauchte so tief ein, dass der Schaum in ihren Ohren kitzelte. Am liebsten wäre sie eingeschlafen, aber das ging wohl nicht an diesem Ort.

Nach zehn Minuten, als sie schon das Gefühl hatte, langsam weich gekocht zu sein, stieg sie aus der Wanne, trocknete sich mit einem dieser wunderbaren Handtücher ab und tappte auf nackten Füßen ins Wohnzimmer, wo nun die Nadel in der Auslaufrille der Schallplatte ein rhythmisches Geräusch verursachte, das vom Trichter bizarr verstärkt wurde.

Tess nahm die Platte vom Drehteller und steckte sie in die leere Hülle, die am Tischbein angelehnt war. Dann inspizierte sie den Schrank genauer. Zunächst einmal zog sie sich seidene Unterwäsche an, darüber ein leuchtend rotes Samtkleid, das innen mit Seide gefüttert war, so weich und kühl wie eine zweite Haut.

Es war der pure Luxus. Tess hatte noch nie in ihrem Leben so etwas getragen, und doch fühlte sie sich so, als wollte sie nie wieder etwas anderes anziehen. Sie war zwar noch ein Kind, aber in diesem Kleid fühlte sie sich – erwachsen. Ja, das war das Wort, das sie gesucht hatte. Erwachsen. Sie seufzte und hüpfte auf der Stelle, was den Druck auf die Blase allerdings nur verstärkte.

Tess nahm den Schlüssel, den sie zuvor auf den Tisch gelegt hatte, und verließ ihr Zimmer, um sich unten in der Halle umzuschauen, vielleicht sogar mit dem einen oder anderen Gist ins Gespräch zu kommen. Sie wollte nicht auf den Fahrstuhl warten und nahm stattdessen die Treppe.

Unten angekommen begab sie sich zur Rezeption, wo Armand damit beschäftigt war, etwas in ein Buch zu schreiben. Er blickte auf und lächelte, als er Tess sah.

»Ah, sie haben die Badewanne ausprobiert. Und jetzt möchten sie gerne etwas trinken.«

»Um Himmels willen«, stöhnte Tess, die unwillkürlich die Beine überkreuzte. »Nein, ich wollte Sie fragen, ob Sie nicht ein wenig Zeit für mich hätten.«

»Natürlich.« Er klappte das Buch zu, wobei ihm jedoch nicht Tess' Blick entging. »Kein großes Geheimnis. Das ist der Arbeitsplan für den morgigen Tag.«

Tess errötete. »Entschuldigung. Ich wollte nicht unhöflich sein.«

»Ich bitte Sie. Als ich zum ersten Mal das *Grand Hotel* besucht habe, war ich noch neugieriger als Sie. Das hat mir einen Heidenärger eingebracht, aber heute ist man da nicht mehr so streng.«

»Es sei denn, es geht um das Empfangsbuch«, sagte Tess.

»Es sei denn, es geht um das Empfangsbuch«, bestätigte Armand. »Wissen Sie, wichtig ist nicht nur die Identität unserer Gäste, sondern wir achten auch auf die Vorlieben und kleinen Marotten. Niemand möchte die peinliche Erfahrung machen, dass über ihn geredet wird, weil er die Angewohnheit hat, etwas zu tun, was in den Augen anderer vielleicht unappetitlich, abstoßend oder belustigend ist. Das *Grand Hotel* ist eine Rückzugsmöglichkeit für alle, die der realen Welt ab und zu den Rücken kehren wollen.«

»Dafür ist es wunderbar geeignet«, gab Tess zu.

»Nicht wahr? Aber wenn Sie mit einem anderen Gast Kontakt aufnehmen möchten, gibt es zwei Möglichkeiten. Entweder Sie heften Ihr Ansinnen an das Schwarze Brett dort drüben bei der Bar. Oder Sie hinterlassen einfach bei mir eine persönliche Nachricht. Ich werde sie dann der betreffenden Person zukommen lassen.«

»Und wenn ich den Namen nicht kenne?«

Armand lächelte. »Dann wird es zugegebenermaßen ein wenig schwierig.«

»Ich möchte etwas über meine Eltern erfahren«, sagte Tess.

»Oh«, sagte Armand nur. »Vielleicht versuchen Sie es dann mit dem Schwarzen Brett. Das ist zwar vielleicht ein wenig sehr öffentlich, aber ich denke, sie werden ohnehin keinen Erfolg haben, wenn Sie die Suche diskret und im Geheimen durchführen.«

»Hat es diesen Fall schon einmal gegeben? Dass Kinder an diesem Ort ihre Eltern gesucht haben?«

»Manchmal. Es ist aber schon lange her. Vor vierhundert Jahren hat es einmal eine Zeit gegeben, da hatten die Menschen geglaubt, die Eskatay seien wieder zurückgekehrt. Sie machten Jagd auf alle, die anderes waren als sie. Jeder, der fern der Gemeinschaft ein selbstbestimmtes Leben führen wollte, war auf einmal verdächtig. Damals waren viele Eltern gezwungen gewesen, ihre Kinder in die Obhut normaler Menschen zu geben.«

»Aber was ist unser Ursprung? Wo kommen die Gist her?«, fragte Tess und überkreuzte die Beine. Sie fragte sich, wie lange sie den Drang, auf die Toilette gehen zu müssen, noch unterdrücken konnte.

Armand lächelte. »Es gibt mehrere Theorien. Die meisten sind an den Haaren herbeigezogen, aber eine finde ich recht überzeugend. Viele behaupten, dass in dem großen Krieg Waffen eingesetzt wurden, die gezielt die Eskatay vernichten sollten. Doch nicht alle starben. Manche veränderten sich und konnten die von den Blumen hervorgerufenen magischen Begabungen an ihre Kinder weitergeben.«

»Aber wieso gingen die Gist in den Untergrund?«, fragte Tess.

»Weil nur so der Krieg beendet werden konnte. Der Hass der Menschen auf uns war so groß, dass sie erst geruht hätten, wenn wir alle ausgelöscht worden wären.« Armand machte ein nachdenkliches Gesicht. »Ich weiß nicht, ob wir uns heute überhaupt vorstellen können, wie mörderisch dieser Krieg wirklich war. Er hätte beinahe alles Leben auf dieser Welt vernichtet. Aber ich mache dir einen Vorschlag: Hier im Hotel wirst du alle möglichen Leute treffen. Viele haben sich zusammengeschlossen, um sich über bestimmte Themen auszutauschen. Wie gesagt, wirf einen Blick auf das Schwarze Brett. Dort wirst du ganz bestimmt finden, was du suchst.«

Tess bedankte sich und durchschritt die Eingangshalle, wo noch immer einige Gist in ihren hohen Lehnsesseln saßen, in Zeitungen blätterten oder sich angeregt unterhielten. Sie blieb stehen und lauschte unauffällig einer dieser Konversationen. Es waren eitle Gespräche, ohne Substanz und Inhalt, nur Klatsch und Tratsch. Eine andere Gruppe gut situierter Männer verkostete gerade eine Reihe von Weinen und rauchte üppige Zigarren. Manche spielten vollkommen versunken Schach, andere aßen ununterbrochen und zauberten eine neue Köstlichkeit herbei, wenn der Teller geleert war. Tess fragte sich, welchen Sinn es hatte, sich mit Leckereien vollzustopfen, die doch nur eine Illusion waren.

Das Schwarze Brett befand sich direkt neben dem Eingang in einem Raum, der wie ein kleiner, gemütlicher Salon gestaltet war, in dem neben einigen Sesseln auch vier Schreibtische standen, an denen man vorgedruckte Zettel mit seinen Anfragen und Angeboten ausfüllen konnte. Die Wand, an die man sie dann heften konnte, war so groß, dass man auf eine Leiter steigen musste, um einen freien Platz zu finden.

»Eine ziemlich umständliche Angelegenheit«, sagte jemand hinter ihr. Tess drehte sich um, konnte aber niemanden entdecken. Erst als ein Sessel umgedreht wurde, sah Tess die Frau. Sie war vielleicht fünfundzwanzig Jahre alt und trug zu einem knielangen schwarzen Rock ein Männerjackett in derselben Farbe. Die dunkelbraunen, seitlich gescheitelten Haare waren im Nacken sehr kurz geschnitten, fast ausrasiert, während ihr eine lange Strähne auf den Kragen eines weißen Hemdes fiel, der von einer schwarzen Krawatte zusammengehalten wurde. »Ich besuche das Hotel jetzt schon so lange, aber noch keiner ist auf die Idee gekommen, dieses unsägliche Schwarze Brett gegen etwas Praktischeres auszutauschen. Da gibt es keine Sortierung nach Themen und Daten, nichts. Und wenn man die Zettel lesen will, die ganz oben hängen, braucht man ein Fernglas. Was suchst du denn? Vielleicht kann ich dir helfen.«

»Ich versuche etwas über meine Eltern zu erfahren«, sagte Tess.

»Kennst du ihre Namen?«

Tess schüttelte den Kopf.

»Dann wirst du sehr wahrscheinlich keinen Erfolg haben. Du könntest natürlich eine Nachricht schreiben, in der steht: Ich heiße Tess, bin am soundsovielten in Dingsda geboren und suche meine Eltern. Die Wahrscheinlichkeit, dass dieser

Zettel dann von der richtigen Person gelesen wird, ist jedoch denkbar gering. Kein Gist verirrt sich mehr in diesen Salon, weil jeder es als sinnlos betrachtet, über dieses Brett miteinander zu kommunizieren. Du kannst übrigens ruhig du zu mir sagen.«

»Dann sprich doch mal mit der Geschäftsführung«, sagte Tess. »Ich meine, was du sagst, leuchtet auch mir ein.« Sie zeigte auf die Wand. »Das hier ist jedenfalls vollkommen unübersichtlich.«

»Es gibt keine Geschäftsführung«, sagte ihr Gegenüber. »Wir sind alle eine große Familie, in der jeder alles macht, egal ob er dafür geeignet ist oder nicht.«

Irgendetwas in der Stimme der jungen Frau irritierte Tess. »Aber wer entscheidet dann, wenn etwas geändert werden muss?«, fragte sie.

»Dann gibt es eine Vollversammlung und es wird geredet und geredet und geredet. Manchmal denke ich, es wäre nicht schlecht, wenn hier jemand mal mit der Faust auf den Tisch haute und sagte, wo es langgeht. Aber alle sind hier so phlegmatisch!«

»Dann hau du doch auf den Tisch«, sagte Tess.

»Oh, das habe ich bereits einmal getan«, sagte die Frau mit einem amüsierten Lächeln.

»Und?«

»Daraufhin kamen für die nächste Zeit so wenige Gäste ins *Grand Hotel*, dass wir nicht beschlussfähig waren. So viel dazu.« Die junge Frau setzte sich wieder und schlug elegant die Beine übereinander.

»Wie gefällt es dir hier?«, fragte sie Tess.

»Es ist unglaublich! Atemberaubend! In meinem ganzen Leben habe ich noch nie so etwas gesehen.«

»Nur dumm, dass man hier nicht auf Toilette gehen kann, nicht wahr?«

»Woher weißt du, dass ich mal muss?«

»So nervös, wie du herumhüpfst, ist das nur zu offensichtlich. Außerdem bist du neu hier. Wasser trinken ist ein sehr beliebter Anfängertrick, einen Klartraum herbeizuführen«, sagte sie und strahlte Tess mit Augen an, die so blau waren, dass Tess schwindelig wurde. »Aber du solltest nie vergessen, dass alles hier nur eine Illusion ist. Du kannst so viel essen, wie du willst, aber du wirst nie satt werden. Die Kleidung, die du trägst, wirst du nicht in dein reales Leben mit hinübernehmen können. Nur die Menschen, denen du hier begegnest, sind echt. Wenn du das beherzigst, wirst du dich nicht im schönen Schein verlieren, wie so manche, die sich in der realen Welt nicht mehr zurechtfinden. Das *Grand Hotel* kann eine Droge sein, die sehr schnell abhängig macht.«

Tess konnte keinen klaren Gedanken mehr fassen, so stark war jetzt der Druck auf ihre Blase. Aber dennoch fiel ihr etwas auf, was ihr kurz zuvor entgangen war: Die Frau hatte sie mit ihrem Namen angesprochen. Und jetzt bemerkte sie auch eine unbestimmte Vertrautheit, so als ob sie und Tess sich schon länger kannten.

»Wer bist du?«, fragte Tess und ihr Herz begann zu rasen. »Ich kenne dich!«

Die junge Frau grinste und die blauen Augen leuchteten jetzt wie zwei Saphire. »Natürlich kennst du mich, Tess. Ich bin Nora.«

***

Hagen Lennart stieg rasant in der Arbeitshierarchie des Gefängnisses auf. Er war schnell und verständig, stellte sich nicht ungeschickt an und fragte nie nach dem Sinn der ihm zugewiesenen Tätigkeit, obwohl er ihren Ablauf, wenn es ihm nötig erschien, eigenständig optimierte. Bereits nach drei Tagen zog man ihn aus der Wäscherei ab und setzte ihn in der Tischlerei ein. Es war eine Beförderung, die Lennart ganz und gar nicht gefiel, da es bedeutete, dass er Pavo nur noch während der Hofzeiten sehen konnte.

Die Tischlerei war fest in der Hand der Wargebrüder. Kein einziger Todskollen war zu sehen, als Lennart in den Arbeitssaal des Ostflügels gebracht wurde, der wie zum Hohn nach Wald und frischem Harz roch.

Es waren keine anspruchsvollen Möbel, die hier hergestellt wurden. In der Hauptsache Regale, Tische und Bänke, wie sie auch im Speisesaal standen. Der Wächter nickte den Vorarbeiter heran und übergab ihm den neuen Gefangenen, dann verließ er wortlos die Tischlerei. Man kannte sich und wusste, was man zu erwarten hatte. Lennart mochte die Beamten nicht sonderlich. In ihren Uniformen und den tief ins Gesicht gezogenen Mützen waren sie so gut wie gar nicht voneinander zu unterscheiden. Schon am zweiten Tag hatte er es aufgegeben, den einzelnen Wachen Namen zu geben, um so ein Gefühl für deren Wechseldienst zu bekommen. Offensichtlich blieb keiner von ihnen lange im selben Trakt. Der Grund dafür lag auf der Hand. Man versuchte wohl, jedes persönliche Verhältnis zwischen ihnen und den Gefangenen unmöglich zu machen.

Im Gegensatz zu den Todskollen waren die Wargebrüder nicht tätowiert. Zumindest nicht da, wo man es sah. Ihr Erkennungsmerkmal waren buschige Koteletten, die bis zu den Mundwinkeln reichten. Der Rang ließ sich an der Zahl der Ohrringe ablesen, die sowohl links als auch rechts getragen wurden. Frisch aufgenommene Novizen trugen auf der linken Seite einen Stecker in der Form eines Wolfskopfes, während der Großmeister auf beiden Seiten einen roten Edelstein trug, was, wie Lennart fand, einem gestandenen Kerl eine leicht weibische Anmutung verlieh. Das würde er Jefim Schestakow, dem Großmeister der Wargebrüder, natürlich nicht sagen. Schestakow und Gornyak, der Anführer der Todskollen, waren absolute Herrscher mit einem Hang zum narzisstischen Größenwahn, die, wie er im Laufe seiner Polizistenlaufbahn erfahren musste, Menschen schon aus geringen Gründen bei lebendigem Leib ausweiden ließen.

Ein hohlwangiger Kerl, der durch den Backenbart eine erstaunliche Ähnlichkeit mit einem Werwolf hatte und den der Ring im rechten Ohr als Mitglied der unteren Ränge auswies, baute sich vor Lennart mit verschränkten Armen auf.

»Ausziehen«, sagte er nur. Ohne zu zögern, tat Lennart, was man von ihm verlangte. »Arme hoch und umdrehen.«

Als sich Lennart von allen Seiten präsentiert hatte, grunzte der Mann nur.

»Gut. Zieh dich wieder an.« Er klang jetzt ein wenig freundlicher. »Schon mal als Tischler gearbeitet?«

»Nein«, sagte Lennart und band sich die Hose wieder zu.
»Aber du kannst mit einer Säge umgehen.«

Lennart zuckte mit den Schultern und nickte. Der Mann rollte mit den Augen. »Warum schickt man uns immer solche Verlierer. Da hinten steht ein Besen. Mach sauber.«

Lennart begann zu fegen und sah, wie der Werwolf sich zu seinen Gefährten begab, um sich über Lennarts offensichtliche Unfähigkeit zu beschweren, was aber wohl niemanden so richtig interessierte.

So fegte Lennart die Werkstatt zunächst mit der leidenschaftslosen Gründlichkeit eines Mannes, der sich um jeden Preis unsichtbar machen wollte. Er wusste nicht, was die richtige Strategie im Umgang mit diesen Männern war. Also machte er sich klein, blickte nicht auf und suchte auch keinen Augenkontakt. Aber es half natürlich nichts. Es war wie auf dem Schulhof: Der Schläger terrorisierte immer das unauffälligste Kind, weil er von ihm die geringste Gegenwehr erwarten konnte.

Der Wargebruder, der sich vor Lennart aufgebaut hatte, war vielleicht einen halben Kopf größer und hatte dem eingerissenen Ohr nach zu urteilen mindestens schon eine Degradierung hinter sich. Er besaß einen einzigen Ring, der nur aus Silber war und zudem das linke und nicht das rechte Ohr zierte. Lennart musste nicht zu den anderen Wargebrüdern schauen, um zu wissen, dass er es mit dem Prügelknaben des Rudels zu tun hatte, der sich nun auf seine Kosten profilieren wollte. Lennart ignorierte ihn und kehrte um ihn herum.

»He, wo bleibt dein Respekt?«, sagte der Kerl und stellte sich ihm in den Weg. »Schau mich gefälligst an.«

»Warum sollte ich das tun«, antwortete Lennart. Ungerührt fegte er weiter.

Der Wargebruder riss Lennart den Besen aus der Hand, zerbrach ihn über dem Knie und warf die beiden Teile auf den Boden. »Weil ich mit dir reden will. Los. Schau mich an!«

Lennart seufzte und tat ihm den Gefallen. Die anderen Wargebrüder hatten ihr Gespräch unterbrochen und schauten jetzt herüber, wohl um zu sehen, wie Lennart sich schlagen würde.

»So. Zufrieden? Ich würde jetzt gerne weitermachen.«

»Du machst weiter, wenn *ich* es dir sage.«

Lennart musterte den Kerl genauer. Es war ein junger Bursche von vielleicht neunzehn Jahren, ein Draufgänger, der sich nicht kontrollieren konnte. Mit Sicherheit war er kräftiger als Lennart, doch als ehemaliger Streifenpolizist hatte auch er den einen oder anderen Trick auf Lager.

»Ich glaube, dein Capo hört so etwas gar nicht gerne«, flüsterte Lennart und schaute bedeutungsvoll zu dem Mann hinüber, der ihn für diese Arbeit eingeteilt hatte. Die Augen des Burschen flackerten nervös, aber nur für einen Moment. Das reichte Lennart, um zu wissen, was jetzt gleich geschehen würde – wenn er dem Kerl nicht zuvorkam.

Er befürchtete, mittlerweile etwas eingerostet zu sein, doch seine Reflexe waren noch da. Er überlegte, ob er seinem Gegenüber zuerst in den Unterleib treten sollte, entschied sich aber dagegen, da die anderen Wargebrüder es als hinterhältigen Akt interpretieren könnten, was es letztendlich ja auch war. Also zielte er mit dem Handballen auf die Nase seines Gegners und trat ihm mit aller Wucht von vorne gegen das Knie, das mit einem hässlichen Geräusch brach. Mit einem lauten Aufschrei sackte sein Gegner zusammen.

»Du Schwein«, heulte der Getroffene. »Du elendes Schwein! Du hast mein Bein gebrochen.«

Einer der Wargebrüder sprang auf, um sich auf Lennart zu stürzen, wurde aber vom Capo festgehalten und zurück auf seinen Platz gedrückt.

Ohne auf das Jammern des Kerls zu achten, hob Lennart die beiden Teile seines Besens auf, legte sie auf eine Werkbank und holte sich aus der Ecke einen Ersatz. Dann fegte er weiter. Er hoffte, dass es so aussah, als würde er vor Selbstbewusstsein strotzen, dabei machte er sich vor Angst beinahe in die Hose. Sein Herz raste wild und er musste sich zwingen, nicht einfach auf einem Hocker Platz zu nehmen, weil seine Beine sich weich wie Pudding anfühlten.

Der Bursche heulte noch immer vor Schmerzen, stieß wüste Flüche aus und war auch sonst nicht mehr Herr seiner Sinne. Der Capo stemmte sich hoch, ging gemächlich zu seinem Kameraden herüber und betrachtete ungerührt dessen gebrochenes Bein. Dann ging er zur Tür und zog an einer Klingel. Eine Klappe wurde geöffnet.

»Es hat einen Unfall gegeben«, brummte der Capo. »Einer meiner Leute ist ausgerutscht.«

Die Wache spähte durch die Luke und schloss die Klappe wieder. Der Capo vergrub die Hände in den Hosentaschen und ging gemächlich zu Lennart hinüber.

»Du weißt, dass Larus dich jetzt umbringen muss, um seine Ehre wiederherzustellen.«

Lennart drehte sich um und nickte nur, ohne mit dem Fegen aufzuhören.

»Wo hast du das gelernt, dich so zu verteidigen?«

»Auf der Straße.«

»Du gehörst noch keinem Boxverein an.«

»Nein.«

»Interesse, das zu ändern?«

Lennart hielt mit der Arbeit inne und schaute dem Capo in die Augen. »Nicht unbedingt. Ich arbeite lieber auf eigene Rechnung.«

Der Capo lächelte müde. »Ja, natürlich. Das mag vielleicht draußen funktionieren, aber hier bist du alleine aufgeschmissen. Oder denkst du etwa, dieser Pavo wird dir helfen können, wenn es einmal brenzlig wird?«

Lennart hob die Augenbrauen.

»Glaubst du wirklich, dass man die Neuzugänge unbeobachtet lässt?«, fuhr der Capo fort. »Überleg es dir. Und wenn du dich dazu entscheidest, unserem Verein beizutreten, stehst du unter unserem Schutz. Dann wird dir auch Larus nichts mehr antun.«

»Ich habe keine Angst vor Larus.«

»Ja, das hast du bereits gezeigt. Aber es werden andere kommen und mit denen wirst du nicht so ohne Weiteres fertig. Es gibt nicht nur Männer von Ehre hier im Knast. Die Todskollen sind schon Abschaum, aber vor den Freien ist niemand sicher. Schon gar nicht so einer wie du.«

»Ich werde es mir überlegen«, sagte Lennart.

»Tu das, aber nicht zu lange.« Der Capo streckte seine Hand aus. »Mein Name ist Halldor.«

»Aram«, sagte Lennart und drückte zu. Halldor hielt Lennarts Hand fest, dann lächelte er. »Wird Zeit, dass du hier im Knast einen anständigen Beruf lernst.« Er drehte sich um und winkte einen Mann zu sich herüber. »Ovidiu! Ab heute hast du einen Lehrling.«

»Hallo, Aram«, sagte Ovidiu, der seinen Ohrsteckern nach in der Rangfolge nur knapp unter Halldor stand.

»Hallo«, erwiderte Aram den Gruß.

»Schon mal mit Werkzeug gearbeitet?«

»Nicht oft.«

»Umso besser. Gar keine Technik ist besser als eine falsche Technik, die man wieder mühsam verlernen muss. Ich verspreche dir, am Ende der Woche wirst du deine erste Bank zusammengebaut haben.«

»Aha, sie wussten also, dass wir beide ein Paar sind«, sagte Pavo gut gelaunt. Sie saßen abseits an einem Tisch im Gefängnishof. »So ein Knast ist wie ein Dorf. Hier kann man noch nicht einmal unbemerkt aufs Klo gehen.« Er schaute sich belustigt um, und Lennart befürchtete schon, dass er jemandem zuwinken würde.

»Du weißt ja, was ich gesagt habe. Manchmal muss man einen Pakt mit dem Teufel eingehen, um seine Ziele zu erreichen. Ob er nun Einar Gornyak heißt oder Jefim Schestakow ist dabei eigentlich ziemlich egal. Nur in einem hat Halldor Recht: Vor den Freien solltest du dich in Acht nehmen. Sie haben keinerlei Ehrenkodex. Man kann sich nicht auf sie verlassen.« Pavo zog nervös an einer dünnen Zigarre und hielt sie dann Lennart hin, der aber den Kopf schüttelte.

»Ja, ich weiß. Es ist ein ungesundes Laster«, sagte Pavo und zog noch einmal daran. »Und ich kann dir sagen, hier drinnen sogar ein ziemlich Teures.«

»Dann werde ich Halldors Angebot annehmen«, sagte Lennart bestimmt.

»Keine Angst, dass du dir als Bulle die Hände schmutzig machst?«

»Als ehemaliger Bulle.«

»Macht das einen Unterschied? Ich glaube, dass du noch immer ein anständiger Mensch bist«, sagte Pavo und hustete. Angewidert warf er den Rest der Zigarre auf den Boden und trat sie aus.

»Ich glaube, für meine Kinder würde ich auch einen Mord begehen«, sagte Lennart.

»Ja, das traue ich dir glatt zu«, entgegnete Pavo ernst. »Deswegen sei vorsichtig, was du tust. Wenn du den Wargebrüdern beitrittst, verkaufst du Schestakow deine Seele. Dann gibt es kein Zurück mehr. Du wirst die Wargebrüder erst verlassen, wenn du tot bist.«

»Dann verliere ich besser keine Zeit, was?« Lennart stand auf und gab Pavo einen freundschaftlichen Klaps auf die Schulter. Er überquerte den Hof, an den Freien und den Todskollen vorbei, die ihm feindselig nachstarrten. Es bestand kein Zweifel daran, dass sie wussten, was gestern in der Tischlerei geschehen war. Und sie ahnten, dass er für sie verloren war.

Vor der Linie, die das Territorium der Wargebrüder markierte, blieb er stehen. Halldor war in ein Gespräch mit Schestakow vertieft, der Hagen Lennart zuerst entdeckte. Er stieß Halldor an und machte ihn auf den Bittsteller aufmerksam. Jetzt drehten sich auch die anderen zu ihm um. Halldor stand auf und strahlte über das ganze Gesicht.

»Ich freue mich, dass dich dein Weg zu uns geführt hat«, sagte er feierlich und ergriff Lennarts Hand. Er machte eine einladende Geste und trat beiseite, sodass Lennart nun vor Schestakow stand.

Lennart kannte den Mann aus seiner Zeit als Polizist, obwohl er ihm nie persönlich begegnet war. Schestakow strahlte eine Jovialität aus, die über seine Gefährlichkeit hinwegtäuschte. Alles an ihm war rund, ohne dabei plump zu wirken. Der Großmeister der Wargebrüder hatte etwas Gemütliches an sich, eine Gelassenheit, die jedem signalisierte: Schaut her, ich bin nicht gefährlich. Wir können über alles reden und wenn du mir vertraust, soll es dein Schaden nicht sein. Seine Augen blitzten vor verschlagener Intelligenz und Lennart konnte in ihnen auch jenen Schuss Wahnsinn erkennen, der jedes Genie auszeichnete. Denn ein Genie war Schestakow zweifellos. Wer sich über zwanzig Jahre lang an der Spitze eines Boxvereins behaupten konnte, der war genauso gerissen wie gefährlich.

»Ich habe gehört, dass du ein besonderer Mann bist, Aram. Einer, der sich nicht so schnell einschüchtern und nichts auf seine Ehre kommen lässt. Das ist gut. So jemanden wie dich können wir sehr gut brauchen.«

Lennart deutete eine Verbeugung an. »Dann ist es eine Ehre für mich, in die Bruderschaft der Warge aufgenommen zu werden.«

»Knie nieder«, sagte Schestakow. Die anderen Wargebrüder bildeten einen Halbkreis, der zur Hofseite hin offen war, sodass jeder Zeuge dieser Zeremonie werden konnte. Tatsächlich kehrte eine Stille ein, die selbst die Todskollen respektierten.

Schestakow ließ sich eine Ahle geben und ergriff Lennarts linkes Ohrläppchen. Mit einer schnellen Bewegung stach er ein Loch hinein, in dem er den Silberstecker in Form eines Wolfskopfes befestigte. Doch außer dem kurzen, scharfen Schmerz spürte Lennart nichts. Keine Angst. Keine Erregung.

»Du blutest nicht«, sagte Schestakow. »Das ist ein gutes Zeichen. Steh auf.«

Lennart stellte sich wieder hin. Er spürte die Blicke der Mitgefangenen, die sich in seinen Rücken bohrten.

»Du bist jetzt ein Novize. Halldor wird dein Bürge sein, der dir alles vermittelt, was du wissen musst, um ein vollwertiges Mitglied unserer Bruderschaft zu werden. Wenn du dich bewährst, wirst du in einem Ritual dein Noviziat beenden und zu einem echten Wargebruder werden. Zwei Regeln werden von jetzt an dein Leben bestimmen: Sei gehorsam und sei schweigsam. Niemand wird dir den Umgang mit Nichtbrüdern verbieten. Im Gegenteil, wir fördern dies sogar. Und wenn du am Ende einen neuen Mitbruder gewonnen hast, umso besser für dich. Doch gerade am Anfang ist es wichtig, dass du dich deiner neuen Aufgabe mit ganzem Herzen widmest.«

Die Arbeitssirene ertönte und die beinahe andächtige Stille verflüchtigte sich augenblicklich, als wären die Gefangenen aus einer unheilvollen Trance erwacht. Schestakow nickte wohlwollend und Halldor legte eine Hand auf Lennarts Schulter.

»Wir müssen zurück zur Arbeit.«

Gemeinsam gingen sie über den Hof zum Flügel, in dem sich die Tischlerei befand. Lennart fasste an sein Ohr und berührte dabei den silbernen Wolf, als er Pavo sah, der noch immer an seinem Tisch saß und nun sorgenvoll zu Lennart hinüberschaute. Lennart wich seinem Blick aus. Stattdessen schloss er zu Halldor auf ohne sich noch einmal umzudrehen.

Der Capo der Tischlerei verhielt sich Lennart gegenüber tatsächlich wie ein großer Bruder, was den ehemaligen Chefinspektor des Dezernats für Kapitalverbrechen ziemlich irritierte. Lennart war kein Mensch, der sich gerne gängeln ließ. Schon gar nicht von einem Mann, dem er unter normalen Umständen aus dem Weg gegangen wäre. Halldor Schartess stammte aus der Unterschicht. Lennart brauchte ihn nicht zu fragen, wo er geboren und aufgewachsen war. An seiner Stimme erkannte man das Ostend der Stadt, in dem die Fabrikarbeiter und Tagelöhner hausten und das schon immer fest in der Hand der Boxvereine war. Wer hier aufwuchs, hatte keine andere Chance, als sich entweder für die Todskollen oder die Wargebrüder zu entscheiden. Und meistens wurde diese Entscheidung von anderen getroffen: vom Vater, vom Onkel, vom Bruder oder vom Cousin. Meist war man schon in der zweiten oder dritten Generation Mitglied eines Boxvereins, wobei die Mitgliedschaft nicht nur akzeptiert, sondern geradezu erwünscht war. Die meisten Familien hatten bis zu zehn oder zwölf Kinder. Keine Mutter und kein Vater hatten die Zeit und die Geduld, jedem einzelnen die

Aufmerksamkeit zukommen zu lassen, die es erforderte, um aus Kindern, die die meiste Zeit auf der Straße verbrachten, verantwortungsvolle Menschen zu machen, die selbstständig und verantwortungsvoll das eigene Leben in die Hand nahmen, um sich und die Familie sozusagen am eigenen Schopfe aus dem Elend zu ziehen. Das funktionierte nur, wenn man Mitglied einer größeren Familie war.

»Ich war das älteste von neun Kindern«, sagte Halldor, als sie wieder in der Tischlerei an einer neuen Bank arbeiteten. »Mein Vater war Invalide. Er hatte seine rechte Hand bei einem Unfall mit der Kreissäge verloren. Er war Tischler und von ihm habe ich alles gelernt, was ich Ovidiu beigebracht habe, was er wiederum dir beibringen wird. Mein Vater war eine ehrliche Haut. Hat nie einen Tropfen angerührt, nie seine Frau geschlagen. Er war in Ordnung, sprach zwar nicht viel, war aber immer für uns da, wenn wir ihn brauchten. Er war ein stolzer Mann, der mit seiner Hand auch seine Ehre verlor, denn nach dem Unfall musste meine Mutter für den Lebensunterhalt der Familie sorgen.« Halldor machte ein Gesicht, als müsste er sich selbst heute noch für seinen Vater entschuldigen.

»Er kam sich absolut nutzlos vor. Mein Vater versuchte zwar, die Erziehung der Kinder zu übernehmen, aber das ging natürlich gründlich schief. Ihm fehlte, wie soll ich es sagen, das Fürsorgliche meiner Mutter. Er war der Überzeugung, dass man für seine Taten einzustehen hat, und erzog uns hart. Aber eigentlich war er ein unglücklicher Mensch. Zwei Monate nach seinem Unfall warf er sich vor einen Zug. Hast du eine Familie?«

Lennart zögerte einen Moment, dann nickte er. »Ich habe zwei Töchter, Zwillinge.«

Halldor grinste. »Zwei Mädchen? Mann, da hast du aber ganz schön Unruhe im Haus! Sind sie schon so alt, dass sie mit Jungs ausgehen?«

»Dazu sind sie noch zu klein.«

»Aber ihnen geht es gut, nicht wahr? Sie sind bei deiner Frau und warten darauf, dass du wieder von deiner langen Reise zurückkehrst.«

»Meine Frau ist tot«, sagte Lennart und blies die Späne von dem Werkstück, das er gerade mit seinem Hobel bearbeitete.

»Oh, verdammt. Ein Unfall?«

»Nein, sie ist ermordet worden.«

Halldor zuckte zusammen. Ehrliche Bestürzung zeigte sich auf seinem Gesicht.

»Und die Kinder?«

»Vom Mörder ihrer Mutter entführt.«

Halldor schwieg einen langen Moment, während Lennart die Bank weiter abhobelte. »Du weißt, dass wir uns darum kümmern könnten«, sagte der Capo schließlich.

»Ihr würdet keinen Erfolg haben.« Er legte den Hobel beiseite und griff nach einem Handfeger.

»*Ihr*?«, fragt Halldor mit ironisch drohendem Unterton in der Stimme. Nur, dass die Ironie gespielt war.

»Entschuldige. *Wir* würden keinen Erfolg haben«, verbesserte sich Lennart und fegte den Holzstaub fort, um die Genauigkeit seiner Arbeit besser beurteilen zu können. »Ich weiß nicht, an welchen Ort man sie gebracht hat. Und auch wenn ich das in Erfahrung bringen könnte, würde es mir nicht viel nützen.«

»Es wäre eine Sache von vierundzwanzig Stunden, und wir hätten die Entführer gefunden. Will man ein Lösegeld erpressen?«

Lennart lachte humorlos. »Nein. Genau genommen haben meine Töchter für die Entführer keinerlei Wert. Außerdem weiß ich, wer sie verschleppt hat. Glaub mir, die Boxvereine haben nichts damit zu tun.«

»Gut«, sagte Halldor. »Vielleicht willst du uns ja eines Tages mehr über diese Sache erzählen. Aber wenn deine Kinder noch leben, zählt jede Stunde, das weißt du.«

Lennart nickte erneut und presste die Lippen aufeinander. Er griff nach dem Schleifpapier, doch seine Hände zitterten so sehr, dass es ihm aus den Fingern glitt und zu Boden fiel. Lennart wollte sich gerade bücken, um es aufzuheben, als sich Halldors Hand um sein Gelenk schloss.

»Deine Wut frisst dich von innen heraus auf«, sagte er. »Bald hat sie deine Seele verschlungen. Das darfst du nicht zulassen. Du musst versuchen, deinen Dämonen die Stirn zu bieten, sonst wirst du sterben.«

Lennart brachte kein Wort heraus. Er fühlte sich, als stünde er am Rande eines Abgrundes. Nur ein Schritt und er würde fallen.

»Es gibt einen Weg, wie du mit diesem Hass fertig werden kannst. Ich werde ihn dir zeigen. Komm mit.« Halldor legte einen Arm um Lennarts Schulter und stützte ihn. »Ich glaube, es wird dir sogar Spaß machen.«

»Boxen …«, sagte Halldor, »… Boxen ist nur auf den ersten Blick ein Faustkampf, bei dem der Stärkere gewinnt. Eigentlich geht es dabei um etwas ganz anderes.« Mit einem Ruck knotete er die Lederhandschuhe zu, die er Lennart angezogen hatte. »Es geht darum, sich nicht von seinen negativen Gefühlen beeinträchtigen zu lassen. Und natürlich möglichst selbst keinen Treffer einzustecken.« Er hielt die Seile des Rings auseinander, damit Lennart hineinklettern konnte.

»Normalerweise boxen wir ohne Handschuhe. Aber ich denke, es würde schlimm für dich ausgehen, wenn wir mit bloßen Fäusten aufeinander losgehen würden.« Halldor zog sein Hemd aus und entblößte eine beeindruckend muskulöse Brust. Jetzt konnte Lennart erkennen, dass auch die Wargebrüder tätowiert waren, wenn auch nicht ganz so offensichtlich wie die Todskollen. Es war ein Schriftzug aus unbekannten Buchstaben, der quer über den Rücken lief und wie tanzende Krähenfüße aussah.

Halldor lockerte seine Schultern, ließ die Halswirbel knacken und schlug die Fäuste gegeneinander, als wäre er heute besonders unternehmungslustig. »Ich zeige dir erst einmal die Grundhaltung. Die Beine sind leicht gespreizt und die Fäuste zum Kopf gehoben.«

»Ungefähr so?«, fragte Lennart und kam sich ein wenig töricht dabei vor. Halldor trat auf ihn zu und korrigierte seine Haltung.

»Dreh dich ein wenig nach rechts, sonst präsentierst du mir zu viel von deinem Körper«, sagte er. »Deine Schlaghand ist dann zwar ein Stück zurück, dafür wird es für mich schwerer, einen Treffer zu landen. Wichtig ist, dass du das

Gleichgewicht hältst, egal was kommt.« Halldor ging wieder zurück an seinen Platz. »Jetzt schau, dass dein linker und mein linker Fuß eine gerade Linie bilden. So kannst du besser nach rechts ausweichen, wenn ein Schlag von mir kommt. Nimm das Kinn auf die Brust und leg die Ellbogen an deinen Körper. Lass die Hände locker und balle erst die Faust, wenn du zuschlägst.« Halldor nahm die Grundposition ein und hob die Fäuste. »Los, versuche mich zu treffen.«

Lennart schlug zu, nicht so kräftig, wie er konnte, und vielleicht auch ein wenig halbherzig. Jedenfalls wurde seine Faust mit Leichtigkeit geblockt.

»Nun komm schon. Ein bisschen mehr Feuer dahinter. Immerhin hast du Larus auf die Bretter geschickt.«

Lennart schlug noch einmal zu, diesmal mit allem, was er hatte. Und noch immer wehrte Halldor den Angriff mühelos ab.

»Nicht schlecht«, sagte er, was in Lennarts Ohren wie blanker Hohn klang. Er hatte seinen Gegner noch nicht in die Nähe einer bedrängten Situation gebracht. »Achte auf deine Beinarbeit. Bleibe immer in Bewegung, weiche aus, duck dich und schlag zu, wenn du eine Lücke siehst.«

Lennart zog die Schultern hoch, legte die Arme an und begann auf der Stelle zu tänzeln. Halldor grinste über beide Ohren. Lennart sprang nach vorne, schlug zu, machte einen Satz zur Seite und schlug noch einmal zu. Und diesmal landete er einen Treffer über Halldors linkem Ohr.

»He!«, sagte dieser überrascht. »Das war richtig gut.«

»Für einen Anfänger«, fügte Lennart hinzu.

»Für einen Anfänger«, gab Halldor zu. »Aber ich denke,

wenn du regelmäßig trainierst, dann wird aus dir ein vielversprechender Boxer.«

Lennart spürte, wie gut ihm das Boxen tat. Zwar bedeutete die Arbeit in der Tischlerei auch eine körperliche Anstrengung, aber sie war nicht so komplett und umfassend wie dieser Kampf mit Fäusten, der ihn ein wenig an Fechten erinnerte. Für das Boxen musste man nicht nur körperlich auf der Höhe, sondern auch hellwach sein. Zum ersten Mal seit dem Tod seiner Frau und der Entführung der Kinder fühlte er wieder einen Funken Leben in seinem Körper. Er boxte noch eine Stunde mit Halldor, dann beendeten sie das Training für diesen Tag.

Lennart stellte fest, dass die Wargebrüder ein sehr privilegiertes Leben im Gefängnis führten. Ihnen stand nicht nur ein Boxraum zur Verfügung, sie hatten auch richtige Duschen mit warmem Wasser – ein Luxus, von dem die anderen Gefangenen nur träumen konnten. Er fragte sich, wie sehr die Boxvereine die Gefängnisverwaltung unterwandert hatten. Lennart wusste, dass sich die Todskollen und die Wargebrüder auf den Straßen mitunter bis aufs Blut bekämpften. Hier im Gefängnis schienen sie jedoch einen Waffenstillstand geschlossen zu haben.

Die Sonderbehandlung setzte sich auch beim Abendessen fort. Lennart war natürlich verpflichtet, bei den anderen Wargebrüdern Platz zu nehmen, die ihn alle freundlich und mit Respekt behandelten. Selbst Larus, der das Krankenrevier mit einem geschienten Bein verlassen hatte und nun mit am Tisch saß, schien keinen Groll gegen den Mann zu hegen, der ihm die Knochen gebrochen hatte.

Die anderen Gefangenen, die ihn zunächst ignoriert hatten, waren nun darauf bedacht, Lennart aus dem Weg zu gehen. Sie alle waren Zeuge gewesen, wie er als Novize aufgenommen worden war. Noch unterschied er sich äußerlich kaum von den anderen, aber er würde sich einen Backenbart stehen lassen müssen.

Das Essen, das die Wargebrüder bekamen, war etwas anderes als der kalte Haferbrei, den die anderen Häftlinge auf ihren Tellern hatten. Das Brot war frisch, der Tee gesüßt. Selbst der Käse war ohne Schimmel. Es gab sogar einen Apfel für jeden. Halldor lächelte seinen Sitznachbarn an, als der verblüfft und beinahe ein wenig fassungslos auf seinen vollen Teller starrte, und klopfte ihm kameradschaftlich auf die Schulter.

Lennart schaute über die Schulter und suchte nach Pavo, konnte ihn aber nirgendwo entdecken. Versonnen konzentrierte er sich wieder aufs Essen.

Nach der Mahlzeit erfolgte der Einschluss. Jeder Gefangene wurde in seine Zelle eingesperrt, die er bis zum Anbruch des kommenden Tages nicht mehr verlassen würde. Noch bevor das Gitter hinter ihm ins Schloss fiel, bemerkte Lennart, dass jemand in seiner Abwesenheit die Zelle verändert hatte. Man hatte die kratzige Decke gegen eine weichere ausgetauscht und ihm zusätzlich ein Kopfkissen hingelegt. Neben dem Kopfkissen stapelte sich frische Wäsche, darunter auch einige Unterhosen und Unterhemden. Lennart ließ sich schwer auf die Pritsche fallen und stutzte. Vorsichtig hob er die Decke an und fand ein Buch: *Der Untergang der Morgenröte* von Julius Marget. Er riss das Streifband ab, wie es jedes neue Buch hatte, und schlug es auf. Es war unglaublich! Dieser Schinken von sechshundert Seiten war erst vor zwei Monaten erschienen, und jeder las ihn. Die Geschichte über die erste Polarexpedition war das Stadtgespräch, bevor alles vor die Hunde gegangen war. Heute hatten die Leute andere Probleme, dachte Lennart und legte das Buch zurück auf die Pritsche. Die Sonne ging erst spät unter. Mit ein wenig Glück konnte er noch ein oder zwei Stunden lesen. Lennart fühlte sich intellektuell komplett ausgedörrt, und die Gesellschaft hier im Knast war nicht gerade dazu angetan, zu geistigen Höhenflügen anzusetzen. So gesehen war er froh, wenigsten Pavo zu kennen.

Die nächste Überraschung war die neue Zahnbürste und das Zahnpulver, das jemand neben den Wassereimer gestellt hatte. Lennart wusch sich und probierte sein neues Geschenk aus. Als er den Mund ausgespült hatte, atmete er tief durch. Er hatte Sport getrieben, hatte geduscht, ein gutes Abendessen gehabt und sich nun die Zähne geputzt. Es war erstaunlich, welch geringer Mittel es bedurfte, um sich wieder wie ein Mensch zu fühlen.

Lennart legte sich auf die Pritsche, stopfte sich das Kissen unter den Kopf und begann zu lesen. Er schaffte eine halbe Seite, dann war er eingeschlafen.

Als ihn jemand am Arm berührte, schreckte er hoch. Die Sonne war schon untergegangen, und der Stille nach zu urteilen, die im Zellentrakt herrschte, musste es weit nach Mitternacht sein.

»Scht«, machte jemand. »Ich bin es. Halldor.«

Sofort war Lennart hellwach. »Was ist geschehen?«

»Schestakow will dich sehen«, flüsterte Halldor.

»Und die Wachen?«, fragte Lennart verwirrt.

»Die sitzen in ihrer Stube und spielen Karten.«

Lennart schwang die Beine von der Pritsche und suchte mit den Füßen den Boden ab.

»Keine Holzpantinen«, flüsterte Halldor. »Die machen zu viel Lärm. Er packte Lennart beim Arm und zog ihn hoch. Gemeinsam verließen sie die Zelle, wobei sich der Capo mit geradezu traumwandlerischer Sicherheit durch die Dunkelheit bewegte. Er musste diese Wege schon oft in der Finsternis gegangen sein.

Zuerst wusste Lennart nicht, wohin Halldor ihn lotste, doch als sie vor einer großen Schwingtür standen, begriff er, wo sie waren. Es war der Trainingsraum.

Halldor hielt die Tür auf und ließ Lennart den Vortritt. Als er den Raum betrat, spürte er, wie ihm schlagartig kalt wurde.

Begleitet von ihrem Gefolge sah er Einar Gornyak von den Todskollen und Jefim Schestakow von den Wargebrüdern. Alle Plätze waren besetzt – mit Ausnahme eines Stuhles, der genau unter einer Gaslampe stand.

Schestakow beugte sich zu Gornyak hinüber.

»Einar?«, fragte er höflich.

»Ich lasse dir den Vortritt«, schnarrte der Großmeister der Todskollen. »Du hast hier heute das Hausrecht.«

Schestakow lächelte, als hätte ihm sein bester Freund ein höchst schmeichelhaftes Kompliment gemacht, dann stand er auf.

»Setz dich, Hagen Lennart.«

Lennarts Mund wurde schlagartig trocken. Tausend Gedanken schossen ihm durch den Kopf, doch sie alle wisperten nur: Du bist am Ende. Sie haben dich.

Lennart stolperte zu dem Stuhl und setzte sich. Nicht weil man es ihm befahl, sondern weil ihm die Knie den Dienst versagten. Jefim Schestakow trat zu ihm hin und drehte den Kopf zur Seite. »Du hast nicht geblutet«, wiederholte er seine Worte vom Nachmittag.

Lennart öffnete den Mund und wollte etwas sagen, musste sich aber erst räuspern. »Seit wann wissen Sie es?«, krächzte er schließlich.

»Wir ahnten sehr früh, dass du nicht der warst, der du zu sein vorgabst. Dass du ein Chefinspektor des Dezernats für Kapitalverbrechen mit exzellenten Verbindungen zum Geheimdienst bist, erfuhren wir erst heute. Sollen wir mit offenen Karten spielen?«

Lennart nickte nervös.

»Wir wissen, dass die Eskatay wieder zurück sind. Wir wissen auch, dass der Feind sehr mächtig ist. Wir wissen nur nicht, wie mächtig.«

»Gehen Sie nach oben«, sagte Lennart, der auf einmal spürte, wie sein Herz kalt wurde. Verdammt, woher wussten die Boxvereine so gut Bescheid? Sie mussten ihre Spitzel überall haben. Irgendetwas bereiteten sie vor.

»Wie weit?«

»Nach ganz oben.«

Ein Murmeln hob an, das Schestakow mit einer Handbewegung zum Ersterben brachte.

»Wie groß ist das Kollektiv?«

»Es besteht aus zwölf Eskatay. Nein, ich muss mich korrigieren«, sagte Lennart nervös. »Es sind nur noch elf.«

Schestakow strahlte über das ganze Gesicht. »Ich weiß. Swann ist tot. Erschossen von dir. Alleine dafür sollte ich dich zu meinem Sub machen.«

Lennart entspannte sich ein wenig. Offensichtlich stand sein Leben heute Abend nicht auf dem Spiel. Aber wieso hatte es diese Vollversammlung der Boxvereine gegeben?

»Hagen Lennart, ich bin ein alter Mann. Ich habe schon viel erlebt und noch mehr gesehen. Doch in einer Situation wie dieser war ich noch nie. Und ich denke, das trifft auch auf meinen Freund Einar zu.«

Gornyak brummte zustimmend etwas und verschränkte die Hände vor der Brust.

»Noch nie ist es vorgekommen, dass die Todskollen und die Wargebrüder eine Allianz eingingen. Eine Allianz, die noch auf einen dritten, mächtigen Bündnispartner wartet.«

»Ich verstehe nicht«, sagte Lennart verwirrt.

»Ich rede von den Kräften des Inneren, allen voran der Polizei.«

Lennart verstand zunächst noch immer nicht, aber dann traf ihn die Erkenntnis wie ein Blitz.

»Ihr schmiedet eine Allianz gegen die Eskatay.«

Schestakow wandte sich Halldor zu. »Alle Achtung. Der Bursche kann wirklich eins und eins zusammenzählen.«

»Aber warum nicht die Armee der Morgenröte?«, fragte Lennart.

Schestakow machte eine abschätzige Handbewegung. »Zahnlose Tiger. Ich habe sie kennengelernt. Sie debattieren viel, aber wenn es ans Handeln geht, scheißen sie sich in die Hose. In einem Krieg wären die Soldaten dieser selbst ernannten Armee die Ersten, die uns von der Fahne gehen werden. Nein, wir brauchen Männer mit Tatkraft. Männer wie Elverum.«

Lennart zuckte zusammen. Elverum war sein Kollege in der Sonderkommission gewesen, mit dem ihn zuletzt sogar eine Art Freundschaft verbunden hatte.

»Woher …«

Wieder hob Schestakow die Hand. »Elverum hat einen gewaltigen Einfluss auf den Polizeiapparat. Es gibt keinen Beamten, der so respektiert wird. Übrigens auch von mir. Elverum ist ein Mann der Ehre, auf dessen Wort man sich verlassen kann. Und er lässt sich nicht kaufen. Auch von uns nicht. Das imponiert mir.«

Schestakow setzte sich wieder. »Um es kurz zu machen: Die Eskatay sind eine Bedrohung, und zwar für uns alle. Wenn sie an die Macht kommen, wird es keine Wargebrüder und keine Todskollen mehr geben, sondern nur noch Sklaven. Das dürfen wir nicht zulassen.«

»Und was erwarten Sie jetzt von mir?«, fragte Lennart.

»Du wirst unser Mittelsmann sein. Wenn Elverum auf jemanden hört, dann auf dich! Außerdem hast du noch ein sehr persönliches Motiv, hier herauszukommen.«

»Meine Töchter.«

Schestakow machte lächelnd eine Geste, als gäbe es zu diesem Thema nichts mehr zu sagen. »Also, bist du bereit?«

Lennart wusste nicht, was er sagen sollte. Er würde Maura und Melina suchen können. Er würde sie finden und dann vor diesem Egmont und Begarell und dem Kollektiv retten. Er würde mit ihnen weggehen. Irgendwohin. Wo es keine Eskatay oder Gist gab.

»Doch bevor wir dich gehen lassen, müssen wir dich noch in die Bruderschaft der Warge aufnehmen«, sagte Schestakow und riss Lennart aus seinen Träumen. »Los, holt ihn herein.«

Eine Tür am anderen Ende des Raumes ging auf und drei Männer betraten den Trainingssaal. Einer von ihnen schien nicht recht bei Bewusstsein zu sein, denn er wurde von den beiden anderen Männern getragen. Sein Kopf war auf die Brust gesunken und die Füße versuchten immer wieder träge Tritt zu fassen. Schestakow forderte Lennart mit einer Geste auf, den Stuhl zu räumen.

»Pavo!«, hauchte Lennart, als er die leblose Gestalt erkannte. Er wirbelte zu Schestakow herum. »Was habt ihr mit ihm gemacht?«

»Wir haben uns mit ihm unterhalten«, sagte Schestakow und ließ sich etwas geben, was in ein Tuch gehüllt war. »Irgendwie mussten wir uns ja die Informationen beschaffen und er war zunächst nicht besonders gesprächig.«

Lennart starrte seinen Freund an, der nun nicht mehr wiederzuerkennen war. Die Augen waren dick zugeschwollen, die Lippen an mehreren Stellen aufplatzt. Einige Finger standen in einem absurden Winkel von der rechten Hand ab. Pavo wollte etwas sagen, brachte aber außer einem Gurgeln keinen verständlichen Laut hervor. Lennart konnte sehen, wie Pavo ihn unter den geschwollenen Lidern flehentlich anblickte.

»Hier«, sagte Schestakow und reichte Lennart das Bündel. Noch bevor er es ausgepackt hatte, wusste er, was die Lumpen umhüllten. Es war eine Pistole.

»Erschieß ihn«, sagte Schestakow.

»Was soll ich tun?«, keuchte Lennart fassungslos.

»Du hast mich verstanden. Das ist deine Aufnahmeprüfung. Erschieße Pavo Suolahti. Wenn du das tust, lassen wir dich gehen. Halldor wird dich begleiten, um mit dir deine Töchter zu befreien. Erschießt du Pavo nicht, werde ich es tun und du verlierst alles. Deine Zukunft. Dein Leben. Und deine Kinder.«

Lennart starrte die Waffe an. Er nahm sie in die Hand und richtete sie auf Schestakow.

»Ich bitte dich, Hagen Lennart«, sagte der Großmeister der Wargebrüder ruhig. »Sei nicht dumm. Denk an deine Kinder.«

Lennart spürte, wie ihm die Tränen die Wangen hinunterliefen.

Pavos Leben gegen das meiner Kinder.

Er schluchzte und wischte sich mit der anderen Hand die Tränen aus den Augen.

Pavos Leben gegen das meiner Kinder.

Pavo riss die Augen auf, so weit es die Schwellung zuließ. Er öffnete seinen Mund. Lennart sah, dass er keine Zähne und keine Zunge mehr hatte. Der Mund war eine leere blutige Höhle. Er nickte.

Pavos Leben gegen das meiner Kinder.

Lennart hob die Waffe und drückte ab.

***

Mersbeck erwachte mit den schrecklichsten Kopfschmerzen seines Lebens. Noch bevor er die Augen öffnete, spürte er, dass er in einem Bett lag, dessen gestärkte Laken steif wie Pergament waren. Er versuchte sich auf die Seite zu drehen und den Arm zu heben, verhedderte sich aber in einem dünnen Schlauch, der mit einer Nadel in der Beuge seines rechten Armes steckte.

»Bewegen Sie sich nicht«, sagte eine Stimme. »Sie sind gerade noch dem Tod von der Schippe gesprungen.«

War das Strashok? Mersbeck öffnete vorsichtig ein Auge. Tatsächlich. Vor seinem Bett stand der Wissenschaftsminister höchstpersönlich.

»Was ist geschehen?«

»Es ist im Labor zu einer Entladung gekommen.«

»Ich bin von einem Blitz getroffen worden?«

»Nein, das sind Sie nicht. Und das beunruhigt mich ein wenig. Wenn Sie einen elektrischen Schlag erhalten hätten, würde das Ihren Zustand hinreichend erklären. Der Lichtbogen ist aber in den Generator geschlagen und hat nur einen materiellen Schaden angerichtet.«

Mersbeck versuchte sich aufzurichten, kam aber auf halbem Weg zu dem Schluss, dass dies ein überaus törichtes Unterfangen war, und ließ seinen Kopf wieder auf das Kissen sinken.

»Wie geht es Haxby?«, fragte er mit rauer Stimme. Er hatte einen schrecklichen Geschmack im Mund und scheußliche

Halsschmerzen. Wahrscheinlich hatte man ihn durch einen Schlauch künstlich beatmet.

»Dem Leiter von Station 6 geht es gut«, sagte Strashok. »Er hat Glück gehabt.«

»Warum? Wurde er auch ohnmächtig?«

»Nein, nein. Ganz im Gegenteil. Ihm geht es bestens, und das ist das Erfreuliche an der ganzen Angelegenheit.«

»Wovon reden Sie, verdammt noch mal?«, sagte Mersbeck. Er spürte, wie das Kollektiv bei ihm anklopfte und er hatte nicht die Kraft, die Tür noch länger zu blockieren.

»Nun, Ihre Reaktion auf diesen Vorfall war alles andere als natürlich. Zuerst haben wir gedacht, dass sie einen Schwächeanfall erlitten hatten, weil sie überarbeitet sind.«

»Was für ein Quatsch. Ich bin nicht überarbeitet.«

»Sehen Sie, zu dem Schluss kamen wir auch«, sagte Strashok kühl, fast feindselig. »Und deswegen habe ich auch nicht lockergelassen. Sagen Sie, Jan, kann es sein, dass Sie beim Betreten des Labors schon immer ein leichtes Unwohlsein befiel?«

Mersbeck schwieg und Strashok wurde jetzt richtig wütend. »Verdammt, Sie und Ihre verfluchte Geheimniskrämerei! Man könnte meinen, Sie sind genauso paranoid wie Swann. Und Sie wissen, wohin ihn sein Verfolgungswahn gebracht hat. Haben Sie schon einmal daran gedacht, dass die Verbindung des Kollektivs auch einen anderen Sinn hat, als wechselseitige Kontrolle? Wenn Sie sich einmal wie alle anderen geöffnet hätten, wären Sie vielleicht auf demselben Informationsstand wie wir!« Er holte tief Luft und versuchte sich wieder zu beruhigen. »Mir ging es nämlich wie

Ihnen. Wissdorns kleines Laboratorium hat mir Angst eingejagt. Und genau genommen tut es das immer noch.«

»Aber warum ist das so?«, fragte Mersbeck.

»Ich glaube, es hat etwas mit elektromagnetischen Wellen zu tun. Auf normale Menschen haben sie keinerlei Einfluss. Aber für uns ist der Elektromagnetismus reinstes Gift.«

Mersbeck dachte nach. Seine Kopfschmerzen ließen ihn fast wahnsinnig werden. »Man könnte diese Wellen als Waffe gegen uns einsetzen«, sagte er schließlich.

»Deswegen haben wir Haxby auf unsere Seite ziehen müssen.«

»Sie haben ihn infiziert?«, fragte Mersbeck ungläubig.

Strashok nickte. »Er liegt auch hier auf der Krankenstation und hat im Gegensatz zu Ihnen sein Bewusstsein noch nicht wiedergefunden.«

Mersbeck öffnete seinen Verstand ein Stück und konnte hören, wie im Chor des Kollektivs plötzlich eine neue Stimme mitsang. Nicht sehr deutlich und eher willkürlich, aber sie war da.

»Haxby ist nicht dumm«, fuhr Strashok fort. »Er hatte sofort die richtigen Schlüsse gezogen, als Sie die elektromagnetische Welle von den Füßen holte. Und Sie kennen ihn ja. Wenn er einmal auf ein Problem gestoßen ist, das sich nicht sofort lösen lässt, beißt er sich daran fest. Ich weiß nicht, ob er über kurz oder lang hinter unser Geheimnis gekommen wäre, aber wir durften kein Risiko eingehen.«

»Also hat das Kollektiv ein neues Mitglied«, sagte Mersbeck.

»Sieht so aus«, sagte Strashok und wandte sich zum Gehen

um. »Ich habe noch Arbeit, die auf mich wartet. Sehen Sie zu, dass Sie wieder auf die Beine kommen. Und dann möchte ich, dass Sie diesen elektromagnetischen Effekt genauestens untersuchen. Ohne Wissdorn. Lassen Sie sich ein eigenes Labor einrichten. Ich werde Station 9 unterrichten, dass Sie bis auf Weiteres nicht zurückkehren werden.« Er nickte Mersbeck zum Abschied zu und verließ das Zimmer.

Elektromagnetische Wellen!

Obwohl ihm überhaupt nicht danach war, musste er lächeln. Da schwangen sich die Eskatay gerade zu den Herren der Welt auf, und dann wurden sie von banaler Physik in die Schranken gewiesen. Mersbeck setzte sich vorsichtig auf und wickelte den Infusionsschlauch von seinem Arm.

»Sehen Sie zu, dass Sie wieder auf die Beine kommen«, hatte Strashok gesagt. Nichts leichter als das. Mersbeck würde wahrscheinlich am nächsten Morgen wieder hergestellt sein. Aber Wissdorn würde es zu verhindern wissen, dass jemand in seinem Forschungsbereich wilderte. Nun, er würde nichts davon erfahren. Glücklicherweise waren die Versuche, die in der Station 11 vorgenommen wurden, genauestens dokumentiert, sowohl was den Aufbau als auch die Ergebnisse anging. Mit dem Personal würde es keine Schwierigkeiten geben. Irgendwie würde er das Kind schon schaukeln, dachte er noch.

Dann schien sein Kopf zu explodieren.

Mit einem erstickten Aufschrei presste er die Handballen auf die Augen. Ein schmerzhaftes Kreischen erfüllte seinen Kopf, und er spürte, dass die anderen Mitglieder des Kollektivs noch größere Schmerzen hatten. Alle, bis auf einen: Haxby.

Mersbeck riss sich die Kanüle aus dem Arm und schwang sich aus dem Bett, ging aber sogleich in die Knie, als das Kreischen erneut seinen Kopf in zwei Teile zu zerreißen schien. Blut lief in einem dünnen Rinnsal aus der Armbeuge, doch Mersbeck hatte im Moment andere Probleme. Er musste versuchen, seinen Geist vor dem zu verschließen, was alle anderen Eskatay in die Knie zwang. Er konzentrierte sich auf seine Atmung und zählte jedes Heben und Senken seines Brustkorbes. Der Schmerz wurde schwächer, doch statt eines Bohrers stachen jetzt zwei glühende Nadeln hinter beiden Augen.

Mersbeck machte einen Schritt nach vorne, knickte ein und hielt sich im letzten Moment an einem kleinen Schrank fest. Das Glas Wasser, das auf ihm stand, fiel zu Boden und Mersbeck trat in die Scherben. Aber das spürte er schon gar nicht mehr. Blutige Spuren hinter sich lassend, kämpfte er sich hinaus auf den Korridor, wo er einem Pfleger in die Arme fiel.

»Verdammt, was machen Sie hier!«, fuhr er Mersbeck an. »Los, sofort zurück mit Ihnen ins Bett.« Dann sah der Pfleger Mersbecks Füße und stieß einen Fluch aus.

Aber Mersbeck konnte sich jetzt nicht mit so etwas aufhalten. Er musste handeln. Mit letzter Kraft aktivierte er seine Begabung, und die Welt erstarrte wie in zähem Gelee. Mersbeck riss sich los und rannte den Korridor hinunter. Erleichtert atmete er aus. Da er die Zeit verlangsamt hatte – oder für sich beschleunigte, es kam immer auf den Standpunkt des Betrachters an –, war die Verbindung zum Kollektiv automatisch unterbrochen, und somit hatte er auch keinen Kontakt mehr zu der Quelle dieses unerträglichen Schmerzes. Das führte aber zu einem anderen Problem: Er konnte Haxbys Zimmer nicht sofort ausfindig machen. Mersbeck rannte, so schnell er konnte, rutschte aber auf seinem eigenen Blut immer wieder aus. Dann endlich fand er den Leiter von Station 6. Und was er sah, ließ beinahe sein Herz versagen.

Haxby schwebte aufrecht und mit ausgestreckten Armen über seinem Bett. Seine Haare bewegten sich wie Seeanemonen in einer Meeresströmung. Die Augen waren wie zwei rote Murmeln in einem Kopf, der so angeschwollen war, dass er kurz vor dem Platzen schien. Aber das war nichts gegen den Körper, der ausgestreckt auf dem Boden lag. Mersbeck konnte nur an der Kleidung erkennen, dass es einmal ein Mensch gewesen sein musste. Irgendwie war er innerhalb kürzester Zeit so schnell gealtert, dass er wie eine ausgetrocknete, ledrige Mumie aussah. Mersbeck verstand noch immer nicht, was geschehen war, und ließ die Zeit wieder schneller verstreichen.

Das hätte er nicht tun sollen. Haxby wurde sich auf einmal bewusst, dass er nicht alleine im Raum war. Wie eine Furie stürzte er sich auf Mersbeck, der im letzten Moment auswich. Dennoch konnte er es nicht verhindern, dass der zu einem Monster mutierte Mann ihn am Arm berührte.

Mersbeck glaubte, jemand griffe mit einer kalten Hand nach seinem Herzen. Er schaute an seinem Arm hinunter, dessen Haut auf einmal schlaff und runzelig war. Mersbeck bremste die Zeit wieder ab, doch Haxbys Bewegungen verlangsamten sich nicht – und da verstand er, welche magische Begabung der Leiter von Station 6 erworben hatte. Er konnte nicht nur Menschen ihre Lebenskraft rauben, sondern auch noch die Fähigkeiten eines anderen Eskatay adaptieren.

»Hören Sie auf damit«, schrie er Haxby an, doch der antwortete nicht. Stattdessen riss er den Mund auf und stürzte sich auf Mersbeck, der wenig elegant zur Seite hechtete.

Irgendetwas musste geschehen, dachte er. Wenn er dieses Monstrum nicht aufhielt, würde es zu einer Katastrophe kommen. Dann waren nicht nur die Menschen hier in der Station in Gefahr, sondern auch die anderen Eskatay.

Professor Haxby hatte sich durch die Infektion mit der Blume in einen unbesiegbaren Übermenschen verwandelt. Doch es musste eine Schwachstelle geben. Er wusste nur nicht, wo sie lag.

Mersbeck sprang auf und rannte, so schnell er konnte, hinaus auf den Korridor, wo die Menschen noch immer inmitten ihrer Bewegungen festgefroren waren. Er warf einen Blick über die Schulter und sah, wie Haxby aus seinem Zimmer herangeschwebt kam und sich ihm an die Fersen heftete.

Jemand, der zu solch beeindruckenden Dingen in der Lage war, musste einen enormen Energiebedarf haben, dachte Mersbeck hektisch. Er musste Haxby aushungern, und das konnte er nur, wenn er ihn irgendwo einsperrte. Mersbeck überlegte fieberhaft, welcher Ort der Station am besten dafür geeignet war. Es gab ein Hochsicherheitslabor im vierten Tiefgeschoss, aber dazu mussten sie entweder den Aufzug oder das Treppenhaus nehmen. Der Gedanke, mit dieser Bestie auf engstem Raume zusammengepfercht zu sein, war nicht besonders angenehm. Dennoch musste er sich beeilen.

Die Frage war nämlich: Wie viel Energie konnte Haxby aufnehmen, ohne zu platzen? Gab es überhaupt ein Limit für
ihn? Oder fand er vorher einen Weg, sich zu entladen? Immerhin hatte er schon Mersbecks Begabung assimiliert.

Das alles waren Überlegungen, die vielleicht zu einem
anderen Zeitpunkt Mersbecks hoch entwickelten Intellekt
beflügelt hätten, doch im Moment ging es um das nackte
Überleben. Womit konnte er einen Amok laufenden Eskatay
in die Knie zwingen?

Wissdorns Labor! Es befand sich auf demselben Stock,
aber im nördlichen Bogen des c-förmigen Hauptgebäudes.
Obwohl Mersbeck wusste, dass er sich damit in Gefahr begab, schaute er immer wieder über die Schulter, nur um zu
sehen, dass die Gestalt immer näher auf ihn zuschwebte.

Mersbeck rannte um sein Leben.

Langsam spürte er die Schmerzen in seinen aufgeschnitte-
nen Fußsohlen, die noch immer stark bluteten. Er versuchte,
die Zeit noch mehr zu verlangsamen, um so vielleicht einen
Vorsprung herauszuholen, aber Haxby passte sich der Geschwindigkeit mühelos an.

Es war zwecklos. Wenn Mersbeck den Fluss der Zeit noch
mehr abbremste, würde der Widerstand der Luft zu groß
werden. Also riss er Aktenwagen und Stühle um, die dem
Verfolger den Weg versperren sollten, obwohl Mersbeck
wusste, dass hier wohl nur eine massive Stahltür helfen
würde. Und selbst da war er sich noch nicht einmal sicher.

Mit aller Kraft warf er sich gegen die Labortür, die träge
aufschwang, und lief an einem festgefrorenen Wissdorn vorbei auf die Generatoren zu, die abseitsstehend für die Strom-

versorgung der verschiedenen Versuchsanordnungen sorgten. Eines der Geräte, das ein wenig an ein Schneckenhaus erinnerte, war schwarz und verkohlt. Das musste der Generator gewesen sein, der durchgebrannt war. Wenn Mersbeck dasselbe Kunststück mit den anderen fünf Aggregaten gelang, hatte er gewonnen. Dumm war nur, dass er sich mit Elektrizität nicht besonders gut auskannte.

Deswegen tat er das, was in dieser Situation wohl jeder andere Laie auch getan hätte. Hastig drückte er alle Knöpfe und Hebel, die sich in Reichweite seiner Hände befanden. Gleichzeitig hob er einige schwere Werkstücke als potenzielle Wurfgeschosse auf und wirbelte herum.

Haxby schien ein ganzes Stück gewachsen zu sein. Der Kopf hatte jetzt die Ausmaße eines überreifen Kürbisses, sodass die roten Augen im aufgequollenen Fleisch fast verschwanden. Er wirkte lächerlich und aufgeblasen wie ein knopfäugiges Teigmännchen. Und Mersbeck hätte bestimmt auch gelacht, wenn er nicht Angst um sein Leben gehabt hätte. Noch immer war Haxby in seinen Bewegungen träge wie eine Qualle und er schien nicht zu ahnen, was Mersbeck vorhatte. Aber dennoch war er gefährlich.

Wissdorn, der in seiner verlangsamten Welt vor einem Tisch stand und die Hand an einem Regler hatte, schien nun etwas zu bemerken. Langsam hob er den Kopf, wobei er die Augen zu einem trägen Blinzeln schloss. Das grüne Licht der Leuchtstoffröhren flackerte pulsierend. Und erst jetzt schien Haxby zu bemerken, dass er nicht mit Mersbeck allein war. Augenblicklich ließ er von dem Eskatay ab und wandte sich dem Menschen zu. Mersbeck stieß einen Schrei aus und warf das Werkstück. Sobald es seine Hand verließ, verlangsamte sich sein Flug, aber dennoch traf es Haxby am Kopf, beschleunigte dabei und fiel zu Boden. Die aufgeblähte Gestalt zeigte sich unbeeindruckt davon. Haxby streckte seine Hand aus und berührte den erstarrten Wissdorn an der Schulter. Fast augenblicklich setzte der Verfallsprozess ein, wanderte den Arm hinunter und verwandelte das Gesicht des Physikers langsam in das einer ausgedörrten Leiche, die panisch Mund und Augen aufriss.

Mersbeck war augenblicklich klar, dass er Wissdorn nicht mehr helfen konnte. Er warf einen Blick auf die Generatoren, die viel zu langsam ihre Drehzahl erhöhten. Er hatte nur noch eine Chance: Er musste in die Normalzeit zurückspringen und konnte nur hoffen, dass er Haxby dabei mitriss.

Wissdorn zerfiel innerhalb von Sekunden zu Staub und Haxby blähte sich noch ein Stück weiter auf. Das Leiern der Dynamos steigerte sich zu einem schrillen Kreischen. Mit einem Satz sprang Mersbeck aus dem Labor und lehnte sich an die Wand in der Hoffnung, dass sie den größten Teil der elektromagnetischen Wellen von ihm fernhielt.

Blitze zuckten auf und das Kreischen wurde vielstimmig. Mersbeck lief es eiskalt den Rücken hinunter, als er den menschlichen Anteil daran erkannte. Es gab einen heftigen Schlag, der Mersbeck beinahe das Bewusstsein raubte und im ganzen Korridor das Licht verlöschen ließ. Dann kehrte Stille ein.

Mersbeck sah die Welt wie durch einen Schleier hindurch, aber wenigstens war das Kreischen nicht mehr da. Mühsam kämpfte er sich auf die Füße und stieß die Tür auf. Der Anblick, der sich ihm bot, war so bizarr, dass er zunächst nicht verstand, was er da sah. Und als er es endlich begriff, taumelte er mit einem erstickten Schrei zurück.

Alles war mit einem roten Schleim überzogen, als hätte jemand sich eine Schlacht mit Erdbeergötterspeise geliefert. Wissdorn und Haxby waren tot, daran konnte es keinen Zweifel geben. Sie hatten sich regelrecht in ihre Grundbestandteile aufgelöst. Die Luft war erfüllt vom beißenden Gestank durchgeschmorter Kabel, der Mersbeck in der Kehle kratzte.

Er ließ die Tür wieder zufallen, setzte sich keuchend auf den Boden und lehnte sich erschöpft an die Wand. Das Licht ging flackernd wieder an und eilige Schritte näherten sich ihm. Jemand fragte ihn, ob alles in Ordnung mit ihm sei, und er musste trotz der Schmerzen lachen.

Dann meldete sich das Kollektiv.

Erst war es nur eine Stimme, dann zwei, dann fünf und schließlich alle. Begarells Präsenz war am deutlichsten, obwohl auch er angeschlagen klang.

»Lasst mich in Ruhe«, murmelte Mersbeck.

»Es ist gleich jemand bei Ihnen«, sagte eine weibliche Stimme besorgt.

»Geht raus aus meinem Kopf und schert euch zum Teufel«, rief Mersbeck ungehalten und schlug die Hand weg, die ihm auf die Beine helfen wollte.

»Er hat einen Schock«, sagte eine andere Stimme.

»Natürlich habe ich einen Schock«, sagte er und stöhnte. »Wenn ihr gesehen hättet, was ich gesehen habe, würdet ihr wahrscheinlich gar nicht mehr leben.« Er dachte, er redete

noch immer mit dem Kollektiv. »Wir sind nicht mehr unverwundbar, hört ihr?« *Wir sind nicht mehr unverwundbar!*

Er spürte einen Stich im Arm. Mersbeck machte die Augen
auf und wollte seiner Empörung Luft machen, als das Betäubungsmittel auch schon wirkte und ihm der Kopf auf die
Brust sank.

***

Hakon, York und Eliasson standen abmarschbereit vor der
Wellblechhütte und warteten auf Henriksson, der nach den
Waffen suchte, die Johan Lukasson versteckt hatte. Die ein-
gelegten Früchte hatten zwar Hakons Magen gefüllt, jedoch
das Gefühl der Schwäche nicht vertrieben. Auch York sah
blasser aus denn je. Eliasson hatte sich etwas abseits gegen
einen Baum gelehnt und starrte hinauf in den grauen Himmel, als erhoffte er sich von dort irgendeinen Beistand.

Hakon hatte die Karten und den Kompass aus dem Rucksack geholt, als Henriksson aus dem Gebüsch stolperte. In
den Armen hielt er ein verrottetes Bündel. Wütend warf er
es auf den Boden.

»Dieser gottverdammte Narr!«, zischte er zwischen den
Zähnen hervor. Sein Gesicht war rot vor Zorn.

»Wer?«, fragte Eliasson, der aus seiner Trance erwacht
war.

»Dieser Johan Lukasson! Er hat die Gewehre einfach hinter die Hütte geworfen.« Henriksson schlug die Decke beiseite und enthüllte etwas, was nur noch entfernt an Gewehre
erinnerte. Die Läufe waren nur noch rostige, miteinander

verbackene Metallrohre. Das Holz der Kolben hatte sich vollständig aufgelöst.

Eliasson fand als Erster die Sprache wieder. »Lasst uns einen Blick auf die Karte werfen«, sagte er tonlos und nahm Hakon die Mappe aus der Hand. Er zog die Karte heraus und breitete sie aus, wobei er die Ecken mit Steinen beschwerte, damit sie vom Wind nicht hochgeweht werden konnten. Der Tisch in der Wellblechhütte wäre bequemer gewesen, doch niemand legte Wert auf die Gesellschaft dieser vertrockneten Leichen.

»Wir sind hier oder zumindest in der Nähe dieser Markierung«, sagte Eliasson und zeigte auf ein rotes Kreuz. »Wenn dies die Ausgrabungsstelle der Expedition ist, so dürfte sie nicht mehr als einen Tagesmarsch vom Lager entfernt sein.«

»Also etwa fünfzehn Meilen«, sagte Henriksson. »Das ist eine Abweichung, mit der wir leben können. Sobald wir die Biegung des Flusses erreichen, können wir unsere Position neu ausrichten.«

»Ungefähr zweihundert Meilen weiter nördlich ist die Straße nach Morvangar«, sagte Eliasson.

York beugte sich über die Karte, um sich selbst ein Bild davon zu machen. »Sind Sie sicher?«

»Ja. Morvangar ist die einzige größere Stadt so weit oben im Norden. Ich wüsste nicht, wohin die Straße sonst führen sollte.«

York hob ein Stöckchen auf und brach es so zurecht, dass es dem Maßstab entsprach, der sich unterhalb der Legende befand. Dann maß er die Strecke aus.

»Alleine bis zum Rand der Karte sind es noch einmal einhundert Meilen, und da haben wir Morvangar noch nicht erreicht.« Er warf das Stöckchen weg. »Das sind dreihundert Meilen oder sechs Wochen Fußmarsch. Wie sollen wir das schaffen? Hakon ist am Ende seiner Kräfte und ich fühle mich auch nicht besonders.«

»Und wie wäre es, wenn wir auf dem Fluss reisten?«, fragte Henriksson.

»Du willst ein Boot bauen?«, fragte Eliasson.

»Es müsste kein Boot sein. Ein Floß würde genügen. Das Werkzeug hätten wir.«

»Dazu müssten wir wissen, in welche Richtung die Strömung fließt. Wenn uns der Fluss nur nach Süden führt, haben wir nichts damit gewonnen.«

»Das weiß ich auch«, antwortete Henriksson gereizt. »Aber York hat Recht. Hakon würde den Fußmarsch nicht überleben. Also sollten wir nach Westen gehen. Wenn der Fluss für uns nicht schiffbar sein sollte, dann können wir uns ja immer noch etwas einfallen lassen.«

Eliasson schaute die beiden Jungen an. »Was sagt ihr dazu?«

»Ich befürchte, dass unsere Kräfte in der Tat nicht für eine längere Strecke ausreichen werden«, sagte Hakon.

»Also ist es beschlossen«, sagte Eliasson, klang aber nicht so, als wäre er wirklich überzeugt.

»Dann werde ich das nötige Werkzeug für ein Floß zusammensuchen«, sagte Henriksson. »Kommst du mit?«

Eliasson hob abwehrend die Hände. »Danke, aber in die Hütte kriegen mich keine zehn Pferde mehr rein.«

Henriksson zuckte mit den Schultern und ging davon.

Hakon und York warfen sich vielsagende Blicke zu. Irgendwie hatte sich das Verhältnis zwischen den beiden Männern merklich abgekühlt. Hakon fragte sich, wann diese Veränderung stattgefunden hatte. In den letzten Tagen war jeder so sehr mit sich selbst beschäftigt gewesen, dass niemand auf die anderen geachtet hatte, Hakon am allerwenigsten. Er hatte genug mit seinen persönlichen Dämonen zu kämpfen.

Aber wenn er es sich genau überlegte, musste er zugeben, dass er Paul Eliasson so gut wie gar nicht kannte. Er war stets der Mann im Hintergrund gewesen, still, besonnen und eigentlich ziemlich unauffällig, fast schon langweilig. Seine Stimme war leise wie sein ganzes Auftreten. Im normalen Leben hätte er als Bankangestellter oder Buchhalter durchgehen können, jedenfalls machte Eliasson auf Hakon jenen grundsoliden Eindruck, der Vertrauen schafft. Wobei ihm bei diesem Gedanken einfiel, dass er Eliassons Beruf gar nicht kannte. Er wusste noch nicht einmal, ob er verheiratet war oder Kinder hatte. Und auch Henriksson war für ihn ein mehr oder weniger unbeschriebenes Blatt. Sein Gemüseladen existierte nicht mehr, seine Angestellten waren tot.

Hakon und York hatten sich in die Hände zweier Männer begeben, von denen sie im Grunde so gut wie gar nichts wussten. Dass York und er nun auch noch ihre Begabung verloren hatten, beruhigte Hakon auch nicht gerade.

Henriksson trat aus der Hütte, die er hinter sich verschloss, als könnte jemand den Leichen, die auf den Feldbetten lagen, noch etwas antun. Er hatte sich eine Seilrolle quer über die Brust gebunden. In der Hand hielt er eine Axt und eine Säge, die er außen an seinem Rucksack befestigte.

»Lasst uns gehen«, sagte er.

Glücklicherweise führte der Weg zum Fluss größtenteils bergab. Hakon war froh, dass er den schweren Rucksack mit den Konserven nicht auch noch einen Berg hinaufschleppen musste. Sie waren keine Stunde gegangen, als Hakon wieder diese Übelkeit verspürte, die mit einem brennenden Durst einherging. Und auch York schien erneut schwächer zu werden. Jedenfalls hatte sein Gesicht wieder jene graue Farbe angenommen, die es gehabt hatte, bevor sie auf die Hütte gestoßen waren. Niemand sprach ein Wort. Jeder versuchte, mit seinen immer spärlicher werdenden Kräften hauszuhalten.

Hakon fragte sich, wann Eliasson und Henriksson die ersten Anzeichen der Koroba zeigen würden. Sie bewegten sich seit fünf Tagen durch diesen toten Wald. Hakon erinnerte sich daran, dass bei der Expedition die ersten Anzeichen wie Niedergeschlagenheit und Kopfschmerz am vierten Tag aufgetaucht waren – mit dem Unterschied, dass Johan Lukassons Männer bei ihrer Ankunft nicht so erschöpft und ausgezehrt wie sie waren. Also müsste es eigentlich früher losgehen, dachte Hakon. Vielleicht spürte Eliasson die ersten Symptome schon und wollte nur nicht darüber sprechen. Das würde jedenfalls seine Stimmung erklären.

Zwei Stunden hatten sie sich durch das dürre Unterholz gekämpft, als die Sonne langsam unterging. Sie schlugen ihr Lager unter einem Felsvorsprung auf. Während Hakon und Henriksson die Zelte aufbauten, machten sich die beiden anderen auf die Suche nach Feuerholz. Im Vergleich zu den vorangegangenen Nächten war dies hier geradezu ein Luxus:

Sie hatten Zelte und Schlafsäcke und konnten über dem offenen Lagerfeuer eine Konserve mit Eintopf, Gulasch oder einer Hühnersuppe warm machen. Hakon massierte seine Schultern, denn der Rucksack mit den Vorräten war so schwer gewesen, dass die Tragriemen seine Haut aufgescheuert hatten.

Henriksson hatte in der Hütte noch eine Schachtel mit Sturmstreichhölzern gefunden. So dauerte es nicht lange und das Lagerfeuer brannte. Hakon baute aus Steinen eine Kochstelle, auf die er die Büchse stellte. Er hatte deren Deckel vorher angestochen, damit ihnen beim Öffnen nicht die kochende Soße ins Gesicht spritzte.

Noch immer sprachen sie kaum miteinander, dazu waren sie einfach zu erschöpft und zu niedergeschlagen.

Als die Sonne hinter den Hügeln verschwunden war, wurde es empfindlich kalt. Hakon aß eingehüllt in seinen Schlafsack. Eigentlich hatte er keinen Hunger. Er nahm ein paar Löffel zu sich und reichte dann den Rest weiter an York, dem es aber nicht viel besser erging. Eliasson und Henriksson schienen noch einen gesunden Appetit zu haben, denn sie teilten erfreut die Ration der beiden anderen unter sich auf. Einzig das Obst, diesmal waren es Birnen, bekamen Hakon und York herunter. Noch immer war das mangelnde Wasser ein Problem. Auch wenn das Obst im eigenen Saft schwamm, löschte es nicht den Durst.

Nachdem sie gegessen hatten, zogen sich alle in ihre Zelte zurück. Hakon teilte sich eines mit York, obwohl Henriksson Bedenken geäußert hatte, die Hakon sogar zu einem gewissen Grad teilte. Er und York waren so schwach, dass vielleicht der eine nicht merkte, wenn der andere in der Nacht kollabierte. Hakon ging das Risiko ein. Er hatte keine Lust, mit einem der Männer in einem Zelt zu übernachten. Er zog Yorks Gesellschaft vor.

Kaum war Hakon in den Schlafsack gekrochen, war er auch schon sofort weggedämmert. Es war ein tiefer, traumloser Schlaf. Nur einmal schreckte er in der Nacht hoch, weil er glaubte, dass eine der leeren Konservendosen umgefallen war, doch schlief er sofort wieder ein und erwachte erst, als die Morgensonne den Wald in ein graues Licht hüllte.

Es dauerte lange, bis das bleierne Gefühl in Hakons Gliedern verschwunden war und er den Eingang ihres Zeltes öffnen konnte.

Henriksson war schon auf den Beinen. Sein Hemd hing nachlässig über der Hose und die Haare standen wirr ab. Er hatte sich seit Tagen nicht mehr rasiert und erst jetzt bemerkte Hakon, dass sein Bart von grauen Fäden durchzogen war.

»Wir hatten heute Nacht Besuch«, sagte Henriksson und trat gegen eine der leeren Dosen.

Hakons Herz schlug schneller und brachte seinen schwerfälligen Kreislauf in Bewegung. Er torkelte auf die Beine und rieb sich den Schlaf aus den Augen. »Ich habe auch etwas gehört, war mir aber nicht sicher, ob ich nur geträumt hatte. Fehlt etwas?«

Henriksson untersuchte den Boden und öffnete die Rucksäcke, die neben den Zelten standen. »Nein. Wie es scheint, ist noch alles da.«

»Und wieder keine Fußspuren?«

Henriksson schüttelte den Kopf.

Eliasson kletterte aus seinem Zelt und gähnte. »Ist es dieses Ding, von dem du gesprochen hast?«, fragte er Hakon.

Er zuckte mit den Schultern. »Vielleicht. Ich kann es nicht sagen, denn ich habe …«

»Ja, ich weiß. Die Gabe verloren«, sagte Eliasson und stopfte mürrisch sein Hemd in die Hose.

Da war sie wieder, die unterschwellige Feindseligkeit, die Hakon schon die ganze Zeit aus der Stimme des Mannes herauszuhören glaubte.

»Wir sollten sofort aufbrechen«, sagte Eliasson. »Wenn es dasselbe Ding ist, das diesen Oleg auf dem Gewissen hat, möchte ich nicht mehr hier sein, wenn es wiederkommt.«

»Wenn es dasselbe Ding wäre, hätte es uns alle in dieser Nacht umbringen können«, sagte Henriksson und packte die Sachen zusammen. »Aber du hast Recht, wir sollten weiterziehen.«

Hakon kroch zurück ins Zelt und versuchte York zu wecken.

»He, hoch mit dir«, sagte er und rüttelte seinen Freund an der Schulter. York stöhnte einmal leise, hielt die Augen aber geschlossen. »Nun komm. Ich bin auch müde.«

»Aber nicht so müde wie ich«, murmelte York und öffnete ein Auge. »Dabei hatte ich so einen wunderbaren Traum.«

»Dann versuche ihn dir zu merken, damit du ihn heute Abend weiterträumen kannst.«

»Nein, wirklich«, sagte York und setzte sich mühsam auf. »Das war der merkwürdigste Traum meines Lebens, denn ich konnte mich in ihm bewegen, als wäre ich wach. Ich wusste nämlich, dass ich schlief. Verrückt, nicht wahr?«

»Nicht verrückter als das, was wir hier erleben.« Hakon rollte seinen Schlafsack zusammen und verschnürte die Rolle mit zwei Seilen.

»Es war wunderbar«, sagte York wehmütig. »Ich war kurz davor eines der schönsten Hotels zu betreten, das man sich vorstellen kann.«

Hakon fuhr hoch. »Was sagst du da? Ein Hotel?«

»Ja. Weiß verputzt, mit unzähligen Balkonen. Es war ein Gefühl, als kehrte man nach einer langen Reise endlich heim. Der Portier hielt mir die Tür auf und dann ...«

»Und dann was?«, fragte Hakon aufgebracht.

»Und dann hast du mich geweckt«, sagte York enttäuscht. »Was ist los mit dir? Du machst ein Gesicht, als wäre ich nicht mehr ganz bei Sinnen.«

»Nein«, sagte Hakon und schüttelte energisch den Kopf. »Du bist nicht verrückt. Aber *ich* glaube, langsam den Verstand zu verlieren. Wir beide haben denselben Traum gehabt! Nur dass ich in meinem noch nicht einmal in die Nähe des Eingangs gekommen bin.«

York war jetzt hellwach. »Du machst Witze! Davon habe ich noch nie gehört, dass zwei Menschen den gleichen Traum teilen. Stell dir mal vor, wir wären uns dort auch noch begegnet!« Der letzte Satz klang nicht ernst gemeint, woraufhin York einen Knuff an den Oberarm erhielt.

Der Zelteingang wurde beiseitegeschlagen und Henriksson steckte seinen Kopf herein. »Was ist mit euch beiden. Können wir langsam aufbrechen?«

»Ja, wir beeilen uns«, sagte York und kroch hinaus. Hakon starrte ihm hinterher.

Stell dir mal vor, wir wären uns dort begegnet. Was für ein absurder Gedanke.

Aber er sollte ihn nicht mehr loslassen.

Sie erreichten den Fluss am späten Mittag, und wie sich herausstellte, hatten sie in gleich zweierlei Hinsicht Glück: Zum einen war er schiffbar und zum anderen floss er nach Norden, in die Richtung also, in der auch ihr Ziel lag. Als Hakon das Rauschen hörte, konnte er sich nicht mehr bremsen. Er lief an das Ufer, ging in die Knie, schöpfte mit der hohlen Hand Wasser und wollte sie gerade zum Mund führen, als er am Kragen gepackt und hochgerissen wurde.

»Willst du dich umbringen?«, fuhr ihn Henriksson an.

Hakon riss sich wütend los. »Ich werde das Wasser jetzt trinken! Wenn es wie das ganze Land vergiftet ist, werde ich auch nichts daran ändern können! Also lassen Sie mich jetzt in Ruhe!«

Hakon tauchte den Kopf ins Wasser und trank gierig wie ein Tier. York setzte seinen Rucksack ab und taumelte nun ebenfalls zum Ufer, wobei er Henriksson mit einem erschöpften Blick bedachte, der sagte, dass er Hakon zustimmte. Dann tat er es seinem Freund gleich.

Als sie sich satt getrunken hatten, setzten sie sich ächzend unter einen Baum. Henriksson war noch immer bestürzt. Einzig Eliasson schien diese Szene aus irgendeinem Grund zu amüsieren, denn er schmunzelte still in sich hinein.

»Was immer das jetzt für Folgen haben wird«, flüsterte Hakon York zu. »Ich fühle mich besser. Fast schon wieder lebendig.«

»Geht mir genauso«, sagte York keuchend und wrang den Zipfel seines nassen Hemdes aus.

»Gut«, sagte Henriksson. »Wenn ihr euch wieder so gut fühlt, dann können wir ja das Floß bauen, während ihr das Lager errichtet.« Er wickelte das Seil ab und gab Eliasson die Säge, die an seinem Rucksack befestigt war. Dann schulterte er die Axt und verschwand.

»Eigentlich müsste ich froh sein, dass ich meine Gabe verloren habe«, sagte Hakon. »Aber ich würde zu gerne wissen, was sich in den Köpfen der beiden Männer abspielt.«

»Irgendetwas ist zwischen den beiden vorgefallen«, sagte York.

»Hast du gehört, wie sie sich gestritten haben?«

»Nein, das nicht«, sagte York. »Aber ich glaube, dass Eliasson uns misstraut. Wahrscheinlich stellt er sich die Frage, ob er überhaupt sein Leben für uns aufs Spiel setzen soll.«

Hakon schüttelte missbilligend den Kopf. »Welch ein Unsinn! Wenn wir gegen die Eskatay auch nur den Hauch einer Chance haben wollen, müssen wir zusammenhalten!«

»Da stimme ich dir zu. Aber ich glaube, Eliasson macht zwischen den Eskatay und uns keinen Unterschied.« Er machte eine hilflose Geste. »An seiner Stelle würde ich vermutlich genauso denken.«

»Was schlägst du also vor?«, fragte Hakon.

»Ich glaube, wir müssen auf alles vorbereitet sein. Wir dürfen die normalen Menschen nicht ausschließen.« York stutzte. »Warum lachst du?«

»Du müsstest uns einmal zuhören. *Normale Menschen!* Was waren wir denn noch vor einigen Wochen?«

»Alles befindet sich im Umbruch, und dies ist erst der Anfang«, sagte York. »Nein, wir sind keine normalen Menschen. Und wir sind es auch nie gewesen. Unsere Eltern haben uns weggegeben, damit wir in Sicherheit aufwachsen konnten. Die Gist haben nur existieren können, weil sie im Verborgenen lebten. Doch das ändert sich gerade. Und wenn wir auch aufseiten der Menschen im Kampf gegen die Eskatay stehen, wird sich ihr Misstrauen am Ende gegen uns wenden.«

»Was sollen wir also deiner Meinung nach tun?«, fragte Hakon.

»Zunächst einmal diesem toten Land den Rücken kehren, dann sehen wir weiter«, sagte York und stand mühsam auf. »Wir können nur hoffen, dass das Floß möglichst schnell fertig ist.«

Sie bauten die Zelte auf und halfen dann den beiden Männern beim Fällen der Bäume. Keiner hatte eine Ahnung, wie viele sie benötigten, damit das Floß den nötigen Auftrieb erhielt. Auch konnten sie nur kleine Fichten für den Bau verwenden, da sowohl die Axt als auch die Säge zu klein für dickere Stämme waren. Aber auch die kleineren Bäume waren so schwer, dass sie selbst zu viert Mühe hatten, sie ans Ufer zu rollen.

Eliassons Laune verdüsterte sich immer mehr. Obwohl er es nicht zugab, litt er wohl an heftigen Kopfschmerzen, denn er massierte sich immer wieder die Schläfen. Henriksson klagte über Gliederschmerzen wie bei einer Grippe.

Es war eine Schinderei sondergleichen. Sie stellten fest, dass sie die Stämme nicht an Land, sondern im Wasser zusammenbinden mussten, da sie das Floß sonst nicht von der

Stelle bekommen würden. Sie hatten keine Handschuhe, sodass die Hände schon nach dem dritten Baum blutig aufgerissen hatten. Die allgemeine Erschöpfung tat ihr Übriges, um aus der ohnehin schon harten Arbeit eine körperliche Qual zu machen.

Am Abend hatten sie sechs Stämme zusammengebunden. Zu wenig, um das Floß zu Wasser zu lassen. Zudem würde bald die Nacht hereinbrechen. Eine Flussfahrt bei Dunkelheit war zu gefährlich, also entschlossen sie sich dazu, das Floß am anderen Morgen fertig zu bauen.

Die Nacht verlief ruhig. Wenn das Wasser, das sie getrunken hatten, mit einem Gift versetzt war, war es so schwach dosiert, dass es keine Wirkung zeigte. Auch blieb ihr Lager in dieser Nacht von jenem unheimlichen Wesen verschont, der sie schon zweimal heimgesucht hatte.

Am späten Mittag des darauffolgenden Tages gelang es ihnen, die letzten Stämme miteinander zu vertäuen.

»Wir werden dieses Floß nicht aus eigener Kraft fortbewegen können, sondern müssen es der Strömung anvertrauen«, sagte Henriksson, der vier junge Birkenstämme von ihren Zweigen befreite. »Die hier werden wir als Ruderstangen benutzen, um in der Mitte des Flusses zu bleiben. Wahrscheinlich sind wir zusammen mit unserem Gepäck zu schwer, als dass unser Floß über der Wasserlinie treiben wird. Also müssen wir den Proviant, die Zelte und die Schlafsäcke auf dem Rücken tragen.«

Das Floß dümpelte auf den sanften Wellen des Flusses und war mit einem Seil an einem Baumstumpf befestigt. Als Erstes kletterten die beiden erwachsenen Männer hinauf. Es war ein akrobatischer Akt, denn die Baumstämme waren so glitschig, als hätte man sie mit Schmierseife behandelt. Sie stellten sich an die entgegengesetzten Ecken des Floßes und ließen sich von York die Ruderstangen anreichen. Dann waren die beiden Jungen an der Reihe.

Das Floß hatte einen bedenklichen Tiefgang. Aber obwohl ihnen das Wasser bis zu den Knöcheln reichte, machte das provisorische Gefährt einen stabilen Eindruck. Eliasson, der hinten rechts stand, schnitt das Seil durch. Es gab einen Ruck, der sie alle beinahe aus dem Gleichgewicht brachte. Hakon musste sogar in die Knie gehen und sich abstützen, damit er nicht über Bord ging. Eliasson streckte seine freie Hand aus und half ihm auf die Beine.

»Danke«, sagte Hakon.

»Keine Ursache«, antwortete Eliasson und schaute sofort wieder starr nach vorne.

»Wir müssen aufpassen, dass wir unsere Bewegungen koordinieren, sonst drehen wir uns im Kreis oder stellen uns schräg«, sagte Henriksson. »Denkt dran, wir müssen in der Mitte bleiben, wo das Wasser tief genug ist.«

York und Eliasson drückten das Floß nach backbord. Sie hatten Glück, dass das Gewässer relativ träge dahinströmte, keine Wirbel bildete und auch sonst beinahe glatt wie ein Spiegel war.

Es dauerte nicht lange, dann hatte York den Bogen heraus. Er musste nur die Füße auseinanderstellen und ein wenig in die Knie gehen, um seinen Schwerpunkt nach unten zu verlagern. Er war zwar immer noch erschöpft, aber diese Flussfahrt war kein Vergleich zu dem Gewaltmarsch, den sie hinter sich hatten.

Die Fahrt ging zügig voran. Nachdem sie die ersten Schwierigkeiten überwunden hatten, empfand Hakon so etwas wie Vergnügen an dieser Art zu reisen, denn bis zum Abend hatten sie vielleicht sechzig Meilen zurückgelegt.

York schien es ebenfalls besser zu gehen. Die graue Farbe, die ihn wie eine Leiche hatte aussehen lassen, wich langsam aus seinem Gesicht. Seine Körperhaltung wurde straffer, so als ob sein Körper sich wieder an sein wahres Alter erinnerte. Und auch die vorbeiziehende Landschaft veränderte sich. Das Grün wurde satter, die Vegetation dichter. Erste Vögel kreisten in der Luft, und als sie schließlich ein Reh am Flussufer sahen, war es, als fiele eine zentnerschwere Last von Hakons Schultern.

Sie hatten es geschafft. Sie hatten den toten Wald hinter sich gelassen.

York war der Erste, der feststellte, dass seine Begabung wieder zurückkehrte. Als sie das Ufer ansteuerten, sprang er auf die Böschung, um das Seil aufzufangen. Und mit *springen* war nicht ein einfacher Satz gemeint. York verschwand vom Boot und erschien augenblicklich auf einer Kiesbank und riss die Arme in die Höhe. Es kam so plötzlich, das Henriksson vor Schreck beinahe das Gleichgewicht verlor.

»Werft das Seil her!«, rief York.

Henriksson warf das nasse Tauende hinüber und York stemmte sich in den Kies, um das Floß so weit heranzuziehen, dass er es an einem umgestürzten Baum befestigen konnte. Dann sprang er wieder auf das Floß.

»Es ist schön zu sehen, dass es dir wieder besser geht«, sagte Henriksson ärgerlich. »Aber wenn du diesen Trick aufführst, ohne uns vorher zu warnen, gehen wir noch alle baden.«

York war zu gut gelaunt, als dass er eine Entschuldigung für nötig erachtete. Auch Hakon fühlte sich kräftiger, nur hatte sich seine magische Begabung noch nicht wieder gemeldet.

Er sah Eliasson an, der damit beschäftigt war, das vordere Teil des Floßes so am Ufer zu befestigen, dass es nicht abgetrieben werden konnte. Er sprang ins Wasser und half ihm dabei.

»Danke, Hakon«, sagte er und ein Lächeln huschte über sein bärtiges Gesicht, das nun wieder lebendiger aussah.

»Wie geht es Ihnen?«

Der Mann nickte nur knapp. Hakon war sich nicht sicher, ob aus Unfreundlichkeit oder weil es ihm peinlich war, über seine Verfassung zu sprechen.

»Dieses bedrückende Gefühl, dem Leben nicht mehr gewachsen zu sein, ist fort, nicht wahr?«

Eliasson blickte auf und sah Hakon überrascht an.

»Nein, meine Gabe ist noch nicht wieder zurückgekehrt«, sagte der Junge lachend. »Und ich würde sie ohne Ihr Einverständnis auch niemals anwenden. Aber ich glaube, niemand musste ein Hellseher sein, um zu erkennen, dass Sie dieser Wald in einen tiefen Abgrund hat schauen lassen. Die Angst, selbst an der Koroba zu erkranken, stand Ihnen allzu deutlich ins Gesicht geschrieben.«

»Es war ein schrecklicher Ort«, gab Eliasson zu. »Wenn es

tatsächlich so etwas wie die Hölle gibt, dann weiß ich jetzt, wie sie aussieht.«

»Ich möchte Ihnen danken. Ohne Sie würden York und ich nicht mehr leben.«

Eliasson brummte etwas und konzentrierte sich wieder auf den Knoten, mit dem er das Tau befestigen wollte. Aber Hakon war noch nicht fertig. Er legte eine Hand auf den Arm des Mannes.

»Ohne uns würden Sie wahrscheinlich all dies hier nicht durchmachen müssen. Wir stehen tief in Ihrer und Henrikssons Schuld.«

»Hakon hat Recht«, sagte York, der sich zu ihnen gesellt hatte. »Ich finde, ein Danke von uns ist längst überfällig. Sie haben doch bestimmt eine Familie, die nicht weiß, was aus Ihnen in den Wirren der letzten Tage geworden ist.«

Eliasson nickte. »Die habe ich in der Tat. Eine Tochter und zwei Söhne. Das Mädchen ist zehn, die beiden Jungen sechs und vier.«

»Wenn Sie ihnen eine Nachricht zukommen lassen möchten, kann ich dafür sorgen, dass sie sie in kürzester Zeit erreicht.« York lächelte ein wenig verlegen. »Sie haben ja gesehen, dass meine Gabe wiedergekehrt ist. Das Schwerste haben wir also hinter uns. Lorick liegt sozusagen hinter der nächsten Flussbiegung. Wenn Sie wollen, nehme ich Sie mit, damit Sie Ihrer Frau und den Kindern sagen können, dass es Ihnen gut geht.«

Die Reaktion auf diesen Vorschlag war überraschend und bewegend, denn Eliasson hatte auf einmal Tränen in den Augen, die er unbeholfen mit dem Handrücken fortwischte.

»Ich danke dir für dieses Angebot«, sagte er mit belegter Stimme. »Aber ich glaube, wir sollten keine unnötigen Risiken eingehen, nicht wahr?«

Am Abend saßen sie um ein helles Feuer und wärmten zwei Büchsen Gulasch auf. Doch obwohl sie einen Bärenhunger hatten, aßen sie kaum etwas davon. Irgendwie schmeckte das Fleisch auf einmal schal wie aufgeweichte Pappe.

»Ich denke, wir sollten etwas Frisches zu uns nehmen«, sagte Henriksson und warf die Konserven im hohen Bogen ins Gebüsch. »Komm, Paul. Wir gehen fischen.«

Während die beiden Männer im flachen Uferwasser versuchten Forellen zu fangen, hatten sich Hakon und York auf der Suche nach Beeren in den Wald geschlagen.

»So froh ich bin, endlich diese Todeszone hinter mir gelassen zu haben, so sehr hasse ich diese verdammten Mücken«, sagte York und wedelte mit der Hand vor seinem Gesicht herum. »Wie geht es dir eigentlich mit deinen Stimmen im Kopf?«

»Besser«, sagte Hakon. »Sie sind natürlich immer noch da, aber ich kämpfe nicht mehr gegen sie an, sondern versuche sie zu ignorieren. Ich weiß nicht, wie Swann das gemacht hat. Bei all den Menschen, die er förmlich ausgesaugt hat, musste er doch verrückt werden.«

»War er das denn nicht?«, fragte York.

»Das war er auf seine Art natürlich schon. Aber irgendwie ist es ihm gelungen, diese Stimmen zu einem Teil seiner selbst zu machen. Andernfalls wäre sein Geist nicht so klar gewesen.« Hakon bückte sich und schob die Zweige eines

Heidelbeerstrauches beiseite. Die blauen Beeren hingen dicht an dicht an den kurzen Ästen. Hakon musste nur zugreifen und sie in eine der leeren Konservendosen werfen.

»Swann und ein klarer Geist? Du machst Witze!«, sagte York, der gerade einen Himbeerstrauch plünderte.

»Nein, das meine ich ernst. Ich habe ja für einen kurzen Moment in seinen Kopf schauen können und war überrascht, was für Fähigkeiten er in den Jahren als Eskatay entwickelt hatte. Das Potenzial, das er noch hatte, war unglaublich. Was immer es ist, was aus einem normalen Menschen einen magisch begabten Eskatay macht, es setzt eine außerordentliche Entwicklung in Gang.«

»Und was soll an ihrem Ende stehen?«, fragte York mit vollem Mund. Die ersten Beeren hatte er natürlich nicht gesammelt, sondern aufgegessen. Wenn er so weitermachte, würden sie nicht mal eine Handvoll Beeren zusammenbekommen.

Hakon richtete sich auf. »Ich weiß es nicht. Vielleicht die Fähigkeit, die Welt so zu verstehen, wie sie wirklich ist. Wir sehen doch nur einen winzigen Ausschnitt. Was ist mit den Dingen, die so groß oder so klein sind, dass wir sie nicht mit bloßem Auge erkennen können? Woraus sind wir gemacht? Was hält uns zusammen? Wo kommen wir her? Was geschieht mit uns, wenn wir sterben? Vielleicht …«

Weiter kam er nicht, denn da sank er schon auf die Knie. Die Büchse mit den Heidelbeeren glitt ihm aus der Hand und fiel zu Boden.

Das Tier war lautlos aus dem dürren Dickicht getreten und fletschte die Zähne.

Hinter sich hörte er York flüstern. »Rühr dich nicht von der Stelle.«

Hakon hätte ihm für diesen sinnlosen Rat am liebsten eine patzige Antwort gegeben, aber dann sah er den Rest des Rudels, ein gutes Dutzend gewaltiger Tiere, aus dem Wald treten.

Jetzt begann der Wolf vernehmlich zu knurren. Es war ein tiefes Grollen, das den Boden erzittern ließ und Hakon einen kalten Schauer den Rücken hinabjagte.

Das war der Verfolger. Er hatte sie gefunden. Und sie hatten keine Waffen.

Der Wolf legte die Ohren an, seine Schnauze kräuselte sich. Die einstmals blauen Augen waren milchig trübe, und dennoch schienen sie Hakon zu durchbohren. Er sah …

… *ein blaues Licht. Und es war wie eine Offenbarung, die ihn überkam und seinen Geist erfüllte. Noch vor einer Sekunde war er nichts, jetzt erfüllte ihn die Welt. Er fragte sich, wer er war. Und die Antwort war so klar wie die Luft in den Bergen oder das Wasser im Bachlauf.*

Ich bin ich, dachte er.

Vorher war ich ein Wesen, das zwar dachte, aber nicht wusste. Das spürte, aber nicht fühlte. Das keine Fragen stellte, weil es keine Fragen gab.

Er schaute das Gebilde an, das wie eine Blume aussah, aber keine war.

Ich bin ich.

Er schaute sich um und versuchte zu verstehen, an welchem Ort er sich befand. Er wusste, dass dies nicht der Wald, nicht die Tundra, nicht die Steppe, nichts Natürliches war. Und er wusste, dass er von hier fortmusste, weil sein Rudel auf ihn wartete. Er machte einen Satz, sprang hinaus aus dieser seltsamen, lichtdurchfluteten Grube und befand sich an einem Ort, der so hoch wie der Himmel war, obwohl man die Sterne nicht sehen konnte. Hier war er hergekommen, daran erinnerte er sich noch. Er lief eine Treppe hinauf zu einer Höhle, die ihn hinaus ins Freie führte, wo der Mond hoch über den eisbedeckten Bergen stand. Alles war scharf und klar. Das Rudel war bei ihm. Es folgte ihm bedingungslos, denn er war ein guter Anführer, stark und mutig. Er kümmerte sich um die Seinen. Er schützte sie. Er trieb sie zur Jagd an.

Die Jagd. Allein der Gedanke, wie er seine Zähne in die Kehle eines Rehs versenkte, ließ sein Herz schneller schlagen. Er musste aufbrechen. Doch er würde diesen Ort nicht vergessen.

Hakon gab ein gurgelndes Geräusch von sich und auch der Wolf stellte winselnd die Ohren auf. Aus den Augenwinkeln sah Hakon, wie York einen faustgroßen Stein aufhob.

»Nein«, stöhnte Hakon. »Tu es nicht!« Erneut zuckte in seinem Kopf ein Blitz auf.

Es war Winter, die Luft war schneidend kalt, und doch brannte in der Ferne ein Licht. Menschen. Er kannte sie. Er wusste, dass sie keine leichte Beute sein würden. Viele aus seinem Rudel würden vielleicht sterben, aber dennoch würde es heute Nacht ein Fest geben.

Sie hatten leichtes Spiel. Die Menschen waren nicht achtsam. Erst, als der Erste sein Leben ausgehaucht hatte, spürten diese Wesen, die auf ihren Hinterläufen durch die Welt gingen, die Gefahr, in der sie sich befanden. Er liebte es, wenn die Beute vor Angst schrie und kurz vor dem Ende um ihr Leben winselte. Wenn das warme Blut in sein Maul schoss.

Donnernde Stöcke wurden auf ihn gerichtet, und er wich immer wieder geschickt aus, bis er mitten in einer Schneehöhle stand. Und er tötete sie alle. Alt und jung. Ihr Blut war überall und es war gut so.

Am Ende waren sie tot. Alle, bis auf einen. Er kam später und sah das Blut. Hielt sein Junges im Arm. Bat darum, ebenfalls getötet zu werden. Aber er ließ ihn am Leben. Weil es ihm so gefiel.

Dann explodierte der Kopf des Wolfes. Hakon schrie. Es folgten weitere Schüsse, Hakon zählte sie nicht, obwohl er jedes Mal zusammenfuhr, als würden die Kugeln ihn selbst zerreißen. Am Ende lagen sechs Wolfskadaver in ihrem eigenen Blut.

Hakons Schädel dröhnte. Hinter sich hörte er, wie jemand durch das Unterholz brach.

»Hakon!«, schrie Henriksson. York war nicht in der Lage, einen Ton hervorzubringen. Der Schock hatte ihn erstarren lassen.

»Dem Jungen geht es gut«, sagte eine Stimme hinter ihnen. Überrascht drehten sie sich um. Ein Mann trat aus dem Schatten eines Baumes. Das Gewehr, mit dem er geschossen hatte, rauchte immer noch. Achtlos warf er das leere Magazin auf den Waldboden.

»Wer sind Sie?«, fragte Henriksson.

»Ein Jäger.« Es klackte, als ein neues Magazin in den Schacht gedrückt wurde.

Erst langsam kam Hakon wieder zu sich. Der Mann, der ihm das Leben gerettet hatte, war vermutlich schon lange Zeit in den Wäldern unterwegs. Der lange Bart war schmutzig und zerzaust wie das schüttere Haar, das unter einer Mütze hervorschaute, die so kratzig aussah, dass einem schon vom Hinsehen die Kopfhaut juckte.

Er trug einen dunkelgrünen Anorak, der an manchen Stellen zerrissen und notdürftig geflickt war. Die Beine steckten in grauen Drillichhosen, die Füße in wadenhohen Schnürstiefeln. In der Tat sah der Mann wie ein Jäger aus, doch Hakon war sich nicht so ganz sicher, auf welche Beute er aus war.

»Wer seid ihr? Was sucht ihr hier?«, fragte der Fremde barsch.

»Wir waren gerade dabei, unser Abendessen zu sammeln«, sagte York und hob seine leere Dose auf. »Vielleicht möchten Sie uns ja Gesellschaft leisten. Es gibt Fisch.«

Dem Mann schien die Ironie in Yorks Stimme zu entgehen. Jedenfalls rümpfte er die Nase, dann sicherte er sein Gewehr und schulterte es. »Fisch? Das wäre mal was anderes als immer nur Fleisch. Ich nehme die Einladung gerne an.«

York schüttelte ungläubig den Kopf. »Danke übrigens dass Sie meinem Freund das Leben gerettet haben.«

»Keine Ursache«, brummte der Mann. »Hinter dem Tier war ich schon ein halbes Jahr her. Noch nie in meinem Leben habe ich ein gerisseneres Biest als diesen alten blinden Wolf gesehen.«

Hakon verfolgte die Szenerie wie durch einen Schleier. Die verstörenden Bilder, die er durch die Augen dieses Tieres gesehen hatte, schossen wieder durch seinen Kopf. Er hatte gefühlt, was dieser Wolf gefühlt hatte, als er die Männer, Frauen und Kinder getötet hatte, und ihn überkam ein abgrundtiefer Ekel, denn der Blutrausch hatte auch sein Herz schneller schlagen lassen. Aber zwei Dinge hatten sich ihm bei dieser Verschmelzung offenbart. Zwei Dinge, die so ungeheuerlich waren, dass sie seinen Verstand betäubten.

Er hatte ein Eskaton gesehen, eine dieser Blumen. Die Quelle allen Übels.

Er wusste, wo sie sich zu dem Zeitpunkt, als der Wolf von ihr infiziert worden war, befunden hatte.

Und er hatte den Mann erkannt, der beim Angriff der Wölfe seine ganze Familie verloren hatte. Gewiss, er war inzwischen gealtert, doch unverkennbar derselbe. Jedes Kind in Morland kannte sein Gesicht: Leon Begarell, der Präsident Morlands.

Seine Knie wurden weich. Im letzten Moment wurde er von York aufgefangen, der das Schlusslicht der Gruppe bildete, die sich auf den Weg zurück zum Lager am Flussufer gemacht hatte.

»Vorsicht«, sagte York besorgt. »Stütz dich auf mich. Diese verdammte Koroba scheint ziemlich hartnäckig zu sein.«

»Es ist nicht die Koroba«, presste Hakon mühsam hervor. »Ich bin für einen kurzen Moment mit diesem Wolf verbunden gewesen. Wenn dieser Kerl meinte, er hätte noch nie ein gerisseneres Tier gesehen, dann ist das nur die halbe Wahrheit. Der Wolf hatte ein Bewusstsein.«

York sah ihn verständnislos an.

»Ich weiß nicht, wie ich es sonst ausdrücken soll. Sein

Denken war zielgerichtet wie bei einem Menschen. Er war intelligent, das war seine Begabung.«

»Seine Begabung? Willst du damit sagen, der Wolf war ein Eskatay?«, fragte York bestürzt.

Hakon nickte. »Und ich weiß, wo er sich infiziert hat. Ich könnte es dir auf der Karte zeigen. Aber das ist noch nicht alles. Das Rudel dieses Tieres hat Begarells Familie auf dem Gewissen. Nur ihn haben sie verschont, weil sie Spaß daran hatten, ihn leiden zu sehen.«

York blieb stehen und starrte Hakon an.

»Los, lass uns weitergehen«, drängte Hakon. »Ich möchte nicht, dass die anderen denken, wir beide heckten etwas aus. Eliassons Misstrauen ist zwar geringer geworden, aber wir müssen seinem Argwohn ja nicht unbedingt neue Nahrung geben.«

»Hast du in seinen … na, du weißt schon.«

Hakon schüttelte energisch den Kopf. »Ob ich in Eliassons Gedanken gelesen habe? Nein, so weit würde ich nicht gehen, das habe ich ihm versprochen. Außerdem wäre das zu riskant für mich. Ich bin schon froh, wenn ich die anderen Stimmen in Schach halten kann. Aber es geht besser. Ich habe dir doch einmal von diesem Beamten in der Meldebehörde von Lorick erzählt, den ich dazu gebracht habe, uns eine Aufführungserlaubnis blanko zu unterschreiben. Nun, diese Fähigkeit hat sich verstärkt.«

»Sag bloß, du hast sie schon ausprobiert!«, sagte York.

»Natürlich nicht!«, sagte Hakon, fast ein wenig beleidigt. »Für wen hältst du mich? Ich bin nicht Swann.«

»Na, dann bin ich ja beruhigt. Es gibt tatsächlich Gaben,

die einem wirklich Angst einjagen können«, sagte York. »Wer ist eigentlich der Kerl, der die Wölfe erschossen hat?«

»Ich denke, er wird es uns bald sagen«, entgegnete Hakon geheimnisvoll.

York seufzte und gemeinsam schlossen sie zu der Gruppe auf.

Eliasson war es tatsächlich gelungen, einige Fische zu fangen, die er nun, nachdem er sie ausgenommen und mit frischen Kräutern gefüllt hatte, auf einem heißen Stein garte. Es duftete betörend, als sich alle niederließen und gemeinsam aßen. Es war die erste frisch zubereitete Mahlzeit seit einer langen Zeit.

Henriksson brach als Erster das Schweigen.

»Sie haben sich uns noch gar nicht vorgestellt«, sagte er zu dem Fremden.

»Lukasson ist mein Name. Olav Lukasson«, erwiderte dieser, ohne von seinem Essen aufzuschauen.

Eliasson zuckte zusammen, und auch Hakon erkannte den Familiennamen. Es war derselbe, wie ihn auch der Leiter der Expedition geführt hatte, der nun tot in dieser Wellblechhütte lag. War das Zufall?

»Und warum streifen Sie alleine durch die Wälder, weitab von jeder Siedlung?«

Lukasson leckte seine Finger ab. »Ich bin auf der Suche nach meinem Bruder.«

»Seit einem halben Jahr?«, fragte Eliasson.

»Nein. Seit einem. Hört mal, dafür dass ihr selbst durch diese Gegend wie Sonntagsspaziergänger strolcht, stellt ihr ganz schön aufdringliche Fragen. Isst den noch jemand?«, fragte er und zeigte auf den letzten Fisch. Als keiner antwortete, griff er zu.

Henriksson zögerte einen Moment, dann stand er auf und holte aus seinem Rucksack das in braunes Leder eingebundene Tagebuch.

»Heißt Ihr Bruder vielleicht Johan?«

Lukasson hielt mit dem Kauen inne. Seine Augen verengten sich. »Ja, verdammt noch mal. Woher wisst Ihr das? Habt Ihr ihn getroffen?«

Henriksson reichte ihm die Kladde. »Das ist sein Tagebuch. Wir haben es im Expeditionslager gefunden.«

Verstört nahm Lukasson es ihm aus der Hand. Hastig überflog er es. Als er auf der letzten Seite angelangt war, bemerkte Hakon, wie etwas in diesem Mann zerbrach. Die Hände wurden kraftlos und das Tagebuch fiel zu Boden. Tränen liefen sein schmutziges Gesicht hinab, seine Lippen bebten und dann stieß er einen Schrei aus, der ihnen allen einen Schauder den Rücken hinabjagte.

»Es tut uns leid«, sagte Hakon nach einer Weile.

In dem Gesicht des Mannes arbeitete es, als er versuchte wieder die Kontrolle über seine Gefühle zu erlangen. Es war ein mitleiderregender Anblick, diesen Kerl, der die Statur eines Bären hatte, wie ein kleines Kind schluchzen zu sehen. Schließlich holte er tief Luft und biss die Zähne zusammen. Seine geballten Fäuste öffneten sich wieder und als er ausatmete, sackte er in sich zusammen.

»Ihr seid so jung, dass Ihr gar nicht wisst, was es bedeutet, jemanden aus seiner Familie zu verlieren«, flüsterte er.

Mit einem Mal erkannte Hakon den Dialekt des Mannes.

»Sie kommen aus Vilgrund!«

»Ja«, sagte Lukasson. Er rang noch immer um Fassung. Dann stutzte er. »Woher kennst du diesen Ort?«

»Ich bin dort einmal mit meiner Familie durchgereist.« Damals, in seinem anderen, besseren Leben, als sie nur Geldsorgen geplagt hatten, dachte er wehmütig.

»Wussten Sie, was Ihr Bruder hier draußen machte?«, fragte Eliasson.

»Ja, natürlich«, antwortete Lukasson ärgerlich. »Sonst wäre ich nicht hier. Er war im Auftrag der Regierung auf der Suche nach Artefakten aus der alten Zeit. Wir beide haben für dieselbe wissenschaftliche Station gearbeitet. Sie befindet sich einige Meilen außerhalb von Vilgrund und widmet sich der botanischen Forschung.«

»Was hat Botanik mit Archäologie zu tun?«, fragte Henriksson verwundert.

»Das müsst Ihr nicht mich, sondern meinen Chef, Doktor Mersbeck fragen.«

Hakon wurde blass. »Doktor Mersbeck arbeitet für die Regierung? Ich dachte, er sei nur ein Arzt!«

Lukassons Blick drückte auf einmal tiefes Misstrauen aus, als er ihn von einem zum anderen springen ließ. »Wer zur Hölle seid Ihr?«

»Wir werden es Ihnen sagen«, antwortete Henriksson. »Wenn Sie Ihre Geschichte zu Ende erzählt haben.«

»Einen Doktortitel hat dieser Mersbeck in der Tat«, griff Lukasson wieder den Faden auf. »Und ich glaube, er kennt sich auch ganz gut in Medizin aus. Aber eigentlich ist er Leiter von Station 9. Er war es, der meinen Bruder und die ganze Expedition in den Tod geschickt hat. Einige meiner Freunde waren ebenfalls darunter. Als die *Wagemut* nicht mehr zurückgekehrt war, hatten alle mit dem Schlimmsten gerechnet. Drei Tage später schickte man das Schwesterschiff, die *Unverwundbar* los, um sie zu suchen. Man fand die *Wagemut* erst nach einigen Wochen ungefähr zweihundert Meilen östlich von hier. Sie war während eines Sturms an einem Berg zerschellt. Man fand nur die Leichen der Besatzung. Daraus schloss man, dass sich das Schiff auf dem Rückflug befand. Die Expedition war also an ihrem Bestimmungsort abgesetzt worden.«

»Aber warum war der Suchtrupp nicht gleich zu dieser Ausgrabungsstätte geflogen?«, fragte Hakon. »Dann hätte man Ihren Bruder noch rechtzeitig gefunden!«

»Diese Frage stelle ich mir schon seit einem Jahr«, sagte Lukasson. »Und sie hat mich letzten Endes an diesen Ort geführt. Mittlerweile glaube ich, dass dieser Fehler nicht vorsätzlich begangen worden war. Vielmehr war es das blanke Unvermögen von Mikelis Vruda, Mersbecks Assistenten, der zu diesem Zeitpunkt die Station leitete.« Lukasson hob das Tagebuch wieder auf, strich es mit der Hand sauber und steckte es in seine Tasche. »Und jetzt weiß ich aber immer noch nicht, was Ihr hier treibt.«

»Wir sind auf der Flucht«, sagte Hakon, der spürte, dass sie mit offenen Karten spielen mussten.

Henriksson schaute den Jungen an, als hätte er den Verstand verloren.

Lukasson runzelte die Stirn. »Auf der Flucht? Vor wem?«

»Vor der Polizei. Dem Geheimdienst. Präsident Begarell.«

»Nanu. Was habt ihr denn ausgefressen?«

»Man wirft uns vor, einen Staatsstreich anzetteln zu wollen.«

Lukasson verzog das Gesicht zu einem schiefen Grinsen. »Einen Staatsstreich? Ihr? Zwei halb verhungerte Männer und zwei Kinder? Das ist ein Witz. Gib es zu, du machst dich über mich lustig!«

»Was sind die letzten Nachrichten, die Sie gehört haben?«, fragte Henriksson.

»Dass die Brotpreise wieder gestiegen sind. Aber das ist jetzt schon zwei Monate her.«

»In Lorick ist der Ausnahmezustand ausgerufen worden. Begarell hat mit Sondergesetzen das Parlament entmachtet und ist gerade im Begriff, eine Diktatur zu errichten«, sagte York. »Doch das Ganze ist nur ein Ablenkungsmanöver. Es soll eine viel größere Verschwörung vertuscht werden. Die Eskatay sind zurückgekehrt. Und Begarell führt sie an.«

Irgendwie schien diese Enthüllung Lukasson nicht sonderlich zu überraschen. »Soso. Seid Ihr denn schon einmal einem Eskatay begegnet?«, fragte er vorsichtig.

»Wir wissen von sechs«, sagte Eliasson. »Leon Begarell, Innenminister Jasper Norwin, Severin Egmont, General Maximilian Nerta, Minister Villem Strashok und Hendrik Swann, der aber tot ist.«

»Wenn ihr Mersbeck noch dazuzählt, kommt ihr auf sieben«, sagte Lukasson.

»Mersbeck ist kein Eskatay«, entfuhr es Hakon überrascht.

»Woher willst du das wissen?«

»Er hat das Leben meiner Schwester gerettet«, sagte Hakon, doch im selben Moment erinnerte er sich daran, dass er Mersbeck gegenüber so ein seltsames Gefühl gehabt hatte. Er hatte bei ihrer Begegnung deutlich gespürt, dass Mersbeck etwas zu verbergen hatte.

»Und was beweist das? Nichts«, sagte Lukasson. »Ich habe ihn Dinge vollbringen sehen, die kein normaler Mensch zustande bringt.«

»Welche Dinge?«, fragte York.

»Er ist beunruhigend schnell.«

»Mersbeck springt?«, fragte York ungläubig.

»Springen?«, fragte Lukasson verwirrt. »Nein, er hat unglaubliche Reflexe. Ich habe einmal gesehen, wie er auf einer Baustelle im letzten Moment einem Arbeiter das Leben gerettet hat, der beinahe von einem Stahlträger erschlagen worden wäre.«

»Klingt nicht sonderlich beeindruckend«, sagte York.

Lukasson grinste träge. »Mersbeck unterhielt sich zu diesem Zeitpunkt mit dem Schichtleiter in dessen Bauwagen. Er war von uns allen am weitesten vom Ort des Unglücks entfernt.«

»Oh«, machte York nur.

»Station 9 ist ein besonderer Ort«, fuhr Lukasson fort. »Die botanischen Studien, die dort betrieben werden, sind eine Tarnung. Es gibt auf dem Gelände abgeschirmte Bereiche, die normale Wissenschaftler nicht betreten dürfen. Die wildesten Gerüchte kursieren deswegen. Manche sagen, dass dort unter der Leitung von Jan Mersbeck Artefakte untersucht werden und dass die Ergebnisse zur Weiterentwicklung einer auf der Delatour-Kraft basierenden Technologie verwendet werden.«

»Wie viele dieser Stationen gibt es eigentlich?«, fragte Henriksson.

»Elf, nach meinen Informationen.«

»Wissen Sie, wo die sich befinden?«

»Natürlich. Man macht um sie kein großes Trara, aber ein Staatsgeheimnis sind sie auch nicht.«

Hakon stand auf und holte aus dem Rucksack die Karte. »Kann es sein, dass sich eine von ihnen dort befindet?« Er tippte auf einen Berg, der sich vierhundert Meilen nordöstlich von ihrer Position befand.

Lukasson nickte. »Am Fuß des Jätteryggs, des höchsten Gipfels der Vaftunden, liegt Station 11.«

York rutschte näher und warf ebenfalls einen Blick auf die Karte. »Das stimmt. Mein Vater hat ihre Lage in seinem Atlas markiert.«

Lukasson sah jetzt York überrascht an. »Woher weißt du davon?«

Hakon antwortete an Yorks Stelle.

»Ich bin mir sicher, dass Leon Begarell dort in einer Anlage aus der alten Zeit das erste Eskaton gefunden hat. Und ich bin mir sicher, dass er nicht weit davon entfernt seine Familie verloren hat.«

»Woher willst du das wissen?«, fragte Lukasson.

»Der Wolf hat es mir verraten«, sagte Hakon nur und steckte die Karte wieder weg.

»Was ist denn das für eine Antwort?«, fuhr ihn Lukasson wütend an.

»Eine, die man nicht allzu ernst nehmen sollte«, sagte Henriksson, der zu verstehen schien, was Hakon damit meinte.

Lukasson schien sich wieder beruhigt zu haben. »Ihr pflegt einen merkwürdigen Humor.«

»Dann sollten Sie mich einmal erleben, wenn ich wirklich gute Laune habe«, sagte Hakon mit einem feinen Lächeln. »Was werden Sie jetzt tun?«

Lukasson zuckte mit den Schultern. »Ich denke, ich werde meinen Bruder begraben.«

»Das würden wir Ihnen nicht empfehlen«, sagte Eliasson. »Uns hat der Marsch durch den toten Wald beinahe umgebracht. Die Koroba grassiert dort. Wir können Ihnen aber auf der Karte die Position des Lagers markieren. Vielleicht gelingt es Ihnen, zu einem späteren Zeitpunkt mit einem Luftschiff die Leichen zu bergen und ihnen ein anständiges Begräbnis zu geben.«

»Die Koroba, sagt Ihr?« Lukasson warf einen Blick in die Runde. »Wie lange seid Ihr in diesem toten Wald gewesen?«

»Nur wenige Tage«, sagte Hakon. »Und ich bin immer noch so schwach, dass ich kaum gehen kann.«

Lukasson fluchte.

»Und jetzt?«, fragte York.

Der Mann zuckte mit den Schultern. »Ich weiß nicht. Johan war meine Familie.«

»Sie könnten versuchen, die Männer zur Rechenschaft zu ziehen, die für den Tod Ihres Bruders und Ihrer Freunde verantwortlich sind.«

Lukasson lachte grimmig. »Das würde ich zu gerne.«

»Dann schließen Sie sich uns an«, sagte York. »Unser Ziel ist Station 11. Sie ist offensichtlich eine Operationsbasis der Eskatay.«

»Die Eskatay, hm?« Lukasson kratzte sich nachdenklich den Bart. »Habt Ihr schon eine Idee, wie Ihr zu der Station gelangen wollt?«

Hakon musste zugeben, dass die Route, die die Wölfe genommen hatten, für Menschen nicht geeignet war. Sie war zu steil, zu unwegsam und zu gefährlich. »Nein«, sagte er schließlich. »Wir hatten uns überlegt, zuerst nach Morvangar zu gehen. Dort haben wir noch einige Dinge zu erledigen, bevor wir nach Nordosten aufbrechen wollten.«

»Station 11 ist nur mit einem Luftschiff zu erreichen«, wandte Lukasson ein. »Es gibt keinerlei Straßen. Ich weiß nur von einer stillgelegten Bahnstrecke, die Morvangar früher mit einem verlassenen Bergarbeiternest namens Horvik verbunden hat.«

Hakons Mutter hatte in Morvangar gelebt, bevor sie sich dem Zirkus der Tarkovskis angeschlossen hatte. »Wie dicht führt sie am Jätterygg vorbei?«, fragte er.

»Knapp einhundert Meilen. Ja, das könnte man in der Tat schaffen.« Lukasson schaute Hakon in die Augen. »Du bist ein seltsamer Junge. Du siehst aus, als wärest du vierzehn oder fünfzehn Jahre alt, doch wenn man in deine Augen schaut, meint man es mit einem alten Mann zu tun zu haben, der mehr als ein Leben gelebt hat.«

»Wir alle haben in den letzten Wochen viel durchgemacht«, sagte Hakon ausweichend und stand auf. »Wie sieht es aus? Werden Sie uns begleiten?«

Lukasson zuckte mit den Schultern. »Ja. Ich denke schon. Ich bin es nämlich langsam leid, alleine durch den Wald zu laufen.«

»Dann«, sagte Hakon, »sollten wir so schnell wie möglich nach Morvangar gehen. Ich habe das Gefühl, dass uns die Zeit davonläuft.«

***

Fluchend schlug Tess die Bettdecke beiseite, rannte, so schnell sie konnte, auf die Toilette, leerte ihre Blase und platzte, ohne anzuklopfen, in Noras Kammer. Am liebsten hätte sie die alte Frau gepackt und wachgerüttelt, aber als sie sie so klein und zerbrechlich in ihrem Bett liegen sah, verrauchte die Wut. Tess zog einen Stuhl heran und setzte sich, um in Noras Gesicht etwas von der jungen Frau wiederzuerkennen, die sie im Traum getroffen hatte. Die junge Nora war überaus hübsch und temperamentvoll gewesen. Doch davon war im hohen Alter natürlich nichts mehr geblieben. Zu sehen, was die Zeit aus einem Menschen machte, rief ein überwältigendes Gefühl der Demut in Tess hervor.

»Du musst kein Mitleid mit mir haben«, krächzte Noras Stimme müde. »Ich hatte ein erfülltes Leben, und wenn ich mit den anderen im *Grand Hotel* bin, spüre ich die Last meiner Tage nicht.« Stöhnend streckte sie sich, dass die Knochen knackten. »Wenn dir jemand sagt, dass das Alter auch seine guten Seiten hat, darfst du ihm höchstpersönlich eine Ohrfeige von mir geben.«

Tess musste lachen. »Das werde ich tun«, versprach sie.

»Wie hat dir das Hotel gefallen?«

»Sehr gut«, sagte Tess und suchte nach den richtigen Worten. »Es hat sich angefühlt, als wäre ich nach langer Zeit heimgekehrt.«

Nora nickte. »Ist dir etwas an den anderen Gästen aufgefallen?«

Tess dachte nach. »Sie sahen sehr zufrieden aus, fast glücklich.«

»Es ist ein Ort, an dem all deine Wünsche in Erfüllung gehen können. Selbst ich bin wieder jung. Aber denke daran: Die Speisen, die du zu dir nimmst, machen dich nicht satt. Das Wasser, das du dort trinkst, löscht nicht deinen Durst. Es ist alles eine Illusion. Einzig die Menschen, die du dort triffst, existieren wirklich. Das darfst du nie vergessen. Denn so schön dieses *Grand Hotel* ist, es ist auch ein gefährlicher Ort, an dem man sich verlieren kann. Versuche einmal mit einem der Gäste zu reden, wenn du wieder dort bist. Du wirst feststellen, dass die meisten vollkommen in dieser Fantasie gefangen sind.«

Tess verstand nicht so recht, was Nora damit meinte. Stattdessen fragte sie: »Wie viele Gist gibt es?«

»Wir sind zweiundneunzig«, sagte Nora.

»So wenige?« Tess war bestürzt.

»Wir waren einmal mehr. Sehr viel mehr.« Nora holte tief Luft. »Es waren zweitausend Eskatay, die vor sechstausend Jahren wie durch ein Wunder das Sterben in den Bunkern überlebten. Und dann geschah ein weiteres Wunder: Einige der Frauen wurden schwanger. Sie waren die ersten Gist.«

»Aber … was ist geschehen?«, fragte Tess.

»Keine Ahnung. Wir wissen nur, dass einzig die Gist magisch begabte Kinder bekommen können«, sagte Nora. »Und dass die Vererbung rezessiv ist.«

»Rezessiv? Was bedeutet das?«

»Ist ein Elternteil ein nicht magisch begabter Mensch, vererbt sich die Gabe nicht weiter. Nach dem Krieg wollten die, die mit der Begabung überlebt hatten, nichts mehr von Magie wissen. Sie wussten, dass man sie töten würde, wenn herauskäme, dass Magischbegabte überlebt hatten. Dieser Krieg war anders als alles, was man sich vorstellen konnte. Die Waffen hatten eine ungeheure Zerstörungskraft, beinahe alles Leben war ausgelöscht. Die überlebenden Eskatay nannten sich fortan Gist, um sich von ihrem schrecklichen Erbe loszusagen.

Damit niemand hinter ihr Geheimnis kam, blieben sie unter sich und verbargen ihre Gaben vor den anderen Menschen. Schon früher gab es das *Grand Hotel*. Es sah nur ein wenig anders aus als heute und hatte auch einen anderen Namen. Man nannte diesen Ort *Nexus*. Manche benutzen diesen Begriff heute noch. Dort treffen wir uns seit vielen Tausend Jahren, ohne dass wir in der realen Welt Kontakt miteinander aufnehmen müssen.«

»Und was ist mit den Kindern?«, fragte Tess.

»Du meinst, ob es außer Hakon, York und dir noch andere gibt?«, fragte Nora. »Nein. Ihr seid die letzten.«

Tess schluckte. »Warum mussten unsere Eltern sterben?«

»Die Antwort auf diese Frage musst du selbst finden. Ich kenne sie nicht«, sagte Nora. »Du musst dich auf die Suche nach ihnen machen.«

»Wo muss ich suchen? Im Hotel oder in der realen Welt?«, fragte Tess, in der langsam die Verzweiflung hochstieg.

»Versuche beides. Wahrscheinlich hast du im Hotel sogar mehr Erfolg.«

»Ich kann nicht so lange warten, bis ich wieder eingeschlafen bin«, rief Tess. »Mir … nein, *uns* läuft die Zeit davon! Sie werden doch bestimmt wissen, wo einige der Gist leben!«

»Ja, das weiß ich.«

»Dann geben Sie mir bitte die Adressen«, sagte Tess ungeduldig.

Nora seufzte und arbeitete sich aus dem Bett. Mit schlurfenden Schritten ging sie zu einer Kommode, öffnete eine Schublade und nahm einen Zettel und einen Stift heraus. Ohne auf das Blatt zu schauen, schrieb sie etwas darauf.

»Hier«, sagte sie und reichte Tess das Blatt. »Es sind zwei Namen. Viel Glück.«

Julius Schöpping lebte in Tyndalls Herringsgatan. War das Viertel für sich schon der schäbigste Stadtteil Loricks, so stellte die Herringsgatan noch einmal einen besonderen Tiefpunkt dar. Hier hatten die Gerber und Seifensieder ihre Manufakturen. Der Gestank, der in den Straßen hing, ließ Tess würgen. Sie hatte für den weiten Weg dorthin einen der wenigen und deswegen überfüllten Busse genommen und so einen Blick auf diesen Teil der Stadt werfen können. Überall sah sie ausgebrannte Ruinen und an Wände geschmierte Parolen. Flugblätter, die zu Ruhe und Ordnung aufriefen, trieben durch die Luft. Niemand machte sich die Mühe, sie zu lesen.

Von der Bushaltestelle war es noch einmal eine Viertelstunde zu Fuß. Sie musste nicht nach dem Weg fragen, denn es reichte aus, wenn sie einfach ihrer Nase folgte.

Die Menschen, die hier lebten, waren erbärmlich gekleidet. Nur die wenigsten Kinder, die alle vor Dreck starrten und zerrissene Hosen trugen, hatten Schuhe an den Füßen. Die jungen Mütter sahen älter aus, als sie an Jahren zählen mochten, denn die meisten von ihnen hatten so gut wie keine Zähne mehr im Mund. Ihre grauen Gesichter waren faltig und eingefallen. Die wenigen Männer taumelten durch die Straßen, als wären sie betrunken. Vermutlich waren sie das auch.

Hier lebte der Abschaum Loricks, der Bodensatz, die unterste Unterschicht. Niemand hier hatte jemals eine Schule länger als zwei oder drei Jahre von innen gesehen. Es war wichtiger, schon früh für die Familie Geld zu verdienen. Wer hier geboren war, würde hier auch sterben nach einem hoffnungslosen Leben, dem oft nur der Alkohol traurige Höhepunkte verlieh.

Tess klopfte an die Hausnummer 14 und wartete. Nichts schien sich in diesem schäbigen Reihenhaus zu rühren. Tess trat zurück und schaute nach oben. Ein Vorhang bewegte sich leicht. Also war doch jemand daheim. Tess klopfte erneut, diesmal aber ausdauernder.

»Ist ja gut, ist ja gut«, brummte jemand und Tess hörte Schritte eine Treppe hinunterkommen. »Bin ja schon da.«

Die Tür wurde einen Spaltbreit geöffnet und ein unrasierter Mann, der außer einer Unterhose nichts trug, schaute Tess blinzelnd an. »Was ist? Was willst du von mir?«

»Sind Sie Julius Schöpping?«

»Wer will das wissen?«

»Ich heiße Tess Gulbrandsdottir.«

»Kenn ich nicht. Hau ab. Lass mich in Ruhe.« Der Mann wollte die Tür wieder zudrücken, aber Tess hielt sie einfach auf. Schöpping stemmte sich mit aller Kraft dagegen, doch es war zwecklos. Der Mann stolperte, fiel unbeholfen zu Boden und starrte Tess mit großen Augen ängstlich an. Sie trat ein und schloss die Tür hinter sich.

»Sind Sie Julius Schöpping?«, fragte sie erneut.

Der Mann nickte hastig.

»Was ist Ihre Gabe?«

Schöpping blinzelte und leckte sich die spröden Lippen. »Welche Gabe? Wovon redest du?«

Tess packte den Mann am dürren Handgelenk und zog ihn hoch wie eine Puppe.

»Au! Du tust mir weh!«, schrie er.

»Ich frage Sie zum letzten Mal: Was ist Ihre Gabe?«

»Ich kann im Dunkeln sehen«, keuchte er.

»Das ist alles?«, fragte Tess überrascht. »Sie können im Dunkeln sehen?«

Schöpping rieb sich die Handgelenke. »Mir reicht es.«

»Sie haben sich nicht ausdifferenziert?«

Er blickte sie hasserfüllt an. »Nein! Und weißt du was? Ich bin froh drum! Ahnst du, was es heißt, Dinge zu sehen, die andere nicht sehen?«

Sie schüttelte den Kopf.

»Nachts ist es besonders schlimm. Ich muss mir immer eine Binde um die Augen legen, damit ich schlafen kann.«

302

»Sie schlafen oft, nicht wahr?«

»Da kannst du deinen kleinen Hintern drauf verwetten! Verdammt, was willst du von mir?«

»Ich bin ein Gist«, sagte Tess.

»Was du nicht sagst! Hätte ich gar nicht bemerkt. Hör mal, wenn du was von mir willst, treffen wir uns im Hotel.«

»Ich will aber wissen, wie Sie im echten Leben aussehen.«

»Das *echte* Leben?« Schöpping lachte böse. »Nennst du das hier das echte Leben? Findest du dies hier lebenswert?« Er machte eine weit ausladende Geste.

»Nein«, musste Tess zugeben.

»Na also. Dann komm mir nicht auf die philosophische Tour. Noch mal, was willst du von mir?«

»Ich möchte etwas über meine Eltern erfahren.«

»Ha! Und wie kommst du darauf, dass ich dir da helfen könnte?«

»Sie sind ein Gist!«

»Und?«

Tess war sprachlos. Mit allem hatte sie gerechnet, aber nicht mit solcher Gleichgültigkeit.

»Noch einmal: Wenn du mit mir sprechen willst, komm ins Hotel. Du findest mich an der Bar. Dort habe ich meinen Stammplatz.«

Mit einer linkischen Bewegung zupfte er seine Unterhose zurecht und zog trotzig wie ein Kind die Nase hoch. Tess starrte den Mann vollkommen entgeistert an.

»Was ist jetzt? Verschwinde! Lass mich in Ruhe!«, fuhr er sie an und wedelte mit den Händen, als wollte er eine lästige Fliege fortscheuchen.

Mit einem lauten Knall fiel die Tür ins Schloss, als Tess das Haus verließ. Das hatte sie sich anders vorgestellt! Aber da stand ja noch ein weiterer Name auf der Liste.

Helga Varnrode wohnte in einem kleinen Ort namens Kätting, nordöstlich von Lorick. Um dort hinzugelangen, musste Tess einen Vorortzug nehmen, der um diese Zeit des Tages bis auf einige müde Soldaten leer war. Als sie in den Wagen stieg, schauten die Uniformierten nur träge auf, um dann wieder die Augen zu schließen und einzunicken. Tess betrachtete ihre Gesichter. Es waren junge Burschen, nicht viel älter als sie selbst. Die meisten mussten sich noch nicht einmal rasieren. Tess fragte sich, ob sie wussten, wofür sie kämpften, oder ob sie nur stumpfe Befehlsempfänger waren. Wahrscheinlich verstanden sie noch nicht einmal, was gerade in diesem Land vor sich ging.

Tess setzte sich auf eine freie Bank und schaute aus dem Fenster, wo die Landschaft an ihr vorbeiflog. Verstand überhaupt jemand, was gerade geschah? Noch hatten die Eskatay ihre Deckung nicht verlassen, sodass jeder denken musste, Präsident Begarell hätte aus Sorge um den Staat die meisten Grundrechte außer Kraft gesetzt. Und bisher waren es auch nur die Arbeiter gewesen, die sich gegen ihn erhoben. Freilich, es war kein organisierter Widerstand, aber er war symptomatisch für die Stimmung im Land, denn es wehrten sich nur die Menschen, die nichts mehr zu verlieren hatten. Alle anderen zogen die Köpfe ein und hofften, dass das Gewitter schnell vorüberzog. Aber das würde es nicht. Was würde geschehen, wenn Begarell erst in der Lage war, beliebig viele von diesen Blumen zu züchten? Natürlich würde zuerst die

Oberschicht ins Kollektiv aufgenommen werden, die Elite, die aus Politikern und Wirtschaftskapitänen bestand. Die Presse war schon längst gleichgeschaltet worden. Die Schlagzeilen der Zeitungen lauteten alle ähnlich:

Begarell, der Retter der Nation.

Begarell, der Wahrer morländischer Werte.

Begarell über alles.

Ahnten die jungen Soldaten, die vielleicht vier oder fünf Jahre älter als Tess waren, wem sie da die Treue geschworen hatten?

Bisher schien Begarells Rechnung aufzugehen. Geschickt hatte er die Schuld an der schlechten Stimmung im Land jenen in die Schuhe geschoben, die sich für die Schwachen eingesetzt hatten: den Gewerkschaften und Arbeitervereinen. Oder der Armee der Morgenröte, die Begarell eine terroristische Organisation nannte, die aber, alleine was die Anzahl ihrer Mitglieder anging, in Wirklichkeit ein zahnloser Tiger war. Nun konnte er ohne parlamentarische Kontrolle die Geschicke des Landes bestimmen. Und es war nur eine Frage der Zeit, bis die Eskatay ihre Masken fallen ließen.

Tess musste an Hakon und York denken und fragte sich, wie weit sie in ihrem Vorhaben gekommen waren, sich zu Fuß nach Morvangar durchzuschlagen. In den nächsten Tagen war ein Treffen in Loricks Zentralstation geplant, und sie hoffte, dass sie dort York wiedersehen würde, um mehr zu erfahren.

Nach einer halben Stunde erreichte der Zug den kleinen Bahnhof von Kätting. Hier draußen auf dem Land schien die Welt noch in Ordnung zu sein. Das Dorf war ein Weiler von vielleicht zwanzig oder dreißig Höfen. Hier gab es keine Automobile und keine Fabriken. Einzig der Geruch von Kuhdung und Schweinemist lag in der Luft. Unter der Dorflinde hatten sich die Alten auf einer Bank versammelt, um schweigend dem unabänderlichen Lauf der Dinge die gebührende Aufmerksamkeit zu schenken. Als sie Tess sahen, blickten sie kurz auf und widmeten sich dann sofort wieder ihren eigenen Geschäften.

»Guten Tag«, sagte Tess. »Ich suche eine Helga Varnrode. Können Sie mir sagen, wo ich sie finde?«

Die alten Männer schauten sich kurz an. Einer von ihnen hob seinen Stock und zeigte stumm auf einen kleinen Weg, der hinein in den Wald führte.

»Danke«, sagte Tess. »Ist es weit?«

Der alte Mann schüttelte den Kopf. Tess nickte noch einmal und ging weiter. Wenigstens würden die alten Herren für den Rest des Tages genügend Gesprächsstoff haben.

Es stellte sich heraus, dass der Begriff *weit* in einem Dorf wie diesem eine relative Bedeutung hatte. Erst nach einer halben Stunde stieß sie auf ein verfallenes Haus, in dessen Garten prächtige Mohnblumen wuchsen, die offenbar mit viel Liebe und Hingabe gepflegt wurden. Das Haus hingegen befand sich in einem fürchterlichen Zustand. Der Dachstuhl hatte an mehreren Stellen nachgegeben und würde wahrscheinlich in der nächsten Zeit ganz einstürzen, wenn man ihn nicht schleunigst reparierte. Die Fensterläden waren alle verschlossen. Tess zögerte. Es sah aus, als lebte hier schon lange niemand mehr, aber nach der Erfahrung, die sie in Tyndall gemacht hatte, musste das nichts heißen.

Tess wollte an die Tür klopfen, an der die grüne Farbe so gut wie abgeblättert war, als sie feststellte, dass sie nur angelehnt war.

»Helga Varnrode?«, rief sie in die Dunkelheit hinein. Als niemand antwortete, stieß sie die quietschende Tür vorsichtig auf.

Tess' Augen mussten sich erst an das Zwielicht gewöhnen, dann sah sie, dass sie sich in einer Küche befand, aber man musste schon genau hinschauen, um das zu erkennen. Die Schränke waren aufgerissen und leer. Schmutziges Geschirr, über das Kakerlaken krochen, stapelte sich im Spülstein. Tess erschrak, als etwas um ihre Beine strich. Zuerst dachte sie, es sei eine Ratte, erkannte dann aber, dass es nur eine dicke Katze war, die hier vermutlich reiche Beute machte.

»Helga Varnrode?«

Etwas polterte im Stock über ihr. Tess nahm allen Mut zusammen und stieg die steile Treppe hinauf. Ein seltsamer Geruch schlug ihr entgegen, als sie die letzte Stufe genommen hatte. In einem Raum rechts von ihr, der im Gegensatz zur Küche peinlich sauber und aufgeräumt war, blubberten mehrere Glaskolben in einer merkwürdigen Vorrichtung. Tess betrachtete die Konstruktion verwundert. Das Ganze sah wie ein improvisiertes chemisches Labor aus. In einer geöffneten Kiste entdeckte sie gut zwei Dutzend dunkelbraune Kugeln von einer teigartigen Substanz und der Größe einer Kirsche. Tess betrachtete sie ratlos, hob eine auf und schnupperte daran. Sie roch seltsam süßlich.

Ein Stöhnen, das aus dem Nachbarraum kam, ließ sie zusammenfahren.

»Helga Varnrode?«, fragte sie ein drittes Mal, doch als sie die Gestalt in dem schmutzigen Bett liegen sah, wusste Tess, dass sie keine Antwort erwarten konnte.

Die Frau war zu einem Skelett abgemagert. Die irre flackernden Augen lagen tief in schwarzen Höhlen, das Haar war schmutzig und verfilzt. Neben einer brennenden Kerze lagen auf dem Nachtschrank eine lange Pfeife und mehrere der Kugeln, wie Tess sie nebenan in der Kiste gesehen hatte, nur dass diese hier etwas kleiner waren. Sie waren auf dicken Nadeln aufgespießt, sodass sie wie unheilvolle Lutscher aussahen, die man sich allerdings garantiert nicht in den Mund steckte. Tess wusste plötzlich, was das war. Opium.

»Warum zum Teufel weckst du mich?«, krächzte die Frau.

»Mein Name ist Tess Gulbrandsdottir. Ich habe Ihre Adresse von Nora.«

Für einen kurzen Moment kehrte Leben in diese toten Augen zurück. »Nora, ja?« Sie spuckte einen dunklen Klumpen aus, der mit einem hässlichen Klatschen in einem Messingnapf landete. Tess war kurz davor, sich zu übergeben. Die Frau nahm eine dieser Kugeln und hielt sie in die brennende Kerze. Hastig stopfte sie den nun pechzähen Tropfen in die Pfeife und zog mit einer Drehbewegung die Nadel heraus, sodass ein kleines Loch entstand. Dann führte sie die Pfeife an die Flamme und sog kräftig den Rauch ein, den sie, so lange sie konnte, in der Lunge behielt. Dann atmete sie hustend aus.

»Wenn du ein Gist bist, wie kommt es, dass ich dich noch nie gesehen habe?«, fragte die Frau mit träger Stimme.

»Ich habe erst gestern den Zugang zum Hotel gefunden.«

Helga Varnrode nahm noch einmal einen tiefen Zug. »Es ist ein wunderbarer Ort«, presste sie hervor und atmete dann aus, wobei sie Tess den Rauch genau ins Gesicht blies. »Es ist meine Heimat. Ich würde sogar dafür sterben, sie niemals verlassen zu müssen.«

»Nur dass der Tod keine Lösung wäre, nicht wahr?«, sagte Tess, der leicht schwindlig wurde.

»Wer weiß«, sagte die Frau und lächelte abwesend. Das Opium schien langsam zu wirken. »Wer weiß. Vielleicht ist der Ort, an den wir dann gehen, ja noch schöner.«

»Wenn Sie so weitermachen, werden Sie es bald herausfinden«, sagte Tess kühl.

Helga Varnrodes Gesicht verzog sich zu einer Fratze. »Wer bist du, dass du mich so herablassend behandelst? Was weißt du schon von einem Leben als Gist?«

»Eine ganze Menge«, erwiderte Tess. »Zum Beispiel, dass ich nicht so enden möchte wie Sie oder Julius Schöpping.«

»Dann bist du noch nicht oft in unserem Nexus gewesen. Es ist ein Paradies, der einzig lebenswerte Ort, den es gibt.«

»Dieser Nexus wird alle Gist auf die Dauer zugrunde richten, wenn Sie nicht erkennen, was er in Wirklichkeit ist!«, fuhr Tess sie an. »Nämlich eine Illusion.«

Die Frau nahm noch einen Zug. Ihre Augenlider zitterten. Tess schlug ihr die Pfeife aus der Hand.

»Du miese kleine Kröte«, schrie die verrunzelte Alte mit schriller Stimme.

»Ich möchte wissen, wer meine Eltern waren«, sagte Tess.

»Dann wünsche ich dir viel Glück.« Sie bückte sich über die Bettkante und versuchte mit ihren dürren Fingern die

Opiumpfeife zu erwischen, die Tess nun mit ihrem Fuß weiter fortschob.

»Bitte, gib sie mir zurück!«, wimmerte die Frau.

Doch Tess dachte nicht daran. »Was wissen Sie über meine Eltern.«

»Wie alt bist du?«

»Dreizehn.«

Die Frau dachte fieberhaft nach. »Vor dreizehn Jahren wurde nur ein Mädchen geboren. Ihr Name war Theresa Ziolkovski.«

»Tess ist die Kurzform von Theresa!«

»Dann weiß ich, wer deine Eltern waren«, sagte die Frau und entblößte eine schwarze Zahnruine. »Karel und Mona Ziolkovski. Sie sind tot.«

Die Gleichgültigkeit, mit der die Frau das sagte, ließ die kalte Wut in Tess aufsteigen. Am liebsten hätte sie die Alte gepackt und geschlagen. Aber sie bezähmte sich, auch wenn es all ihre Kräfte erforderte. »Was wissen Sie noch?«, presste sie hervor.

»Was willst du denn wissen?«, fragte die Frau herausfordernd.

»Wie viele Kinder sind in den letzten sechzehn Jahren geboren worden?« Sie hatte auf diese Frage zwar von Nora schon eine Antwort erhalten, wollte sie aber noch einmal aus dem Mund dieser Frau hören.

»Mit dir? Drei. Ein Mädchen und zwei Jungen. Von denen weiß ich aber die Namen nicht.«

»Sind Sie sicher?«

»Ja. Im Gästebuch sind sie alle aufgeführt. Auch die

Kinder, die noch nicht ihre Begabung entwickelt haben. Aber für die muss man ja auch ein Zimmer bereithalten, nicht wahr? Irgendwann werden auch sie wie du den Weg ins *Grand Hotel* finden.«

Zwei Jungen noch. Das waren zweifellos Hakon und York.

»Danke für die Information«, sagte Tess in sarkastischem Ton und ging. Sie stand schon im Türrahmen, als sie sich noch einmal umdrehte. »Was ist eigentlich Ihre Gabe?«

Die Frau grinste wieder ihr zahnloses Lächeln. »Ich kann anderen Menschen den Schlaf schenken.« Sie lachte. »Welch bittere Ironie, nicht wahr?«

Ohne Gruß betrat Tess Noras Laden. Sie ließ sich auf einen Stuhl fallen und rieb sich müde die Augen. Das Licht der untergehenden Sonne tauchte den Raum in ein blutrotes Licht.

»Ich habe das Gefühl, ständig gegen eine Wand zu laufen«, sagte sie verzweifelt. »Eigentlich müsste ich Hagen Lennart dabei helfen, seine Kinder zu finden und sie zu befreien. Stattdessen verliere ich mich in Klarträumen und jage meiner eigenen Geschichte hinterher!«

»Es ist nicht verloren, was du hier tust«, sagte Nora versöhnlich. »Glaub mir. Dies alles erfüllt einen Zweck, auch wenn du ihn vielleicht noch nicht erkennst.«

»Aber ich frage mich, wie wir Begarell und die anderen Eskatay darin hindern können, die Macht zu übernehmen. Die Armee der Morgenröte ist ein Witz. Von ihr können wir keine Hilfe erwarten. Also hatte ich gehofft, dass die anderen Gist mit uns in den Kampf ziehen.«

»Deswegen solltest du sehen, wie sie in der realen Welt leben«, sagte Nora rätselhaft. »Nur so wirst du ihre Existenz im Nexus, ihr Leben im *Grand Hotel* verstehen.«

»Also sind wir alleine«, sagte Tess resigniert.

»In diesem Krieg wird es zu den seltsamsten Allianzen kommen«, sagte Nora. »Gib nicht auf.«

Tess hatte langsam genug von Noras kryptischen Bemerkungen. »Aber wenn du alles schon weißt, wieso hilfst du mir dann nicht? Ich könnte deine Unterstützung wirklich gut brauchen.«

»Die hast du, dessen kannst du dir sicher sein. Und nun sollten wir schlafen gehen. Wir haben eine lange Nacht vor uns.«

Nora war noch nicht da, als Tess das *Grand Hotel* betrat. Dafür aber kam Armand auf sie zu und begrüßte sie herzlich, als wären sie alte Freunde.

»Was für eine Freude, Sie wiederzusehen«, sagte er und strahlte über das ganze Gesicht. »Kommen Sie, ich gebe Ihnen den Zimmerschlüssel. Vermutlich möchten Sie sich gerne frisch machen.«

»Das wäre in der Tat eine hervorragende Idee. Obwohl ich vermutlich auch hier auf der Stelle mein Aussehen verändern könnte, nicht wahr?«

»Natürlich könnten Sie das«, antwortete Armand. »Aber es wäre nicht sehr höflich. Wir achten hier sehr auf Etikette.«

»Auf *was*, bitte?«

»Den schönen Schein.«

Sie schaute Armand einen Augenblick überrascht an, dann mussten beide lachen.

»Sie haben einen seltsamen Humor«, sagte Tess.

»Und ich freue mich, dass Sie ihn mit mir teilen.« Er geleitete sie zum Tresen, wo er ihren Schlüssel vom Haken nahm. »Zimmer 313, wenn ich mich recht erinnere. Das Bad ist schon eingelassen.«

»Sie sind ein Schatz«, sagte sie, als sie den Schlüssel in Empfang nahm. »Darf ich Sie etwas Persönliches fragen?«

Armand lächelte. »Sicher.«

»Was sind Sie im richtigen Leben?«

»Empfangschef in einem Hotel«, sagte er.

»Sie machen Witze!«

Er hob abwehrend die Hände. »Nichts würde mir ferner liegen. Ich arbeite tatsächlich an der Rezeption des Hotels *Excelsior* in Lorick, nicht weit vom Regierungsviertel entfernt.«

»Und Sie haben keine Probleme mit dem Einschlafen?«, fragte Tess harmlos.

»Sie meinen, ob ich Hilfsmittel benötige?« Er schüttelte den Kopf. »Nein. Ich glaube, ich habe mein reales Leben noch ganz gut im Griff. Ich kann sehr wohl zwischen diesem Ort und der Wirklichkeit unterscheiden. Ganz im Gegensatz zu einigen anderen Gästen. Obwohl dieser Tage das Leben in Morland sehr schwer ist, um es einmal so auszudrücken. Ich kann die Angst der Menschen verstehen. Auch mir wird bange, wenn ich sehe, was Begarell plant.«

»Sie meinen die Machtübernahme, nicht wahr?«, fragte Tess vorsichtig.

»Die Machtübernahme, natürlich«, sagte plötzlich eine Stimme neben ihr. Tess wirbelte herum. Nora, nun wieder eine junge Frau, gab ihr einen Kuss auf die Wange, als wären sie die dicksten Freundinnen. »Wenn es jemanden gibt, der seinen Finger am Puls der Zeit hat, dann unser bezaubernder Armand.«

»Einen wunderschönen guten Abend, Madame Blavatsky«, sagte Armand und verneigte sich leicht, ohne dabei ein süffisantes Lächeln vollständig unterdrücken zu können. »Wie ist das werte Befinden?«

»Wie immer ganz außerordentlich zufriedenstellend.« Sie hakte sich bei Tess unter und zerrte sie beiseite. »Die Gist wissen, dass die Eskatay zurückgekehrt sind. Kein Grund also, so verschwörerisch zu tun«, sagte Nora. »Wenn du den Widerstand organisieren willst, musst du geschickter vorgehen. Alleine in Morland leben vierzehn Gist. Begarell ahnt, dass sich einige direkt vor seiner Nase verstecken, aber er weiß nicht wo. Und so soll es auch bleiben. Wenn er nur einen von uns in die Finger bekäme, sähe es übel aus. Die meisten sind Alkoholiker und Drogenabhängige, und das alleine ist schon ein Drama. Doch es ist nichts gegen die Qualen, die sie erwarten, wenn er ihrer habhaft wird. Er wird vor nichts zurückschrecken, um herauszufinden, was uns von ihm unterscheidet.« Nora warf einen Blick über die Schulter und vergewisserte sich, dass auch niemand in Hörweite war. Dann lotste sie Tess zu einer kleinen Sitzgruppe, die etwas abseits hinter einem gigantischen Farn stand. »Das Problem ist, dass ihre Abhängigkeit auch Folgen in dieser Welt hat. Dir ist doch bestimmt aufgefallen, wie oberflächlich die Unterhaltungen geführt werden. Manche trinken auch hier Unmengen, obwohl sie wissen, dass der Alkohol nicht wirkt. Bevor wir auch nur irgendeinen Gedanken daran verschwenden, die Gist auf einen Kampf gegen die Eskatay einzuschwören, müssen sie erst einen klaren Kopf haben.«

Ein Kellner erschien und nahm ihre Bestellungen auf. Nora bestellte etwas, was sie einen *Mint Julep* nannte. Tess war sich nicht so ganz schlüssig, was sie trinken sollte.

»Das Gleiche für meine Freundin«, sagte Nora und hob zwei Finger. Der Kellner entschwand. »Das Zeug trinke ich schon, seit ich volljährig bin. Du wirst sehen, es wird dir schmecken.«

Kurz darauf erschien der Kellner mit zwei Silberbechern, in denen Eiswürfel klirrten und aus denen jeweils ein grüner Minzestängel ragte.

»*Cheers*, wie man bei uns zu sagen pflegte«, sagte Nora und prostete Tess zu, die erst vorsichtig an ihrem Getränk roch.

»Was ist da drin?«, fragte sie misstrauisch.

»Minze, Bourbon, Zucker und Eis. Ich musste verdammt lange experimentieren, bis der Whiskey den richtigen Geschmack hatte.«

»Da ist Alkohol drin?«, fragte Tess erschrocken.

Nora schaute sie über den Rand des Bechers hinweg an, als zweifelte sie an der Intelligenz ihres Gegenübers.

»Nicht wirklich«, gab sich Tess selbst die Antwort. »Ich vergesse immer, dass dies nur ein Traum ist.« Sie nippte daran und hob überrascht die Augenbrauen.

»Komm ja nicht auf die Idee, das in der realen Welt zu

trinken«, sagte Nora mit gespielter Strenge. »Abgesehen davon würdest du nirgendwo den richtigen Alkohol dafür finden.«

»Wie willst du die anderen Gist wachrütteln?«, fragte Tess schließlich.

»Die meisten von ihnen sind drogenabhängig. Und sie nehmen mehr als nur ein Gift zu sich, um so oft und so lange wie möglich im *Grand Hotel* zu sein. Nun, wenn man sie nicht von ihrer Sucht heilen kann, müssen andere Mittel in Betracht gezogen werden.«

Tess verstand nun überhaupt nichts mehr.

»Lass dich überraschen«, sagte Nora, als sie das ratlose Gesicht sah. »Wir … ich arbeite seit Längerem an einem Plan.«

»Gut, dann werde ich hinaufgehen und mich umziehen. Hast du hier auch ein Zimmer?«

Nora schüttelte den Kopf. »Ich komme nicht hierher, um mich zurückzuziehen.« Sie winkte den Kellner noch einmal zu sich. »Ich werde mir die Zeit vertreiben, solange du fort bist. Such mich nicht, ich werde dich finden.«

Tess fuhr hinauf in den dritten Stock und schloss ihr Zimmer auf. Es war noch genauso, wie sie es in der letzten Nacht zurückgelassen hatte.

Im Bad rauschte das Wasser. Eigentlich hatte sie im Moment keine Lust, sich in die Wanne zu legen. Sie wollte einfach nur ein neues Kleid anziehen und sich dann auf die Suche nach dieser Helga Varnrode machen. Offensichtlich wusste sie mehr über den Tod von Tess' Eltern, als sie in ihrem benebelten Zustand sagen wollte.

316

Plötzlich stellte Tess fest, dass etwas nicht stimmte. Das Rauschen! Sie betrat das Bad und sah, dass die Wanne leer und trocken war. Nur ein Handtuch lag fein säuberlich zusammengelegt über dem Rand. Sieh an! Sie hatte nicht baden wollen und kaum hatte sie ihren Wunsch gedacht, war er auch schon in Erfüllung gegangen!

Tess sah in den Spiegel und fragte sich, wie sie wohl mit längeren Haaren aussehen würde. Sie blinzelte – und trug auf einmal das Haar hüftlang.

Nein, das passte nicht. Und kaum hatte sie diesen Gedanken zu Ende gedacht, hatte sie wieder ihre alte Frisur. Tess musste lächeln. Ja, nach diesem Ort konnte man süchtig werden.

Sie zog sich ein rotes Kleid aus einem duftigen Stoff an und ging wieder hinab in die Empfangshalle. Nora war nicht mehr an ihrem Platz. Unschlüssig schaute sie sich um. Eine von den Frauen, die hier saßen, war Helga Varnrode. Doch welche konnte es sein? Nora hatte sich schon so verändert, wie mochte dann eine Frau aussehen, die zu Hause in ihrem Bett dürr wie ein lebendes Skelett eine Opiumpfeife nach der anderen rauchte?

Plötzlich spürte Tess einen Blick in ihrem Rücken. Sie drehte sich um und erblickte eine Frau in mittleren Jahren, drall und üppig. Sie war dezent und geschmackvoll gekleidet, nicht so wie einige andere Damen, die aussahen, als hätten sie einen Juwelier überfallen. Helga Varnrode lächelte sie scheu an.

»Guten Abend«, sagte Tess und nahm der Frau gegenüber Platz.

»Guten Abend«, erwiderte diese den Gruß. »Du hast dich gar nicht verändert.«

»Im Gegensatz zu Ihnen«, sagte Tess. »Sie sehen besser aus, Frau Varnrode.«

Die Frau errötete sichtlich und räusperte sich. »Nenn mich einfach Helga. Natürlich ist unser Zusammentreffen hier ein wenig peinlich für mich. Normalerweise begegnen sich Gist im wahren Leben nicht.«

»Ich bin überrascht«, sagte Tess. »Ich hatte geglaubt, hier eine Frau vorzufinden, die vom Opium so betäubt ist, dass sie nicht mehr klar denken kann.«

»Das ist das Schöne am Klarträumen. Was wir im realen Leben tun, spielt hier keine Rolle.« Sie zündete sich eine Zigarette an und blies den Rauch in die Luft.

»Sie wissen, dass Sie bald sterben werden?«

Helga zuckte mit den Schultern. »Ein Leben ohne dieses Hotel ist kein Leben für mich. Hier kann ich so sein, wie ich mich selbst sehe.«

»Sie haben mir gesagt, dass meine Eltern tot sind. Warum mussten sie sterben?«

Helga drückte ihre halb gerauchte Zigarette aus und wollte einen Schluck Sekt aus ihrem Glas trinken, das halb leer vor ihr stand, überlegte es sich dann aber anders. »Deine Eltern und die der beiden Jungen waren die Einzigen, die gegen die Eskatay kämpfen wollten. Nun ja, das hat sie wohl buchstäblich den Kopf gekostet. Als ich in der Zeitung von den rätselhaften Todesfällen mit den enthaupteten Leichen las, wusste ich sofort, um wen es sich dabei handelte.« Jetzt nippte sie doch einen an ihrem Glas.

»Also sind Hakons und Yorks Eltern auch tot.« Tess kämpfte mit den Tränen.

»Weißt du, wir sind eine aussterbende Gattung«, fuhr die Frau fort. »Ihr seid die letzten Kinder, die geboren wurden. Als die Eskatay wieder auftauchten, war unser Ende praktisch besiegelt. Keiner hat mehr die Kraft, Begarell und seinem Kollektiv etwas entgegenzusetzen.« Sie betonte das Wort *Kollektiv* so, als sei der Zusammenschluss der Eskatay eine Verhöhnung all dessen, was die Gist miteinander verband. »Nora hat schon früh erkannt, dass wir zu müde und zu resigniert zum Kämpfen sind. Also hat sie Kontakt zu den Menschen aufgenommen, um über sie den Widerstand zu organisieren.«

»Was aber scheiterte«, sagte Tess.

Helga nickte müde. »Der Feind ist einfach zu mächtig. Und wir haben so lange Zeit im Verborgenen gelebt, dass uns der Stolz abhandengekommen ist, so sieht es aus.« Sie zündete sich eine neue Zigarette an. »Manchmal wünsche ich mir fast, dass sie einen von uns schnappen. Dann haben wir endlich Ruhe.«

Tess starrte sie entsetzt an. »Und die Menschen?«

Helga machte eine abfällige Handbewegung. »Wen interessieren die Menschen? Wenn es sie nicht mehr gibt, weine ich ihnen keine Träne nach. Ohne sie würde es uns besser gehen.«

Tess war sprachlos. »Wann haben Sie von Ihrer Begabung erfahren?«, fragte sie schließlich und versuchte, sich ihre Empörung nicht anmerken zu lassen.

»Ich bin bei meinen leiblichen Eltern aufgewachsen. Das

meinst du doch, oder? Sie haben mich früh damit vertraut gemacht – vor allem damit, was es bedeutet, seine Gabe um jeden Preis verstecken zu müssen. Ich wusste schon als Kind, was es heißt, in ständiger Angst zu leben, als Gist entlarvt und verfolgt zu werden. Es ist ein entwürdigendes Leben.« Ein verbitterter Zug erschien um ihren Mund.

»Ich glaube kaum, dass Sie die Menschen für Ihr Leben und Ihre Sucht verantwortlich machen können!«, sagte Tess scharf.

»Doch, das kann ich«, sagte Helga ungerührt. »Weißt du, was es heißt, gegen die eigene Natur leben zu müssen, nur um nicht aufzufallen? Sich ständig zu verstellen? Wir sind besser als die Menschen! Wir haben etwas anderes verdient! Und wenn die Eskatay den Entschluss fassen sollten, Menschen als Rekrutierungsmasse für ihre eigenen Zwecke zu nutzen, ist mir das ziemlich egal. Die, die es überleben, werden ihnen vielleicht sogar dankbar sein.«

Tess war erschüttert über so viel Gleichgültigkeit. »Wie viele gibt es, die so wie Sie denken?«

»Die meisten, würde ich sagen. Natürlich gab es immer einige unter uns, die die Nähe der Menschen gesucht haben. Das verstellt allerdings ein wenig den Blick auf das, was wirklich wichtig für uns Gist ist.«

»Und was sollte das sein?«, fragte Tess.

»Selbstbestimmung, Schätzchen.« Sie zog an ihrer Zigarette, trank einen Schluck aus ihrem Glas und machte ansonsten ein Gesicht, als hätte sie keine Lust mehr, sich weiter mit Tess über Dinge zu unterhalten, die sie ihrer Meinung nach ohnehin nicht verstand.

Tess stand wütend auf. Sie hatte gesehen, wie diese Helga Varnrode in der realen Welt dahinvegetierte, und fragte sich, woher die Frau ihre Arroganz nahm. Tess stand einen Moment unentschlossen herum und folgte dann den Wegweisern zur Bibliothek. Sie hoffte, dort einen stillen Winkel zu finden, wo ihre Wut langsam verrauchen konnte. Unterwegs holte sie sich an der Bar noch einen Mint Julep ab.

Die Bibliothek war ein riesiges Kaminzimmer, in dessen Regalen, die bis unter die hohe Decke reichten, Tausende von Büchern aller Größen und Gattungen standen. Eine umlaufende Galerie, die eine Vielzahl kleinerer Bücher beherbergte, konnte über eine gusseiserne, arabesk verzierte Wendeltreppe erreicht werden. Der Kamin, in dem trotz der angenehmen Temperaturen ein Feuer prasselte, war wuchtig und hatte einen Sims, der so hoch angebracht war, dass Tess beinahe aufrecht in der Feuerstelle stehen konnte, ohne sich den Kopf zu stoßen. Obwohl alles einige Nummern zu groß aussah, strahlte dieser Ort eine Heimeligkeit aus, die Tess berührte. Ohne genau hinzuschauen, nahm sie sich ein Buch und ging damit zu einem großen, langen Tisch, an dem man die schweren Folianten lesen konnte.

Es war das gebundene Manuskript eines Mannes, der vor achthundert Jahren in der Grusina gelebt hatte, jenem verkarsteten Land am östlichen Rand des Ladinischen Meeres, das in jenen Jahren berühmt für seine hohe Schriftkultur war. Der Autor hieß Drakho Messip und es war ein reich bebilderter Reisebericht über eine Expedition in den Osten des Kontinents, die er zusammen mit zwei Freunden unternommen hatte. Es musste eine zumindest für Messip verwirrende Reise gewesen sein. Tagsüber ritt er durch endlose Steppen, um dann in der Nacht, wenn er schlief, in dieser Bibliothek seine Erlebnisse niederzuschreiben.

Tess musste sich immer wieder die Tatsache bewusst machen, dass dieses Buch gar nicht oder zumindest nicht physisch existierte. Aber was ließ diesen Ort so wirklich erscheinen und wie konnten alle, die hier waren, dasselbe sehen, erleben oder träumen wie sie selbst? Tess klappte das Buch zu und stellte es vorsichtig wieder zurück. Die Einrichtung der einzelnen Zimmer, Räume und Säle war ein Zugeständnis an den Geschmack der heutigen Zeit. Wie also hatte das erste *Grand Hotel* ausgesehen?

Tess seufzte. Das war eine Frage, die wahrscheinlich niemand beantworten konnte. Die ersten Gist waren schon seit Tausenden von Jahren tot. Vielleicht stimmte es ja, was Tess vermutete. Dass das *Grand Hotel* ein Ort war, der durch die Geisteskraft aller Gist am Leben erhalten wurde. Aber irgendwie beschlich sie das Gefühl, dass die Wahrheit anders aussah und vielleicht sogar noch viel erstaunlicher war.

Sie trank ihr Glas aus und wollte sich gerade ein neues Buch holen, als aus der Lobby ungewohnte Geräusche kamen. Ein heftiger Streit war im Gange. Halb belustigt fragte sich Tess, wie an diesem Ort, dessen einziger Makel eine fast schon betäubende Harmonie unter den Gästen war, solch eine lautstarke Auseinandersetzung ausbrechen konnte.

»Es tut mir leid«, hörte sie Armand sagen. »Aber wenn Ihr Freund nicht von selbst den Weg hier herein findet, muss er draußen bleiben.«

Tess hob interessiert die Augenbrauen. Offensichtlich gab

es noch eine zweite Sache, bei der dem sonst so charmanten Empfangschef das Wort *Nein* erstaunlich leicht über die Lippen kam.

»Das ist doch Unsinn!«, rief eine andere, jüngere Stimme. »Wir brauchen ihm doch nur die Tür aufzuhalten. Dann geht einer hinaus und holt ihn herein!«

»Haben Sie eine Ahnung, was geschieht, wenn jemand den Nexus betritt, ohne darauf vorbereitet zu sein?«, sagte Armand eindringlich. »Er wird hierbleiben und nie wieder aufwachen. Er wird sterben.«

»Dann werde ich es selbst versuchen.« Ein Junge mit blonden Locken, der so schmutzig war, dass man seine Gesichtszüge kaum erkennen konnte, riss sich von Armand los und rannte auf den Ausgang zu.

Jetzt erwachten plötzlich auch einige der Gäste aus ihrem Phlegma, sprangen erstaunlich schnell aus den Sesseln und stürzten sich auf den Jungen, der wie von allen gute Geistern verlassen um sich schlug.

»Ihm wird da draußen nichts zustoßen«, rief Armand. »Er träumt. Und irgendwann wird er aufwachen. Er hat es schon so weit gebracht, dann wird er auch eines Tages die Tür finden.«

»Das ist unfair!«, schrie der Junge verzweifelt.

»Und Sie brauchen gar nicht erst zu versuchen, mich so zu manipulieren, dass ich meine Entscheidung ändern werde«, rief Armand, der jetzt wirklich wütend war. »Sie sind unter ihresgleichen. Da ist es sehr unhöflich, die eigene magische Begabung zum eigenen Vorteil einzusetzen. Abgesehen davon, dass sie in unserem Hause wirkungslos ist.«

Tess trat an Armand heran. »Lassen Sie nur. Ich kenne diesen ungehobelten jungen Burschen. Ich versichere Ihnen, er wird keinerlei Schwierigkeiten mehr machen.«

Armand blickte von Tess zu dem Jungen und von dem Jungen wieder zu Tess. »Also gut. Ich verlasse mich auf Sie. Willkommen im *Grand Hotel*. Unter welchem Namen darf ich Sie eintragen?«

»Sein Name ist Hakon«, sagte Tess strahlend. »Hakon Tarkovski. Und wir beide haben uns viel zu erzählen.«

»Wie geht es York?«, fragte Tess gespannt. Hakon hatte inzwischen sein Zimmer bezogen, sich gewaschen und saß nun mit ihr in der Lobby des Hotels.

»Ihm ging es zumindest noch gut, als wir heute Abend in unsere Schlafsäcke krochen«, sagte Hakon und versuchte zu einem der großen Fenster hinauszuschauen. Draußen war es so dunkel, dass er außer seinem Spiegelbild nichts erkennen konnte. »Ich hoffe, Armand hat Recht mit dem, was er sagt.«

»Ich denke, du kannst ihm vertrauen«, sagte Tess. »York wird nichts geschehen. Mir ist es anfangs wie ihm ergangen. Ich konnte meine Träume nicht kontrollieren und irrte in der Dunkelheit umher, ohne den Eingang zu finden. Aber irgendwann hat es geklappt. Nora hat mir einen guten Tipp gegeben.«

»Nora?«, fragte Hakon. »Wer ist das?«

»Ich habe dir doch von dieser alten Frau erzählt, die mich nach meiner Flucht aus dem Waisenhaus aufgenommen hat. Sie ist ein Gist wie wir.

»Und wo ist sie jetzt?«, fragte Hakon.

»Ich habe keine Ahnung. Irgendwo im Hotel.« Sie rückte näher an Hakon heran. »Hör zu, ich habe versucht die Armee der Morgenröte für den Kampf gegen die Eskatay zu gewinnen, aber wie es scheint, sind wir auf uns alleine gestellt. Dass sich diese Untergrundbewegung als Armee bezeichnet, ist ein schlechter Scherz. Sie besteht nur noch aus einer Handvoll Leuten, mehr sind es nicht. Yorks Lehrer Anton Diffring gehört zu ihnen. Die meisten sind verhaftet worden. Ganz im Vertrauen: Die, die übrig geblieben sind, machen keinen besonders kämpferischen Eindruck.«

Hakon schaute sich um und beobachtete eine Frau, die laut kichernd auf einem Sofa saß und einem Mann auf den Schenkel schlug, als ob er einen besonders guten Witz gemacht hätte.

»Die Gist aber auch nicht«, sagte er stirnrunzelnd.

»Nein, das stimmt in der Tat. Ich habe zwei von ihnen in der realen Welt aufgespürt, und es war erschreckend. Die meisten sind drogensüchtig oder haben eine andere Technik entwickelt, um so viel Zeit wie möglich hier zu verbringen.«

»Sie verschlafen ihr Leben?«, fragte Hakon. »Na ja, ich kann es ja verstehen, dass es einen immer wieder hierherzieht. Auch ich fühle mich hier zu Hause. Aber ich glaube kaum, dass dieses Hotel eine Alternative zum wahren Leben ist. Trotzdem ist es der einzige Ort auf der Welt, an dem wir Gist eine Gemeinschaft sind. Ich frage mich, wie sich wohl das Kollektiv der Eskatay anfühlen mag.« Er schwieg, als er Tess' entsetzten Blick bemerkte. »Hast du eigentlich etwas über deine Eltern erfahren können?«, fragte er nach einer Weile vorsichtig.

»Sie sind tot«, sagte Tess. »Das hat mir zumindest eine Frau hier erzählt. Sie hat mir auch gesagt, dass wir drei die einzigen Gist sind, die seit sechzehn Jahren geboren wurden. Und dass eure Eltern ebenfalls tot sind. Erinnerst du dich noch an die kopflosen Leichen, die man gefunden hatte?«

Hakon nickte traurig. »Das waren sie?«

»Aber jetzt erzähl mir, wie es euch ergangen ist«, sagte Tess, die offensichtlich das Thema wechseln wollte. »Wie war eure Flucht?«

»Sie hätte beinahe ein tödliches Ende genommen.« Er berichtete vom toten Wald, den Teilnehmern der Expedition, die an der Koroba gestorben waren und Olav Lukasson, der Hakon vor dem Wolfsrudel gerettet hatte.

»Wir wissen jetzt, was Leon Begarells Familie zugestoßen ist. Und wir haben den Ort gefunden, an dem die erste Blume verborgen war. Im Moment sind wir eine Tagesreise von Morvangar entfernt. Von da aus wollen wir zu dieser Station 11 aufbrechen.«

»Zu Fuß?«, fragte Tess ungläubig.

»Natürlich nicht«, sagte Hakon. »Die Bahnlinie, die den Norden mit Morvangar und den Rest des Landes verbindet, führt hundert Meilen an der Station vorbei. Das müsste zu schaffen sein.«

Plötzlich schrie eine Frau auf und spuckte den Drink aus, den sie gerade zu sich genommen hatte. Sie betrachtete das Glas, als hätte sich sein Inhalt auf einmal in eine übel schmeckende Flüssigkeit verwandelt.

»Hier gibt es wirklich seltsame Leute«, sagte Hakon, als er sich wieder zu Tess umdrehte.

»Oh ja«, sagte sie und rollte vielsagend mit den Augen.

Hakons Gesicht wurde wieder ernst. »Wie nah ist Lennart eigentlich seinem Ziel gekommen, die Kinder zu befreien.«

»Er ist verhaftet worden.«

»Du machst Witze!«, sagte Hakon. »Warum hast du das nicht verhindert?«

»Unsere Wege haben sich nach einigen Tagen getrennt. Er wollte nach den Vorfällen im Zug nichts mehr mit uns Gist zu tun haben.«

»Das ist meine Schuld«, sagte Hakon bitter. »Ich hatte versprochen, dass ihm und seiner Familie nichts zustoßen würde, solange ich bei ihm wäre.«

»Niemand hat ahnen können, dass sich die Eskatay an unsere Fersen heften!«

Hakon schüttelte den Kopf. »Doch, ich hätte es wissen müssen. Meine Begegnung mit Swann ließ keinen anderen Schluss zu. Er war ein Bluthund. Hatte er einmal Witterung aufgenommen, ließ er nicht mehr locker, bis er seine Beute zur Strecke gebracht hatte.«

Wieder ertönte ein Schrei. Diesmal war es ein Mann, der sein Glas erst hochhielt und dann angewidert auf den Tisch stellte. Noch ein Ausruf des Ekels, gefolgt vom Klirren zerspringenden Glases.

Tess und Hakon standen auf, um zu schauen, was dort vor sich ging.

»Liebe Gäste!«, rief eine helle Frauenstimme plötzlich. »Darf ich kurz um Ihre Aufmerksamkeit bitten?«

»Wer ist das?«, fragte Hakon.

»Das ist Nora«, antwortete Tess verwundert.

»Uns stehen schwere Zeiten bevor«, sagte Nora, die auf den Tresen der Rezeption geklettert war. »Und ich hege die Befürchtung, dass unsere kleine Gemeinschaft nicht mit der nötigen Entschlossenheit gegen diese Bedrohung vorgeht. Die Eskatay sind zurückgekehrt und wir tun so, als ginge uns das nichts an. Stattdessen kehren einige von uns der realen Welt den Rücken, um die Tage schlafend zu verbringen. Wir müssen aus diesem Traum erwachen, so schön er auch sein mag. Deswegen habe ich mich heute dazu entschlossen, das Hotel zu schließen.«

Ein Murren ging durch die Menge, das sich schließlich in ein belustigtes Gelächter verwandelte. »Wie willst du das anstellen?«, rief ein Mann und machte eine Geste, die alle Gäste umfasste. »*Wir* sind das *Grand Hotel*.«

Nora grinste den Mann auf eine geradezu entwaffnende Art an. »Nein, das seid ihr nicht. Und die Getränke waren erst der Anfang.« Sie schnippte mit den Fingern und ein fernes Donnern ließ die Fundamente erzittern. Der Kronleuchter an der Decke zitterte und fiel mit einem lauten Krachen auf den Marmorboden. Nora schnippte noch einmal. Ein Riss erschien in der Wand. Staub rieselte zu Boden, als die Erde weiterbebte. Auf Noras Gesicht zeichnete sich ein triumphierendes Grinsen ab. Was immer sie da tat, es schien ihr Spaß zu machen.

Die Gist liefen nun wie ein Haufen aufgescheuchter Hühner umher. Eine Frau stieß einen Schrei aus, als neben ihr einer der Kronleuchter auf den Fußboden krachte. Dann verschwanden sie alle nach und nach. Zurück blieben nur Armand, Hakon und Nora.

»Und du solltest auch aufwachen«, sagte sie zu Armand und grinste. »Keine Angst, ich schließe ab, wenn alle gegangen sind.«

Armand wurde zu einer feinen Wolke und verschwand.

»So, und nun zu euch beiden. Die Gist haben ihr Refugium verloren. Jetzt haben sie die Wahl: kämpfen oder untergehen.« Sie wandte sich an Hakon. »Dir kommt nun eine besondere Bedeutung zu. Du wirst das Verbindungsglied zwischen allen Gist sein.«

»Und wie?«, fragte Hakon.

»Wenn du erwachst, wirst du es wissen. Und nun geht!«, rief Nora. Ein weiteres Beben erschütterte das Hotel. »Geht!«

Hakon wollte Tess umarmen, doch er löste sich schon auf. Er rief noch etwas, aber Tess konnte ihn nicht mehr hören.

Dann erwachte sie.

∗∗∗

»Ich kann nicht mehr«, sagte Mersbeck. »Ich muss hier raus, sonst werde ich wahnsinnig.« Er schlug die Bettdecke beiseite und wollte sich aufrichten, wurde aber von der Ärztin sanft zurück in die Kissen gedrückt.

»Ein wenig Geduld müssen Sie schon noch haben«, sagte sie streng und deckte ihn wieder zu.

»Das hier hat nichts mehr mit Geduld zu tun, sondern ist eine reine Schikane. Meinen Füßen geht es gut.«

»Ach wirklich? Dennoch empfehle ich Ihnen, auf keinen Fall aufzustehen, sonst werden die Nähte wieder platzen.

Und auch sonst sind Sie nicht in sonderlich guter Verfassung«, sagte die Ärztin. Das Schild, das über der Brusttasche angebracht war, wies sie als eine Frau Doktor Grozny aus. »Sie glauben nicht, was wir alles aus Ihrem Körper herausgeholt haben. Mit solch einem Laborunfall ist nicht zu spaßen. Fragen Sie Wissdorn und Haxby.«

»Die sind beide tot«, sagte er kühl.

»Richtig«, entgegnete die Ärztin. »Und das könnten Sie jetzt auch sein. Minister Strashok hat sie jedenfalls bis auf Weiteres krankgeschrieben.«

Oder besser gesagt, aus dem Verkehr gezogen, dachte Mersbeck. Seit vier Tagen lag er auf dem Krankenrevier, abgeschnitten vom Rest der Welt – wenn man einmal vom steten Geplapper des Kollektivs absah. Nur so viel hatte er auf diese Weise mitbekommen: Strashok führte auf eigene Faust die Experimente mit den Blumen fort und hatte in diesen vier Tagen gut weitere zweihundert von ihnen herangezüchtet. Nun war ihm das Rhodium ausgegangen und er hatte etliche Forschungstrupps ausgeschickt, um neue Vorkommen dieses seltenen Edelmetalls zu erschließen. Die Erkenntnisse, die Haxby noch vor seinem Tod in einem vorläufigen Bericht zusammengefasst hatte, waren die Grundlage für die Auswahl seiner Expeditionsziele gewesen.

Mersbeck hatte das Gefühl, dass ihm die Kontrolle entglitt. Doch im Moment waren ihm die Hände gebunden. Eigentlich konnte er niemandem im Kollektiv trauen, Strashok am allerwenigsten. Deswegen hätte es Mersbeck nicht gewundert, wenn er nach dieser Spritze, die ihn narkotisiert hatte, überhaupt nicht mehr aufgewacht wäre. Aber natürlich brauchte man ihn noch. Nachdem Wissdorn sich in Rauch aufgelöst hatte und Haxby ebenfalls in einen anderen Aggregatzustand übergegangen war, blieb nur noch er, der Leiter von Station 9, als einziger Eskatay, der sich mit der Technologie der alten Zeit auskannte. Noch war er unentbehrlich.

Doch was würde geschehen, wenn die Zahl der Eskatay anstieg? Was für Begabungen würden sich noch herausdifferenzieren? Und wie würde das Kollektiv die zunehmende Zahl von Eskatay vertragen? Schon jetzt war es manchmal schwierig, sich im Chor der elf Gehör zu verschaffen. Oder nicht durchzudrehen. Mersbeck versuchte sich vorzustellen, wie einhundert oder gar tausend Eskatay munter durcheinanderredeten. Es war der blanke Horror, Begarell musste das wissen. Doch der Präsident trieb die Revolution, wie er sie nannte, unbekümmert voran, ohne Rücksicht auf die Konsequenzen.

Seine Blase meldete sich. Mersbeck stand vorsichtig auf. Ein rasiermesserscharfer Schmerz durchzuckte ihn, als er sich auf seine bandagierten Füße stellte. Vorsichtig humpelte er zum Schrank, in dem ein Morgenmantel hing. Dann öffnete er die Tür vorsichtig einen Spalt und spähte hinaus. Aus dem Schwesternzimmer drang unterdrücktes Gelächter, von der Ärztin war weit und breit nichts zu sehen. Mit festem Griff hielt er sich an dem Geländer fest, das an der Wand befestigt war, und arbeitete sich langsam zur Toilette am Ende des Korridors vor.

»Sind Sie von allen guten Geistern verlassen?«, fuhr ihn eine Stimme an. »Ich kenne Kinder, die vernünftiger sind als

Sie!« Vor ihm stand Frau Doktor Grozny, die Hände in die Hüften gestemmt.

»Wissen Sie«, erwiderte Mersbeck. »Ich bewundere Ihre Selbstständigkeit. Offensichtlich pfeifen Sie auf die Hierarchie hier in dieser Station. Unter normalen Umständen würde mir diese Haltung wirklich den nötigen Respekt abgewinnen. Aber ich bin nicht nur Ihr Patient.« Doktor Grozny wollte etwas sagen, aber Mersbeck brachte sie mit einer Handbewegung zum Schweigen. »Ich bin der Leiter einer Forschungsstation und hasse es, andere auf diese Tatsache hinzuweisen. Ich mache Ihnen einen Vorschlag. Entweder Sie kooperieren oder aber ich werde dafür sorgen, dass man sie nach Station 4 versetzt. Professor Surströmming dürfte sich über eine Kapazität wie Sie freuen.« Das war natürlich purer Sarkasmus. Es war allgemein bekannt, dass Surströmming ein arroganter, selbstverliebter Idiot war, der bis jetzt noch jeden Arzt zur Verzweiflung getrieben hatte.

Doktor Groznys Gesicht wurde erst blass, dann hochrot.

»Sehr schön, dann sind wir uns also einig«, sagte Mersbeck. »Ich habe folgendes Problem: Jeder Tag hier im Krankenrevier ist für mich ein verlorener Tag. Ich muss so schnell wie möglich auf die Beine kommen.«

»Die Wunden an Ihrem Körper sind nicht das Problem«, sagte sie kühl. »Ihre Füße werden Sie umbringen.«

»Was kann ich dagegen tun?«

»Sich in einen Rollstuhl setzen.«

»Das ist ausgeschlossen.«

»Diesbezüglich werden Sie Ihre Meinung noch ändern, glauben Sie mir. Aber gut. Sie brauchen zwei Krücken. Nicht zwei einfache Stöcke, sondern echte Gehhilfen, mit denen Sie das Gewicht beim Auftreten reduzieren können.«

»Damit kann ich leben. Was ist mit Schmerzmitteln?«

»Können Sie natürlich bekommen. Aber die werden den Heilungsprozess nicht beschleunigen. Schuhe können Sie übrigens vergessen.«

»Das ist mir egal. Hören Sie, von jetzt an hat nur noch eine Aufgabe für Sie Priorität: Sie müssen mich mit allen Mitteln auf die Beine bringen. Das können Sie übrigens auch Strashok sagen, wenn Sie zu ihm gehen und sich über mich beschweren wollen.«

Noch am Mittag kam Doktor Grozny mit einem Krankenpfleger in sein Zimmer. Falls sie sich in der Zwischenzeit bei Strashok beschwert hatte, hatte ihr das offenbar nichts geholfen. Mersbeck saß einfach am längeren Hebel.

»Legen Sie sich hin«, sagte sie kühl. Dann wies sie den Pfleger an, die Verbände an den Füßen zu entfernen.

»Und wie sieht es aus?«, fragte Mersbeck.

»Die Naht am rechten Fußballen ist an einer Stelle geplatzt. Die müssen wir erneuern. Der linke Fuß ist weniger in Mitleidenschaft gezogen worden. Dort gibt es nur zwei Schnitte im Bereich des Längsgewölbes, die aber sehr tief sind. Dennoch werden sie beim Gehen auf der linken Seite weniger Schwierigkeiten haben.« Doktor Grozny zog eine Spritze auf und injizierte eine gelbliche Flüssigkeit in den rechten Ballen, wobei sie mit wenig Feingefühl vorging. »Wir müssen noch einige Minuten warten, bis die Betäubung wirkt.« Sie öffnete eine Kiste und holte etwas hervor, was wie zwei zu groß geratene Ledersandalen aussah. »Ich musste leider etwas improvisieren, da wir keinen Abdruck von ihren Füßen machen konnten. Sie werden sehen, dass die Innensohle an den Stellen, an denen Ihre Füße verletzt sind, mit geschäumtem Latex ausgepolstert sind. Die Riemen sind so verlängert worden, dass selbst ein dicker Verband hineinpasst. Denken Sie daran: Setzen Sie sich, wann immer Sie können. Sollten die Schmerzen dann doch einmal unerträglich sein, injizieren Sie sich das Mittel, das Sie auch vorhin bekommen haben. Dosieren Sie es sparsam! Es ist ein hochwirksames Opiumderivat und macht sehr schnell süchtig.«

Sie überreichte ihm ein Lederetui mit sechs Ampullen, einer Spritze und zwei Ersatznadeln. Mersbeck hatte ein Gefühl es, als hätte man ihm eine geladene Waffe in die Hand gedrückt.

»Sie haben mir gesagt, dass Sie ein eigenverantwortlich handelnder Mensch sind«, sagte Doktor Grozny. »Jetzt können Sie beweisen, dass das nicht nur so dahergesagt ist. Obwohl ich immer noch meine Zweifel habe.«

Mersbeck lächelte säuerlich. »Trotzdem danke. Ich weiß, dass Sie eigentlich nur Ihre Arbeit machen.«

»Wie schön, dass Sie das zu würdigen wissen«, sagte sie und begann, die Wunde neu zu vernähen. Außer einem Ziehen spürte Mersbeck nichts. »Nehmen Sie trotzdem noch einen Rat von mir an? Sie sollten den rechten Fuß in den nächsten Tagen nicht belasten, sonst habe ich meine Arbeit umsonst gemacht.« Sie schnitt den Faden ab und packte alles wieder ein. Dann wurden Mersbeck neue Verbände angelegt und Doktor Grozny ging. Mersbeck hatte sich noch überlegt, ob er sich bei der Ärztin entschuldigen sollte, es dann aber doch gelassen. Freunde würden sie ohnehin nicht mehr werden.

Als auch der Pfleger das Zimmer verlassen hatte, schlüpfte er in die Sandalen und klemmte sich die Krücken unter die Achseln. Er war versucht sich auf den rechten Fuß zu stellen, doch wusste er, dass die Abwesenheit der Schmerzen nur auf das Betäubungsmittel zurückzuführen war. Die Schmerzen im linken Fuß blieben, wenn er ihn nicht zu sehr belastete, dank der wundersamen Sandalen erträglich. Dieses improvisierte Schuhwerk sah zwar grotesk aus, aber es erfüllte seinen Zweck – und das war die Hauptsache. Mersbeck humpelte zu seinem Kleiderschrank und zog sich an. Dann beschloss er, Strashok einen Besuch abzustatten.

»Es freut mich, Sie wieder auf den Beinen zu sehen«, sagte der Minister und schob einen Sessel so zurecht, dass Mersbeck ohne Probleme Platz nehmen konnte. Er lehnte die Krücken gegen den wuchtigen Schreibtisch und streckte seine Füße aus.

»Doktor Grozny hat mir erzählt, dass Sie ein ziemlich zäher Hund sind«, sagte Strashok und nahm in seinem Arbeitsstuhl Platz. Er drückte einen Knopf und die Tür wurde von außen geöffnet.

»Bringen Sie uns bitte einen Tee«, sagte er zu seinem Sekretär, der daraufhin wieder entschwand.

»Ich könnte schwören, dass Doktor Grozny eine weniger schmeichelhafte Wortwahl getroffen hat«, erwiderte Mersbeck. »Wie ist die Stimmung nach diesem Unfall?«

»Man redet«, gab Strashok zu. »Wir haben zwar versucht, die Überreste verschwinden zu lassen, aber jemand hat die Schweinerei doch zu sehen bekommen.« Strashok zuckte mit den Schultern, als sei dies ein Problem, das man getrost auf die leichte Schulter nehmen konnte, weil er es auf seine Art aus der Welt schaffen konnte: mit Geld, oder wenn das nicht fruchtete, mit handfesten Drohungen. Es wäre eine glatte Untertreibung gewesen zu behaupten, dass der Leiter von Station 11 von seinen Untergebenen gefürchtet wurde. Man hatte Todesangst vor Strashok, denn er konnte mit einem Federstrich ganze Existenzen zerstören.

»Nun, wie auch immer«, fuhr er fort. »Ich habe dem Präsidenten die Nachricht zukommen lassen, dass die Operation Eskaton in die nächste Phase treten kann. Er hat die Botschafter und Teile des diplomatischen Korps bereits nach Lorick einbestellt.«

»Zweihundert Blumen«, sagte Mersbeck nachdenklich. »Und Sie glauben, das reicht aus?«

»Wir haben bereits Strohmänner beauftragt, die an den internationalen Rohstoffbörsen alles Rhodium aufkaufen sollen.«

»Das dürfte den Preis ganz schön in die Höhe treiben«, sagte Mersbeck.

»Geld spielt in diesem Fall nun wirklich keine Rolle. Nächste Woche beginnen wir hier in Station 11 mit dem Bau einer Anlage, in der die Blumen industriell gezüchtet werden sollen«, antwortete Strashok.

Mersbeck runzelte die Stirn. »Wann wollen Sie die erste Ladung nach Lorick bringen?«

»Die *Unverwundbar* legt morgen ab.«

»Ich würde gerne mitfliegen«, sagte Mersbeck.

»Warum?«, fragte Strashok misstrauisch.

»Jemand sollte Professor Haxbys sterbliche Überreste nach Lorick überführen und seine Frau persönlich vom Tod ihres Mannes in Kenntnis setzen«, log Mersbeck. »Soviel ich weiß, hat er auch noch zwei erwachsene Kinder, die zurzeit in der Hauptstadt studieren.«

Strashoks Züge entspannten sich. »Eigentlich kann ich Sie nicht gehen lassen. Auf Sie wartet ein Berg von Arbeit.«

»Gestern wollten Sie mich noch für zwei Wochen krankschreiben«, sagte Mersbeck und lächelte. »Im Ernst: Haxby war ein verdienter Mann. Seine Familie hat etwas Besseres verdient als ein formloses Beileidsschreiben.«

»Sind Sie sicher, dass Sie die Reise überstehen?«

»Keine Angst. Doktor Grozny hat mich so weit wiederhergestellt.«

Strashok legte die Fingerspitzen aneinander und dachte nach. »Vielleicht ist es auch ganz gut, wenn jemand von uns den Transport beaufsichtigt. Der Kapitän ist zwar ein loyaler Diener seines Staates …«

»… aber er ist ein Mensch«, vollendete Mersbeck den Satz.

Strashok nickte. »Dann reisen Sie mit. Ich werde alles Nötige veranlassen.«

»Vielleicht sollten Sie den Sarg auch noch verplomben lassen«, sagte Mersbeck. »Sie möchten doch nicht, dass Frau Haxby ihren verstorbenen Gatten in diesem Zustand sieht?«

»Eine exzellente Idee.« Strashok stand auf und reichte Mersbeck die Hand. »Packen Sie Ihre Sachen und melden Sie sich morgen Früh um acht bei Kapitän Sönders.«

Abgesehen von einer kleinen Umhängetasche, gefüllt mit dem Notwendigsten, reiste Mersbeck ohne Gepäck, denn er hatte schon mit den Krücken genug zu tun. Außerdem hatte er in Lorick noch eine Dienstwohnung, die von der Regierung bezahlt wurde. Dort hingen Hemden und Anzüge zum Wechseln. Brauchte er darüber hinaus noch etwas, würde er es sich eben kaufen.

Der Kapitän, der sich als Curt Sönders vorstellte, wartete schon bei der *Unverwundbar* auf ihn.

»Geben Sie mir Ihre Tasche«, rief er gegen das Dröhnen der laufenden Motoren an. »Kommen Sie alleine die Treppe hinauf?«

»Das werde ich gleich sehen«, sagte Mersbeck.

»Wie geht es Ihren Füßen?«

»Passabel«. Die Nacht war schrecklich gewesen, doch hatte er mit seinem Schmerzmittel bis zum Morgen warten wollen. Er wusste, dass er vorsichtig mit diesem Opiat umgehen musste, dazu kannte er sich als Biologe selbst gut genug mit diesem Teufelszeug aus. »Ist die Ladung schon verstaut?«

Der Kapitän schüttelte den Kopf. »Ich habe mir gedacht, dass Sie das selbst beaufsichtigen wollen.«

Guter Mann, dachte Mersbeck und sah, wie ein Elektrowagen mit Anhänger auf sie zugerollt kam. Neben dem Fahrer erkannte er Minister Strashok. Ja, Vertrauen war gut, aber Kontrolle war besser.

Der Wagen bremste und die beiden Männer stiegen ab.

»Alles bereit?«, fragte Strashok den Kapitän, der zackig salutierte. Bei Mersbeck, der Zivilist war, hatte ein Händedruck genügt.

»Alles bereit. Die Ballasttanks sind voll, der Gasdruck ist auf Maximum. Ich denke, gegen Abend werden wir in Lorick landen.«

Strashok nickte wohlwollend. Eine Böe brachte seine sorgsam gekämmte Frisur durcheinander. »Ganz schön stürmisch heute«, sagte er.

»Kann uns nur recht sein. Der Wind kommt aus Norden, was unsere Reisezeit um eine Stunde verkürzen wird.«

Vier Männer kamen heran und hievten die Kisten, die auf dem Anhänger standen, in die Lademagazine unter der Führergondel. Strashok überprüfte die Siegel, die alle in Ordnung schienen. Dann folgte Haxbys Sarg. Sie alle schwiegen betreten, als er in das zweite Magazin geschoben wurde. Der Kapitän verriegelte die Klappen und die Männer begaben sich jetzt zu den Haltetauen, mit denen das Luftschiff fixiert war.

»Sie stehen mir mit Ihrem Leben dafür ein, dass die Ladung nicht in fremde Hände fällt«, sagte Strashok zu Kapitän Sönders. Dann zu Mersbeck gewandt: »Ich wünsche Ihnen eine gute Reise. Und richten Sie Frau Haxby mein aufrichtiges Beileid aus.«

»Das werde ich tun«, sagte Mersbeck und schüttelte Strashok zum Abschied die Hand. Dann kämpfte er sich Stufe für Stufe die Treppe hinauf. Der Kapitän ging hinter ihm, wohl um ihn aufzufangen, falls er stürzte.

Die Treppe wurde weggezogen. Mersbeck winkte noch einmal, dann wurde die Tür verschlossen.

»Ich weiß, dass es eigentlich gegen die Vorschrift ist«, sagte er und stellte die Tasche in eine Ecke. »Aber dürfte ich Ihnen im Führerstand Gesellschaft leisten?«

»Natürlich, Doktor Mersbeck«, sagte Sönders und trat beiseite, um seinem Passagier den Vortritt zu lassen.

Die Führergondel der *Unverwundbar* war ein Ort schnörkelloser Technik. Dominiert wurde sie von einem Steuerrad, das vor dem großen Panoramafenster auf einer hüfthohen Messingsäule montiert war und mit dem man die Stellung der Propeller so verändern konnte, dass das Schiff wahlweise steuerbord oder backbord fuhr. Die Höhe regelte man durch eine Reihe von Hebeln, die sowohl die Gasventile als auch die Ballastklappen öffneten. Zwei weitere Hebel regulierten den Schub. Schließlich gab es noch eine Signallampe, einen Chronografen, zwei Wasserwaagen, einen Kompass und einen Kartentisch, auf dem ein Sextant zur Positionsbestimmung lag. Meist orientierte man sich jedoch an Straßen, Eisenbahntrassen oder geografischen Landmarken wie Bergen, Flüssen oder Seen.

Jan Mersbeck klappte einen in die Wand eingelassenen Sitz herunter und nahm stöhnend Platz. Die Krücken legte er unter sich auf den Boden.

»Wie kommt es, dass ich noch nicht mit Ihnen geflogen bin?«, fragte Mersbeck Kapitän Sönders.

»Ich bin ein Springer. Ich habe keinen festen Stützpunkt, sondern wechsle immer nach Bedarf, wenn jemand krank ist, Urlaub hat oder aus einem anderen Grund seinen Dienst nicht versehen kann. Halten Sie sich fest, wir starten.« Sönders öffnete das Fenster. »Leinen los!«

Die Haltetaue wurden gekappt und es gab einen leichten Ruck, als die *Unverwundbar* langsam in die Höhe stieg. Sönders ließ ein wenig Ballast ab, um den Aufstieg zu beschleunigen. Gleichzeitig drehte er das Ruder nach Steuerbord, sodass sich die Nase des Luftschiffes langsam nach Süden drehte. Mersbeck schaute aus dem Fenster und sah Strashok immer kleiner werden.

Nach kürzester Zeit hatte die *Unverwundbar* ihre Reisehöhe erreicht. Sönders richtete das Luftschiff so aus, dass die Blasen in den Wasserwaagen innerhalb der Markierungen verharrten. Dann erhöhte er den Schub.

»Der Start und die Landung sind immer die gefährlichsten Manöver. Da geschehen die meisten Unfälle«, erklärte Sönders. »Der Rest geht eigentlich von alleine. Man muss einfach nur den Kurs halten.«

»Sehr beruhigend«, sagte Mersbeck und lächelte. Eigentlich hasste er es zu fliegen, auch wenn er zu den wenigen Menschen gehörte, die über ein eigenes Luftschiff verfügten. Wenn die Natur gewollt hätte, dass der Mensch sich in die Luft erhebt, so hätte sie ihm Flügel verliehen. Das war seine feste Überzeugung.

Und dennoch war die Reise in solch einem fliegenden Vehikel jedes Mal eine überwältigende Erfahrung, die nur die wenigsten machen durften. Er war privilegiert, und das gleich in mehrfacher Hinsicht. Sein Leben war spannend und abwechslungsreich. Das Leben war ein Geschenk, das man akzeptieren oder ablehnen konnte. Man konnte es an sich vorüberziehen lassen oder es mit beiden Händen greifen, um das Beste daraus zu machen.

Begarell ging ihm nicht aus dem Kopf, im wahrsten Sinne des Wortes. Er hörte das Wispern des Kollektivs, allen voran Strashok, der die anderen Eskatay davon in Kenntnis setzte, dass die Blumen auf dem Weg nach Lorick waren. Mersbeck lauschte dem einschläfernden Gerede eine Weile und überlegte sich kurz, die Verbindung zu kappen, entschloss sich dann aber doch, einen Bericht über die Ereignisse der vergangenen Tage zu liefern, damit Strashok nicht die Deutungshoheit an sich reißen konnte. Es war General Nerta, der schließlich die Frage stellte, auf die Mersbeck schon die ganze Zeit gewartet hatte.

Haxby ist durch einen elektromagnetischen Impuls getötet worden?

Ja, erwiderte Mersbeck. *Wir sind nicht mehr unverwundbar. Aber das ist nicht das Einzige, was uns beunruhigen sollte. Seine Reaktion auf den Kontakt mit der Blume ist viel beängstigender. Er hat sich in etwas verwandelt, was uns alle in den Untergang gerissen hätte.*

In der Tat. Ohne Ihr Eingreifen hätte es katastrophal ausgehen können.

Danke für das Lob, Herr Präsident. Und in Anbetracht dessen sollten wir es uns noch einmal überlegen, ob wir wirklich die Zahl der Eskatay erhöhen sollten. Haxbys missglückter Aufstieg ins Kollektiv hat uns gezeigt, dass wir viel zu wenig über die Wirkungsweise dieser Blumen wissen.

Die Operation Eskaton läuft. Auch wenn es Rückschläge geben sollte, werden wir sie zu Ende führen.

Und dann? Haben Sie sich schon einmal überlegt, in was für einer Welt wir leben würden? Wenn Sie schon jetzt Angst vor der Armee der Morgenröte haben, machen Sie sich keine Vorstellung davon, welcher Widerstand uns erst entgegenschlagen wird, wenn wir wirklich eine Zweiklassengesellschaft errichten?

Wir halten am Plan fest.

Ich bin auch der Überzeugung, dass unsere Gabe ein Segen ist. Sie könnte allen nutzen, auch den Menschen, die Angst vor uns haben. Wir haben die Macht. Und mit ihr auch die Verantwortung.

AUF WELCHER SEITE STEHST DU?

Der Gedanke war so laut und schmerzhaft, dass Mersbeck einen Schrei ausstieß und vom Stuhl fiel.

AUF WELCHER SEITE STEHST DU?

Ein glühender Dolch bohrte sich durch sein Hirn. Verzweifelt versuchte Mersbeck seine Abwehr zu aktivieren, doch Begarell war zu stark.

ICH KÖNNTE DICH TÖTEN. SOFORT UND OHNE ANSTRENGUNG.

Meine Güte, dachte Mersbeck entsetzt. Er ist wie Haxby! Je größer die Anzahl der Eskatay ist, desto mächtiger wird Begarell! *Er* ist das Kollektiv!

Und als ihn diese Erkenntnis erfüllte, spürte er die Angst der anderen. Magnusson stand kurz vor einem Herzinfarkt. Strashok erstarrte. Einzig charakterlose Figuren wie Norwin, Egmont und Nerta witterten auf einmal ihre Chance. Das Kollektiv zerfiel von einem Moment zum anderen. Jeder versuchte augenblicklich seinen Platz in der neuen Hierarchie zu finden. Und es war klar, dass Mersbeck sich ganz unten befand. Mit letzter Kraft kappte er die Verbindung.

»Doktor Mersbeck?« Er spürte eine Hand auf der Schulter, die ihn wachrüttelte.

Mersbeck schlug die Augen auf. Er lag auf dem kalten Boden des Führerstandes. Erst glaubte er zu zittern, doch dann spürte er, dass es das Vibrieren der Motoren war, das die Gondel mitschwingen ließ.

»Sie müssen eingeschlafen sein und sind dann vom Sitz gefallen.«

Mersbeck hielt sich verwirrt den Kopf und blinzelte. »Wie lange habe ich geschlafen?«, fragte er.

»Sie waren bestimmt zwei Stunden weg. Als das Luftschiff dann von einem Windstoß getroffen wurde, sind Sie zu Boden gefallen.«

»Zwei Stunden?« Mersbeck war noch immer nicht ganz bei Sinnen. Zu lebendig waren die Stimmen in seinem Kopf gewesen. Vorsichtig öffnete er seinen Geist. Das Kollektiv wisperte wie eh und je. Nichts hatte sich verändert. Alles war so wie immer. Hatte er nur geträumt?

Mersbeck zog sich auf den Sitz zurück und lehnte den Kopf gegen die Wand, die noch mehr vibrierte als der Dielenboden. Alles war so real gewesen. Und doch war es nur ein Traum – von dem er hoffte, dass die anderen ihn nicht mitbekommen hatten.

»Wir haben ein Problem«, sagte der Kapitän.

Mersbeck öffnete erschöpft ein Auge. »Welches?«

»Schauen Sie selbst.«

Jetzt öffnete Mersbeck auch das andere Auge. Vor ihnen

türmte sich eine dunkelgraue, von Blitzen durchzuckte Wolkenwand auf, die ihnen den Weg nach Süden versperrte.

»Innerhalb einer Viertelstunde hat der Wind von Nord auf Südost gedreht«, sagte der Kapitän.

Es war ein Schauspiel, wie Mersbeck es noch nie gesehen hatte. Dieses Monstrum schien direkt aus einer brodelnden Hexenküche zu stammen.

»Es kommt auf uns zu?«, fragte er erschrocken.

Sönders nickte ernst. »Mit einer Geschwindigkeit, die die unsere um ein Vielfaches übertrifft.«

»Sollten wir nicht umkehren?«, fragte Mersbeck.

»Wir würden die Station 11 nicht rechtzeitig erreichen«, sagte der Kapitän und riss das Ruder hart nach steuerbord herum. »Fünfzig Meilen von hier entfernt liegt Morvangar. Die Stadt hat einen Landeplatz mit Hangar.«

Der Kapitän drückte den Schubregler ganz nach vorne und die Motoren heulten auf. Gleichzeitig ließ er ein wenig Gas ab, um die Flughöhe zu reduzieren. Sein Gesicht war reglos, aber alles andere als entspannt. Und das machte Mersbeck nun wirklich Angst. Er nahm wieder auf seinem Sitz Platz und schloss die Augen. Eine Böe ergriff die *Unverwundbar* und ließ sie einen solchen Satz machen, dass sein Magen auf einmal bis zum Hals hochrutschte.

»Halten Sie sich fest. Es geht los.«

Kaum hatte der Kapitän das gesagt, wurde das Luftschiff von einer riesigen unsichtbaren Hand erst nach rechts und dann nach links geworfen. Mersbeck starrte aus dem Fenster. Die Wolkenfront war näher gekommen und sie schien Jagd auf sie zu machen.

»Seien Sie froh, dass sie uns noch nicht eingeholt hat. Die Kräfte, die im Inneren der Sturmfront wirken, würden die *Unverwundbar* wie einen Kinderballon zerquetschen.«

»Großartig«, kam Mersbecks zynische Antwort. »Haben Sie denn auch etwas, was einen ängstlichen Passagier wie mich eventuell aufbauen könnte?«

»Da vorne«, rief der Kapitän. »Da ist Morvangar!«

Mersbeck stand auf und reckte den Hals. »Das da ganz hinten? Das schaffen wir niemals.« Ein neuer, heftiger Schlag erschütterte das Luftschiff und er setzte sich schleunigst wieder hin.

Für Sönders war es echte Schwerstarbeit, die *Unverwundbar* auf Kurs zu halten. Die Wasserwaagen spielten verrückt und der Kompass schaukelte wie wild in seiner kardanischen Aufhängung.

»Was passiert eigentlich, wenn wir von einem Blitz getroffen werden?«

»Dann war dies unsere letzte Reise«, sagte der Kapitän. »Der Wasserstoff würde explodieren, und noch bevor wir aufschlagen würden, wären wir ausgebrannt. Es wäre ein schneller Tod.«

»Wie tröstlich«, entgegnete Mersbeck sarkastisch.

»Machen Sie sich keine Sorgen. Wir schaffen das.«

Mersbeck schloss die Augen und versuchte sich zu beruhigen, indem er immer wieder langsam bis zehn zählte. Es gab erneut einen Ruck, diesmal aber wie bei einem Fahrstuhl, der nach unten fuhr. Dann begann es zu rauschen. Erst leise, dann immer lauter.

»Das ist der Regen«, sagte der Kapitän. »Die ersten Ausläufer des Sturms haben uns erwischt. Kennen Sie sich mit dem militärischen Signalcode aus?«

Mersbeck nickte.

»Dann bitte ich Sie, dort vorne den Scheinwerfer einzuschalten. Der Akkumulator müsste geladen sein.«

Mersbeck wankte hinüber zu dem Signalgerät und schaltete es ein. Das Licht flammte auf und er konnte in seinem Schein den Regen sehen, der in dichten Wellen am Luftschiff vorbeiflog.

»Hoffentlich sehen die uns da unten«, sagte Mersbeck.

»Geben Sie jetzt Folgendes durch: LS 12 *Unverwundbar* erbittet Erlaubnis zur Notlandung.«

Der Jalousienverschluss des Scheinwerfers klackerte, als Mersbeck den Hilferuf durchgab.

»Ich bin fertig. Und jetzt?«

»Jetzt wiederholen Sie die Nachricht so lange, bis wir eine Antwort erhalten.«

Mersbeck betätigte wie wild den Verschlusshebel. Er holte tief Luft, um das flaue Gefühl zu vertreiben, das in ihm hochstieg, als das Luftschiff wild hin und her geworfen wurde. Das Licht wurde erst grau, dann trübe und bekam schließlich einen ungesunden Stich ins Grüne. Die Atmosphäre war mit einem Mal so bedrohlich, dass selbst der Kapitän schluckte und sein Steuer fester umklammerte. Das war kein gewöhnlicher Sturm mehr, der da heraufzog. Das war ein Orkan!

Mersbeck hörte nicht auf, wie verrückt die Nachricht von einer bevorstehenden Notlandung zu senden, als er plötzlich am nördlichen Ende von Morvangar ein kleines Licht aufflackern sah.

»Sie antworten!« rief er. »Sie wissen, dass wir kommen!«

Kapitän Sönders atmete erleichtert aus. »Gut«, sagte er. »Das wird nämlich eine verdammt knappe Angelegenheit. Ich werde jetzt tiefer gehen. Haben Sie den Empfang der Antwort bestätigt?«

Hastig drückte Mersbeck ein paarmal den Hebel. »Man wünscht uns viel Glück.«

»Das werden wir auch brauchen. Jetzt setzen Sie sich am besten wieder hin. Wenn wir das hier überstehen, werde ich darauf drängen, dass jedes Luftschiff mit Rückhaltesystemen ausgestattet wird.«

»Mit was?«

»Mit Sicherheitsgurten!«

Es gab erneut einen Schlag und Mersbeck wurde quer durch die Gondel geschleudert.

»Bleiben Sie in der Ecke sitzen!«, rief Sönders und betätigte noch einmal den Hebel, der das Gasventil öffnete. Mersbeck hatte das Gefühl, in ein bodenloses Loch zu fallen. Sofort zog er sich wieder hoch.

»Verdammt, ich habe Ihnen doch gesagt, Sie sollen unten bleiben!«, fuhr ihn Sönders an.

»Wenn ich nicht aus dem Fenster schauen kann, gerate ich in Panik!«

»Das ist jetzt nicht der richtige Moment, um mir Ihre Flugangst zu gestehen.«

»Seien Sie froh, dass Sie nicht meine Hand halten müssen!«, rief Mersbeck, als die Nase des Luftschiffes plötzlich nach oben stieg. Sönders legte für zwei Sekunden einen der Ballasthebel um und arretierte ihn dann wieder. Langsam

348

senkte sich die Spitze und Morvangar kam wieder ins Blickfeld.

»Na, wenigstens haben Sie Ihren Humor behalten.«

»Er ist das Einzige, was mir geblieben ist«, stöhnte Mersbeck. »Selbst meine Würde hat sich gerade in Luft aufgelöst.«

»Sie halten sich wirklich ganz tapfer. Ich habe einmal den Präsidenten und General Nerta durch einen ähnlichen Sturm geflogen. Wissen Sie, bei so einem Wetter erkenne ich immer zwei Sorten von Passagieren. Diejenigen, die Angst haben und es nicht zeigen wollen. Und diejenigen, die Angst haben und deswegen kotzen. Wie General Nerta, der musste sich gleich dreimal übergeben. Aber Angst haben sie alle. Nur Begarell war anders. Der ist ein ganz harter Hund, wenn mir der Ausdruck erlaubt ist.«

»Bitte tun Sie sich keinen Zwang an.«

»Also, Sie befinden sich in guter Gesellschaft.«

Ja, das tat er wirklich. Dieser Traum kam ihm wieder in den Sinn. Vielleicht hatte sich ihm ja durch ihn das wahre Wesen des Kollektivs enthüllt. Womöglich hatte sein Unterbewusstsein schon längst geahnt, dass dieser Zusammenschluss gleichberechtigter Eskatay mit einem gemeinsamen Ziel nichts als eine große Lüge war. Dass Begarell sie alle auf die eine oder andere Weise benutzte, musste selbst den etwas schlichteren Gemütern wie Strashok oder Nerta aufgefallen sein. Doch die große Frage blieb: Was hatte Begarell vor?

Mittlerweile war der Regen so dicht, dass die Sicht weniger als sechshundert Fuß betrug. Sie befanden sich im Landeanflug. Unter sich konnte Mersbeck das Bodenpersonal erkennen.

»Wie viele Männer sind es?«, fragte Sönders.

»Ich zähle mindestens vierzig.«

»Wir haben es gleich geschafft. Ich benötige aber noch einmal Ihre Hilfe.«

»Sagen Sie mir, was ich tun soll.«

»Sie müssen im Heck die Haltetaue lösen, damit die Bodenmannschaft unsere Lage stabilisiert und wir in den Hangar gezogen werden können. Ich weiß, Sie sind nicht besonders gut zu Fuß …«

»Kein Problem«, sagte Mersbeck. »Solange ich mich auf meinem linkem Fuß hüpfend fortbewege, wird es schon gehen. Wenn wir das hier überstanden haben, lade ich Sie auf ein Bier ein.«

Sönders lachte. »Das ist eine Einladung, die ich gerne annehme.«

Mersbeck humpelte durch die Passagiergondel, bis er bei den hinteren Fenstern den Auslösemechanismus für die Taue fand und an ihm zog. Kurz darauf wurde die Drehzahl der Motoren heruntergefahren. Er schaute zum Fenster hinaus und sah, wie sich die Menschentraube in vier Gruppen zu zehn Mann aufteilte, die sich im strömenden Regen die Taue schnappten. Langsam wurde die *Unverwundbar* nach vorne gezogen, wobei das Bodenpersonal sorgfältig darauf achtete, nicht in die Nähe der Propeller zu geraten, die zur Lagestabilisierung noch immer liefen. Dann wurden sie in den Hangar bugsiert und die Motoren erstarben endgültig.

Mersbeck wischte sich den Schweiß von der Stirn. Sie hatten es tatsächlich geschafft! Mühsam arbeitete er sich wieder zur Führergondel vor. Seine Füße schmerzten wie die Hölle

350

und er sehnte sich nur noch nach einem Bett oder einer Couch. Egal was, Hauptsache, er konnte die Beine hochlegen.

»Das war ein echter Husarenritt«, sagte Mersbeck, als er und der Kapitän erschöpft aber glücklich aus der Führergondel stiegen. Sönders trug Mersbecks Tasche und auch die beiden Krücken.

Mersbeck stieß die Tür auf. Eine Treppe wurde herangeschoben. Mit beiden Händen das Geländer umklammernd, stieg er hinab. Fast wäre er niedergekniet, um den festen Grund zu küssen, kam dann aber zu dem Schluss, dass er sich für heute genügend Peinlichkeiten geleistet hatte. Er nahm die Krücken und klemmte sie unter die Arme. Sofort ließ der Schmerz in seinen Füßen nach.

»Da haben Sie ja noch mal verdammtes Glück gehabt«, rief ein Mann, dessen Ölzeug vor Nässe glänzte. Er zog die Kapuze vom Kopf und streckte seine Hand aus. »Mein Name ist Ingmar Dyrvig. Ich bin der Leiter dieses Landeplatzes.«

Draußen zuckte ein Blitz auf und tauchte das Flugfeld vor den Toren des Hangars für einen kurzen Moment in ein fahles Licht. Der folgende Donner krachte wie Geschützfeuer.

»Jan Mersbeck.« Er schüttelte die dargebotene Hand. »Und das ist Curt Sönders, Kapitän der *Unverwundbar* und ein Meister seines Berufsstandes. Jeder andere hätte das Luftschiff nicht so sicher auf den Boden gebracht.«

Dyrvig tippte sich respektvoll an den Schirm seiner Mütze und Sönders erwiderte den Gruß. »Das war in der Tat eine hervorragende Leistung. Ich habe Ihren Anflug mit dem Fernglas verfolgt.«

»Danke«, sagte der Kapitän knapp.

»Es geschieht in der letzten Zeit selten, dass ein Luftschiff der Regierung in Morvangar festmacht. Ich vermute, Sie waren unterwegs nach Lorick.«

»In der Tat«, bestätigte Mersbeck.

»Dann sollten Sie sich mit dem Gedanken anfreunden, die Nacht hier zu verbringen. Bis sich das Unwetter verzogen hat, wird die Sonne untergegangen sein, und Sie werden bestimmt keinen Nachtflug wagen wollen.«

Mit Sicherheit nicht, dachte Mersbeck. Das Kollektiv würde zwar nicht davon begeistert sein, doch wäre es schlimmer, wenn die kostbare Fracht verloren ginge. Und damit meinte er nicht den Sarg mit Haxbys sterblichen Überresten.

Mittlerweile hatten die Wolken beinahe den letzten Rest des bleichen Tageslichts geschluckt. Dyrvigs Männer hatten wegen des heftigen Windes Schwierigkeiten, das hohe Hangartor zu schließen.

»Sie werden eine Bleibe für die Nacht benötigen«, sagte Dyrvig. »Kommen Sie, ich werde Ihnen ein Zimmer herrichten lassen.«

»Das wird nicht nötig sein«, erklärte Kapitän Sönders. »Ein paar Decken werden reichen. Ich schlafe an Bord der *Unverwundbar*.«

»Und ich schließe mich ihm an«, sagte Mersbeck, der seine kostbare Fracht nicht alleine lassen wollte.

Dyrvig zuckte mit den Schultern. »Wie Sie wünschen.

Dann werde ich dafür sorgen, dass man Ihnen etwas zu Essen bringt.«

Mersbeck ahnte, dass dies eine lange Nacht werden würde.

***

Pavo Suolahti hatte mit starrem Blick in seinem eigenen Blut gelegen. Die dunkle Pfütze unter seinem Kopf war zu einem kleinen See geworden, bis das Herz nicht mehr geschlagen hatte. Dann war das Bild erstarrt und Lennart hatte nichts mehr gespürt. Weder dass man ihn in einer feierlichen Zeremonie bei den Wargebrüdern aufnahm. Noch dass man ihm als Zeichen seiner Zugehörigkeit einen silbernen Ring durch das linke Ohr steckte. Und auch nicht, dass man ihm in Runenschrift einen Wahlspruch auf den Rücken tätowierte. Er hatte nicht antworten können, als man ihn fragte, wie er lauten sollte, und so hatte sein Bürge Halldor Schartess ein Motto für ihn ausgewählt.

Durch die Bitternis zu den Sternen.

Lennart verzog keine Miene, als die Zeichen in seine Haut punktiert wurde. Die Prozedur dauerte eine Stunde, dann goss man zur Desinfektion eine halbe Flasche Branntwein über die Stelle. Die andere Hälfte leerten Lennart und Halldor gemeinsam. Er war jetzt einer von ihnen. Und er würde es bis zu seinem Tod bleiben. Doch davor hatte er keine Angst mehr, denn er war bereits in dem Moment gestorben, als er den Schuss auf Pavo abgegeben hatte.

Durch die Bitternis zu den Sternen.

Man gab ihm und Halldor neue Kleidung: saubere Hemden, modern geschnittene Anzüge, glänzend polierte Schuhe. So sahen sie wie Geschäftsleute und nicht wie Gefangene aus. Aber dies war auch die Absicht. Boxvereine legten Wert auf Seriosität.

Lennart sprach noch immer kein Wort, als ihm Jefim Schestakow den Bruderkuss gab. Er sagte auch nichts, als die bestochenen Wachen kamen und sie beide zum großen Tor führten, hinter dem die Freiheit auf Lennart wartete. Die Freiheit. Für sie hatte er seine Ideale verraten und einen Menschen getötet. Einen Menschen, den er gekannt hatte, den er sogar als Freund bezeichnet hätte. Alles nur, um seine Kinder wieder in die Arme zu schließen. Rechtfertigte das den Preis, den er bezahlt hatte? Er trat vor das Tor und schaute hinauf zum Nachthimmel.

Durch die Bitternis zu den Sternen.

»Komm«, sagte Halldor. »Der Wagen wartet auf uns.«

Erst jetzt bemerkte Lennart den Coswig, der auf der anderen Straßenseite unter einer Laterne stand. Halldor setzte sich hinter das Steuer, Lennart nahm auf dem Beifahrersitz Platz. Als er sich anlehnte, spürte er das Brennen der Tätowierung auf seinem Rücken, aber er ignorierte es.

»Das war einfach«, sagte Lennart.

»Was war einfach?«, fragte Halldor.

»Unsere Flucht.«

Halldor brummte etwas Unverständliches. Die Anzeigen und Hebel des Automobils erforderten seine ganze Aufmerksamkeit.

Doch Lennart fuhr fort. »Wenn das Gefängnis ohnehin in

der Hand der Boxvereine ist, warum sitzen Gornyak und Schestakow dann überhaupt noch ein?«

Halldor blickte auf. »Ganz einfach: Weil sie es so wollen. Im Knast können sie am besten ihren Geschäften nachgehen.« Er schaute Lennart erwartungsvoll an. »Wo fahren wir hin?«

»Hm?«, machte Lennart verwirrt.

»Ich fragte, wo wir hinfahren.«

Lennart musterte Halldor eindringlich, aber mit reglosem Gesicht. Dann wandte er den Blick ab.

»Es ist dir nicht leichtgefallen abzudrücken, nicht wahr?«, fragte Halldor und es klang fast mitfühlend. Lennart antwortete nicht.

»Natürlich nicht«, antwortete Halldor an Lennarts Stelle. Seine Stimme klang scharf. »Du hast Swann erschossen. Und Pavo war eine Ratte. Er hatte Informationen über uns gesammelt und hätte dich und jeden von uns ans Messer liefern können, wenn …«

»Pavo war mein Freund«, schnitt ihm Lennart das Wort ab. »Der einzige, den ich in diesem Gefängnis hatte.«

»Ah«, machte Halldor, als würde er verstehen. »Und jetzt plagt dich das schlechte Gewissen!«

Lennart starrte Halldor fassungslos an. »Was würdest du sagen, wenn du jemanden hinrichtest, der dir nichts getan hat?«

»Ich würde sagen: Entschuldigung, tut mir leid es ist nichts Persönliches. Und dann würde ich abdrücken. Hör zu, du wusstest, worum es ging: sein Leben gegen das deiner Töchter. Ich finde, das war ein faires Angebot. Und du hast dich entschieden, keiner hat dich gezwungen. Also hör auf, dich zu beschweren. Wo fahren wir hin?«

»Zu Elverums Wohnung in der Nyhemsallee 14.«

Halldor stieg aus und drehte die Kurbel. Der Wagen sprang sofort an. Halldor setzte sich wieder hinter das Lenkrad und fuhr los, ohne jedoch das Licht einzuschalten. Es herrschte schließlich immer noch eine nächtliche Ausgangssperre. Es war riskant, um diese Zeit unterwegs zu sein.

»Schau mal im Handschuhfach nach«, sagte er zu Lennart. »Da müsste ein Stadtplan liegen.«

Lennart öffnete die Klappe und holte die Karte heraus. Überall waren an den großen Straßen rote Kreuze gemalt.

»Das sind die Kontrollpunkte«, sagte Halldor. »Die sollten wir so weit wie möglich umfahren.«

Lennart kniff die Augen zusammen, damit er den Plan besser sehen konnte, doch das war schwer, denn das einzige Licht kam von den Straßenlaternen, an denen der Wagen vorbeifuhr.

Lennart lotste Halldor durch die Stadt. Es waren nur wenige Automobile um diese Zeit unterwegs, was die Fahrt nicht ungefährlicher machte, denn sie selbst fielen dadurch umso mehr auf. Kurz vor dem Ziel faltete Lennart den Plan wieder zusammen.

»Das letzte Stück sollten wir laufen.«

Halldor fuhr den Coswig auf ein leeres Grundstück und parkte ihn so hinter einer Mauer, dass er von der Straße aus nicht zu sehen war.

Eine gespenstische Stille lag über der Stadt. Zu normalen Zeiten, vor dem Ausnahmezustand, hatte immer ein Summen in der Luft gelegen, zu jeder Tages- und Nachtzeit. Nun schien es, als ob eine bleierne Schwere auf allem lastete.

Alte Zeitungen und zerrissene Flugblätter tanzten im Wind. Ein süßlicher Geruch stach ihnen in der Nase, der von den überquellenden Mülltonnen aufstieg, die seit Tagen nicht mehr geleert worden waren. Einige Fenster, deren Scheiben eingeschlagen worden waren, hatte man mit Sperrholzplatten zugenagelt, auf denen Plakate klebten, die zu Ruhe und Ordnung aufriefen. Ruhe herrschte tatsächlich in den Straßen von Lorick, daran konnte es keinen Zweifel geben. Doch die Ordnung befand sich längst in einem Prozess der Auflösung. Die letzten Monate unter der Herrschaft der Morstal AG hatten sich genauso angefühlt.

»Wir sind da«, flüsterte Lennart und zeigte auf ein dunkles Eckhaus. »Elverum wohnt im dritten Stock.«

Sie huschten über die Straße und versteckten sich im Schatten einer Toreinfahrt, wo sie einige Minuten abwarteten. Niemand war ihnen gefolgt.

»Und wie kommen wir jetzt hinein?«, fragte Lennart. »Die Haustür dürfte verschlossen sein.«

»Du könntest klingeln.«

Lennart schaute Halldor an, als hätte er den Verstand verloren.

»Das war ein Witz. Wir werden es hintenherum versuchen.« Er packte Lennart am Ärmel und zog ihn hinter sich her.

Die Mietshäuser in diesem Block waren so angeordnet, dass sie einen rechteckigen Hof bildeten, in dem eine große Remise für Automobile und Kutschen stand. Halldor untersuchte die Tore und fand schließlich eines, das nicht durch ein großes Vorhängeschloss gesichert war. Vorsichtig öffnete er es.

Der Raum dahinter war ein Lager, in dem ein Durcheinander herrschte, als ob es erst vor Kurzem durchsucht worden wäre. Alle Kisten, die in den Regalen gestanden hatten, waren ausgeleert und ihr Inhalt achtlos auf dem Boden verstreut worden. Es musste sich um den Warenbestand eines Möbelgeschäftes handeln, denn die Lampen, die zerbrochen und verbogen auf einem Haufen lagen, waren alle noch mit einem Preisschild ausgezeichnet.

»Mach die Tür zu«, sagte Halldor. Er stieg über den Unrat, um eine Kerze aufzuheben. Mit einem Feuerzeug zündete er sie an.

»Wonach suchen wir?«, fragte Lennart.

»Hiernach«, antwortete Halldor. Er hielt eine Brechstange und mehrere kurze Stücke Draht in die Luft. Mit Daumen und Zeigefinger löschte er die Kerze, die er in seiner Jackentasche verschwinden ließ. Lennart öffnete wieder das Tor.

Es dauerte einen Moment, bis sich ihre Augen an die Dunkelheit gewöhnt hatten. Dann gingen sie hinüber zum Kellereingang der Nummer 14. Während Lennart zunehmende Nervosität in sich aufsteigen spürte, blieb Halldor betont ruhig. Er drückte das Brecheisen in den Türspalt und hebelte die Tür mit einer kräftigen, beinahe geschmeidigen Bewegung auf. Das Geräusch, das er dabei verursachte, war kaum zu hören. .

Halldor zog die Kerze aus seiner Tasche und zündete sie erneut an. Sie befanden sich in einer Waschküche. Hemden und Laken hingen zum Trocknen auf einer Leine, während es unter einem Kessel noch dunkelrot glimmte. Halldor schnalzte missbilligend mit der Zunge und löschte die Glut.

»Sehr nachlässig. So ein Feuer bricht schneller aus, als man denkt. Da hat wohl jemand die Hausordnung nicht gelesen.«

»Hausordnung?«, fragte Lennart und lachte trocken.

»Was ist daran so lustig?«, entgegnete Halldor kühl.

»Entschuldigung, aber ich kann mir nicht vorstellen, dass ein Wargebruder Wert auf eine Hausordnung legt.«

Halldor bedachte ihn mit einem Stirnrunzeln. »Du scheinst das Prinzip unserer Gemeinschaft nicht so ganz zu verstehen, was? Wo Menschen zusammenleben, muss es auch Regeln geben. Sonst steuert man auf ein Chaos zu. Es kommt auf den Gemeinsinn an. Wo käme man denn hin, wenn jeder machen könnte, was er wollte? Das ist übrigens Begarells Problem: Er zerstört die alte Ordnung, ohne eine neue zu etablieren. Deswegen wird ihm das alles noch um die Ohren fliegen.«

Vorsichtig stiegen sie die Treppe hinauf. Als sie im Erdgeschoss ankamen, drückte Halldor den brennenden Docht der Kerze ins Wachs. Der Schein der Gaslaternen, die auf der Straße brannten, reichte aus, um den Weg zu erkennen. Lennart ging vor und blieb im dritten Stock vor einer Tür stehen.

Halldor schob ihn beiseite. Mit zwei Drähten bearbeitete er vorsichtig das Schloss. Nach wenigen Sekunden sprang es geräuschlos auf.

»Ich gehe alleine hinein«, sagte Lennart.

»Wie du willst. Dann nimm aber die hier mit.« Halldor hielt ihm eine Waffe entgegen. Lennart erkannte sie augenblicklich wieder. Es war die Pistole, mit der er Pavo erschossen hatte. Vorsichtig nahm er sie in die Hand. Sie fühlte sich schwer und kalt an.

»Du hast ja deinen Abscheu schnell überwunden«, bemerkte Halldor lächelnd.

Lennart spannte den Hahn und legte die Waffe auf sein Gegenüber an. Er zielte genau in die Mitte der Stirn. Das Lächeln auf Halldors Gesicht erstarb. Lennart löste den Hahn und gab die Waffe mit dem Griff voran wieder zurück. Dann huschte er in die Wohnung.

Elverums Wohnung war nicht groß. Direkt neben der Eingangstür befand sich die winzige, unaufgeräumte Küche. Ihr gegenüber lag das Bad. Das Wohnzimmer war eine behagliche Höhle mit offenem Kamin, Ledercouch und Bücherregal, doch das war nicht Lennarts Ziel. Er betrat das Schlafzimmer.

Elverum hatte Lennart einmal erzählt, dass er geschieden war, daher konnte er damit rechnen, dass Elverum alleine war. Die Schlafgelegenheit, anders konnte man sie nicht nennen, war schmal und sah ungemütlich aus. Gleichmäßige Atemzüge waren zu hören. Unter der Bettdecke schaute ein Haarschopf hervor.

Lennart räumte einen Sessel leer und nahm Platz.

»Elverum, ich muss mit Ihnen reden«, sagte er in die Stille hinein.

»Ich habe mich schon gefragt, wann Sie kommen würden«, sagte eine müde Stimme vom Bett her. Sie klang weder überrascht noch ängstlich, eher ein klein wenig ungeduldig. Elverum richtete sich auf und entzündete die Petroleumlampe, die auf seinem Nachttisch stand. Er blinzelte Lennart aus zusammengekniffenen Augen an.

»Himmel, wie sehen Sie denn aus?«, brummte er.

»Wie soll einer schon aussehen, der auf der Flucht ist«, antwortete Lennart.

»Nun, einen Gefangenen zu befreien ist nicht unbedingt ein Kavaliersdelikt.«

»Es war ein Junge, der zu Unrecht im Hochsicherheitstrakt des Staatsgefängnisses eingesperrt worden war.«

»Ja, ich habe schon gehört, dass sie mittlerweile jeden verhaften, der im Verdacht steht, gegen Begarell zu sein. Alles, um die Sicherheit des Staates zu wahren.«

»Was soll das heißen: Sie haben davon gehört?«

»Ich habe da nicht mitgemacht. Erinnern Sie sich noch, wie ich Ihnen sagte, dass man uns fragen würde, wie wir es mit der neuen Ordnung halten werden?«

»Oh ja. Sie haben außerdem gesagt, dass Sie noch nicht wüssten, wie Ihre Antwort aussähe.«

»Nun, man hat mich gefragt. Und ich habe eine Antwort gegeben. Persson und Holmqvist wollen versuchen, das System von innen heraus zu verändern. Aber ich wollte das nicht mitmachen. Weil ich nicht glaube, dass es funktioniert. Also wurde ich wie einige andere auch für unbestimmte Zeit in Urlaub geschickt. Aber erzählen Sie erst einmal, was Ihnen zugestoßen ist.«

Und Lennart erzählte. Von der Rückkehr der Eskatay, den Gist, dem Tod seiner Frau und der Entführung seiner Kin-

361

der. Auch von seinem Gefängnisaufenthalt berichtete er, nur Pavos Tod erwähnte er nicht.

Elverum hatte dem Bericht gelauscht, ohne ihn zu unterbrechen. Als Lennart fertig war, schwieg er noch immer.

Lennart wusste, dass es einen Moment dauern würde, bis der Mann, der die besten Jahre seines Lebens dem Polizeidienst geopfert hatte, die Tragweite dieser Enthüllung begriff.

»Sie erwarten von mir, dass ich mich mit meinen Feinden verbünde, um gegen Begarell und die Eskatay zu kämpfen?« Er betonte das Wort *Eskatay*, als wären es Figuren aus einem Kindermärchen.

»In diesem Krieg müssen wir Menschen zusammenstehen. Nur so werden wir überhaupt eine Überlebenschance haben«, beschwor ihn Lennart eindringlich. »Unsere Feinde sind nicht die Wargebrüder oder die Todskollen. Unsere Feinde sind dieses Kollektiv, unsere eigene Regierung; und alle Menschen, die zu bequem sind, sich diesem heraufziehenden Sturm entgegenzustemmen.«

»Warum sind Sie den Wargebrüdern beigetreten?«, fragte Elverum scharf.

»Das habe ich Ihnen doch erklärt: Weil ich im Gefängnis saß und ich keine andere Möglichkeit sah, meine Töchter zu befreien.«

»Welchen Preis haben Sie dafür zahlen müssen?«

Lennarts Gesicht errötete. »Was meinen Sie damit?«

»Kommen Sie! Mich können Sie nicht für dumm verkaufen! Sie haben lange genug mit den Boxvereinen zu tun gehabt, um zu wissen, dass sie sehr wirkungsvolle Methoden haben, ihre Mitglieder an sich zu binden.«

Lennart wich Elverums Blick aus. »Jefim Schestakow und Einar Gornyak haben eine Allianz geschlossen, um gegen Begarell zu kämpfen.«

»Das ist keine Antwort auf meine Frage!«

»Und die werden Sie von mir auch nicht bekommen. Es reicht, wenn ich mein Gewissen belasten muss.«

»Begarell mag sich ja gerade zum Diktator aufschwingen, aber das ist noch lange kein Grund, einen Pakt mit dem Teufel einzugehen!«

»Begarell ist nicht einfach ein Diktator! Er ist ein Eskatay! Und er hat meine Kinder entführt!«

Elverum schwieg und Lennart konnte genau spüren, was im Kopf des Mannes vorging. Sein ehemaliger Kollege hielt ihn für eine arme Seele, die der Verlust der Frau und das Verschwinden der Kinder um den Verstand gebracht hatte.

»Ich bin nicht verrückt«, sagte Lennart. »Ich habe nur nichts mehr zu verlieren, außer Maura und Melina. Bitte. Helfen Sie mir.«

»Sie sind vermutlich im kommunalen Waisenhaus Nr. 9«, sagte Elverum leise. »Begarell reißt die Familien, die verhaftet wurden, auseinander. Die Erwachsenen werden in ein Lager hoch oben im Norden verschleppt, wo sie Zwangsarbeit leisten müssen. Die Kinder behält er als Geiseln. Oder er hat irgendetwas Besonderes mit ihnen vor; sie wurden jedenfalls alle in die staatlichen Waisenhäuser gebracht.«

Lennart schlug die Hand vor den Mund. Tränen traten in seine Augen.

»Sie werden keine Chance haben, Ihre Töchter zu befreien, auch wenn Ihnen Schestakow hilft. Man wird Sie schon am Tor verhaften. Das Waisenhaus wird von einer Spezialeinheit bewacht.« Elverum stand auf und zog sich seinen Morgenmantel an. »Ich habe immer noch ein paar Freunde, die mir einen Gefallen schuldig sind. Seien Sie morgen Abend um acht Uhr in der Nähe des Haupttores. Bringen Sie ein Automobil mit. Sie werden nicht eingreifen, haben Sie mich verstanden? Egal was passiert!«

Lennart nickte. »Danke«, sagte er und streckte die Hand aus.

Elverum ergriff sie. »Danken Sie mir nicht zu früh. Aber eines sollten Sie nie vergessen: Sie haben Freunde. Echte Freunde, die Sie nicht im Stich lassen, wenn es darauf ankommt. Ich hoffe, das werden Sie nicht vergessen, wenn Sie eines Tages vor der Wahl stehen.«

Lennart verließ die Wohnung und zog die Tür hinter sich zu. Halldor, der die ganze Zeit auf dem Treppenabsatz gesessen hatte, stand auf.

»Und?«, fragte er.

»Elverum wird mir bei der Befreiung der Kinder helfen.«

»Wunderbar. Aber was sagt er zu unserem Angebot?«

Lennart bedachte Halldor mit einem mitleidigen Lächeln. »Na, was denkst du?«

»Nun, ich denke, dass du ihm nicht mit der nötigen Überzeugungskraft gegenübergetreten bist.«

»Findest du? Dann kannst du das ja morgen Abend nachholen.«

»Wieso? Was ist morgen Abend?«

»Morgen Abend werde ich meine Kinder wieder in die Arme schließen können.«

***

Hakon glaubte zu fallen, tief und bodenlos, bevor er erwachte. Dann, als er damit rechnete, jeden Moment hart aufzuprallen, riss er die Augen auf.

Er lag wieder in seinem Zelt, eingehüllt in den Schlafsack. Draußen war es noch dunkel, aber die Sonne würde bald aufgehen, denn die Vögel zwitscherten schon. Und dann spürte er es plötzlich. Nora hatte also Recht gehabt.

»York?«, flüsterte er. »York, wach auf!«

Der Junge neben ihm stöhnte leise. »Was ist denn? Müssen wir schon weiter?«

»Nein, aber du musst mir zuhören. Was hast du heute Nacht geträumt?«

York überlegte kurz. »Dass ich wieder vor diesem Hotel gewesen bin, aber nicht hineinkam.«

»Ich habe dich gesehen.«

York war jetzt hellwach. »Aber wieso ich dich nicht?«

»Weil ich drinnen war.«

»Was?« York richtete sich auf. Hakon konnte ihn als Schatten vor der grauen Zeltwand sehen.

»Dieses *Grand Hotel* war so etwas wie die Zuflucht, die Zentrale der Gist.«

»Wieso *war*?«

»Es existiert nicht mehr. Tess und ich waren die Letzten, die es verlassen haben.«

»Moment, Moment«, sagte York verwirrt. »Du hast Tess getroffen?«

Hakon nickte. »Und sie hat etwas herausgefunden«, sagte Hakon bedrückt. »Unsere Eltern sind sehr wahrscheinlich tot.«

»Das habe ich befürchtet«, sagte York düster.

»Erinnerst du dich noch daran, dass Tess von einer Nora gesprochen hat, die sie in Lorick kennengelernt hat? Ich habe sie getroffen. Sie ist ein Gist, ein mächtiger Gist. So mächtig, dass sie das Hotel geschlossen hat.«

»Aber was hat das mit uns zu tun?«, fragte York.

»Nora will die Gist dazu zwingen, mit uns gegen die Eskatay zu kämpfen!«, sagte Hakon aufgeregt.

»Indem sie den Ort ihrer Zusammenkunft nicht mehr zugänglich macht?«, sagte York. »Das klingt nicht sehr klug. Die Eskatay haben das Kollektiv, um ihre Aktionen aufeinander abzustimmen. Und was haben wir?«

»Nicht was, sondern *wen*!«, sagte Hakon. Er sah York ernst an. »Ich weiß nicht, ob mir Nora diese Gabe geschenkt hat oder ob ich mich weiterentwickelt habe. Jedenfalls kann ich plötzlich nicht nur erkennen, ob jemand ein Gist ist. Ich kann sie auch überall auf der Welt lokalisieren. Ich spüre jeden einzelnen von ihnen. Hier drin.« Er tippte sich an die Schläfe.

York schien Hakons Begeisterung nicht zu teilen. »Du hattest schon Probleme mit den drei Menschen gehabt, die in deinem Hirn herumspuken. Und nun willst du dir diese Last auf die Schultern laden?«

»Es geht mir gut«, versicherte ihm Hakon.

»Ja, noch«, kam die skeptische Antwort. »Warte erst mal ab, bis du Kontakt mit jedem Gist aufgenommen hast. Ich glaube, dann werden Kopfschmerzen noch das geringste Problem sein.«

Hakon schüttelte energisch den Kopf. »Ich muss dieses Risiko eingehen! Was haben wir sonst für eine Chance gegen die Eskatay?«

»Hakon, hör mir zu«, sagte York geduldig. »Welchen Grund haben die Gist, gegen die Eskatay zu kämpfen?«

»Jeden! Sie sind unser Feind!«

»Nur, weil sie herausfinden wollen, warum wir anders sind als sie? Was passiert denn, wenn sie wirklich einen Gist finden? Wer weiß, was sie mit ihm anstellen, um herauszufinden, worin er sich von ihnen unterscheidet«, sagte York. »Und dann?«

»Machen sie Jagd auf uns, denn sie können uns nicht kontrollieren.«

»Wie viele Eskatay gibt es überhaupt und wie viele Gist? Ich glaube, das Verhältnis steht eindeutig zu unseren Gunsten«, sagte York.

»Noch! Wenn es den Eskatay gelingt, diese Blumen im größeren Maßstab herzustellen, geraten wir sehr schnell ins Hintertreffen.«

»Und die Menschen?«

»Die werden hoffentlich sehr schnell wissen, was die Stunde geschlagen hat«, sagte Hakon.

»Hm«, machte York nachdenklich. »Was passiert, wenn die Eskatay ihr Problem lösen und jeder wie sie werden kann? Und wie glaubst du, werden sich die Menschen entscheiden?«

»Keiner will ins Hintertreffen geraten«, sagte Hakon.

»Alle werden sich infizieren lassen. Nur wenige werden dem Druck standhalten.«

»Siehst du? Du kannst es drehen und wenden, wie du willst, die Menschen wird es bald nicht mehr geben«, sagte York.

»Sag das nur nicht unseren drei Mitreisenden. Ich glaube, für diese Art von Humor haben sie kein Verständnis.«

»Das war kein Scherz«, sagte York und stand auf. Mittlerweile tauchte die Sonne alles in ein rosiges Morgenlicht. »Das habe ich bitterernst gemeint.«

»Ich schlage vor, dass wir den letzten Rest des Weges zu Fuß gehen«, sagte Lukasson. »Zwei Biegungen weiter flussabwärts werden wir auf die ersten Siedlungen stoßen, die zu Morvangar gehören. Hier in der Wildnis reichte es aus, das eine oder andere Kaninchen zu schießen. In Morvangar hingegen funktionieren die Dinge anders. Wir brauchen Geld.«

»Ich habe nur fünf Kronen«, sagte Henriksson. »Und ich glaube, auch die Taschen der anderen sind leer.«

»Dann haben wir ein Problem. Ich habe noch vierzig Kronen, aber mit denen kommen wir nicht weit. Die reichen gerade für eine gemeinsame Mahlzeit, dann sind wir mit unseren finanziellen Mitteln am Ende.«

»Gibt es etwas, was wir verkaufen könnten?«, fragte Henriksson.

Alle schüttelten den Kopf.

Eliasson sah York an. »Ich könnte versuchen, Kontakt mit meiner Frau aufzunehmen.«

»Ich denke, es wäre einen Versuch wert«, sagte York, der verstand, was Eliasson meinte. Sie wären schnell in Lorick und wieder zurück. Schneller jedenfalls als ein Zug. »Dann könnt ihr gerne weiter in euren Zelten schlafen. Ich beziehe jedenfalls Quartier in einem Hotel und werde erst einmal baden«, sagte Lukasson.

Sie bauten ihr Lager ab und verstauten die Ausrüstung in den Rucksäcken. Mit den Konserven hatten sie sich schon lange nicht mehr belastet. Noch an dem Tag, an dem sie Olav Lukasson getroffen hatten, hatten sie die Dosen weggeworfen. Lieber wollten sie auf die Jagd gehen oder frisches Obst essen, als sich noch einmal etwas einzuverleiben, was wie der tote Wald schmeckte.

Das Floß ließen sie zurück. Lukasson hatte ihnen noch geholfen, es zu verbessern, aber nun hatte es seine Schuldigkeit getan. Hakon jedenfalls war froh, endlich wieder mit trockenen Füßen einen normalen Weg benutzen zu können.

Lukasson, der den toten Wald nicht betreten hatte und noch bei Kräften war, legte wohl in Vorfreude auf ein richtiges Bett ein anspruchsvolles Marschtempo vor. Wenn Eliasson und Henriksson die Koroba noch immer im Griff hatte, so ließen sie es sich nicht anmerken. Die beiden wirkten schwach, waren aber längst nicht mehr so angeschlagen.

York hatte sich von allen am besten erholt. So schnell diese heimtückische Krankheit bei ihm ausgebrochen war, so schnell war sie auch wieder verschwunden. Einzig Hakon, der durch den Kampf mit den Stimmen in seinem Kopf ohnehin geschwächt war, fühlte sich noch immer nicht gesund. Wenigstens war es ihm gelungen, die verschiedenen Persönlichkeiten, die er in sich aufgenommen hatte, voneinander zu trennen und sozusagen abzuschalten. Auch hatte er seine Gabe, die Erinnerungen und Gedanken anderer Menschen in sich aufzunehmen, besser im Griff. Er war in der Lage, eine Verbindung gar nicht erst zustande kommen zu lassen – egal ob er sie berührte oder ihnen einfach nur in die Augen schaute. Hakon war fest dazu entschlossen, seine telepathische Gabe unter Kontrolle zu halten, auch wenn das bedeutete, dass ihm die eine oder andere wichtige Information entging. Aber er wollte nicht so enden wie Swann, den die Macht über andere Menschen in ein Monster verwandelt hatte, das sich an seiner eigenen Allmacht berauscht hatte.

Dass sie sich der Zivilisation näherten, merkten sie spätestens, als sie einem laut hupenden Automobil ausweichen mussten. Der Fahrer drohte wütend mit der Faust, als er an ihnen vorbeibrauste.

»Willkommen in Morvangar«, brummte Lukasson nur.

Morvangar war eine Stadt, die es von der Größe natürlich nicht mit Lorick aufnehmen konnte. Wie alle Siedlungen, die man in den letzten einhundertfünfzig Jahren errichtet hatte, waren die Straßen in einem quadratischen Schachbrettmuster angelegt worden. Buchstaben bezeichneten die vertikalen Verbindungen, Zahlen die horizontalen. Einige Fabriken, die auf die Weiterverarbeitung von Holz spezialisiert waren, hatten sich am Stadtrand angesiedelt, wo sie zusammen mit einer Reihe kleinerer Manufakturen so etwas wie eine Industriezone bildeten.

Morvangar selbst war eine gesichtslose Stadt ohne Geschichte und ohne Zukunft. Die Schwerindustrie wie auch der Bergbau, der den Norden Morlands über Jahrhunderte geprägt hatte, waren wegen des sich ständig verschlimmernden Rohstoffmangels im Niedergang begriffen. Die niedrigen, schmucklosen Backsteinhäuser wiesen wie die gepflasterten, staubigen Straßen einen quadratischen Grundriss auf. Nach den Tagen, die sie in der Wildnis verbracht hatten, waren diese alles beherrschenden geraden Linien eine Qual für die Augen und den Verstand.

»Glücklicherweise bleiben wir hier nicht allzu lange«, sagte York, als sie die Hauptstraße entlanggingen, die sie ins Zentrum der Stadt führte.

»Welch ein trostloser Ort.« Hakon schloss seine Jacke bis zum Hals, denn ein kühler Wind fegte in Böen durch die Straßen, als wollte er einen heraufziehenden Sturm ankündigen.

Auch die Menschen, die hier lebten und arbeiteten, schienen schroff und abweisend zu sein. Ihre Gesichter waren bleich und verschlossen.

Hakon fiel auf, dass die Bewohner Morvangars ärmlich gekleidet waren. Die Mäntel waren von minderer Qualität und unmodischem Schnitt. Und auch sonst legte man wenig Wert auf ein gepflegtes Äußeres. Selbst die Gebisse jüngerer Männer und Frauen wiesen große Lücken auf, als könnten sie sich einen Besuch beim Zahnarzt nicht leisten. Der Dialekt, der hier gesprochen wurde, war so hart und kantig, dass selbst eine höfliche Frage beinahe wie ein Befehl klang.

Die Geschäfte waren der Spiegel einer Gesellschaft, die

den Sinn für das Schöne nicht hatte entwickeln können. Die Auslagen der Schaufenster hatte man lieblos arrangiert und jeder unterbot mithilfe marktschreierischer Plakate die Preise der Konkurrenz, so als fände gerade ein riesiger Ausverkauf statt. Kein Baum grünte, kein Quadrat im Plan der Stadt war für einen Park reserviert worden. Morvangar war eine Stadt, in der man arbeitete und schlief. Hakon fragte sich, wie es war, in dieser Ödnis zu leben.

Hier in dieser Stadt, im Melbygrund Nummer 4, hatte seine leibliche Mutter gewohnt, schoss es Hakon durch den Kopf. In einem der finsteren Häuser hatte sie vermutlich eine kleine Kammer gehabt, bis sie von einem Zirkus auf der Durchreise erlöst worden war. Sobald sie sich von den Strapazen der Reise erholt hatten, würde er diese Adresse aufsuchen. Vielleicht würde er dann endlich mehr über seine Herkunft erfahren.

Hakon musste an Vera und Boleslav Tarkovski denken, seine Zieheltern, die einen Zirkus leiteten, der stets am Rande der Pleite stand. Und an seine Stiefschwester Nadja. Wo waren sie? Nora hatte ihm die Fähigkeit gegeben, jeden Gist auf dieser Welt lokalisieren zu können. Doch das half ihm nicht, seine Familie aufzuspüren.

»So«, sagte Lukasson, als sie den zentralen Platz der Stadt erreicht hatten. »Wir sind da. Und was jetzt?«

»Jetzt werde ich uns ein Hotel suchen.«

Lukasson schaute Hakon an, als hätte er den Verstand verloren. »Warum sollte jemand fünf heruntergekommenen Kerlen wie uns ein Zimmer geben wollen? Ohne Vorkasse werden wir keine Unterkunft bekommen.«

Hakon zuckte müde mit den Achseln. Ein Sprung nach Lorick wäre ein viel zu großes Risiko. Das, was er vorhatte, widerstrebte ihm zutiefst. Da musste er nicht auch noch mit Lukasson darüber diskutieren.

»Und an welches Hotel hattest du gedacht?«, fragte Lukasson mit einem ironischen Unterton in der Stimme. »Wie wäre es mit dem dort hinten? Dem *Esplanade*. Das sieht doch aus, als wäre es genau die richtige Bleibe für uns.« Er zeigte auf ein Hotel, das wohl das erste Haus am Platz war. Es hatte seine besten Zeiten schon längst hinter sich und wirkte bei Weitem nicht so beeindruckend wie das Hotel in Hakons Traum, aber man sah ihm den einstigen Glanz noch an.

»Gut, dann werde ich es da versuchen«, sagte Hakon gleichgültig und marschierte los.

»Moment!«, rief Lukasson ihm hinterher. »Das will ich miterleben.«

Eliasson hielt ihn am Arm fest. »Wir anderen warten hier, in Ordnung?«, sagte er in einem Ton, der keinen Widerspruch duldete.

Hakon betrachtete sich in einem der großen Fenster. Er war blass und hohlwangig und seine blonden Locken starrten vor Dreck. Selbst seine tiefblauen Augen hatten ihren Glanz verloren. Er wusste, dass sein Aufzug vollkommen unangemessen für das *Esplanade* war. Er sammelte sich einen Moment und konzentrierte sich. Er drang in das Bewusstsein aller Menschen in seiner Nähe ein und zwang ihnen telepathisch das Bild eines jungen, wohlhabenden Mannes auf, als den sie ihn nun wahrnehmen würden. Und tatsächlich. Ein livrierter Portier, bekleidet mit der abgewetzten Uniform eines fantastischen Generals, zog seine Mütze, verbeugte sich tief vor Hakon und öffnete die Tür.

Die Eingangshalle des *Esplanade* weckte Erinnerungen an ein verlorenes Paradies. Der Boden war mit weißem Marmor ausgelegt, die Stuckkapitelle der ebenfalls weißen Säulen glänzten golden. Die Blumenbuketts, die überall auf den Tischen standen, verströmten einen fast schon betäubenden Duft. Fast glaubte er, jeden Moment diesen Armand zu entdecken, doch der Mann, der auf ihn zukam, war wesentlich jünger und kleiner von Statur.

»Was kann ich für Sie tun, mein Herr?« Er starrte Hakon in die Augen, blinzelte einmal und strahlte noch mehr.

»Ich benötige ein Doppel- und drei Einzelzimmer.«

»Sie benötigen ein Doppel- und drei Einzelzimmer?«, wiederholte der Mann.

»Sie sollten zusammen auf einer Etage liegen.«

»Sie haben Glück, wir haben noch vier Zimmer, die zusammen auf einer Etage liegen«, versicherte der Hotelangestellte.

»Die Rechnung geht an das Innenministerium in Lorick, zu Händen von Herrn Minister Jasper Norwin.«

»Ah, Sie sind ein Gast der Regierung! Wie lange werden Sie bleiben?«

Hakon dachte nach. »Ich weiß es noch nicht«, sagte er. »Vielleicht reisen wir schon morgen wieder ab.«

»Wie Sie wünschen.«

»Dann möchte ich Sie noch bitten, einen Herrenausstatter kommen zu lassen. Wir benötigen eine Ausrüstung für eine Jagdpartie.«

»Ich werde es veranlassen. Wenn Sie mir bitte folgen würden, damit wir die Formalitäten erledigen können?«

»Formalitäten?«, fragte Hakon.

»Sie wissen schon, die Anmeldung«, sagte der Mann und machte dabei eine Handbewegung, als handelte es sich nur um eine lästige Kleinigkeit.

Hakon nickte. »Natürlich.«

Sie gingen zum Tresen. Hakon trug sich als Mogens Balmer ein und gab als Adresse eine Straße in Moritzberg an, dem Nobelviertel der Hauptstadt Lorick. Dann unterschrieb er mit einer schwungvollen Geste.

»Alles in Ordnung«, sagte der Mann. »Hier sind die Schlüssel. Ich wünsche Ihnen einen angenehmen Aufenthalt in unserem Hause.«

Als Hakon vor den Eingang des Hotels trat, fegte eine kräftige Brise über den Vorplatz. Er schaute hinauf in den Himmel, wo sich eine dunkelgraue Wolkenbank mit einer unglaublichen Geschwindigkeit von Südosten her näherte. Erste dicke Tropfen fielen vom Himmel. Er beschleunigte seinen Schritt und verteilte die Schlüssel an die Gruppe.

»Da haben wir ja ganz schönes Glück«, sagte York. Ferner Donner rollte ihnen entgegen. »Ich glaube, draußen in den Wäldern hätten wir heute Nacht nicht sehr viel Spaß gehabt.«

Doch der Sturm schien Lukasson nicht zu interessieren. Er starrte auf den Schlüssel in seiner Hand.

»Wie hast du das gemacht?«, fragte er Hakon.

»Ich habe den Mann an der Rezeption davon überzeugen können, dass das Innenministerium für alle Kosten aufkommt. Auch für den Herrenausstatter, der uns noch besuchen wird.«

Henriksson konnte sich ein Lachen nicht verkneifen.

»Norwin wird das alles bezahlen? Wunderbar. Das wird meinen Aufenthalt in diesem Hotel noch mehr versüßen.«

»Dann schlage ich vor, dass wir auf unsere Zimmer gehen«, sagte Hakon. »Und versucht, so dicht wie möglich bei mir zu bleiben.«

Hakon und York teilten sich ein Zimmer. Hakon wusste, dass das auch in Yorks Interesse war. Außerdem hatte die Rezeption des *Esplanade* ihnen nicht nur vier Zimmer nebeneinander gegeben, sie waren auch alle durch Doppeltüren miteinander verbunden.

Als Erstes nahmen sie alle ein heißes Bad und schrubbten sich den Dreck vom Leib. Lukasson machte dabei besonders wohlige Geräusche wie Hakon, der mit York das Zimmer nebenan bezogen hatte, belustigt feststellte. Vermutlich hatte er sich von allen am längsten nicht mehr gewaschen.

Hakon überwand am schnellsten seine Skrupel. Nachdem er aus der Wanne gestiegen war, bestellte er erst einmal beim Zimmerservice Getränke für alle, Bier für die Männer und Saft für sich und York.

Kurz darauf erschien der Herrenausstatter, ein katzbuckelnder Mann, der sich als Eilert Olsen vorstellte und dessen Gehilfen drei Überseekoffer voll mit Kleidung für alle Gelegenheiten brachten. Hakon und seine Gefährten entschieden sich für eine robuste, wetterfeste Jagdausrüstung und die dazu passenden Stiefel.

»Ich fühle mich wie ein neuer Mensch«, sagte York mit einem Seufzer und ließ sich in einen Sessel fallen. Er streckte die Beine aus und legte die Füße auf einen Stuhl. Henriksson stand am Fenster. Er hatte den Vorhang beiseitegeschoben und starrte hinaus in die Dunkelheit, die von gewaltigen Blitzen durchzuckt wurde. Draußen donnerte es mittlerweile so laut, dass die Fensterscheiben klirrten.

»Meine Güte, was für ein Wetter!«, sagte er und zog an seiner Zigarre. »Ich weiß nicht, wie es um euren Hunger bestellt ist, aber ich würde gerne etwas essen.«

»Klingt vernünftig«, sagte Eliasson. »Was ist mit euch?«

»Ja«, sagte Eliasson zögernd, der wie immer schwer von einer Idee zu begeistern war. »Essen klingt gut.«

»Und die Jungs?«

»Ich muss zugeben, dass mir gewaltig der Magen knurrt«, sagte York.

»Mir wäre es lieb, wenn wir uns etwas aufs Zimmer kommen lassen würden«, sagte Hakon.

»Junge«, sagte Lukasson. »So angenehm und belebend eure Gesellschaft ist, ich würde mich gerne wieder unter Leute begeben.«

Hakon seufzte. »Also gut. Dann gehen wir aus.«

Lukasson hatte vorgeschlagen, das Hotel zu verlassen, um irgendwo ein einfaches Gasthaus zu suchen, das mehr seinem Stil entsprach. Hakon spürte, dass der bärtige Mann, der sein langes Haar nun zu einem Pferdeschwanz zusammengebunden hatte, sich in diesem Kreis wohlfrisierter und selbstbewusster Damen und Herren ziemlich fehl am Platze fühlte.

Aber ein Blick durch die Tür belehrte Lukasson eines Besseren. Draußen schüttete es so sehr, dass die Kanalisation Schwierigkeiten hatte, mit den Wassermassen fertig zu werden. Der ganze Vorplatz stand knöchelhoch unter Wasser. »Also gut«, brummte er. »Dann schauen wir einmal, was die Hotelküche so zu bieten hat.«

Der Elch-Salon – er hieß wirklich so, wie Hakon belustigt feststellte – war ganz im Stil eines Blockhauses eingerichtet. An einer Wand hing ein gewaltiger, präparierter Elchkopf. Den Kamin hatte man nicht angezündet, dafür brannten überall Kerzen, die wohl für eine heimelige Atmosphäre sorgen sollten, stattdessen aber nur die Luft aufheizten. Wenigstens fielen sie mit ihrer Kleidung in diesem Ambiente nicht weiter auf, dachte Hakon, der sich nicht die Mühe gemacht hatte, seiner Umgebung ein anderes Aussehen zu suggerieren. Zu Beginn der Abendschicht hatte das komplette Personal gewechselt.

Am Eingang des Restaurants wartete der Tischanweiser auf sie, ein Mann in der Fallenstellertracht des Nordens, bestehend aus dicker Pelzmütze, Lederjacke und Gamaschenstiefel. Er stand an einem hohen Pult über das Reservierungsbuch gebeugt und blickte nun freudestrahlend auf, als er die Gäste bemerkte.

»Sie haben reserviert?«, fragte er.

»Nein«, sagte Henriksson.

Der Mann tat so, als ließe er seine Finger über die Einträge in seinem Buch wandern. Hakon schaute an ihm vorbei und sah, dass von den Tischen nur zwei besetzt waren. Die beiden Köche, die an einem riesigen Grill standen, schienen sich schon zu langweilen, denn sie standen mit verschränkten Armen an die Wand gelehnt und starrten vor sich hin.

»Ah, ich sehe, Tisch 16 ist noch frei«, sagte der Kellner schließlich. »Wenn Sie mir bitte folgen möchten.« Er schnappte sich einen Stapel Speisekarten und führte sie zu einem großen Tisch in der Nähe des Grills.

»Darf ich Ihnen schon etwas zu trinken bringen?«

»Haben Sie Bier?«, fragte Lukasson.

»Selbstverständlich! Wir führen insgesamt acht verschiedene Sorten.«

Lukasson blies die Backen auf und schaute in die Getränkeabteilung der Speisekarte. »Ich nehme eine Pinte Elgstor«, sagte er schließlich.

»Die anderen Herrschaften?«

Die anderen Herrschaften nickten, mit Ausnahme der Jungen, die nur Wasser bestellten.

»Ein Kellner wird kommen, der ihre weiteren Bestellungen aufnehmen wird.« Der Fallensteller eilte wieder zurück an sein Stehpult.

Henriksson rollte mit den Augen. Auf ihn schien das Ganze wie eine Jahrmarktsveranstaltung zu wirken. Sie warteten eine Weile, bis der Kellner mit den Getränken erschien. Auch er trug eine Pelzmütze und sah so aus, als hätte er noch vor fünf Minuten draußen im Wald Holz gehackt.

»Wissen Sie schon, was Sie speisen möchten?« Der Mann mit der Bisamratte auf dem Kopf holte einen Block hervor und zückte einen Stift.

»Ich hätte gerne ein Elchsteak mit Gemüse«, sagte Lukasson und schaute in die Runde.

Die anderen nickten.

»Das macht die Sache einfach«, sagte der Kellner strahlend und eilte davon.

»Da wartet man nur darauf, dass ihm ein Schwanz hinten aus der Hose wächst«, murmelte Eliasson, als er dem Kellner nachstarrte. Er hob seinen Humpen. »Zum Wohl!«

Sie prosteten einander zu.

Hakon hatte seine Hände auf den Tisch gelegt und starrte vor sich hin. Er war zu müde, um an diesem Abend noch eine tiefschürfende Unterhaltung zu führen. Und den anderen schien es ähnlich zu gehen.

Mittlerweile war Leben in die Männer am Grill gekommen. Geschickt jonglierten sie mit gewaltigen Fleischstücken und warfen sie auf den heißen Grillrost, der laut aufzischte.

Plötzlich wurde die Tür, die in die Küche führte, aufgestoßen und ein Mann in nassem Ölzeug winkte einen der Grillmeister zu sich heran.

»He, Boris«, sagte er. »Ich brauche zwei Abendessen zum Mitnehmen, mit allem Drum und Dran.«

»Nanu? Lasst ihr es euch bei der Flugleitung wieder gut gehen?«

Der Mann lachte dröhnend. »Unsinn. Ein Regierungsluftschiff auf dem Weg nach Lorick hat bei uns Schutz vor dem Sturm gesucht. Nach dem Schreck haben die beiden an Bord natürlich Hunger.«

Hakon, der gerade aus seinem Wasserglas trank, hätte sich beinahe verschluckt.

»Das dauert aber einen Moment. Wir haben hier noch eine andere Bestellung«, sagte der Koch.

»Das ist überhaupt kein Problem«, rief Henriksson, »ziehen Sie den Herrn ruhig vor«, und zu dem Neuankömmling gewandt: »Dürfen wir Sie in der Zwischenzeit auf ein Bier einladen?«

»Da sage ich nicht Nein.« Der Mann verschwand in der Küche und kam dann durch die andere Tür zu ihnen in den Gastraum. Er hatte sich die Öljacke ausgezogen und strich sich nun das nasse Haar aus dem Gesicht.

»Nehmen Sie Platz«, sagte Henriksson und winkte die Bedienung zu sich heran. »Noch ein Bier für den Herrn.«

Der Fallensteller, der den neuen Gast wohl kannte, bedachte den Mann mit einem bösen Blick und zog wieder ab.

»Ich wusste gar nicht, dass Morvangar ein Flugfeld hat«, sagte Henriksson.

»Aber lange schon! Vor zwei Jahren wurde sogar der Hangar ausgebaut.« Das Bier wurde vor ihm auf den Tisch gestellt. Er hob das Glas, prostete in die Runde und trank. Dann wischte er sich den Mund ab. »Wir sind eine wichtige Versorgungsbasis der Wissenschaftsstation beim Jätterygg.«

»Wissen Sie, wie der Name des Luftschiffes lautet?«, fragte Lukasson.

»Sicher. Es ist die *Unverwundbar.*«

Plötzlich waren alle am Tisch still. »Ist zufälligerweise ein Jan Mersbeck an Bord?«, fragte Lukasson.

Der Mann hob überrascht die Augenbrauen. »Ja. Woher wissen Sie das?«

»Ich habe mal für ihn gearbeitet«, sagte Lukasson in harmlosem Plauderton. »Ist aber schon lange her. Er wird sich nicht mehr an mich erinnern.«

381

Der Mann zuckte die Achseln. »Na, jedenfalls ist er ein seltsamer Vogel. Er und sein Kapitän wollen die Nacht in ihrem Luftschiff verbringen.«

»Wann werden sie ihre Reise fortsetzen?«, fragte York.

»Nicht vor Sonnenaufgang. Und das auch nur, wenn sich das Wetter bessert.«

»Dein Essen ist fertig, Ingmar«, rief einer der Köche und stellte zwei Henkelmänner auf den Tresen.

Der Mann stand auf. »Einen schönen Aufenthalt wünsche ich Ihnen noch. Und danke für das Bier!«

Hakon sah in die Gesichter der anderen, die genau wie er lächelten. Ihr Aufenthalt in Morvangar würde kurz sein. Doch zuerst mussten sie Lukasson in ein kleines Geheimnis einweihen.

***

Mersbeck hatte in dieser Nacht kaum geschlafen. Das lag zum einen an den schmalen Bänken, auf denen sie gelegen hatten, zum anderen aber auch an diesem unsäglichen Elchsteak, das von der Größe einer überfahrenen Katze gewesen war. Es hatte, nebenbei bemerkt, auch genauso geschmeckt. Die ganze Nacht hatte sein Magen versucht, den Klumpen Fleisch zu verdauen.

Der Sturm war glücklicherweise weitergezogen. Durch die offenen Hangartore fiel goldenes Sonnenlicht.

Kapitän Sönders war schon aufgestanden und hatte das Luftschiff auf Schäden untersucht, doch die *Unverwundbar* schien ihrem Namen alle Ehre zu machen.

»Wie spät ist es?«, fragte Mersbeck und streckte sich.

»Kurz nach fünf«, sagte der Kapitän. »Ich habe Dyrvig angewiesen, die Ballasttanks zu füllen und den Gasdruck zu erhöhen.«

»Wann können wir aufbrechen?«

»In zehn Minuten«, sagte Sönders.

Der Leiter des Flugfeldes steckte seinen Kopf durch die Tür. »Frühstück?«

Mersbeck hob abwehrend die Hände. »Danke, aber ich bin immer noch satt von gestern Abend.«

»Ich wusste, dass es Ihnen schmecken würde«, sagte Dyrvig, als jemand nach ihm rief. Er rollte theatralisch mit den Augen. »Wenn man sich nicht selbst um alles kümmert. Ich bin gleich wieder bei Ihnen.« Er kletterte die Treppe wieder hinunter.

»Ein seltsamer Vogel«, sagte Mersbeck zu Sönders. »Ich frage mich …« Er stockte. Für einen kurzen Moment schien es ihm als ob die Welt aus sich zwei überlagernden Bildern bestände. Dann war es wieder vorbei.

»Alles in Ordnung mit Ihnen?«, fragte Sönders besorgt.

»Ja, kein Problem«, stotterte Mersbeck. »Es ist nur … nein, es ist wirklich alles in Ordnung.« Aber war es das wirklich? Irgendetwas war gerade geschehen, doch er hätte nicht zu sagen vermocht, was.

Dyrvig erschien wieder. »So, alles klar. Wir ziehen Sie jetzt aus dem Hangar. Ich wünsche Ihnen eine gute Reise! Grüßen Sie mir Lorick!« Er reckte den Daumen in die Höhe.

Mersbeck zwang sich zu einem Lächeln. Auch er hob den Daumen. »Werden wir tun.«

Die Tür wurde zugeworfen und Sönders nahm seinen Posten ein. »Wollen Sie wieder vorne bei mir sitzen?«

»Darauf können Sie wetten.« Mersbeck humpelte wieder zu seinem Platz, klappte den Sitz nach unten und legte seine Krücken auf den Boden.

Draußen hatten sich jeweils zwei Männer vor die Maschinen gestellt, um sie auf Sönders Kommando hin anzuwerfen. Augenblicklich erfüllte das wohlbekannte Dröhnen die Gondel. Mersbeck sah, wie Dyrvig ihnen noch zum Abschied winkte, dann stiegen sie auf.

»Waren Sie schon einmal in Morvangar?«, fragte Mersbeck, als er aus dem Fenster hinab auf das Schachbrettmuster der Stadt schaute.

»Ein öder Ort«, sagte Sönders. »Aber sie haben gutes Bier.«

»Sehr gutes sogar«, sagte Lukasson und spannte den Hahn eines Gewehres, das er auf den Kapitän gerichtet hatte.

Mersbeck wäre beinahe von seinem Sitz gefallen. Seine Gedanken überschlugen sich. Wo kam der Mann her? Wie hatte er aus dem Nichts heraus erscheinen können? War das eine Falle des Kollektivs? Hatte Begarell ihn hereingelegt? Aber das ergab keinen Sinn! Augenblicklich verlangsamte er die Zeit und wollte sich auf den Mann stürzen, der den Kapitän bedrohte, als ihn etwas an der Seite erwischte und ihn aus der verlangsamten Zeit heraus zu Boden riss. Benommen öffnete Mersbeck die Augen und sah in zwei Gesichter, von denen er eines erkannte.

»Ich weiß, wer du bist«, rief er. »Du bist Hakon, der Gist mit den telepathischen Fähigkeiten.«

»Wie schön, dass Sie sich an mich erinnern!«, sagte Hakon lächelnd. Er umklammerte noch immer die Hand des anderen Jungen. War der vielleicht auch ein Gist? Und hatten sie womöglich ihre Kräfte miteinander vereint?

»Ich habe deine Schwester geheilt, hast du das schon vergessen?«

»Aber dafür hat das Kollektiv meine Familie verhaftet und in ein Lager gesperrt«, schrie Hakon ihn an. »Und da Sie selbst ein Mitglied dieser Vereinigung von Eskatay sind, glaube ich kaum, dass ich Ihnen etwas schuldig bin!«

Mersbeck wollte aufstehen, aber eine Hand drückte ihn wieder in seinen Sitz. Er drehte sich um. Zwei Männer standen hinter ihm. Erneut brach er wieder aus dem Zeitfluss aus, aber die Jungen blieben ihm auf den Fersen. Irgendwie konnte Hakon ihn sehen und dem anderen Jungen Befehle geben, wohin er zu springen hatte. Das hatte Mersbeck noch nie erlebt!

»Hören Sie auf, mir mit Ihrem Gewehr im Gesicht herumzufuchteln«, fuhr Sönders den Mann an, der noch immer seine Waffe auf den Kapitän gerichtet hatte. »Wenn der Schuss losgeht, werden wir alle sterben.«

»Sie sollten auf ihn hören«, sagte Mersbeck. »Wasserstoff ist ein höchst explosives Gas.«

Aber der Mann zuckte nicht einmal. »Ich weiß, was ich tue«, sagte er. »Und wenn Ihr Kapitän nicht die Finger von diesem Hebel lässt, drücke ich ab; es ist mir gleichgültig, ob wir alle draufgehen! Dieses Schiff steht jetzt unter unserem Kommando!«

Mersbeck schreckte hoch. »Was tun Sie da, Sönders?«

Sönders sah ihn verwundert an. »Sie kennen Strashoks Befehl. Ich sorge dafür, dass diese Terroristen unsere Fracht nicht in die Finger bekommen!«

»Sönders! Nein!«

Doch es war zu spät. Sönders legte den Hebel um. Es gab einen Ruck und das Luftschiff machte einen Satz in die Höhe.

Mersbeck sprang auf und lief zum Fenster. Er hatte die Schmerzen in seinen Füßen vollkommen vergessen.

»Sie Narr!«, schrie er mit sich überschlagender Stimme. »Sie gottverdammter Narr!«

»Was ist geschehen?«, fragte Hakon und war mit einem Satz bei Mersbeck.

»Er hat die Ladeklappe geöffnet!«

Hakon konnte gerade noch sehen, wie die sich teilweise öffnenden Kisten aus dem Blickfeld verschwanden.

»Was war darin?«, schrie Hakon. Er packte Mersbeck und schüttelte ihn. »Los, Mann! Reden Sie!«

»Blumen«, sagte Mersbeck mit tonloser Stimme. »zweihundert Stück. Und sie regnen gerade auf Morvangar nieder.«

***

Tess fuhr schweißgebadet in ihrem Bett hoch. Ihr Herz raste wie wild. Es dauerte einen Moment, bis sie verstand, wo sie sich befand.

»Nora!«, rief sie und sprang auf. Mit nackten Füßen rannte sie aus ihrem Zimmer hinüber zur Kammer der alten

Frau und riss die Tür auf. Atemlos blieb sie im Rahmen stehen, die Klinke in der Hand.

Nora lag in ihrem Bett und atmete mit tiefen, gleichmäßigen Zügen. Erleichtert schloss Tess die Augen. Sie lebte noch. Vorsichtig ging sie zu ihr hinüber und berührte sie an der Schulter.

»Nora?«, fragte sie leise, aber sie erhielt keine Antwort.

»Nora, wach auf!«

Nichts geschah.

Tess rüttelte an ihrem Arm. Keine Reaktion. Sie riss und zerrte so heftig an der alten Frau, dass diese beinahe aus dem Bett fiel.

Verzweifelt setzte sich Tess auf den Boden und heulte wie ein Kind, das den wichtigsten Menschen in seinem Leben verloren hatte. Aber Nora war nicht tot! Sie schlief. Sie wachte nur nicht mehr auf!

Dieses verdammte *Grand Hotel*! Es hielt Nora fest! Sie ergriff die Hand der Frau, die über den Bettrand hing, und drückte sie fest. Dann ließ sie los. Nora mochte nur schlafen, doch wenn Tess nicht einen Weg fand, wie sie ihr etwas zu trinken oder essen geben konnte, würde die alte Frau tatsächlich sterben. Aber wer konnte ihr helfen?

Sie zog sich an und ging die Treppe hinunter. Es war halb fünf Uhr morgens. Draußen war es noch dunkel. Vorsichtig streckte sie die Hand nach der Klinke aus, nahm dann allen Mut zusammen und drückte sie herunter.

Geblendet schloss sie die Augen. Grelles Sonnenlicht fiel durch die Fenster. Tess drehte sich um, um sich zu vergewissern, dass es eigentlich noch Nacht war. Wie konnte das sein?

Wie konnten in diesem Haus zwei unterschiedliche Tageszeiten herrschen?

Die Küche war ein Ort des Friedens, der noch immer von Noras Geist beseelt war. Vor dem Küchenfenster erstreckte sich der Garten, in dem die alte Frau ihr Gemüse anbaute und der von diesem riesigen Baum beschattet wurde. Tess öffnete die Glastür und trat hinaus.

Eine warme Brise umschmeichelte ihr Gesicht. Die Luft roch nach Frühling. Die Farben waren frisch und satt. Wenn es einen Ort gab, der einem Paradies nahekam, dann dieser. Aber war er auch real oder hatte sie es mit etwas Ähnlichem wie dem *Grand Hotel* zu tun? Und was befand sich jenseits der Mauer?

Tess nahm einen Blecheimer, der neben einem kleinen Gewächshaus stand, stellte ihn mit dem Boden nach oben an die Mauer und stieg hinauf.

Vor ihr erstreckte sich eine sanfte, hügelige Landschaft mit einem lang gezogenen Auenwald. Der Himmel war von einem strahlenden Blau, wie sie es noch nie gesehen hatte. Tess drehte sich um. Obwohl das Haus eigentlich Teil der Märsögasse im dicht besiedelten Süderborg war, stand es hier alleine auf einem Hügel.

Tess überlegte. Irgendetwas verband das alles mit Nora. Und wenn es so war, dann würde Tess auch nur hier Hilfe finden, um die alte Frau zu retten. Sie hatte Nora zwar versprechen müssen, niemals diese Welt jenseits der Mauer zu betreten, aber dies war ein absoluter Notfall. Es ging schließlich um Leben und Tod.

Tess nahm allen Mut zusammen, kletterte auf die Mauer

und sprang. Sie landete weich im hohen Gras und rollte sich zur Seite ab.

Na also, das war ja gar nicht so schwierig. Den Weg würde sie in jedem Fall zurückfinden, schließlich gab es hier sonst kein anderes Haus. Sie wischte sich die Hände am Kleid ab und strich sich eine Haarsträhne aus dem Gesicht. Am Fuß des Hügels sah sie einen Feldweg. Und wo es einen Feldweg gab, da lebten auch Menschen. Wunderbar. Sie drehte sich noch einmal um – als ihr beinahe das Herz stehen blieb.

Noras Haus war verschwunden. Der Hügel war leer. Nur der Baum, der den Garten beherrscht hatte, streckte seine mächtige Krone in den Himmel. Voller Panik lief Tess die Kuppe hinauf. Nichts! Alles war fort! Wo immer Tess auch sein mochte, es war nicht Lorick oder Morland. Oder die Welt, die sie kannte.

Sie war im Nirgendwo gestrandet, verloren in einer fremden Welt ohne Aussicht, jemals wieder zurückkehren zu können.

***

Lennart und Halldor hatten die Nacht in einem Versteck der Wargebrüder verbracht, einem perfekt ausgestatteten Haus in Schieringsholm, in dem es neben Vorräten an Nahrungsmitteln, Waffen und Munition auch einen kleinen Operationssaal gab, in dem man Schusswunden behandeln konnte. An den Fenstern und der Tür waren Metallblenden angebracht, die im Notfall herabgelassen werden konnten und so das Haus in eine uneinnehmbare Festung verwandelten, die man durch einen Fluchttunnel verlassen konnte, wenn die Lage zu brenzlig wurde.

Sie hatten sich entschieden, das Haus bis zum Abend nicht zu verlassen. Den Wagen hatten sie in einem Schuppen abgestellt. Lennart fand keine Ruhe. Unentwegt lief er auf und ab, bis ihn schließlich Halldor zwang, endlich in einem Sessel Platz zu nehmen und sich zu entspannen. Doch Lennart musste etwas tun. Also ging er in eines der Zimmer und richtete es für seine Töchter her. Am Nachmittag nahmen sie eine leichte Mahlzeit ein, obwohl Lennart keinen Hunger verspürte. Die ganze Zeit über sprach er kein Wort mit Halldor.

Um sieben war es so weit. Sie schlossen das Haus ab und fuhren den Coswig aus dem Schuppen. Von Schieringsholm aus in den Osten der Stadt war es eigentlich ein kurzer Weg, wenn man den Brandenberg-Prospekt nahm, der die Stadt in West-Ost-Richtung durchschnitt. Doch diese Möglichkeit war ihnen versperrt, da hier das Militär in jedem Fall den Verkehr kontrollierte.

Also nahmen sie eine Reihe von Umwegen in Kauf, bis sie tatsächlich um Viertel vor acht das kommunale Waisenhaus Nummer 9 erreichten. Sie stellten den Wagen um die Ecke ab und beobachteten das gut bewachte Tor.

Lennart spürte sofort, dass etwas nicht stimmte.

»Warum sind die Wachen so nervös?«, fragte er leise. Tatsächlich hatten die Soldaten ihre Gewehre nicht geschultert, sondern hielten sie im Anschlag. Immer wieder schaute der befehlshabende Offizier auf die Uhr, als plötzlich drei Dampflastwagen zischend und schnaufend um die Ecke bogen.

Sie stoppten auf der Höhe des Kontrollpostens. Planen wurden hochgeschlagen und der Offizier pfiff auf den Fingern. Mit einem lauten Quietschen wurde das Tor geöffnet und Lennart konnte einen Blick in den Innenhof des Waisenhauses werfen. Was er sah, ließ sein Herz förmlich stillstehen. Wie viele Kinder dort in Zweierreihen abmarschbereit standen, konnte er nicht genau erkennen. Aber es waren eine Menge. Vermutlich sogar alle.

»Sie bringen sie weg!«, rief Lennart. Er wollte auf die Straße laufen, aber Halldor hielt ihn im letzten Moment zurück.

»Verdammt, bist du verrückt?«

»Sie bringen meine Kinder weg!«, wiederholte Lennart verzweifelt.

»Und du wirst nichts dagegen tun können!« Halldor zerrte ihn hinter die Hausecke zurück.

Ein Mann, der wie die Karikatur eines Ziegenbocks aussah, erschien und unterhielt sich mit dem Offizier, der ihm ein Papier überreichte. Dann winkte er die erste Gruppe von Kindern heran.

Plötzlich kam ein Wagen herangebraust und blieb mit quietschenden Bremsen vor dem Kontrollpunkt stehen. Hinter ihm hielt ein Mannschaftswagen der Polizei. Drei Männer stiegen aus dem Personenwagen: Elverum, Persson und Holmqvist. Noch nie in seinem Leben war Lennart so froh gewesen, die beiden Inspektoren zu sehen, die ihm während seiner Zeit im Dezernat für Kapitalverbrechen das Leben so schwer gemacht hatten. Sie wiesen sich vor dem Offizier aus und begannen eine heftige Diskussion mit ihm zu führen. Der Soldat schüttelte erst langsam, dann immer energischer den Kopf. Elverum ließ sich davon nicht beeindrucken. Während Persson und Holmqvist weiter auf den Mann einredeten, lief Elverum in den Hof des Waisenhauses. Kurze Zeit später kam er mit zwei Kindern wieder heraus! Maura und Melina! Ihre Haare waren kurz geschnitten und sie steckten in einer viel zu großen dunkelgrauen Anstaltsuniform.

Tränen liefen über Lennarts Gesicht. Am liebsten wäre er losgelaufen, um seine Kinder endlich wieder in die Arme zu schließen.

»Das geht schief«, sagte Halldor auf einmal.

Zwei Soldaten stellten sich Elverum in den Weg, der erneut seinen Ausweis zückte, was die beiden aber nicht zu beeindrucken schien. Da tat Elverum etwas Ungeheuerliches: Er zog seine Pistole. Die Soldaten entsicherten ihre Gewehre. Als Holmqvist und Persson sahen, dass Elverum bedrängt wurde, zogen auch sie ihre Waffen.

Nun stiegen auch die Polizisten aus ihrem Mannschaftswagen. Es war ihnen anzusehen, dass sie nicht so recht wussten, wie sie sich in dieser Situation verhalten sollten. Und plötzlich standen sie sich einander gegenüber, Polizei und Armee. Ein Offizier stellte sich Elverum in den Weg. Die beiden Männer schrien sich an, und obwohl das Gebrüll recht laut war, konnte Lennart nicht verstehen, was sie riefen.

Dann ging alles sehr schnell.

Ein Schuss fiel!

Lennart konnte nicht sehen, wer ihn abgefeuert hatte, aber

der Offizier brach plötzlich zusammen. Die beiden Kinder wurden von den Soldaten gepackt und zu Boden gerissen. Elverum rannte los und die Soldaten legten auf ihn an. Bevor sie abdrücken konnten, schossen Holmqvist und Persson. Jeder ging jetzt in Deckung. Holmqvist wurde in den Rücken getroffen und blieb reglos am Boden liegen. Persson lief hinter Elverum her, während sich Polizei und Armee ein heftiges Feuergefecht lieferten. Die Kinder im Waisenhaus kreischten laut auf. Der Ziegenbock suchte das Weite, wurde aber von einem Querschläger getroffen und sank, sich die Brust haltend, zu Boden.

Lennart sprang aus seiner Deckung hervor und schrie aus Leibeskräften die Namen seiner Töchter, die jetzt zu den anderen Kindern in den Lastwagen gehoben wurden. Sie wehrten sich nicht. Elverum riss seine Waffe hoch, zielte auf Halldor und drückte ab. Der Wargebruder duckte weg, bevor ihn eine zweite Kugel treffen konnte.

»Sie schaffen meine Kinder fort!«, schrie Lennart.

Erst jetzt bemerkte Elverum seinen ehemaligen Chefinspektor. Dieser kurze Moment der Ablenkung reichte aus. Halldor sprang auf und schlug Elverum die Waffe aus der Hand. Er packte Lennart am Arm und zerrte ihn in das Automobil. »Wir haben hier nichts mehr verloren!«

Elverum und Persson schauten sich kurz an, dann hob Elverum seine Waffe auf und sprang mit Persson auf den Rücksitz.

Halldor gab Gas und der laufende Motor des Wagens heulte auf. Es knirschte, als er versuchte den ersten Gang einzulegen, ohne die Kupplung zu betätigen. Halldor fluchte und trat schließlich das Pedal durch. Dann legte er den Gang ein. Ein Schuss knallte, Glas zersplitterte. Lennart drehte sich um und sah, wie Perssons Kopf auf die rechte Schulter geschleudert wurde und dann nach vorne sackte. Ein zweiter Schuss ließ die Windschutzscheibe zersplittern.

»Motor aus!«, brüllte ein Soldat. Im Nu war der Wagen umstellt. »Motor aus oder ich schieße!«

Halldor bleckte wütend die Zähne, dann drückte er einen Knopf und legte die Hände auf das Lenkrad. Das Brummen erstarb.

»Raus mit euch und auf den Boden! Wird's bald!«

Lennart tat, was man ihm befahl. Perssons Leiche kippte aus dem Wagen und blieb in einer absurden Verrenkung liegen. Elverum war bleich wie der Tod. Halldor fletschte noch immer die Zähne wie ein wildes Tier, das man in die Enge getrieben hatte. Wahrscheinlich hätte er den Soldaten die Kehle durchgebissen, wenn er die Gelegenheit dazu gehabt hätte. Aber all das nahm Lennart nicht mehr wahr. Sein Blick blieb auf den Lastwagen geheftet, in dem seine Kinder von Soldaten bewacht wurden, die nun die Plane von innen schlossen. Dann erwachten die Dampfmotoren zischend zum Leben und hüllten alles in eine undurchdringliche weiße Wolke. Als sich der Nebel verzogen hatte, waren die Laster fort.

Lennarts Blick fiel auf Persson und der Wunsch, den Platz des toten Polizisten einzunehmen, wurde so gewaltig, dass ihn die abgrundtiefe Verzweiflung laut aufschreien ließ. Dann erhielt er einen Schlag auf den Kopf und endlich nahm ihn die Dunkelheit in ihre tröstenden Arme.

***

Leon Begarell stand am Panoramafenster seines Arbeitszimmers und schaute hinunter auf die Stadt, *seine* Stadt. Wie immer hing ein leichter grauer Schleier in der Luft, der nicht sonderlich gesund war, aber für atemberaubende Sonnenaufgänge sorgte. In seinen erstaunlich großen, groben Händen hielt er eine Tasse aus feinem Porzellan.

»Darf ich Ihnen nachschenken, Herr Präsident?«

»Hm?«, machte Begarell und blickte auf.

»Noch ein wenig Tee?«, fragte der Diener.

»Nein danke«, sagte er und lächelte. Der Mann in Livree nahm dem Präsidenten die Tasse ab.

»Wie spät ist es?«

»Es ist kurz vor halb sechs, Herr Präsident.«

»Sie sind schon seit gestern Mittag bei mir. Machen Sie Schluss für heute. Gehen Sie nach Hause zu Ihrer Familie.«

Der Diener verbeugte sich und verließ den Raum.

Leon Begarell strich mit der Hand über die Arbeitsplatte seines Schreibtisches. Er hatte es weit gebracht. Weiter, als er es sich jemals erträumen konnte. Er war als Juri Brasauskas in einem der ärmlichsten Viertel Loricks zur Welt gekommen. Und doch hatte er es geschafft, sich aus eigener Kraft hochzuarbeiten. Er hatte geheiratet, eine Familie gegründet und eine Tochter bekommen, die an diesem Tag zwanzig Jahre alt geworden wäre. Wenn Sie noch leben würde.

Morstal hatte ihm alles genommen. Er hatte sich an allen gerächt, indem er das System zerschlagen und es durch sein eigenes ersetzt hatte. Seit dem ersten Kontakt mit dem Eskaton in den Ruinen aus der alten Zeit wusste er, welchen Weg er einschlagen musste. Es war so klar, so eindeutig! Das Kollektiv, das er aufgebaut hatte, würde ihm dabei helfen. Sie dienten ihm jetzt schon, ohne dass sie es ahnten. Und es würde größer werden. Die Blumen waren über Morvangar niedergegangen und nicht wie erhofft nach Lorick geliefert worden. Begarell hatte sich das zwar anders vorgestellt, aber nun gut. Das würde seine Pläne nur verzögen, aber keinesfalls zunichtemachen.

Er schaute auf eine gerahmte Kinderzeichnung, die er in seinen Händen hielt. »Herzlichen Glückwunsch zum Geburtstag, Agneta«, flüsterte er. Er stellte das Bild zurück an seinen Platz, um wieder aus dem Fenster zu schauen.

Es würde nicht mehr lange dauern, und Begarell war uneingeschränkter Herrscher über Leben und Tod.

Dann würde er seine Tochter endlich wiedersehen.

Peter Schwindt, geboren 1964 in Bonn,
war einige Jahre als Zeitschriftenredakteur und
Spieleentwickler in der Computerbranche tätig,
bis er selbst mit dem Schreiben anfing.
Nach einigen sehr erfolgreichen und ausgezeichneten
Drehbuchprojekten für das Kinderprogramm des ZDF
kam er glücklicherweise auf die Idee,
auch Romane für Kinder und Jugendliche zu schreiben.
Peter Schwindt ist Autor des erfolgreichen
Mehrteilers *Gwydion*, der den Untergang Camelots
und König Artus' Tafelrunde erzählt.

Ravensburger Bücher Absolut hörenswert!

Auch als Hörspiel bei Headroom

Peter Schwindt

Die Rückkehr der Eskatay
Morland, Band 1

Hoch im Norden zwischen schneebedeckten Bergen und rauchenden Industrieschloten erleben die Menschen des Landes keine guten Zeiten. Sie hungern, es kommt zu Aufständen, die Geheimpolizei ist allgegenwärtig. In dieser unruhigen Zeit tauchen plötzlich Jugendliche auf, die magische Fähigkeiten besitzen. Eine gnadenlose Hetzjagd auf Tess, York und Hakon beginnt. Gleichzeitig erschüttert eine rätselhafte Todesserie das Land. Überall werden Leichen geborgen, die definitiv keine Mordopfer sind. Sie haben eine Gemeinsamkeit: Sie sind kopflos.

Sprecher Ulrich Noethen Benjamin Degen
　　　　　　Matthias Koeberlin Bastian Pastewka
　　　　　　Céline Vogt und andere ...

ISBN 978-3-934887-87-9

www.ravensburger.de

Ravensburger Bücher

Ein Junge mit einem großen Schicksal

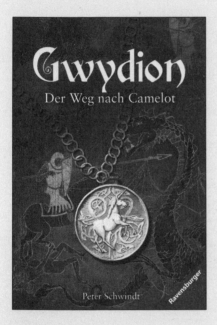

Peter Schwindt

Gwydion, Band 1 – Der Weg nach Camelot

Finstere Zeiten sind über Britannien hereingebrochen: Lancelot musste Camelot verlassen, König Artur und seine Ritter sind alt und müde geworden und die Sachsen ziehen plündernd und mordend durch das Land. Doch dann steht der grüne Drache wieder auf: Mordred, Artur Pendragons mächtiger Feind. Camelot erstrahlt in neuem Glanz und die Tafelrunde rüstet sich zum großen Kampf. Und alle Fäden des Schicksals laufen in der Person eines einfachen Bauernjungen zusammen: Gwydion, dem Träger des Einhorns. Nach einer alten Prophezeiung wird er einst das Los Britanniens entscheiden ...

ISBN 978-3-473-**52356**-6

Ravensburger

www.ravensburger.de

Ravensburger Bücher   **Absolut lesenswert!**

Ein atemloser Thriller

Thilo P. Lassak

Die Rückkehr des Seth
Mumienherz, Band 1

Oberägypten, 15.000 Jahre vor unserer Zeit. Ein Junge wird geboren.
Er wird der Hohepriester des Seth, des Gottes des Chaos und Verderbens.
Sein Herz ist unsterblich.
New York, 2007. Ein Jahrtausende alter Kult erwartet die Rückkehr
seines Hohepriesters. Sein Herz schlägt seit 15.000 Jahren.

ISBN 978-3-473-**35276**-0

www.ravensburger.de

Ravensburger